# Henry Slesar
# Der Schlaf des Gerechten

*Merkwürdige
Geschichten*

*Aus dem
Amerikanischen
von Günter Eichel,
Peter Naujack,
Thomas Schlück*

Verlag Volk und Welt
Berlin

ISBN 3-353-00367-3
1. Auflage
Lizenzausgabe des Verlages Volk und Welt, Berlin 1988
für die Deutsche Demokratische Republik
L. N. 302, 410/137/88
Die Beiträge dieses Bandes wurden folgenden Ausgaben entnommen:
»Erlesene Verbrechen und makellose Morde«, Copyright © 1964, 1967 by Diogenes Verlag AG Zürich. Alle deutschen Rechte vorbehalten. Originalausgabe: *A Bouquet of Clean Crimes and Neat Murders*, New York 1960. »Ein Bündel Geschichten für lüsterne Leser«, Copyright © 1967 by Diogenes Verlag AG Zürich. Alle deutschen Rechte vorbehalten. Originalausgabe: *A Crime for Mothers and Others*, Avon Book Division, New York 1962. »Schlimme Geschichten für schlaue Leser«, Copyright © 1980 by Diogenes Verlag AG Zürich. Alle deutschen Rechte vorbehalten. Copyright © 1977 by Henry Slesar. »Coole Geschichten für clevere Leser«, Copyright © 1981 by Diogenes Verlag AG Zürich. Alle deutschen Rechte vorbehalten. Copyright © 1977 by Henry Slesar. »Fiese Geschichten für fixe Leser«, Copyright © 1982 by Diogenes Verlag AG Zürich. Alle deutschen Rechte vorbehalten. Copyright © 1982 by Henry Slesar. Die Originalbeiträge der drei letztgenannten Ausgaben wurden *Alfred Hitchcock's Mystery Magazine* und anderen amerikanischen Zeitschriften entnommen.
Printed in the German Democratic Republic
Alle Rechte an dieser Ausgabe für die Deutsche Demokratische Republik vorbehalten
Einbandentwurf: Dieter Heidenreich
Satz, Druck und Einband: Karl-Marx-Werk Pößneck V 15/30
LSV 7331
Bestell-Nr. 648 937 4

00880

# Einer, der nicht ausreißt

»Wie dämlich man manchmal sein kann!« sagte Captain Ernest Fisher und knallte den Tintenlöscher so heftig auf den Tisch, daß das Kalenderblatt flatterte. Hogan, der Polizeilieutenant mit dem strahlenden Gesicht, blickte von den Aktenordnern auf, und seine hochgezogenen Augenbrauen waren eine einzige Frage.

Fisher raschelte mit dem Blatt, das er in der Hand hielt. »Zufällig werfe ich einen Blick auf diesen Wisch – den hier mit den Namen der Häftlinge, die auf Bewährung in unsere Gegend entlassen sind. Und dazu gehört auch Milt Potter.«

»Wer ist Milt Potter?«

»Soll das heißen, daß ich Ihnen von dem noch nichts erzählt habe?«

»Nein, Sir.«

»Werfen Sie mal einen Blick in den Ordner vom Jahre 46 – Rubrik ›Unterschlagung‹. Da finden Sie Milton Potter, genauso geschrieben, wie er ausgesprochen wird. Bringen Sie das Ding mal her, dann werde ich Ihnen die Geschichte erzählen.«

Hogan schob die Schublade zu, in der er herumgesucht hatte, und führte den Befehl aus; er legte den Aktenordner auf den Tisch des Captains und überflog die Eintragungen des ersten Vorgangs.

»Milton Potter«, las er dort, »34 Jahre, ledig, Arbeitgeber: Metro Investment Services Inc...«

»Das ist er«, sagte Fisher. Er lehnte sich in seinen Drehstuhl zurück und legte die Füße auf die Tischplatte. »Der zahmste Verbrecher, dem Sie in Ihrem ganzen Leben begegnet sind, oder vielleicht auch der kaltblütigste. Verschwand aus seiner Firma mit zweihunderttausend Dollar, als hätte er von einem Obstkarren einen Apfel geklaut. Und jetzt ist er also wieder ein freier Mann.«

»Auf Bewährung?«

»Ja – vor zwei Tagen entlassen«, sagte Fisher mit gerunzelter Stirn. »Zwölf Jahre lang stand sein Entlassungsdatum auf meinem Kalender – und dann vergesse ich, mir die Entlassungslisten anzusehen! Aber das ändert auch nicht viel an der Geschichte. Ob zwei Tage oder zwei Wochen – immerhin habe ich Potters Nummer.«

Der Captain zündete sich eine Zigarette an, legte dann das Päckchen vor sich auf den Tisch und bereitete sich darauf vor, eine lange Geschichte zu erzählen.

»Passiert ist die Sache damals im März 1946. Ich war noch ein unbeschriebenes Blatt wie Sie und vielleicht noch ehrgeiziger und arbeitswütiger, als Sie es jetzt sind. Als die Metro Investment den Schaden entdeckte, wurde ich zwar zugezogen, bekam aber nicht viel zu tun. Das erledigte Milt Potter für mich.

Potter war ein komischer Kerl. Er war klein, untersetzt und sah irgendwie wie eine Eule aus, und seine traurigen braunen Augen ähnelten denen eines Cockerspaniels. Seit er das College verließ, hatte er für die Metro Investment gearbeitet, alles in allem dreizehn Jahre, und verdiente immer noch bloß sechzig Dollar in der Woche. Familie hatte er keine, Freunde nur wenige. Er war ruhig, höflich, unauffällig und sorgfältig. Kein Mensch konnte irgendeine Geschichte von ihm erzählen oder ihn auch nur annähernd genau beschreiben – das stellten wir fest, als er plötzlich vermißt wurde. Und er erfüllte seine Pflichten, ohne jemals zu klagen oder seine geheimen Absichten anzudeuten, die jahrelang in ihm geschwelt haben müssen.

Und dann passierte es. Eines Tages erschien Potter nicht zur Arbeit, und keiner kümmerte sich groß darum. Erst als er am folgenden Tag auch nicht kam, verfiel irgend jemand auf die Idee, daß man doch einmal bei ihm zu Hause anrufen sollte, ob er sich ein Bein oder sonst irgend etwas gebrochen hätte. Am Telefon meldete sich jedoch niemand. Wirklich unruhig wurde man in der Firma erst weitere drei Tage später, als Potter immer noch nicht wieder aufgetaucht war. Und so lange brauchte man dort auch, bis man zum erstenmal Verdacht schöpfte – ein so unbeschriebenes Blatt war Milt Potter.

Jedenfalls nahmen die Leute schließlich Vernunft an und prüften Potters Bücher. Sie brauchten nicht einmal ihren Rechnungsprüfer zu bemühen, um festzustellen, daß irgend etwas nicht ganz stimmte. In Potters Abrechnungen wurden erhebliche Lücken entdeckt, und ferner fehlten erhebliche Beträge, die sich insgesamt auf rund zweihunderttausend Dollar beliefen. Eines stand jedenfalls fest: Potter hätte man solche Sachen am allerwenigsten zugetraut – aber ist das nicht immer so?

An diesem Punkt schnappte die Firma dann endgültig über und schrie nach der Polizei. Der Chef übertrug mir den Fall, und ich zog also los, um mich mit den Leuten zu unterhalten. Anschließend wollte ich mich mit Potters Wohnung beschäftigen, und was dabei herauskam, war doch ziemlich überraschend. Er war zwar nicht zu Hause, und auch seine Wirtin hatte keine Ahnung, wo er sein könnte – aber er hatte nicht den leisesten Versuch gemacht, seine Spur zu verwischen. Seine Anzüge und seine Koffer befanden sich nach wie vor in dem Zimmer, und überall lagen Reiseprospekte herum. Allem Anschein nach hatte Potter Pläne gemacht, was er mit dem Geld anfangen wollte.

Ich rechnete mir aus, daß es nicht allzu schwierig sein dürfte, ihn zu finden, hatte dann jedoch keine Gelegenheit mehr, zu zeigen, was ich konnte. Wahrscheinlich war das auch der Grund, weswegen ich mich über diesen Fall so aufregte – denn dieser krumme Hund verpatzte mir die Möglichkeit, zum erstenmal in meinem Leben einen wichtigen Mann zu verhaften! Am Tage, nachdem die Metro Investment die Polizei zugezogen hatte, erschien Milton Potter nämlich auf der Polizeiwache und stellte sich.

Genaugenommen war es gar nicht einmal so verwunderlich – viele Verbrecher, die so etwas zum erstenmal machen, verlieren die Nerven, sobald sie die Sache erledigt haben. Aber Potter sah keineswegs so aus, als wäre er ein Opfer seiner eigenen Angst. Er war ruhig und vernünftig, und alles, was er sagte, war: ›Hier bin ich, ich habe das Geld gestohlen: jetzt tut, was ihr tun müßt.‹

Stunde um Stunde habe ich ihn im eigenen Saft schmoren lassen, aber die ganze Zeit blieb er höflich und kühl. Nicht eiskalt wie einige dieser Halunken, mit denen wir manchmal zu tun haben, sondern kühl auf eine Weise, die schon beachtlich ist. Der einzige Punkt, über den er freiwillig nichts sagen wollte, war, wo er das Geld versteckt hatte. Sobald ich davon anfing, war er stumm wie ein Fisch. Er war bereit, für dieses Verbrechen ins Gefängnis zu wandern – gut. Aber die Moneten wieder herausrücken? Kam nicht in Frage.

Ich habe wirklich alles versucht und getan, ihn durch die Mangel zu drehen – auf völlig legitime Weise natürlich. Ich erklärte ihm, daß er damit alles nur noch schlimmer machte und daß für ihn fünfzehn oder zwanzig Jahre herausspringen würden, wenn er so weitermachte wie bisher. Ich versuchte ihm beizubringen, daß er wahrscheinlich einigermaßen ungeschoren davonkäme, wenn er das Geld wieder rausrückte – schließlich wäre er noch nicht vorbestraft. Und wenn er die zweihunderttausend zurückgäbe, würden sowohl die Metro als auch die Versicherung ziemlich sanft mit ihm verfahren. Genaugenommen versprach ich es ihm sogar.

Aber davon wollte Milt Potter nichts wissen; er blieb standhaft. Er behauptete, er hätte das Geld gestohlen, weil er glaubte, damit verschwinden zu können, hätte dann aber gemerkt, daß er nicht so gebaut wäre, um als ständig gejagter Verbrecher zu leben. Und die Vorstellung, den Rest seines Lebens immer gehetzt und verfolgt zu werden, hätte er nicht ertragen – er gehöre eben nicht zu den Leuten, die einfach türmten. Deshalb hätte er sich auch freiwillig gestellt. Was er aber mit dem Geld gemacht hätte? Das wäre eine völlig andere Geschichte. Und was wir mit ihm anstellen würden, wäre ihm restlos egal – zumindest so lange, wie er seine Beute nicht zurückzugeben brauchte. So hatte er sich alles ausgemalt, und so kam es dann auch.

Die Verhandlung verlief kurz und glatt. Er bekannte sich schuldig und bekam fünfzehn Jahre.

Ich wußte natürlich, was er damit bezweckte, und die anderen wußten es auch. Er hatte die Absicht, etwas zu investieren: seine Zeit und seine Freiheit. Der Gegenwert würde darin bestehen, daß er reich wäre, wenn er aus dem Gefängnis herauskäme. Ich vermute fast, daß er zu dem Typ gehört, dem das Gefängnisleben nicht viel ausmacht. Während des Krieges war er fünf Jahre in der Army gewesen, und die ständige Bevormundung hatte auf seinen Charakter abgefärbt. Es gefiel ihm, wenn ihm genau gesagt wurde, wo er hinzugehen und was er zu tun hätte; ich versuchte ihm zwar beizubringen, daß ein Gefängnis doch etwas anderes sei, aber das schien ihn nicht weiter zu kümmern. Wie ich schon sagte, war das 1946. Potter war vom ersten Tage an ein mustergültiger Gefangener. Die meiste Zeit arbeitete er in der Bibliothek und las eine Menge – hauptsächlich Reisebücher. Wegen guter Führung wurden ihm drei Jahre Haft erlassen. Na, und nun hat er zwei Tage Vorsprung, aber das wird nichts ausmachen.«

Captain Fisher drückte seine dritte Zigarette aus, und Hogan sagte: »Und was jetzt, Captain? Wird er jetzt mit dem Geld verschwinden?«

Betrübt schüttelte Fisher den Kopf. »Jetzt geht es weiter. Damals, vor zwölf Jahren, wollte er mir nicht glauben, als ich es ihm sagte – aber seine Investition wird ihm nichts einbringen. Diese zweihunderttausend gehören ihm nicht, auch wenn er glaubt, sie durch seine Zeit im Gefängnis redlich verdient zu haben. Ich werde ihn mal besuchen und ihm einiges erzählen.«

»Heißt das, daß Sie ihn noch heute aufsuchen wollen?«

»Aber sicher«, sagte Fisher. »Diese Verabredung besteht doch schon lange.«

Die Adresse, die Captain Fisher von den Bewährungsbeamten erhielt, war eine Pension in der Nähe jener Gegend, in der Potter früher gewohnt hatte.

Potter war in Hemdsärmeln, als er dem Captain auf dessen Klopfen hin öffnete, und Fisher überlegte, ob das Dutzend Jahre sich bei ihm genausowenig bemerkbar gemacht hatte wie bei dem ehemaligen Häftling. Potter war immer noch klein und untersetzt, ähnelte immer noch einer Eule und hatte immer noch dieselben braunen traurigen Augen, und das einzige Zeichen für die inzwischen vergangene

Zeit waren ein paar kleine Falten im Gesicht und sein schütter gewordenes Haar. Er schien erstaunt zu sein, als er den Captain sah, und dann leicht verwirrt, als er ihn erkannte. Man merkte es seinen Augen an.

»Ich bin Captain Fisher – erinnern Sie sich noch an mich, Mr. Potter?«

»Natürlich«, sagte Potter nervös. »Kommen Sie herein.«

»Danke. Als wir uns zuletzt gesehen haben, war ich noch Lieutenant, Mr. Potter.« Er setzte sich in der Nähe des Fensters auf einen Stuhl und sah sich beiläufig im Zimmer um. Auf der eisernen Bettstelle lag ein Koffer, dessen Deckel geschlossen war.

»Und was wollen Sie, Captain?«

»Mich mit Ihnen unterhalten. Es war eine ziemlich lange Zeit, was?«

»Ja, das war es.«

»Soviel ich erfahren habe, hatten Sie sich im Gefängnis ziemlich gut geführt – Klagen über Sie sind mir nicht bekanntgeworden. Es hat sich gelohnt, was? Daß Sie vorzeitig entlassen wurden, meine ich.«

»Ja«, sagte Potter, ohne ihn anzusehen. Er ging zum Waschbecken und ließ kaltes Wasser über seine Hände laufen.

»Ich will nicht lange herumreden, Mr. Potter. Ich bin aus einem ganz bestimmten Grunde hier, und wahrscheinlich wissen Sie, worum es dabei geht. Da ist immer noch die Geschichte mit den zweihunderttausend Dollar, und weder die Polizei noch die Versicherung haben die Absicht, sie in Vergessenheit geraten zu lassen. Die Tatsache, daß Sie Ihre Strafe verbüßt haben, berechtigt Sie noch lange nicht, das Geld zu behalten – mögen Sie selbst auch darüber denken, was Sie wollen.«

Potter antwortete nicht. Er trocknete seine Hände mit einem fadenscheinigen Handtuch ab und starrte dabei aus dem Fenster. In der Ferne ließ ein Dampfer seine Sirene zweimal aufheulen.

»Es hat keinen Sinn, den Taubstummen zu spielen, Mr. Potter. Jeder hat doch genau gewußt, was Sie vorhatten. Sie glaubten, Sie könnten sich das Geld sozusagen durch die Haft verdienen, aber so einfach liegen die Dinge nun einmal nicht. Und ich wollte Ihnen nur ein für allemal klarmachen, daß ich es für meine ganz persönliche Aufgabe halte, darauf zu achten, daß Sie Ihren Plan nicht durchführen können.«

Fisher wartete, daß Potter irgend etwas sagen würde. Und schließlich drehte der auf Bewährung Entlassene sich tatsächlich um, und als er sprach, war es beinahe ein Flüstern.

»Sie irren sich, Captain.«
»Meinen Sie?«
»Sie irren sich vor allem in mir. Ich weiß, daß alle Leute so denken, aber trotzdem irren sie sich. Ich habe das Geld gestohlen, weil ich es haben wollte, dringend haben wollte. Ich habe immer davon geträumt, eine Weltreise zu machen, schon als kleiner Junge, und dann konnte ich einfach nicht widerstehen, das Geld zu nehmen, wo es doch so einfach war. Aber als ich es dann an mich genommen hatte, merkte ich, daß ich kein Verbrecher bin – daß ich alles andere als ein Verbrecher bin.«

Er kam herüber und setzte sich auf den Stuhl, der Fisher genau gegenüberstand.

»Ich konnte die Vorstellung nicht ertragen, ständig gejagt zu werden, immer in Angst leben zu müssen, jedem Schatten auszuweichen und mich dauernd heimlich umzusehen. Schön – zu Anfang hatte ich wahrscheinlich die wildesten Ideen, meine Strafe abzusitzen und, sobald ich entlassen wäre, mit dem Geld zu türmen. Aber das wäre doch genau auf dasselbe hinausgelaufen – immer auf der Flucht, immer unterwegs und nie in der Lage, das zu genießen, was man sich mit Geld verschaffen kann. Ich bin nun einmal nicht so gebaut, Captain.«

Fisher starrte ihn an.

»Ich dachte, Gefängnis wäre gar nicht so schlimm, und in gewisser Weise war es das auch nicht. Aber ich hatte Zeit, mir alles genau durch den Kopf gehen zu lassen, und daher weiß ich jetzt, was ich zu tun habe. Wenn Sie das Geld also zurückhaben wollen, Captain – ich bin bereit, es Ihnen zu geben.«

»Was sind Sie?«
»Mein einziger Wunsch ist es, in Ruhe gelassen zu wer-

den, Captain. Ich möchte nichts anderes als in Frieden leben. Verstehen Sie?«

»Wo ist das Geld?«

Potter schluckte.

»Hier – in diesem Zimmer.«

Er stand auf, ging zu dem Koffer, der auf dem Bett lag, und klappte den Deckel hoch. Bis zum Rand war er mit Geld vollgestopft.

Der Angestellte strahlte, als der untersetzte, einer Eule ähnliche Mann das Reisebüro betrat und sagte: »Ich interessiere mich für eine Schiffsreise rund um die Welt.«

»Sehr wohl, Sir.«

»Aber die schönste – haben Sie verstanden? Was sie kostet, spielt dabei keine Rolle.«

»Ich verstehe genau«, sagte der Angestellte.

Dankbar setzte Milt Potter sich hin. Die letzten drei Tage waren anstrengend gewesen. Es war kein Kinderspiel, bei zwanzig Banken vorzusprechen und mit zwanzig verschiedenen Namen zwanzig Abhebeformulare zu unterschreiben. Aber das war jetzt erledigt, und er hatte sein Geld bekommen. Ein Vermögen war es zwar nicht, aber doch mehr, als er in den letzten zwölf Jahren – in den zwölf steuerfreien Jahren, in denen er auch keine Unkosten gehabt hatte – jemals hätte verdienen, geschweige denn sparen können: vierundachtzigtausend Dollar Zinsen und Zinseszinsen, die seine Kapitalanlage im Laufe von zwölf Jahren eingebracht hatte.

# Vierzig Detektive
# später

Ich fühlte mich wirklich nicht geschmeichelt, als Munro Dean mein Büro betrat. Gehört hatte ich von ihm bereits 1949, als ich noch Hoteldetektiv war. Jedem Privatdetektiv östlich von Chicago hatte er seinen Fall vorgetragen. Die eine Hälfte hatte sofort abgewinkt; die anderen hatten ihn wegen der Spesen ein paar Tage gefoppt, ihn dann mit einem Schulterzucken weitergeschickt und wenigstens versprochen, die Augen offenzuhalten.

Ich ließ ihn draußen ein paar Minuten warten und beschäftigte mich bis dahin mit einem Niednagel an meinem Daumen. Dann holte ich ihn herein.

Sein Gang war wie ein ständiger Kampf, und auf seinem Gerippe war nicht einmal genügend Fleisch, um einen hungrigen Bussard aufzuregen. Die Gesichtshaut war so gespannt, daß man sich ziemlich genau ausmalen konnte, wie sein Kopf als Totenschädel aussehen würde. Und es war nicht einfach, Munro Dean in die Augen zu sehen.

»Nehmen Sie Platz«, sagte ich mit berufsmäßiger Munterkeit. »Ich glaube fast, ich habe Ihren Namen irgendwann schon einmal gehört, Mr. Dean.«

»Das ist möglich«, erwiderte er. »Waren Sie früher bei der Polizei, Mr. Tyree?«

»Genaugenommen nicht. Aber ich habe eine Menge Freunde, die dabei sind. Es handelte sich um Ihre Frau, nicht wahr?«

»Ja. Passiert ist es 1948 im Oktober. In Rahway, New Jersey. Sie wurde ermordet – von einem Mann. Er war schlank, dunkel, mit buschigem schwarzem Haar. Ich kam gerade von der Arbeit und sah noch, wie er in der Hintertür auftauchte und wegrannte. Die Polizei hat ihn nie erwischt.«

»Ich verstehe. Und Sie sind also immer noch daran interessiert, diesen Mann zu finden?«

Er lachte unvermittelt, ohne daß sich allerdings sein Gesichtsausdruck veränderte. »Interessiert? O ja, interessiert bin ich. Seit es passiert ist, suche ich ihn. Das wissen Sie doch, Mr. Tyree – das wißt ihr doch alle.«

»Hm.« Ich zog einen Notizblock heran und griff nach einem Bleistift. »Wie wäre es, wenn wir uns dann mit den Einzelheiten beschäftigten? Hat die Polizei . . .«

»Die Polizei hat den Fall abgeschlossen. Ich aber nicht, Mr. Tyree. Ich habe noch nicht aufgegeben. Mindestens vierzig Privatdetektive habe ich nach ihm suchen lassen. Keiner hat etwas erreicht.« Sein Gesicht umwölkte sich. »Einige haben mich bloß ausgenutzt.«

Es war an der Zeit, die Karten auf den Tisch zu legen.

»Wissen Sie, Mr. Dean – unter den Privatdetektiven gibt es Leute wie mich, die damit Geld verdienen wollen. Nur ein paar von uns sehen dies alles von einer höheren Warte. Einige sind ferner der Ansicht, daß ein unglücklicher Klient keine gute Reklame ist. Wenn ich also glaube, Ihnen nicht helfen zu können, werde ich Sie bitten, woanders Ihr Glück zu versuchen.«

Ich redete zu laut und merkte es selbst. Aber Munro Dean ähnelte wirklich irgendeinem finsteren Symbol des Mißerfolgs, einem Stiefkind des Schicksals. Entweder rieb man sich vergnügt die Hände und griff tief in seine Taschen, oder man bekam schlechte Laune und schrie ihn an.

»Sie können mir helfen«, sagte er schließlich.

»Wieso sind Sie davon so überzeugt? Die anderen konnten es nicht.«

»Aber Sie können es. Weil ich den Mann gefunden habe.«

Ich ließ den Bleistift fallen. »Ach so. Aber was soll ich denn noch tun, Mr. Dean? Warum holen Sie nicht die Polizei?«

»Weil die Polizei sich nicht darum kümmern würde. Es ist schon zu lange her. Die Polizei hat kein Interesse mehr.«

»Unsinn!«

»Aber trotzdem stimmt es. Und stichhaltig kann ich nicht beweisen, daß es derselbe Mann ist. Zum Beispiel hat er sich inzwischen verändert. Das Haar ist ihm ausgegangen. Er ist dicker geworden. Er ist älter geworden. Aber er ist es!«

»Und woher wollen Sie es so genau wissen?«

»Weil ich es weiß.« Seine Augen, zwei ausgebrannte Kohlenstücke, glühten plötzlich. »Sein Gesicht hat sich mir unauslöschlich eingeprägt, und zwar hier.« Er tippte gegen seine Stirn. »Komisch ist es schon – finden Sie nicht auch? Die vielen Fachleute in den ganzen Jahren; keiner konnte ihn finden. Und durch einen reinen Zufall entdecke ich ihn plötzlich in einem Lokal...«

»Das kommt vor«, sagte ich kurz angebunden. »Vergessen Sie nicht, Mr. Dean, daß Ihre Angaben nicht allzu genau waren. Vielleicht sind Sie überhaupt der einzige, der den Mann erkennen konnte.«

»Vielleicht. Aber jetzt brauche ich Hilfe, Mr. Tyree.«

»Und was soll ich dabei tun?«

»Sie sollen den Vermittler zwischen diesem Mann und mir spielen. Ich möchte, daß Sie ein Treffen arrangieren.«

»Wozu?«

»Was glauben Sie wohl?«

Ich stand auf. »Jetzt hören Sie mal genau zu, mein Freund. Zielscheibe für andere habe ich zum letztenmal in Fort Dix gespielt. Für derartige Sachen habe ich kein Interesse.«

»Bitte! Ich möchte doch nur, daß Sie mit diesem Mann reden. Ich will es genau wissen.«

»Das könnte gefährlich werden, Mr. Dean. Wenn dieser Mann tatsächlich der Mörder Ihrer Frau ist und wenn er merkt, wer Sie sind...«

»Und dabei können Sie mir helfen. Verabreden Sie Ort und Zeitpunkt, aber sorgen Sie dafür, daß er meinen Namen nicht erfährt.«

Ich setzte mich wieder hin und seufzte. An sich war es ein Auftrag, den unsereiner sofort ablehnen mußte; andererseits war es jedoch der einzige, der seit zwei Wochen auf meinem zerschrammten Schreibtisch gelandet war. Bettler können nicht allzu wählerisch sein, und die Miete für mein stilles Kämmerchen in der La Salle Street war fast so beängstigend wie Staatsschulden.

»Okay«, sagte ich. »Erzählen Sie mal.«

Das Lokal war genaugenommen nicht das, was ich erwartet hatte. Am folgenden Tag kreuzte ich gegen halb zwölf in einem Taxi auf und suchte nach einer dieser schmierigen Kneipen, wie man sie in den Städten an jeder Straßenecke vorfindet. Als ich sie betrat, war es jedoch ein ganz modern eingerichtetes Lokal mit indirekter Beleuchtung und Kellnerinnen in schwarzen Chiffonblusen sowie erstaunlich mäßigen Preisen.

Um fünf vor zwölf betrat ich das Lokal und setzte mich in eine Nische. Nach allem, was Munro Dean mir erzählt hatte, kam der Vogel regelmäßig um zwölf Uhr fünfzehn in diese modernisierte Futterstelle. Damit hatte ich die Möglichkeit, bis zu seinem Auftauchen noch selbst essen zu können.

Überwältigend war es nicht, was man hier vorgesetzt bekam. Ich kaute an dem ledernen Rand eines Spiegeleis und ließ meine Augen nicht von der Tür.

Um zwölf Uhr fünfzehn kam ein stämmiger Gent mit rosigem Schädel und rotem Gesicht hereingeschlendert, eine Zeitung unter den Arm geklemmt. Sein Gesicht ähnelte einem ganz bösen Fall von verwittertem Erdboden, und seine Knopfaugen waren schlau und alt. Das war er!

Ich beobachtete, wie er sich an der Theke auf einen Hokker setzte, und versuchte, ihn in mein geistiges Verbrecheralbum einzuordnen. Erfolglos.

Er breitete seine Masse auf dem Hocker aus, bellte der tüchtigen Blondine in der schwarzen Chiffonbluse seine Bestellung zu und faltete seine Zeitung auseinander. Auch während er aß, wandte er seinen Blick nicht ein einziges Mal von der aufgeschlagenen Seite. Zuerst hatte ich die Absicht, ihn direkt anzusprechen, kam aber dann zu dem Schluß, daß er dafür zu mißtrauisch zu sein schien. Statt dessen wartete ich, bis er fertig war, und folgte ihm dann nach draußen.

Wir stiegen in denselben Bus – der Vogel und ich. Während der ganzen Fahrt überlegte ich immer neue Möglichkeiten, ihn anzusprechen, verwarf sie jedoch sofort wieder.

Einem ausgekochten Burschen wie diesem auf die Schliche zu kommen war alles andere als einfach. Am besten war es, ich wartete ab, bis sich von selbst eine passende Gelegenheit dazu ergab.

Der Bus bog in den Michigan Boulevard, und der Mann ging langsam zum Ausgang. Dem Zufall überließ ich jetzt nichts mehr; der Mann hatte es offenbar schon mal erlebt, daß man ihn verfolgt hatte. Eine Haltestelle vor ihm stieg ich aus und folgte dem Bus zu Fuß, bis der Mann heraussprang.

Als ich seine Absicht erkannte, war mir klar, wie ich es anfangen mußte. Sein Ziel war einer dieser modernen Schallplattenläden – kein Treffpunkt für Liebhaber von Langspielplatten, sondern ein Laden mit riesigen Stapeln verstaubter Schellackplatten. Mein Vogel schien verborgene Tiefen zu besitzen. Er war Schallplattensammler, und das war eine Sprache, die ich verstand.

Ich wartete ein paar Minuten, ehe ich den Laden betrat. Dann durchstöberte ich einen Plattenstapel, bis ich etwas Interessantes fand.

»Verzeihung«, sagte ich und ging zu ihm, »können Sie mir vielleicht sagen, was diese Platte kostet?«

»Ich? Sie täuschen sich in mir, mein Lieber. Ich bin hier selbst Kunde.«

Ich lachte. »Entschuldigung«, sagte ich und wollte mich schon abwenden. Dann ging ich aber aufs Ganze und beäugte die Platte, die er in der Hand hielt. »Oh – die Whiteman-Band. Glauben Sie, daß Bix noch dabei ist?«

»Keine Ahnung.« Neugierig sah er mich an. »Das würde mich nämlich auch interessieren.«

»Mit Bix hatte ich neulich Glück«, sagte ich. »In einem Laden in der State Street entdeckte ich zufällig ein paar Aufnahmen von ihm. Und von Fletcher Henderson auch...«

»Wirklich? Kein Witz?«

Ich hatte ihn an der Angel. Sein Mund klappte auf, und ich hatte einen lieblichen Ausblick auf einen Haufen schlechter Zähne. Und das Gesicht verriet sein Interesse. »Sie arbeiten wohl mit Radar, was?« sagte er. »Ich erwische immer bloß irgendwelchen Plunder.«

»Reine Glückssache«, sagte ich genüßlich. Dann machte ich ein unglückliches Gesicht und legte die Stirn in Falten. »Die Schwierigkeit ist bloß, daß ich meine Sammlung verscheuern muß. Ende des Monats breche ich meine Zelte hier ab und bin dann meistens unterwegs. Mitnehmen kann ich die vielen Platten nicht. Glauben Sie, daß ein Laden wie dieser das Zeug zu einem anständigen Preis übernehmen würde?«

Seine Augen quollen hervor. »Menschenskind!« sagte er. »Bei denen holen Sie doch nichts raus. Sie sollten das Zeug an einen Privatsammler verkaufen.«

»Das klingt nicht dumm! Aber an wen?«

Ein Lächeln breitete sich auf seiner Visage aus, und ich hatte dieses taube und zufriedene Gefühl, das man verspürt, wenn man weiß, daß ein Problem gelöst ist.

Nach weiteren zehn Minuten saßen wir in einer Kneipe auf der anderen Straßenseite bei einer Flasche Bier und fachsimpelten. Er nannte mich Bill, und ich nannte ihn Otto. Und als wir schließlich aufbrachen, hatten wir uns für den gleichen Abend um halb neun im Hotel Bayshore verabredet. Nur war das Ständchen, das Otto dort erwartete, etwas anders, als er es sich vorstellte ...

Als ich wieder in meinem Büro saß, rief ich das Bayshore an und redete mit Munro Dean. Ich berichtete ihm meinen Erfolg; er unterbrach mich jedoch und sagte, ich solle sofort zu ihm kommen. Zuerst war ich wütend, aber dann fiel mir noch rechtzeitig ein, wer hier die Rechnungen bezahlte.

Als ich das Zimmer 305 betrat, war er in Hemdsärmeln und leistete einer Flasche Bourbon Gesellschaft.

»Die Sache ist also geregelt, ja?« sagte er, und seine Hände umklammerten das Glas. »Kommen tut er bestimmt, ja?«

»Er kommt. Um sich ein paar Platten anzuhören.« Ich erklärte ihm die Einzelheiten meines Kniffs, aber Dean schien sich nicht dafür zu interessieren. Er starrte ununterbrochen in sein Glas, und seine Lippen waren weiß.

»Es hat verdammt lange gedauert«, flüsterte er. »Viele, viele Jahre ...«

»Und viele, viele Dollar«, sagte ich. »Billig ist die Sache bestimmt nicht gewesen, Mr. Dean.«

»Nein«, erwiderte er dumpf. »Tausende hat es mich gekostet. Allein die vielen Leute ...«

Ich ging zur Tür. »Wenn Sie also noch was brauchen sollten ...«

»Das tue ich!«

»Was denn?«

Er stellte sein Glas auf den Fußboden und ging zu dem roten Lederkoffer, der auf dem Bett lag, fummelte an den Riemen herum, und als er die Schlösser aufschnappen ließ, zitterten seine Hände. Sie waren jedoch völlig ruhig, als sie das V-förmige Paket herausnahmen, das in braunes Papier eingewickelt war. Bevor er noch die Verpackung vollständig abgerissen hatte, wußte ich bereits, daß es eine automatische Zweiunddreißiger war.

»Eine gute Idee«, sagte ich beifällig. »Einen gewissen Schutz werden Sie wahrscheinlich brauchen können, Mr. Dean.«

»Nein.« Er kam auf mich zu. »Das Ding ist für Sie.«

»Für mich?«

»Nehmen Sie schon. Ich – ich verstehe nichts von Pistolen. Ich finde sie entsetzlich.«

»Und was soll ich damit?«

Er blickte zu Boden. »Sie sollen es mir abnehmen. Ich dachte, ich könnte es selbst – aber es geht nicht. Nach diesen langen Jahren! Es geht einfach nicht.«

Er hielt mir die Waffe hin, aber ich wollte sie nicht anrühren.

»Hören Sie mal zu, Mr. Dean«, sagte ich. »Überlassen Sie es lieber der Polizei, sich mit Ihrem Freund Otto herumzuschlagen. Wenn Sie beweisen können, daß er der Mörder Ihrer Frau ist ...«

»Ihre Belehrungen brauche ich nicht!« sagte er heiser. »Ich mache Ihnen ein geschäftliches Angebot. Dieser Mann hat das umgebracht, was mir in meinem Leben am wichtigsten war. Und dafür, daß Sie mich rächen, gebe ich Ihnen dreitausend Dollar!«

Jetzt kriegte ich aber doch kalte Füße. »Dreitausend?«

»Ja! Und irgendein Risiko gehen Sie dabei nicht ein –

nicht, wenn die ganze Geschichte ans Tageslicht kommt. Dann ist es nämlich reine Notwehr. Schließlich habe ich Sie zu meinem Schutz angestellt. Und wenn dieser Mann mein Leben bedroht... Verstehen Sie das denn nicht?«

»Doch, verstehen tue ich es. Bloß kann ich es Ihnen nicht abnehmen, Mr. Dean. Nicht einmal zu Ihrem Preis.«

Ärgerlich riß er mir die Pistole aus der Hand. »Meinetwegen! Wenn Sie nicht wollen!«

»Und wenn ich an Ihrer Stelle wäre, Mr. Dean, würde ich es mir zweimal überlegen. Die Gesetze sind bei Mord ziemlich streng – der Grund spielt dabei keine Rolle.«

Er holte seine Brieftasche aus dem Jackett, das über einem Stuhl hing, und zählte langsam mein Honorar ab.

»Hier ist Ihr Geld, Mr. Tyree. Ich danke Ihnen.«

Ich öffnete die Tür. »Wissen Sie also genau, daß das alles ist?«

»Haargenau!«

Ich schloß die Tür hinter mir.

Gegen halb sechs war ich wieder im Büro und tippte den Bericht über diesen Fall, ohne jedoch zu erwähnen, was sich meiner Vermutung nach heute abend in Zimmer 305 des Bayshore abspielen könnte. Ich fand, daß dieser Teil mich nichts mehr anging.

Ich schob den Aktenordner in das Regal und betrachtete mit gerunzelter Stirn die lächerliche Zahl der Berichte. Reich wurde ich bei diesem Beruf anscheinend nicht, und ich fing an zu überlegen, ob die Tätigkeit als Hoteldetektiv vielleicht doch gar nicht so dumm wäre.

Dann ließ ich mich in den Schreibtischsessel fallen und kaute nachdenklich an dem Niednagel. Hinter mir leuchtete die Sonne beim Untergehen auf, und ihr blutroter Schein, der sich im Fenster spiegelte, ließ mich plötzlich wieder an Dean und seine jahrelange Jagd nach dem Mörder seiner Frau denken. Wahrscheinlich hätte ich Mitleid mit Dean haben müssen; aber aus irgendeinem Grunde verspürte ich statt dessen Mitleid mit dem stämmigen und kahlköpfigen Burschen namens Otto, der in wenigen Stunden an die Tür von Deans Hotelzimmer klopfen würde. Daß ich ihn in einen Hinterhalt gelockt hatte, war doch ein ziemlich krummer Weg gewesen, um meine Miete zu verdienen. Mochte der Fall auch noch so eindeutig liegen – irgendwie kam ich mir schäbig vor.

Gegen sieben Uhr ging ich in das Restaurant, das in meiner Straße lag. Auf der Speisekarte stand nichts, was meinen Appetit hätte reizen können, so daß ich Kaffee bestellte, mit dem ich mich stumm fast eine Stunde lang beschäftigte.

Und dann ging ich spazieren. Irgendein Ziel hatte ich ursprünglich nicht, bis ich in Sichtweite des billigen Neonzeichens war, das den Namen HOTEL BAYSHORE verkündete.

Gegenüber dem Hotel baute ich mich unauffällig auf, und plötzlich hoffte ich, der Vogel würde nicht auftauchen.

Aber er tat es. Um fünf vor halb neun kam der untersetzte Gent mit der Vorliebe für alte Jazzplatten die Straße herunter. Ohne nach rechts oder links zu blicken, steuerte er auf den Hoteleingang zu.

Ich rauchte eine zweite Zigarette und versuchte dabei, zu irgendeinem Entschluß zu kommen. Dann ließ ich den Stummel fallen, trat ihn aus und ging ins Bayshore.

Mit dem Aufzug fuhr ich zum dritten Stock hoch und schlenderte den menschenleeren Korridor entlang zum Zimmer 305. Jenseits der Tür war es schrecklich still. Ich preßte mein Ohr an die Türfüllung und lauschte auf irgendwelche Geräusche.

Eine geschlagene Minute lang – nichts.

Dann ein Schuß!

Ohne lange zu überlegen, warf ich mich wie ein Rugbyspieler gegen die Tür. Krachend flog sie auf, und irgend jemand schrie gellend. Im gleichen Augenblick trudelte eine Lampe über eine Tischkante; der Schirm rollte mir vor die Füße, während die nackte Birne in dem kleinen Zimmer ein grelles Licht verbreitete, das auch auf das entsetzte Gesicht von Munro Dean fiel.

Geduckt lehnte er an der Wand, immer noch in Hemdsärmeln, die Zweiunddreißiger in der Hand, deren Knöchel weiß hervortraten. Er winselte, und seine Augen waren auf den untersetzten Mann gerichtet, der auf dem Teppich lag. Otto war nicht tot, zappelte jedoch wie ein Fisch, und mit heiserer Stimme murmelte er einen Monolog von gemeinen

Wörtern vor sich hin. Seine Hand versuchte dauernd, unter das Jackett zu greifen, und was sie dort suchte, war völlig klar.

Deans Arm hob sich wieder, und ich brüllte ihn an, nicht zu schießen. Er hörte nicht, und so sprang ich mit einem Satz über den Verletzten hinweg und schlug Dean die Pistole aus der Hand. Das brachte ihn wieder zu sich; er rutschte an der Wand hinunter und bedeckte sein Gesicht mit beiden Händen. Die Pistole erwischte ich gerade noch rechtzeitig, um den Mann auf dem Teppich in Schach zu halten.

»Weg da!« kreischte er, den Revolver bereits halb aus dem Jackett. »Abschießen will ich diese Drecksau...«

»Klappe!« Ich richtete die Pistole auf ihn. »Und daß du nicht abdrückst!«

Er hörte nicht auf mich. Den Revolver hatte er jetzt draußen. Hinter mir gab Dean Laute von sich, die eher nach einem abgestochenen Kalb klangen.

»So schlimm bist du nicht verletzt, Freundchen«, sagte ich zu Otto. »Sieht fast wie ein Beinschuß aus. Mach die Sache nicht noch komplizierter.«

»Geh da weg!«

Instinktiv hatte ich das Gefühl, schießen zu müssen, um weiteren Ärger zu vermeiden; aber ich konnte es nicht. Als nächstes merkte ich nur, daß Dean sich hinter meinem Rücken versteckte, sich an mir festklammerte, als stünden wir beide auf einem schlingernden Schiff, und mich anflehte, ihn zu beschützen. Der Revolver bellte auf und riß hinter uns ein Stück aus der Wand. Dean griff nach der Zweiunddreißiger, die ich in der Hand hielt, und kreischte, ich solle schießen. Ich versuchte, ihn abzuschütteln, aber er war völlig wahnsinnig. Bei unserem Ringkampf stolperte er plötzlich nach vorn, und Ottos nächster Schuß erwischte ihn genau. Ich hatte wirklich nicht die Absicht gehabt, Dean dieser Gefahr auszusetzen; als er jedoch zusammensackte, sah ich flüchtig, wie seine Augen mich vorwurfsvoll anblickten.

Jetzt hatte ich keine Wahl mehr. Ich drückte ab, und im gleichen Moment spritzte Blut von der zerschossenen Hand des stämmigen Gents. Er stöhnte, als ihm der Revolver aus der Hand fiel, kippte dann vornüber auf den Teppich, und sein Gesicht war von Schmerz verzerrt.

Ich sah Dean an. Das Geschoß war ihm in den Unterleib gedrungen, und es bestand kein Zweifel, daß er fertig war. Dann ging ich zu Otto.

»Kannst du reden?« fragte ich.

Er nickte heftig.

»Kennst du den Kerl?« sagte ich. »Hast du ihn wiedererkannt?«

»Ja – Rahway, 1948...«

»Du hast seine Frau ermordet, nicht?«

Er versuchte mühsam, mich anzublicken. »Wer bist du eigentlich – was?«

»Niemand«, sagte ich. »Bloß ein gedungener Helfer.«

Der Bursche fing an zu kichern, obgleich er ziemlich blutete.

»Was ist denn daran so komisch?« sagte ich.

»Der da drüben«, sagte Otto. »Der hat sich nie die Finger schmutzig gemacht; für die Dreckarbeit hat er sich immer jemand anderes geholt...« Vor Schmerzen schnitt er eine Grimasse.

»Was soll das heißen?«

»Mich hat er auch geholt. Mich hat er dafür bezahlt, daß ich seine Frau umlegte. Und dann hat er andere dafür bezahlt, daß sie mich überall gesucht haben. Kaltmachen wollte er mich, damit ich nicht mehr reden konnte.«

Ich starrte den stämmigen Mann an. Schließlich schaute ich zu Munro Dean hinüber. Ein Funke Leben steckte noch in ihm, und beide Hände hatte er fest auf die Wunde gepreßt. Er sah auf seine Hände hinunter, zwischen deren Fingern das Blut hervorquoll. So sauber schienen diese Finger jetzt nicht mehr zu sein.

# Genau
# die richtige Art
# von Haus

Der Wagen, der vor dem Büro des Grundstückmaklers Aaron Hacker hielt, hatte ein New-Yorker Nummernschild. Aaron brauchte nicht erst das gelbe Rechteck zu sehen, um zu wissen, daß der Besitzer dieses Wagens in den von Ulmen beschatteten Straßen von Ivy Corners fremd war. Es war ein rotes Kabriolett; etwas annähernd Ähnliches gab es hier nicht.

Der Mann stieg aus.

»Sally«, sagte Aaron zu der gelangweilten jungen Dame am einzigen Tisch, der noch im Büro stand. Auf ihre Schreibmaschine hatte sie ein broschiertes Buch gestellt, und verträumt kaute sie vor sich hin.

»Ja, Mr. Hacker?«

»Anscheinend ein Kunde. Wir sollten uns lieber was zu tun machen.« Klingen tat es wie eine sanfte Frage.

»Sofort, Mr. Hacker!« Sie lächelte strahlend, legte das Buch weg und spannte einen leeren Bogen in die Maschine. »Was soll ich schreiben?«

»Irgendwas – irgendwas!« Aaron furchte die Stirn.

Tatsächlich schien es ein Kunde zu sein. Der Mann kam geradewegs auf die Glastür zu, und in seiner rechten Hand hielt er eine zusammengefaltete Zeitung. Aaron schilderte ihn später als massiv; in Wirklichkeit war er nur dick. Gekleidet war er in einen farblosen Anzug aus sehr leichtem Stoff, und der Schweiß hatte das Gewebe derart durchtränkt, daß sich unterhalb der Achseln große dunkle Kreise gebildet hatten. Er mochte etwa fünfzig sein, hatte jedoch volles Haar, das schwarz und lockig war. Die Haut seines Gesichtes war gerötet und heiß; die schmalen Augen dagegen blieben klar und eisig.

Er kam durch die Tür, blickte in die Richtung, aus der das Geklapper der Schreibmaschine kam, und nickte dann Aaron zu.

»Mr. Hacker?«

»Ja, Sir.« Aaron lächelte. »Was kann ich für Sie tun?«

Der dicke Mann wedelte mit der Zeitung. »Ich habe Ihren Namen in der Rubrik Grundstückmarkt gefunden.«

»Stimmt. Jede Woche setze ich ein Inserat ein. Hin und wieder inseriere ich auch in der *Times*. Eine Menge Leute in der Großstadt interessieren sich für Städte wie unsere, Mr. . . .«

»Waterbury«, sagte der Mann. Er zog ein weißes Taschentuch hervor und fuhr sich damit über das Gesicht. »Heiß heute.«

»Ungewöhnlich heiß«, erwiderte Aaron. »Hier bei uns ist es selten so heiß. Durchschnittstemperatur ist im Sommer rund fünfundzwanzig Grad Celsius. Wir haben nämlich einen See. Stimmt's, Sally?« Das Mädchen war viel zu beschäftigt, um ihn zu hören. »Na ja. Wollen Sie nicht Platz nehmen, Mr. Waterbury?«

»Danke.« Der dicke Mann setzte sich auf den angebotenen Stuhl und seufzte. »Ich bin schon durch die Gegend gefahren. Wollte mir alles erst einmal ansehen, bevor ich herfuhr. Nette kleine Stadt.«

»Doch, uns gefällt sie auch. Zigarre?« Er klappte eine Kiste auf, die auf seinem Tisch stand.

»Nein, danke. Ich habe nicht allzuviel Zeit, Mr. Hacker. Einverstanden, wenn wir gleich zum Geschäftlichen kommen?«

»Ist mir recht, Mr. Waterbury.« Er blickte zu dem klappernden Geräusch hinüber und runzelte die Stirn. »Sally!«

»Ja, Mr. Hacker?«

»Hören Sie doch endlich mit dem verdammten Geklapper auf!«

»Sofort, Mr. Hacker.« Sie legte die Hände in den Schoß und starrte auf das sinnlose Durcheinander von Buchstaben, das sie auf den Bogen gehämmert hatte.

»Also?« sagte Aaron. »Ist es irgendein spezielles Grundstück, für das Sie sich interessieren, Mr. Waterbury?«

»Wenn Sie es genau wissen wollen – ja. Es handelt sich um ein Haus, das am Stadtrand liegt, genau gegenüber einem alten Bau. Was dieser Bau darstellt, weiß ich nicht – er steht leer.«

»Das Kühlhaus«, sagte Aaron. »Und war das andere vielleicht ein Haus mit Säulen?«

»Ja, das ist es. Wie steht es damit? Soweit ich mich erinnere, habe ich irgendwo eine Tafel ›Zu verkaufen‹ hängen sehen – aber hundertprozentig weiß ich es nicht.«

Aaron schüttelte den Kopf und kicherte trocken. »Doch, doch, Sie haben recht!« Er blätterte in einem Aktenordner und deutete dann auf einen mit Schreibmaschine beschriebenen Bogen. »Für längere Zeit kommt es wohl kaum in Frage, nicht?«

»Warum nicht?«

Er schob dem anderen den Ordner hin. »Lesen Sie selbst.« Das tat der Dicke.

*Echter Kolonialstil.* 8 Zimmer, 2 Bäder, automatische Ölheizung, geräumige Veranden, Bäume und Sträucher. Geschäfte und Schulen in der Nähe. $75 000.

»Immer noch interessiert?«

Unruhig rutschte der Mann hin und her. »Und warum nicht? Hat die Sache einen Haken?«

»Na ja!« Aaron kratzte sich an der Schläfe. »Wenn es Ihnen bei uns wirklich gefällt, Mr. Waterbury – ich meine, wenn Sie sich tatsächlich hier niederlassen wollen, hätte ich jede Menge Häuser, die für Sie besser geeignet wären.«

»Einen Moment bitte!« Der Dicke machte einen unwilligen Eindruck. »Was soll das eigentlich bedeuten? Ich habe mich bei Ihnen nach diesem Kolonialhaus erkundigt. Wollen Sie es nun verkaufen oder nicht?«

»Habe ich gesagt, daß ich es verkaufen will?« Aaron kicherte. »Mein lieber Mann, dieses Grundstück habe ich jetzt seit fünf Jahren an der Hand. Und mir wäre sehr viel wohler, wenn ich die Kommission einstreichen könnte. Bloß habe ich dieses Glück bisher noch nicht gehabt.«

»Was wollen Sie damit sagen?«

»Damit will ich sagen, daß Sie es auch nicht kaufen werden. Mehr nicht. Den Auftrag habe ich allein der alten Sadie Grimes wegen übernommen. Sonst hätte ich nicht mal dieses Stück Papier dafür geopfert – das können Sie mir glauben.«

»Ich verstehe Sie immer noch nicht.«

»Dann werde ich es Ihnen erklären.« Er nahm eine Zigarre aus der Kiste, rollte sie jedoch nur zwischen den Fingern. »Vor fünf Jahren, als ihr Sohn starb, entschloß sie sich, das Haus zu verkaufen. Den Auftrag dazu gab sie mir. Ich wollte ihn gar nicht – wirklich nicht, Sir. Das habe ich ihr auch mitten ins Gesicht gesagt. Der alte Kasten ist doch niemals das Geld wert, das sie dafür fordert. Das können Sie mir glauben! Keine zehntausend ist er wert!«

Das Gesicht des Dicken rötete sich. »Keine zehn?« Und sie will fünfundsiebzig haben?«

»Ja, stimmt. Aber fragen Sie mich nicht, warum. Das Haus ist nämlich wirklich alt. Aber nicht so wie die anderen, die solide wie ein Fels gebaut sind. Einfach alt ist es, nichts weiter. Gegen Termiten ist nie was getan worden. In den nächsten paar Jahren kommen bestimmt einige Balken von oben herunter. Die Kellerräume stehen die halbe Zeit unter Wasser. Die erste Etage ist auf der einen Seite um gut zwanzig Zentimeter abgesackt. Und das Grundstück ist der reinste Urwald.«

»Warum verlangt sie denn dann so viel?«

Aaron zuckte die Schultern. »Fragen Sie mich nicht. Vielleicht aus Sentiment. Seit der Revolution ist das Haus im Familienbesitz – kann sein, daß das der Grund ist.«

Der Dicke betrachtete nachdenklich den Fußboden. »Das ist allerdings schlecht«, sagte er, »sehr schlecht!« Dann hob er den Kopf, sah Aaron an und lächelte einfältig. »Und dabei gefällt es mir so. Es war – ich weiß nicht, wie ich es erklären soll. Genau die richtige Art von Haus.«

»Ich weiß, was Sie meinen. Ein freundliches altes Haus. Und für zehntausend wäre es ein guter Kauf. Aber fünfundsiebzig?« Er lachte. »Trotzdem glaube ich, Sadies Gründe zu kennen. Viel Geld hat sie nicht. Ihr Sohn unterstützte sie und verdiente in der Stadt auch ganz ordentlich. Dann starb er, und sie wußte, daß es nur vernünftig wäre, wenn sie es verkaufte. Aber sie konnte es nicht über sich bringen, sich von dem alten Haus zu trennen. Und deswegen setzte sie den Preis so hoch, daß kein Mensch überhaupt auf die Idee kam, es zu kaufen. Aber ihr Gewissen hatte sie damit beruhigt.« Betrübt schüttelte er den Kopf. »Eine merkwürdige Welt ist das, nicht?«

»Ja«, sagte Waterbury zurückhaltend.

Dann stand er auf. »Ich will Ihnen was sagen, Mr. Hakker. Angenommen, ich führe mal hin und redete mit Mrs. Grimes? Angenommen, ich versuchte, ihr den Preis auszureden?«

»Machen Sie sich nichts vor, Mr. Waterbury. Genau das habe ich seit fünf Jahren versucht.«

»Wer weiß? Wenn ein völlig Fremder es versuchte...«

Aaron Hacker breitete die Hände aus. »Vielleicht haben Sie recht. Wir leben schon in einer merkwürdigen Welt, Mr. Waterbury. Wenn Sie sich also dieser Mühe unterziehen wollen, bin ich gern bereit, Ihnen dabei behilflich zu sein.«

»Gut. Dann werde ich gleich hinfahren...«

»Großartig. Aber lassen Sie mich lieber noch bei Sadie Grimes anrufen. Ich werde ihr Bescheid sagen, daß Sie kommen.«

Langsam fuhr Waterbury durch die stillen Straßen. Die schattigen Bäume, die die Straßen einsäumten, warfen friedliche gesprenkelte Schatten auf die Motorhaube des Kabrioletts. Der darunter liegende starke Motor lief leise flüsternd, so daß Waterbury das wellenweise Zwitschern der Vögel über sich hören konnte.

Das Haus der Sadie Grimes erreichte er, ohne einem anderen fahrenden Wagen begegnet zu sein. Er hielt vor dem verfallenen Holzzaun, der wie eine unordentliche Reihe von Wachtposten vor dem Haus stand.

Der Rasen war ein Gewirr aus Unkraut und Steppengras, und die Säulen, die auf der vorderen Veranda aufragten, waren von Kletterpflanzen umwickelt.

An der Tür befand sich ein Klopfer. Er ließ ihn zweimal gegen das Holz fallen.

Die Frau, die ihm öffnete, war klein und gedrungen. Ihr weißes Haar wirkte stellenweise leicht rosa, und die Falten ihres Gesichts verliefen abwärts in Richtung ihres kleinen störrischen Kinns. Trotz der Hitze trug sie eine dicke Wolljacke.

»Sie sind sicher Mr. Waterbury?« sagte sie. »Aaron Hakker hat mir Bescheid gesagt, daß Sie kommen.«

»Der bin ich«, sagte der Dicke lächelnd. »Wie geht es Ihnen, Mrs. Grimes?«

»Ich bin zufrieden. Wahrscheinlich möchten Sie hereinkommen?«

»Schrecklich heiß hier draußen.« Er lachte leise.

»Na schön, dann kommen Sie. Ich habe schon Limonade in den Eisschrank gestellt. Nur bilden Sie sich bitte nicht ein, daß ich mich mit Ihnen auf einen Handel einlasse, Mr. Waterbury. Zu diesen Leuten gehöre ich nicht!«

»Das sieht man doch gleich«, sagte der Mann gewinnend und folgte ihr in das Haus.

Es war dunkel und kühl. Die Fensterläden waren undurchsichtig und heruntergelassen. Sie betraten ein viereckiges Wohnzimmer mit schweren barocken Möbeln, die phantasielos an den Wänden aufgereiht waren. Die einzige Farbe innerhalb des Zimmers kam von den verblichenen Farbtönen des Fransenteppichs, der in der Mitte auf dem kahlen Fußboden lag.

Die alte Frau ging sofort zu einem Schaukelstuhl und blieb dort regungslos sitzen, die runzligen Hände streng gefaltet.

»Also?« sagte sie. »Wenn Sie etwas zu sagen haben, Mr. Waterbury, schlage ich vor, daß Sie es gleich tun.«

Der Dicke räusperte sich. »Mrs. Grimes, ich habe mich gerade mit Ihrem Grundstückmakler unterhalten...«

»Das weiß ich bereits«, fuhr sie dazwischen. »Aaron ist ein Dummkopf. Und zwar schon deshalb, weil er Sie hierherfahren ließ mit der Absicht, meinen Entschluß zu ändern. Für solche Sachen bin ich aber zu alt, Mr. Waterbury.«

»Ich, äh – ich weiß gar nicht, ob das in meiner Absicht lag, Mrs. Grimes. An sich wollte ich – äh – wollte ich mich nur ein bißchen mit Ihnen unterhalten.«

Sie lehnte sich zurück, und der Schaukelstuhl ächzte.

»Reden Sie nur immer frei von der Leber. Genieren Sie sich nicht.«

»Ja ...« Er wischte sich wieder das Gesicht ab und steckte das Taschentuch nur zur Hälfte wieder in die Tasche. »Ja, dann will ich es mal folgendermaßen ausdrücken, Mrs. Grimes. Ich bin Geschäftsmann – Junggeselle dazu. Ich habe lange Zeit gearbeitet und dabei ein hübsches kleines Vermögen zurückgelegt. Und jetzt möchte ich mich zur Ruhe setzen – am liebsten an einem Ort, wo es ruhig ist. Ivy Corners gefällt mir. Vor einigen Jahren bin ich einmal hier durchgekommen, und zwar auf dem Weg nach – äh, nach Albany. Und damals habe ich mir gesagt, daß ich mich hier einmal zur Ruhe setzen möchte.«

»Und?«

»Und als ich heute durch die Stadt fuhr und dieses Haus sah – da war ich begeistert. Es scheint für mich – genau richtig zu sein.«

»Mir gefällt dieses Haus auch, Mr. Waterbury. Deswegen verlange ich auch einen angemessenen Preis dafür.«

Waterbury zwinkerte mit den Augen. »Einen angemessenen Preis? Sie müssen doch zugeben, Mrs. Grimes, daß ein Haus dieser Art heutzutage nicht mehr als ...«

»Jetzt ist aber Schluß!« rief die alte Frau. »Ich habe es Ihnen vorhin schon gesagt – ich habe keine Lust, den ganzen Tag hier herumzusitzen und mich mit Ihnen zu streiten. Wenn Sie meinen Preis nicht zahlen wollen, brauchen wir gar nicht mehr darüber zu sprechen.«

»Aber Mrs. Grimes ...«

»Auf Wiedersehen, Mr. Waterbury!«

Sie stand auf und gab damit zu verstehen, daß sie von ihm dasselbe erwartete.

Das tat er jedoch nicht. »Noch einen Moment, Mrs. Grimes«, sagte er, »nur noch einen einzigen Moment. Ich weiß, daß es verrückt ist, aber – ich bin einverstanden. Ich zahle Ihnen, was Sie verlangen.«

Sie blickte ihn eine ganze Weile an. »Haben Sie es sich auch genau überlegt, Mr. Waterbury?«

»Das habe ich. Geld habe ich genug. Wenn Sie unbedingt Ihren Willen haben wollen – bitte, ich bin einverstanden.«

Sie lächelte dünn. »Die Limonade ist jetzt bestimmt kalt

genug. Ich hole Ihnen ein Glas – und dann möchte ich Ihnen einiges über dieses Haus erzählen.«

Er wischte sich gerade die Stirn ab, als sie mit dem Tablett zurückkam. Gierig goß er die eiskalte gelbe Flüssigkeit in sich hinein.

»Dieses Haus«, sagte sie und setzte sich wieder bequem in den Schaukelstuhl, »befindet sich seit achtzehnhundertzwei im Besitz meiner Familie. Rund fünfzehn Jahre vorher war es gebaut worden. Mit Ausnahme meines Sohnes Michael wurde jedes Mitglied meiner Familie in dem oben liegenden Schlafzimmer geboren. Ich war die einzige, die eine Ausnahme machte«, fügte sie aufsässig hinzu. »Ich hatte neumodische Ideen im Kopf – mit Krankenhäusern und so weiter.« Ihre Augen zwinkerten.

»Ich weiß selbst, daß es nicht zu den solidesten Häusern von Ivy Corners gehört. Nachdem ich mit Michael nach Hause gekommen war, wurde der ganze Keller überschwemmt, und seitdem haben wir ihn nie mehr ganz trocken bekommen. Aaron meinte, Termiten wären ebenfalls im Hause, aber gesehen habe ich diese lästigen Biester noch nie. Und außerdem liebe ich dieses alte Haus – verstehen Sie mich?«

»Natürlich«, sagte Waterbury.

»Michaels Vater starb, als Michael neun war. Damals hatten wir es schwer. Ich übernahm Näharbeiten, und mein eigener Vater hinterließ mir die kleine Jahresrente, von der ich heute lebe – nicht gerade großartig, aber ich komme zurecht. Michael vermißte seinen Vater sehr, vielleicht sogar mehr, als ich es tat. Und im Laufe der Zeit wurde er – Gott ja, wild ist das einzige Wort, das einem dabei einfällt.«

Mitfühlend schnalzte der dicke Mann leise mit der Zunge.

»Als er das Examen an der High School gemacht hatte, ging er aus Ivy Corners weg und in die Stadt. Gegen meinen Willen, damit kein Irrtum entsteht! Aber er war genauso wie viele junge Leute, voller Ehrgeiz, wenn auch noch ohne jedes Ziel. Was er in der Stadt anfing, weiß ich nicht. Aber Erfolg muß er gehabt haben – er schickte mir nämlich regelmäßig Geld.« Ihre Augen verschleierten sich. »Neun Jahre lang sah ich ihn nicht.«

»Ach«, sagte der Mann betrübt.

»Ja, es war für mich nicht leicht. Aber noch viel schlimmer war es, als er wieder nach Hause kam – und zwar wegen irgendwelcher Schwierigkeiten.«

»Oh?«

»Ich hatte keine Ahnung, wie groß diese Schwierigkeiten waren. Mitten in der Nacht tauchte er plötzlich auf, und dazu sah er viel dünner und älter aus, als ich es jemals für möglich gehalten hätte. Gepäck hatte er keines bei sich, nur einen kleinen schwarzen Koffer. Als ich versuchte, ihm diesen Koffer abzunehmen, hat er mich fast geschlagen – mich, seine leibliche Mutter!

Ich brachte ihn gleich zu Bett, als wäre er wieder ein kleiner Junge. Und die ganze Nacht habe ich damals gehört, wie er weinte.

Am nächsten Tag schickte er mich aus dem Haus. Nur für ein paar Stunden – er hätte irgend etwas vor, sagte er. Was es war, verriet er nicht. Als ich dann aber gegen Abend heimkam, merkte ich, daß der kleine Koffer verschwunden war.«

Die Augen des Dicken, die über das Limonadenglas hinwegsahen, wurden groß.

»Was soll das heißen?« fragte er.

»Damals wußte ich es noch nicht. Aber gar nicht viel später bekam ich es heraus – schrecklich schnell. In jener Nacht kam ein Mann in unser Haus. Ich weiß gar nicht, wie er überhaupt hereingekommen ist. Merken tat ich es erst, als ich in Michaels Zimmer Stimmen hörte. Ich schlich an die Tür und versuchte zu lauschen, versuchte herauszufinden, in welchen Schwierigkeiten mein Junge steckte. Aber ich hörte bloß Schreie und Drohungen, und . . .«

Sie verstummte, und ihre Schultern sanken hinab.

»Und einen Schuß«, fuhr sie fort, »einen Revolverschuß. Als ich ins Zimmer kam, stand das Schlafzimmerfenster weit offen, und der Fremde war verschwunden. Und Michael – der lag auf dem Boden. Er war tot.«

Der Stuhl knarrte.

»Das war alles vor fünf Jahren«, sagte sie. »Vor fünf langen Jahren. Und es dauerte eine ganze Weile, bis ich erfuhr, was passiert war. Die Polizei hat mir die ganze Geschichte erzählt. Michael und der andere Mann waren in Verbrechen verwickelt – in ein schweres Verbrechen. Viele, viele tausend Dollar hatten sie gestohlen.

Michael hatte das Geld genommen und war damit weggelaufen, weil er es für sich behalten wollte. Er versteckte es irgendwo in diesem Haus – wo, das weiß ich bis heute nicht. Dann kam der andere Mann zu meinem Sohn, um seinen Anteil abzuholen. Als er feststellte, daß das ganze Geld verschwunden war – brachte er meinen Jungen um.«

Sie blickte hoch. »Und deswegen habe ich dieses Haus zum Verkauf ausgeschrieben, für fünfundsiebzigtausend Dollar. Ich wußte, daß der Mörder meines Sohnes irgendwann hierher zurückkommen würde. Und irgendwann würde er dann dieses Haus zu jedem Preis kaufen wollen. Ich brauchte nicht mehr zu tun, als zu warten, bis ich den Mann fände, der für das Haus einer alten Dame viel zuviel Geld zahlen wollte.«

Sanft schaukelte sie hin und her.

Waterbury stellte das leere Glas hin und leckte sich die Lippen ab; seine Augen konnten nichts mehr genau erkennen, und sein Kopf rollte willenlos von einer Seite zur anderen.

»Bah!« sagte er. »Die Limonade schmeckt aber bitter.«

# Der letzte Auftritt

Sie legten die dicke, geflochtene Schnur um Ferlinis Handgelenke und schnürten sie fest zusammen. Der kleinere der beiden Männer war zugleich der aggressivere: Er zog und zerrte, bis die Schnur tief in die Haut einzuschneiden schien. Ächzend legten sie dann die Fußeisen um seine Knöchel, ließen die schweren Metallschlösser einschnappen und vergewisserten sich, daß sie sich nicht öffnen ließen. Keuchend vor Anstrengung standen sie schließlich über ihrem Opfer und schienen mit seiner Hilflosigkeit äußerst zufrieden zu sein.

Dann schob die Frau den Wandschirm vor Ferlinis gefesselten Körper. Es war jedoch noch keine Minute vergangen, als Ferlini selbst ihn beiseite schleuderte; Schnur und Eisen hielt er triumphierend in den hochgereckten Händen.

Das Publikum des kleinen Lokals brach in tosenden Applaus aus. Ferlini strahlte auf. Er war hellhäutig, fast ein Albino, und selbst die Wüstensonne konnte seine Hautfarbe nicht ändern; die Anerkennung des Publikums dagegen ließ die Röte befriedigter Eitelkeit in seine Wangen steigen.

Die beiden Freiwilligen aus dem Publikum kehrten kopfschüttelnd und einfältig grinsend zu ihren Tischen zurück, während die sechsköpfige Kapelle zu einer neuen Melodie überwechselte. Wanda, Ferlinis Frau und Partnerin, bewegte sich mechanisch über die Bühne, um den Wandschirm wegzubringen. Aus dem Publikum kamen ein paar Pfiffe und flüchtiger Beifall; aber sie wußte, daß er einzig und allein ihrem Kostüm und ihren Beinen galt. Sie war über vierzig, und die passable Schönheit ihres Gesichts hing zunehmend von dicken Make-up-Schichten ab; ihre Beine dagegen waren immer noch lang, schlank und makellos.

Auf ihrem Weg zur Garderobe stand plötzlich Baggett vor ihr und schaute sie mit seinen seelenvollen Augen an. »Laß mich das tragen«, sagte er und legte seine Hand auf den Wandschirm.

»Es geht schon«, flüsterte Wanda. »Laß es lieber, Tommy.«

»Heute abend hat er Erfolg gehabt, oder?«

Sie krauste die Stirn, so daß Risse in dem dicken Make-up entstanden. »Das kommt von dieser Art Publikum«, sagte sie achselzuckend. »Bei denen hast du auch Erfolg.«

»Danke«, sagte Baggett, ein alternder Schlagersänger, trocken.

»Aber so habe ich es doch gar nicht gemeint.« Sie lehnte den Wandschirm gegen die Betonwand und drehte sich zu ihm um, die Augen verträumt. »Du weißt doch, was ich von dir halte, Tommy – von deinem Singen, meine ich.«

»Und mehr meinst du nicht?«

»Ich gehe lieber«, sagte Wanda.

Als sie die Garderobe betrat, fand sie ihren Mann in bester Laune, und gerade diese Stimmung mochte sie am wenigsten. Er starrte in den Spiegel und frottierte seine Schultern heftig mit einem Handtuch, während sein Gesicht von einem breiten Lächeln gespalten war, bei dem jeder einzelne seiner großen, starken Zähne sichtbar war. »Jaja, heute abend klappte es prima – ganz prima«, sagte er glücklich. »Heute abend wäre ich auch aus einer Stahlkiste herausgekommen; so war mir wenigstens zumute. Hast du diesen kleinen Kerl beobachtet?« Er lachte wiehernd und schlug mit der flachen Hand auf den Garderobentisch. »Der Zwerg glaubte doch tatsächlich, er könne mich fertigmachen! Hast du gesehen, wie er sich mit der Schnur abmühte? Eins sage ich dir: Diese Kleinen sind die schlimmsten! Deswegen macht es richtig Spaß, sie an der Nase herumzuführen.«

Er drehte sich um und sah seine Frau an, die vor sich hin starrte; er ballte seine großen Hände und ließ seine ungewöhnlich kräftigen Muskeln spielen, während sich sein

Brustkorb wölbte und die unglaubliche Ausdehnung zeigte, die für seinen Beruf so wichtig war. »Sieh dir das mal an – los, guck dir das an! Glaubst du, die Leute würden mich für sechsundvierzig halten? Na, was meinst du?«

»Du bist ein griechischer Gott«, sagte Wanda verbittert. »Und da wir gerade von den Griechen reden: Wir sind heute abend eingeladen – von Roscoe.«

»Also bei diesem Phil vergeht mir richtig der Appetit«, sagte Ferlini, immer noch mit einem Grinsen. »Wenn man ihn bloß reden hört, daß die Entfesselungskunst tot sei. Er hätte sich lieber heute abend die Leute ansehen sollen, mehr sage ich nicht darüber. Wahrscheinlich würde er dann anders reden.«

»Immerhin hat er dir dieses Engagement verschafft, oder? Folglich müßte er eigentlich wissen, ob diese Sache tot ist oder nicht!« Sie gähnte und begann sich umzuziehen. Dann fiel ihr irgend etwas ein, und während sie ihr Make-up abwischte, trat sie an den Garderobentisch ihres Mannes. »Hör mal – wenn wir nachher mit Phil zusammen sind, fang bitte nicht wieder mit dieser Unterwassergeschichte an. Ich kann es einfach nicht mehr hören.«

»Ach!« sagte Ferlini mit einer Handbewegung. »Du wirst langsam alt, Wanda – daran liegt es.«

»Und das sagst ausgerechnet du! Du bist auch kein Küken mehr, Joe; vergiß es nicht!«

Er drehte sich um, blickte sie an und grinste tückisch. »In der letzten Woche habe ich zehn neue Falten bei dir entdeckt, Süße. Du solltest dich lieber mal ganz genau ansehen! Los – sieh dich an. Du hast doch einen Spiegel!«

»Ach, scher dich zum Teufel!«

»Los, sieh dich an!« brüllte Ferlini plötzlich. Dann schnellte sein muskulöser Arm vor, und er packte ihr Handgelenk; er zwang sie, sich zu dem erleuchteten Spiegel auf seinem Tisch vorzubeugen und hineinzuschauen. Sie blickte ihr Spiegelbild an, sah das streifige, orangegefarbene Make-up auf ihrer Stirn und am Kinn, die Falten um den Mund und die Säcke unter ihren Augen. Sie wandte den Kopf zur Seite, aber Ferlinis Griff wurde härter und grausamer.

»Hör auf, Joe! Laß mich los!«

»Wer hat mich eben einen alten Mann genannt, was? Ich bin jünger als du, kapiert, weil ich mich in Form halte! Nenn mich nicht noch einmal einen alten Mann, hast du gehört?«

»Ja – ja doch!«

Mit einem angewiderten Knurren ließ er sie los. Seine gute Laune war verschwunden. Während Wanda vor Tränen kaum etwas sehen konnte, ging sie auf die andere Seite des Zimmers und zog sich an.

»Nicht jeder hält mich für alt«, flüsterte sie. »Nicht jeder, Joe.«

»Halt den Mund und mach dich fertig. Wenn wir schon eingeladen werden, gehen wir auch hin. Und noch eins«, sagte er, stand auf und klatschte sich auf den flachen Bauch. »Ich werde diese eine Sache mit Roscoe besprechen – diesen Unterwassertrick.«

Wanda sagte nichts.

Das Restaurant, das Roscoe ausgesucht hatte, glich Phil Roscoe fast aufs Haar: bereits etwas verblüht, leicht schäbig, anheimelnd und hell erleuchtet. Galant hielt Roscoe den Stuhl, bis Wanda sich hingesetzt hatte, während Ferlini sich schwer auf den nächstbesten Stuhl fallen ließ, nach einem Brötchen griff und es in zwei Hälften riß. Mit vollgestopftem Mund sagte er: »Heute abend hättest du mich erleben sollen, Phil. Mordsmäßig in Form war ich. Sag es ihm doch, Wanda – stimmt es etwa nicht?«

Wanda lächelte schwach. »Das Publikum war wirklich gut.«

»Gut? Drei Vorhänge habe ich gehabt!« sagte Ferlini und vergaß, daß er ohne Vorhang und ohne Zugaben gearbeitet hatte. »Eins will ich dir sagen, Phil – die Entfesselungskunst ist wieder ganz groß im Kommen. Und wenn es erst einmal soweit ist, bin ich ganz oben! Besonders dann, wenn wir den Unterwassertrick machen...«

»Jetzt fängt er schon wieder davon an!« stöhnte Phil. »Menschenskind, wir haben noch nicht einmal einen einzigen Drink gehabt, und da redest du von Wasser!«

Ferlini brüllte vor Lachen und rief nach dem Kellner.

Für Wanda war das Essen vom ersten bis zum letzten Gang ermüdend. Es redeten Ferlini und der Manager, und was sie sagten, kannte sie bereits.

»Hör mal genau zu, Joe«, sagte Roscoe, »du weißt doch genausogut wie ich, daß die Zeiten sich geändert haben. Noch vor wenigen Jahren konnte ein guter Presseagent einen Entfesselungskünstler mit ein bißchen Rummel gleich auf die erste Zeitungsseite lancieren. Aber Houdini ist tot, Joe. Vergiß das nicht.«

»Stimmt genau: Houdini ist tot. Aber ich lebe noch!« Er pochte auf seinen Brustkasten. »Ich, Joe Ferlini!«

»Eines muß man dir lassen, Joe: An falscher Bescheidenheit hast du eigentlich noch nie gelitten.«

»Jetzt hört mal zu«, sagte Ferlini wütend, »hat Houdini irgendwas gemacht, was ich nicht auch kann? Ich arbeite mit Stricken, Ketten und Eisen. Ich komme aus Säcken, Kisten, Körben und Kästen raus. Die Geschichte mit den Handschellen ist für mich ein Kinderspiel – genauso die Sache mit dem Festschnallen auf ein Brett. Ich arbeite mit armdicken Seilen und mit Zwangsjacken. Ich führe Entfesselungstricks vor, an die Houdini nicht einmal im Traum gedacht hat. Abgesehen davon weißt du selbst, daß Houdini mit einer ganzen Menge ziemlich übler Tricks gearbeitet hat...«

»Du etwa nicht?« sagte Wanda grob.

»Doch – manchmal. Ich meine, ich habe auch meinen Dietrich und präparierte Scharniere und ähnliche Sachen. Aber du kennst mich doch, Phil; die besten Sachen mache ich allein mit meinen Muskeln. Habe ich recht?«

»Klar, klar«, sagte der Manager müde. »Du bist der Größte, Joe.«

»Weil ich immer in Form bin. Da kannst du Wanda fragen. Eine Stunde arbeite ich pro Tag mit Hanteln. Meinen Brustkasten kann ich immer noch so ausdehnen, daß dir die Luft wegbleibt. Und diese Unterwassernummer schaffe ich leicht, Phil. Das wird eine ganz große Sache!«

»Aber sie ist nicht mehr neu, Joe – das versuche ich dir schon die ganze Zeit klarzumachen. Heutzutage regen sich die Leute über so was nicht mehr auf.«

Ferlini stieß einen verächtlichen Laut aus. »Du trinkst

zuviel, Phil. Dein Gehirn wird langsam weich. Sicher – die Nummer ist schon mal gemacht worden. Aber wie lange ist das schon her? Heute lebt doch eine ganz neue Generation. Stimmt's? Und wenn du die Dinge in die Hand nimmst, wird es eine ganz große Sache. Was meinst du?«

Roscoe seufzte, und es war ein Seufzer der Ergebung.

»Okay, Joe – wenn du wirklich glaubst. Wie willst du die Nummer aufziehen?«

Ferlini strahlte. »Ich glaube, ich kriege sie ganz schön zusammen. Erstens lasse ich mir Handschellen anlegen. Dann ein Strick, vielleicht fünfzehn Meter, um den Körper und dazu die Fußeisen. Dann lasse ich mich in einen Sack stecken und zuschnüren. Das Ganze kommt dann in eine große Stahlkiste, und dann lasse ich mich im Truscan-See versenken. Was meinst du?«

»Das sieht ziemlich nach plötzlichem Tod aus. Wieviel ist davon Muskelarbeit und wieviel Trick?«

»Die Sache mit dem Strick ist reine Muskelangelegenheit; wenn ich meinen Brustkasten soweit wie möglich ausdehne, rutscht der Strick einfach runter. Im doppelten Saum der Hosentasche habe ich einen Dietrich für die Handschellen. Sobald ich die los bin, nehme ich eine Rasierklinge und schlitze den Sack auf. Die Kiste hat natürlich einen präparierten Boden; ich stoße ihn einfach durch und schwimme an die Oberfläche. Das ganze Zeug sackt ab, und ich komme nach oben und strahle wie eine Rose.« Mit seinem Siegerlächeln sah er Phil an.

»Kannst du denn gut schwimmen?«

»Prima! Darüber brauchst du dir keine Gedanken zu machen. Als Junge wollte ich sogar den Ärmelkanal durchschwimmen – so gut war ich damals schon.«

»Wir könnten dich von einem Motorboot aus absetzen und genauso wieder herausholen. Dann ist das Risiko nicht so groß.«

»Dann ist es ein Kinderspiel. Wenigstens hast du es jetzt kapiert, Phil.«

»Kapiert habe ich es schon«, sagte der Manager. »Aber gefallen tut es mir trotzdem nicht. Hallo, Ober! Wo bleibt der Whisky?«

Von dem Hotelzimmer im dritten Stock konnte Wanda aus dem Fenster hinausblicken und ihren Mann sehen, der mit schnellen Stößen durch das im Freien liegende Schwimmbecken schwamm. Wie ein Hai bewegte er sich durch das Wasser. Das ergrauende Haar lag glatt nach hinten und wellte sich an den Enden, die dicken Muskeln seines Rückens und seiner Schultern spielten bei jeder geschmeidigen Bewegung seiner Arme. Früher, vor fünfzehn Jahren, hatte die Bewunderung sie hingerissen. Heute dagegen war sie nüchterner. Der große Ferlini brauchte nur einen einzigen Bewunderer, und diesen Bewunderer erblickte er Tag für Tag in seinem Rasierspiegel.

Mit einem Seufzer trat sie in das Zimmer zurück, setzte sich und blätterte gleichgültig die Seiten der Zeitschrift *Variety* durch. Wenige Augenblicke später klopfte es schüchtern an der Tür, und sie forderte den Klopfenden laut auf, doch hereinzukommen. Als sie Baggett in der Tür stehen sah, hielt sie vor Überraschung und Angst den Atem an.

»Tommy! Was tust du denn hier?«

»Ich mußte dich sehen, Wanda. Ich wußte, daß Joe im Schwimmbecken ist, und deshalb glaubte ich, der Augenblick wäre günstig. Es sieht so aus, als bliebe er den ganzen Tag draußen...«

»Wahrscheinlich hast du recht.«

Sie war verwirrt, versuchte jedoch, es nicht zu zeigen. Sie bot ihm einen Drink an, den er allerdings ablehnte. Sie versuchte, sich mit ihm über Belanglosigkeiten zu unterhalten, für die er jedoch kein Interesse zeigte. In der nächsten Minute lag sie in seinen Armen. Da es für sie dort unbequem war, machte sie sich bald wieder los und begann, über ihren Mann zu sprechen.

»Du kannst dir gar nicht vorstellen, wie er ist. Jahr für Jahr wird es schlimmer mit ihm – beinahe Tag für Tag. Denken tut er immer nur an seine Nummer, Tag und Nacht immer nur das eine: Entfesselung. Manchmal glaube ich schon, ich werde verrückt, Tommy – wirklich! Als wir letztes Jahr in Louisville waren, bin ich eine Zeitlang tatsächlich zu einem Psychiater gelaufen; hast du das schon gewußt? Drei Monate lang bin ich hingegangen, und dann bekam Ferlini das Engagement in Las Vegas, und damit war Schluß.«

»Wenn du mich fragst«, knurrte Baggett, »dann ist allein er verrückt – nach allem, wie er dich behandelt.«

»Weißt du, daß er manchmal sogar im Schlaf seine Nummer vorführt? Das ist kein Witz. Mitten in der Nacht wacht er plötzlich auf, wirft die Bettdecke ab und verbeugt sich!« Sie lachte, ohne daß ihr Ausdruck sich veränderte, und dann flossen die Tränen. Baggett nahm sie wieder in die Arme. »Manchmal wünsche ich mir, er würde so zusammengeschnürt, daß er einfach nicht freikommen kann. Nie mehr...«

»Was meinst du damit?«

Sie sah zu ihm hoch.

»Kennst du seine Unterwassernummer, bei der er in einen See geworfen wird? In einigen Wochen will er sie vorführen. Weißt du, an was ich immer denken muß, seit er sich dazu entschlossen hat?«

Sie trat an das Fenster und blickte zum Schwimmbecken hinunter, in dem Ferlini hartnäckig immer noch das Wasser durchpflügte.

»Ich habe daran gedacht, daß irgend etwas nicht klappen könnte. Ferlini ist gut – das weiß ich selbst. Es gibt fast nichts, aus dem er sich nicht befreien könnte. Aber wenn nun in der Nummer eine Winzigkeit nicht richtig klappt – dann würde er ertrinken. Findest du mich sehr entsetzlich, weil ich solche Gedanken habe?«

»Nicht einen Augenblick würde ich dir die Schuld daran geben!« sagte Baggett voller Ergebenheit.

Langsam ging Wanda zu der Kommode und zog die zweite Schublade auf. Aus einem Durcheinander von Gegenständen zog sie ein Paar stählerner Handschellen und zwei kleine metallene Gegenstände hervor. Die Handschellen brachte sie Baggett und sagte: »Willst du mir einen Gefallen tun, Tommy? Darf ich sie dir anlegen?«

Er sah sie verstört an. »Ist das dein Ernst?«

»Bitte.«

Bereitwillig hielt er ihr die Hände hin, und sie legte die Handschellen um seine Handgelenke und ließ sie zuschnappen.

»Jetzt versuche, wieder herauszukommen.«

Baggett, ein dünner romantischer Typ, strengte sich gewaltig an, bis sein Hals sich dunkelrot färbte.

»Ich kann es nicht!« sagte er schwer atmend.

»Natürlich kannst du es nicht. Keiner kann es, nicht einmal Ferlini – es sei denn, er hätte dieses Ding zufällig irgendwo bei sich.« Sie hielt einen kleinen Schlüssel hoch und gab ihn dann Baggett. »Jetzt versuche es«, sagte sie.

Mit verrenktem Finger, die Zunge in einem Winkel seines Mundes, gelang es Baggett, den winzigen Schlüssel in das Schlüsselloch zu stecken. Er drehte ihn um, aber passieren tat nichts.

»Es klappt nicht«, sagte er. »Der Schlüssel paßt nicht.«

»Nein, er paßt nicht«, sagte Wanda verträumt. »Er paßt wirklich nicht, oder?«

»Aber warum denn nicht? Was ist denn verkehrt?« Eine Spur von panischer Angst lag in Baggetts Stimme.

»Es ist der falsche Schlüssel«, sagte Wanda. »Das ist das einzige Problem. Dieser hier ist der richtige.« Sie hielt einen zweiten Schlüssel hoch, kam dann zu Baggett und steckte den Schlüssel selbst in das Schloß. Das Schloß sprang auf, und die Handschellen gaben die Hände wieder frei. Baggett rieb seine Gelenke und blickte sie fragend an.

»Ich glaube, du gehst jetzt lieber«, sagte Wanda.

Phil Roscoe war mit dem Erfolg seiner Publicity-Kampagne zufrieden. Im Gebiet von Denver machten vier Lokalblätter Reklame für das Ereignis, und eines der größeren Nachrichtenbüros hatte sogar eine entsprechende Meldung weitergegeben. Aber so leicht war der große Ferlini nicht zufriedenzustellen; er hatte vielmehr von Fernsehübertragungen, Zeitschriftenreportagen und Hollywood-Angeboten geträumt. An diese Trauben hatte Roscoe jedoch nicht heranreichen können.

»Um Himmels willen«, sagte Roscoe zu ihm, »erwarte bitte nicht zu viel von dieser Geschichte. Seit Houdini die Nummer vorgeführt hat, bringt sie keine Schlagzeilen mehr. Sei mit dem zufrieden, was dabei für dich herausspringt.«

Ferlini knurrte zwar, war dann jedoch einverstanden.

Am Tage des Ereignisses sah Wanda beim Aufwachen älter und verhärmter aus als je zuvor. Es war eine schlechte Nacht gewesen: Zweimal hatte ihr Mann sie mit seinen wilden Träumen von unerhörten Nummern aus dem Schlaf geschreckt. Aber es war nicht nur Schlaflosigkeit, die ihre Augen hatte stumpf und ihre Antworten langsam werden lassen. Es war vielmehr eine Vorahnung – die Angst, daß irgend etwas nicht klappen würde.

Roscoe hatte für dieses Ereignis einen offenen Cadillac mit Chauffeur gemietet; dem Anlaß entsprechend fuhren sie zum Schauplatz von Ferlinis Abenteuer. Wanda, die neben Roscoe auf dem Rücksitz saß, trug ihr bestes Kleid und hatte noch nie so unscheinbar ausgesehen. Roscoe mit seinem von Aufregung und Whisky geröteten Gesicht hielt ihre Hand umklammert. Ferlini, der neben dem Chauffeur auf der Lehne saß, winkte der Menge mit beiden Armen zu; er trug einen normalen Anzug mit weißer Krawatte, und seine muskulösen Schultern spannten den glänzenden Stoff so, daß die Nähte beinahe platzten.

Wenn Ferlini noch weitere Klagen über die Art hatte, wie Roscoe seine Publicity aufgebaut hatte, gerieten sie jetzt in Vergessenheit. Die Menge am Ufer des Truscan-Sees ging in die Hunderte. Roscoes Versuche, den Bürgermeister in sein Programm einzuspannen, waren zwar fehlgeschlagen; aber immerhin waren ein Stadtrat, der Polizeichef, der stellvertretende Leiter der Feuerwehr und zwei führende Geschäftsleute der Stadt erschienen. Ein Klub hatte seine sechsköpfige Kapelle vollzählig beigesteuert, und ihren musikalischen Bemühungen war es zu verdanken, daß das Ereignis festlicher und bedeutungsvoller wirkte, als es in Wirklichkeit war. Den Höhepunkt bildete jedoch das Dutzend Zeitungsleute und Fotografen.

Roscoe hatte alles zwar genau geplant, aber dennoch gab es einige Enttäuschungen. Die Lautsprecheranlage gab nur ein grelles Quietschen von sich, das ihre Verwendung unmöglich machte; die einführenden Ansprachen fielen daher aus. Am frühen Morgen war das Wetter noch ideal gewesen; um halb zwei war jedoch eine dunkel geränderte Wolke heraufgezogen. Wanda Ferlini erschauerte, als sie es sah. Roscoe, der geschäftig hin und her lief, versuchte, den Programmablauf zu beschleunigen, bevor ein Regenschauer Ferlinis Entfesselungsversuch noch mehr erschwerte.

Um zwei Uhr waren die Vorbereitungen beendet.

Zuerst wurden Ferlini vom Polizeichef die Handschellen angelegt; er schien dafür besonders geeignet. Der Chef, ein derber Mann mit gezwungenem Lächeln, begutachtete die Handschellen sorgfältig, bevor er sie um Ferlinis Handgelenke legte, und verkündete, daß sie echt seien.

Die beiden Geschäftsleute waren ausersehen, den dicken Strick um Ferlinis Körper zu wickeln. Er legte das Jackett ab, entledigte sich der weißen Krawatte und zog das Oberhemd aus; schließlich streifte er auch noch die Schuhe ab. Sein muskulöser Brustkasten, der in dem sportlichen Unterhemd sichtbar wurde, löste bei dem weiblichen Teil der Menge bewundernde Ausrufe aus. Die beiden Geschäftsleute waren untersetzt und feist, und als sie die fünfzehn Meter Strick um Ferlinis Körper gewickelt hatten, atmeten sie schwer.

»Fester ziehen – noch fester!« ermunterte Ferlini sie und zeigte dabei sein Gebiß, das durch das Zerren und Zerbeißen der Stricke im Laufe der Jahre kräftig und scharf geworden war. Sie verschnürten ihn mit merkwürdigen dicken Knoten, die seinen Körper schließlich von Kopf bis Fuß bedeckten, und waren so damit beschäftigt, daß weder sie noch die Zuschauer merkten, wie Ferlini seine Lungen mit Luft vollpumpte und den Umfang seines Brustkorbes dadurch um fast zwanzig Zentimeter vergrößerte. Selbstgefällig lächelte er, als sie endlich fertig waren – überzeugt, sich binnen weniger Sekunden von seinen Fesseln befreien zu können.

Der stellvertretende Leiter der Feuerwehr hatte die Aufgabe bekommen, Ferlini beim Hineinsteigen in den Sack zu helfen. Er legte den Sack auf die Erde, und Ferlini wurde hochgehoben; dann zog der Beamte den Sack hoch, bis Ferlini vollständig in ihm verschwunden war. Die Menge murmelte, als die Sacköffnung über Ferlinis Kopf fest zugeschnürt wurde.

Der Anblick der riesigen Stahlkiste rief bei den Zuschauern jedoch die schärfste Reaktion hervor. Irgendwo in der Menge kreischte eine Frau auf, und Roscoe grinste vor Vergnügen. Das war wahre und große Schaustellerkunst. Er suchte Wandas Blick, um diesen Augenblick mit ihr zu teilen, sah jedoch, daß ihr Gesicht blaß und erschöpft war, während sie die Augen geschlossen hatte und ihre Lippen sich lautlos bewegten.

Dann wurde Ferlini in die Kiste gelegt, die von dem Stadtrat geschlossen und verriegelt wurde. Eine Abordnung überprüfte sie, erklärte sie für ausbruchssicher und trat zurück, als ein Quartett muskulöser Männer, das eigens dazu bestellt war, die Kiste anhob und sie auf dem Heck des Motorbootes abstellte, das am Quai vertäut war.

Die Klubkapelle stimmte einen Trauermarsch an und spielte die getragene Melodie mit großem Schwung. Roscoe stieg als erster in das Boot und half dann Wanda hinein, die einer trauernden Witwe ähnelte. Der Steuermann des Bootes, ein vergnügter und eleganter junger Mann, winkte der Menge zu und machte die Leinen los. Dann ließ er den Motor an und steuerte das Boot langsam auf den immer tiefer werdenden See hinaus.

»Wie fühlst du dich?« fragte Roscoe die Frau.

Wanda murmelte irgend etwas und griff nach seiner Hand.

Als sie etwa fünfhundert Meter vom Ufer entfernt waren, stellte der junge Mann den Motor ab.

»Langt es so, Mr. Roscoe?«

»Doch, das wird reichen.« Roscoe richtete sein Doppelglas auf das Seeufer, um zu sehen, was die Zeitungsleute täten; sie beobachteten ihn genauso gespannt; die Fotografen, deren Kameras zum Teil mit Fernobjektiven ausgerüstet waren, arbeiteten schwer.

»Also dann los«, sagte Roscoe.

Wanda schrie leise auf, und der Bootsführer grinste, legte seine Hände gegen die Stahlkiste und kippte sie über Bord. Aufklatschend fiel sie in das Wasser, so daß alle naßgespritzt wurden, und verschwand dann, während die Wellen bis zum Ufer liefen.

Dann warteten sie.

Roscoe blickte auf die Uhr. Als dreißig Sekunden vorüber waren, sah er Wanda an und lächelte beruhigend.

Dann warteten sie weiter.

Nach Ablauf der ersten Minute verschwand das Grinsen des Bootsführers, und er begann, mißtönend vor sich hin zu pfeifen. Wanda schrie ihn an, ruhig zu sein, und er hörte auf.

Nach Ablauf der zweiten Minute konnte Roscoe die schreckliche kalkweiße Blässe von Wandas Gesicht nicht mehr ansehen; er hob daher wieder das Doppelglas und betrachtete das Ufer. Die Menge stand mittlerweile ganz dicht am Wasser und bewegte sich wie ein dunkles, wellenförmiges Tier.

»Mein Gott«, sagte der Bootsführer. »Er kommt nicht hoch, Mr. Roscoe.«

»Er muß hochkommen! Er muß!«

Drei Minuten verstrichen, aber von dem großen Ferlini war nichts zu sehen.

Nach Ablauf von sechs Minuten stöhnte Wanda auf, schwankte und fiel in Ohnmacht. Roscoe konnte sie noch auffangen, bevor sie auf dem Boden des Bootes aufschlug. Fünf Minuten später befahl er dem Bootsführer, zum Ufer zurückzufahren.

Am späten Abend bargen sie Ferlinis mit Handschellen gefesselte Leiche.

Baggett versuchte, Wanda am Tag des Begräbnisses zu sprechen, aber Phil Roscoe war es, der ihm jeden Zutritt verwehrte. Wandas Liebesleben interessierte Phil nicht; er hatte selbst allzu viele Probleme. Er war jedoch immer noch Geschäftsmann, und Wanda war immer noch, selbst ohne ihren berühmten Ehemann, seine Klientin. Es war einfach nicht klug, daß Wanda etwas anderes als eine tragische Witwe war.

Wanda spielte ihre Rolle gut. Dank irgendeiner seltsamen kosmetischen Alchimie hatte der Kummer sie scheinbar jünger gemacht. Ihr weiß gepudertes Gesicht und der helle Lippenstift bildeten einen ausgezeichneten Kontrast zu der Trauerkleidung.

Roscoe erledigte die Vorbereitungen für die Beisetzung, die beinahe so gelungen war wie Ferlinis letzter Auftritt. Der Trauerzug war lang und wurde von der Presse genau registriert. Eine Horde von Angehörigen des Show-Gewerbes, die nichts dagegen hatten, gesehen zu werden, war bereit, den Hingang des großen Entfesselungskünstlers zu betrauern. Der Leichenzug bewegte sich langsam durch die Straßen der Stadt und brauchte eine halbe Stunde von einer Kreuzung bis zur nächsten; als jedoch Ferlinis Sarg jenen Punkt erreicht hatte, von dem es keine Rückkehr gibt, hatten die Trauergäste sich zu einem beträchtlichen Teil bereits verlaufen. Nur eine Handvoll Menschen wohnte den Beisetzungsfeierlichkeiten auf dem Friedhof bei.

Wanda schluchzte, an Roscoes Schulter gelehnt, und er tätschelte sie tröstend.

»Genauso hat er es sich gewünscht«, sagte er einfallslos.

»Ich weiß – ich weiß«, hauchte Wanda.

Die Lobesrede, die der prominenteste Geistliche der Stadt hielt, war kurz. Er sprach von Ferlinis Mut, von seiner Hingabe an seine Kunst und von der Freude, die er so vielen Menschen zeit seines Lebens geschenkt hätte. Während er redete, glänzten Wandas Augen merkwürdig, und für einen Augenblick glaubte Roscoe schon, sie könnte wieder ohnmächtig werden.

Sie brachten Ferlinis Sarg an den Rand des Grabes. Der vorderste Träger, ein Kellner aus dem Klub, schien über irgend etwas erstaunt zu sein und flüsterte dem neben ihm stehenden Mann etwas zu. Roscoe trat hinzu, sprach kurz mit ihnen und beriet sich dann aufgeregt mit dem Geistlichen. Die Unterhaltung erregte die Neugierde des einzigen Reporters, der anwesend war und ebenfalls nach vorn kam, um sich zu erkundigen, was passiert sei.

»Keine Ahnung«, sagte Roscoe und kratzte sich am Kopf. »Freddy meint, hier stimme was nicht. Er sagt, der Sarg sei so merkwürdig.«

»Was soll das heißen – merkwürdig?«

Der Kellner zuckte die Schultern. »Leicht ist er, das meine ich. Er ist viel zu leicht.«

»Bitte«, flüsterte der Geistliche. »Ich glaube kaum . . .«

»Er hat aber recht«, sagte ein anderer Träger. »Der wiegt doch fast nichts! Und Sie kennen doch Ferlini: Ein großer, schwerer Bursche war das.«

Sie sahen den Sarg an und warteten darauf, daß irgend jemand einen Vorschlag machte, was Roscoe schließlich auch tat.

»Es geht mir zwar gegen den Strich«, sagte er, »aber ich glaube, wir sollten ihn lieber öffnen.«

Der Geistliche protestierte, aber sie machten sich bereits am Sargdeckel zu schaffen.

»Was ist passiert?« fragte Wanda. »Was geht hier vor, Phil?«

»Komm nicht so dicht ran«, bat er. »Ich möchte nicht, daß du es siehst, Wanda...«

Sie hatte jedoch keine Möglichkeit, dem zu entgehen. Der Deckel wurde geöffnet, und die Wahrheit wurde allen Anwesenden enthüllt. Sie bedeutete für alle einen Schock, der genauso spürbar wie ein Schlag war.

Der Sarg war leer, und Wanda Ferlini schrie, daß es wie das Pfeifen des Windes in den Baumwipfeln klang.

Dr. Rushfield rollte einen Bleistift über die Schreibunterlage des Tisches und sagte: »Weiter, Mr. Roscoe. Ich möchte alles erfahren.«

Phil Roscoe fuhr sich mit der Zunge über die ausgetrockneten Lippen und sehnte sich nach einem Drink.

»Sie müssen verstehen, wie es in meinem Beruf nun einmal zugeht, Doktor. Alles und jedes ist Schaustellerei – alles! Deswegen hat Ferlini auch diese Abmachung mit mir getroffen, vor zehn oder auch zwölf Jahren.«

»Und um was handelt es sich bei dieser Abmachung?«

»Keiner hat etwas davon gewußt, nur er und ich. Es war völlig verrückt, und das habe ich ihm damals auch gesagt. Aber Sie können sich wahrscheinlich gar nicht vorstellen, wie dickköpfig ein Mann wie Ferlini sein kann. Ich mußte ihm jedenfalls versprechen, daß ich, falls ihm jemals irgend etwas zustoßen sollte – ich meine: falls er sterben würde –, alles für einen letzten großen Auftritt arrangieren sollte: einen Auftritt, durch den man sich seiner noch länger erinnern würde als Houdinis. Darum ging es, Doktor.«

»Also ein Trick?«

»Ein ganz einfacher. Ich habe dem Leichenbestatter heimlich fünfzig Dollar zugesteckt, und der hat dann dafür gesorgt, daß Ferlini ganz unauffällig irgendwo beerdigt wurde. Auf den Leichenwagen hat er dann einen leeren Sarg gestellt, und damit war der Fall erledigt. Sie verstehen, was ich meine, nicht? Ein richtiger und ehrlicher Trick war es.«

»Ich verstehe«, sagte Rushfield und zog die Stirne kraus. »Ich fürchte nur, daß diese Geschichte bei Mrs. Ferlini eine ziemlich böse Wirkung ausgelöst hat. Soweit ich orientiert bin, befand sie sich vor diesem Ereignis in keiner allzu guten Verfassung, und jetzt...« Er seufzte und erhob sich. »Also schön, Mr. Roscoe. Sehen können Sie sie, aber daß Sie mit ihr sprechen, kann ich leider nicht erlauben. Es tut mir leid...«

Roscoe folgte dem Arzt den Korridor entlang. Vor einer Tür mit einem kleinen vergitterten Fenster blieben sie stehen, und Roscoe blickte hindurch. Erschrocken fuhr er zurück, als er Wanda erblickte; ihre Augen waren aufgerissen, ohne etwas zu erkennen, und vergeblich versuchten ihre Arme, sich von dem harten und unnachgiebigen Griff der Zwangsjacke zu befreien.

# Der Mann mit den zwei Gesichtern

Mrs. Wagner lächelte vor sich hin, als sie mit dem Lippenstift ihren Mund gerade so weit nachzog, daß es vornehm wirkte. Was würden die Damen im Park morgen wohl sagen, wenn sie erführen, wo sie am vorigen Abend gewesen war? Bei der Polizei!

Sie griff nach dem Parfüm, das Mabel und ihr Schwiegersohn ihr letztes Weihnachten geschenkt hatten. Auf jedes Ohrläppchen tat sie einen Tropfen, und dann zog sie die Glacéhandschuhe an. Sie war eine hübsche Frau, noch nicht ganz sechzig, und das sorgfältige Make-up verbarg die dunkelrote Schramme auf ihrer linken Wange. Ein kleiner marineblauer Hut, eine silberne Nadel auf dem Revers ihres Kleides, einige Striche mit der Bürste über die Schultern, und sie war fertig.

Sie ging in das Wohnzimmer. Mabel las in einem Magazin, und Leo – Mabels Mann – hatte sein dunkles gutaussehendes Gesicht hinter der Abendzeitung versteckt.

»Na? Wie sehe ich aus?«

Mabels Lippen wurden schmal. »Aber Mutter – man könnte fast glauben, du gingst auf eine Party oder was weiß ich.«

Achtlos zuckte Mrs. Wagner mit den Schultern; aber enttäuscht war sie doch. Schock und Entsetzen, die der Überfall vor zwei Abenden für sie bedeutet hatte, hatte sie überwunden, und heute verspürte sie nur eine unbekannte, wenn auch angenehme Art von Erregung.

»Großartig siehst du aus«, knurrte Leo. »Viel zu gut für ein dreckiges Polizeirevier.«

»Ich finde immer noch, daß du einen Fehler begehst«, sagte Mabel. Mit einer nervösen Bewegung zündete sie sich eine Zigarette an. »Ehrlich – die bringen dich noch völlig durcheinander, wenn du dir die vielen Fotografien ansehen mußt . . .«

»Überall würde ich das Gesicht dieses Mannes wiedererkennen«, sagte ihre Mutter nachdrücklich. »Ich habe ihn ganz genau gesehen, und wenn ich der Polizei helfen kann, ihn zu finden, und dadurch vielleicht meine Handtasche zurückbekomme . . .«

Leo kicherte. »Wie du dir das so denkst«, sagte er. »Ich gehe jede Wette ein, daß er die Handtasche schon lange weggeworfen hat. Wieviel Geld war denn schon drin? Neun Dollar und Kleingeld! Meiner Ansicht nach ist das alles bloß Zeitverschwendung.«

Mrs. Wagner war wie vor den Kopf geschlagen. Ihre kleine Gestalt schrumpfte innerhalb des eleganten Schneiderkostüms zusammen, und zum erstenmal an diesem Tag fing die Schramme auf ihrer Wange plötzlich an zu pochen. Natürlich klang das alles sehr vernünftig. So viel Aufregung wegen neun Dollar und einer Lederhandtasche . . .

»Soll ich dich wirklich nicht begleiten?« Mabel sah besorgt aus. »Schließlich hast du einen ziemlichen Schock bekommen, Mutter. Ich finde wenigstens, daß es für dich noch viel zu früh ist, um allein auszugehen.«

»Mir geht es wieder großartig«, sagte Mrs. Wagner mit tonloser Stimme. »Und vielleicht ist es für mich das beste, diese Geschichte schnell hinter mich zu bringen.« Sie zögerte. »Findest du, daß ich zuviel Rouge aufgelegt habe?«

»Ach wo, du siehst prima aus.«

»Na schön. Zum Abendbrot bin ich wieder zurück. Soll ich noch irgend etwas mitbringen?«

»Ich gehe nachher selbst einkaufen«, sagte Mabel. Sie sah zu ihrem Mann hinüber. »Leo, hol für Mutter ein Taxi.«

Leos Gesicht verzog sich; er stand jedoch von seinem Stuhl auf. Mrs. Wagner sagte schnell: »Mach dir nicht die Mühe. Mir geht es wirklich wieder gut – ehrlich.«

»Ganz bestimmt?«

»Ja. Ich kann schon wieder selbst für mich sorgen.«

»Schön – aber denke daran, daß du vor Einbruch der Dunkelheit wieder zurück bist. Dieser eine Überfall genügt.«

Mrs. Wagner machte ein gequältes Gesicht. »Bitte, Mabel. Sprich nicht so. Du weißt, daß ich es nicht leiden kann.«

Mabel stand auf und berührte den Arm ihrer Mutter. Dann strich sie leicht über die Schramme. »Gut. Aber paß auf und laß dich nicht einschüchtern.« Sie warf ihrem Mann einen schnellen Blick zu. »Leo!«

»Was denn? Ach so – auf Wiedersehen, Mutter.« Dann beschäftigte er sich wieder mit seiner Zeitung.

Es war das erste Mal in ihrem ganzen bisherigen Leben, daß Mrs. Wagner ein Polizeirevier betrat, und beinahe verstohlen stieg sie die Steintreppe hoch und hoffte, daß niemand sie dabei sähe. Der Beamte in der Anmeldung war sehr höflich. Er forderte sie auf, noch etwas zu warten, und so setzte sie sich auf die einzige Bank, die sich in dem Raum befand und wo sie gezwungen war, sich in ihrem Kostüm aus teurem Stoff zwischen wirklich widerliche Leute zu zwängen. Schließlich erschien dieser nette Lieutenant – hieß er nicht Meadows? – und begrüßte sie, und dann führte er sie in ein stilles Büro, das im hinteren Teil des Gebäudes lag und ganz normal aussah.

»Nehmen Sie Platz, Mrs. Wagner«, sagte er. »Hoffentlich erkennen Sie mich noch wieder. Ich bin Lieutenant Meade.«

»Meade – ja, natürlich«, sagte Mrs. Wagner.

»Allem Anschein nach geht es Ihnen wieder besser«, sagte er lächelnd. »Sie sehen großartig aus.«

»Mir geht es auch großartig. Wahrscheinlich war es nur ein Schock. Er – richtig verletzt hat er mich gar nicht so sehr. Sie wissen sicher noch, was ich Ihnen erzählt habe: Er kam plötzlich aus dem Hauseingang und griff nach meiner Handtasche. Offen gestanden wollte ich sie ihm eigentlich überlassen, aber sie verhakte sich an meinem Regenschirm . . .«

»Ich weiß«, sagte der Lieutenant. »Und dann muß er es plötzlich mit der Angst bekommen haben.«

»Das haben wir wahrscheinlich beide«, gab Mrs. Wagner zu. »Schließlich entriß er mir die Handtasche, und in dem Handgemenge muß er sie mir ins Gesicht geschlagen haben . . .« Mit ihren behandschuhten Fingern strich sie leicht über ihre Wange. »Dafür habe ich ihn mit dem Griff meines Regenschirms getroffen – ganz zufällig. Aber ich glaube bestimmt, daß er jetzt noch mit einer geschwollenen Backe herumläuft.« Sie lachte unsicher.

»Sein Gesicht haben Sie jedenfalls gesehen«, sagte der Lieutenant.

»Ja. Und ich bin überzeugt, daß ich ihn wiedererkenne.«

Meade schlug sich auf den Oberschenkel. »Fein«, sagte er fröhlich. »Es passiert nur selten, daß wir einen guten Zeugen wie Sie haben, Mrs. Wagner.« Er ließ sich in dem hölzernen Drehstuhl nieder und legte Bleistift und Notizblock vor sich hin. »Nur noch einige Fragen, und dann werden wir uns ein paar Fotografien ansehen.«

»Wie Sie wünschen«, sagte die Frau.

»Die wichtigsten Angaben habe ich bereits. Jetzt wüßte ich nur noch gern einiges über Sie selbst, Mrs. Wagner. Sagten Sie, Sie lebten allein?«

»Nein. Ich wohne mit meiner Tochter und deren Mann zusammen.«

»Aha. Aber die Wohnung läuft auf Ihren Namen?«

»Ich wohne doch schon seit Jahren dort«, erklärte Mrs. Wagner. »Genaugenommen schon seit Lebzeiten meines Mannes und seit Mabel – das ist meine Tochter – geboren wurde. Wohnen tun sie bei mir seit – es muß inzwischen rund ein Jahr her sein, seit sie aus Kalifornien zurückkamen.« Sie verstummte, und plötzlich fiel ihr sogar ihr eigenes Parfüm auf. Irgendwie wirkte es unangenehm unpassend. »Meine Tochter ging vor sieben Jahren nach Kalifornien. Sie hatte eine Stellung bei irgendeiner Filmgesellschaft. Und dabei hat sie dann auch Leo, ihren Mann, kennengelernt.«

»Kannten Sie – eh, Leo – schon vorher?«

»Nein. Kennengelernt habe ich ihn eigentlich erst letztes Jahr, als sie nach New York zurückkamen. Ihm war irgendeine Stellung angeboten worden. Dann war es aber doch nicht ganz das Richtige, und deswegen sind sie bei mir geblieben, bis sich seine Lage wieder bessert.«

»Ich verstehe.« Der Lieutenant kritzelte irgend etwas auf den Notizblock und stand dann auf. »Aber es hat keinen Sinn, Ihnen unsere Hauptattraktion noch weiter vorzuenthalten, Mrs. Wagner«, sagte er scherzhaft. »Wir wollen jetzt in das Archiv gehen, und dann haben Sie Gelegenheit, sich unsere Familienalben gründlich anzusehen. Hoffentlich bekommen Sie davon keine Alpträume.«

Sie lachte. »Das glaube ich kaum.«

»Warten wir es ab! Wir werden Ihnen jetzt Bilder von verschiedenen Verbrechertypen zeigen, von denen wir annehmen, daß sie jetzt hier im Osten arbeiten. Einige von ihnen sind Spezialisten für Dinge, wie Sie sie erlebt haben; aber andere sind natürlich auch darunter. Sie werden also nie wissen, um welche Art von Leuten es sich handelt. Können wir anfangen?«

»Meinetwegen schon«, sagte Mrs. Wagner.

Nach zwei Stunden brannten ihre Augen, und der Kopf tat ihr weh, sogar die Schramme auf ihrer linken Wange pochte und schmerzte von neuem.

Aufmerksam betrachtete sie die fotografischen Aufnahmen von Trinkern, Räubern, Dieben, Sexualverbrechern, Einbrechern und Süchtigen. Auch ein noch beachtlicheres Album mußte sie durchsehen: Fälscher, Falschmünzer, Hochstapler und Betrüger. Ein weiteres Album erfüllte sie mit Entsetzen und Ekel, als sie merkte, worum es sich hierbei handelte: Perverse und Triebsüchtige – das Laster also in seinen vielen Spielarten. Ganz schlecht wurde ihr beim Betrachten manchmal hübscher und unschuldiger junger Gesichter, deren Strafregister unglaublich lang und grausam war. Sie sah Gesichter, Gesichter und nochmals Gesichter – bis alles vor ihr verschwamm und sie sich erschöpft zurücklehnte.

»Es tut mir leid«, sagte sie zu dem Lieutenant, der sie aufmerksam beobachtete, »aber anscheinend kann ich den Mann doch nicht finden.«

»Wir erwarten keine Wunder«, sagte der Kriminalist. »Es ist gut möglich, daß er bei uns noch gar nicht geführt wird. Vielleicht war es ein Anfänger. Aber wenn ich Ihre Gutmütigkeit noch für weitere zehn Minuten in Anspruch nehmen dürfte – nur um ganz sicherzugehen, daß wir nichts versäumt haben . . .«

Er legte ein neues Buch vor sie auf den Tisch.

»Das ist ganz bestimmt das letzte«, versprach er.

Sie lächelte schwach. »Natürlich«, sagte sie.

Seite für Seite blätterte Mrs. Wagner um. Die ersten sechs Seiten waren bedeutungslos. Als sie die siebente aufgeschlagen hatte, verhielt sie.

»Ist was?« fragte der Lieutenant.

Sie starrte auf die drei nebeneinander gedruckten Aufnahmen: der jugendliche dunkle Mann mit dem unrasierten Kinn, der scharfen Nase und den vollen Lippen, den langen Wimpern und dem glatten schwarzen Haar; das hübsche, zynische Profil.

»Erkennen Sie ihn wieder, Mrs. Wagner?«

Sie hörte die Frage gar nicht. Ihr Blick wanderte zum unteren Rand der Seite und suchte nach der Beschriftung. Sie fand sie, und dort stand: Name: *Will Draves alias Willie the Weeper alias Louis Jones. Geboren: San Francisco, California, 1925. Gesucht wegen Diebstahl in Fresno, California, wegen Raubüberfall in Burbank, California, wegen ...*

»Mrs. Wagner!«

Sie hob den Kopf erschrocken. »Ja?«

»Ist das der Mann?«

Bestürzt blickte sie den Kriminalbeamten an. »Nein«, sagte sie laut, »nein. Ich habe doch schon gesagt, daß der Mann blond war, beinahe aschblond. Er hatte keine Ähnlichkeit mit diesem – diesem Mann.« Hastig blätterte sie die Seite um.

Lieutenant Meade sah sie scharf an, und dann seufzte er. »Machen wir weiter«, sagte er, und seine Stimme klang leicht ungeduldig. »Es sind nur noch ein paar, die Sie sich ansehen müssen!«

Mrs. Wagner überflog auch noch die letzten Seiten und nahm kaum eines der restlichen Bilder von gejagten und verzweifelten Männern, die die Seiten füllten, in sich auf.

»Es tut mir leid«, sagte sie leise, als sie das Buch zuklappte. »Wahrscheinlich kann ich aber den Mann doch nicht herausfinden, Lieutenant.«

»Das macht nichts, Mrs. Wagner. Sie haben getan, was Sie konnten. Und wir sind Ihnen für Ihre Hilfsbereitschaft sehr dankbar.«

»Bitte.« Sie streifte die Handschuhe über und ging zur Tür. »Vielen Dank, Lieutenant«, sagte sie.

»Wir haben Ihnen zu danken, Mrs. Wagner«, sagte er. »Und wir bleiben mit Ihnen in Verbindung, falls sich irgend etwas ergeben sollte.«

Langsam stieg sie die Steintreppe hinunter. An der Ecke winkte sie ein Taxi heran, und als sie einstieg, spürte sie, wie ihr ein eiskalter Schauer über den Rücken lief, als sie an ihre Heimkehr dachte.

Mabels Mann verließ das Haus am folgenden Vormittag gegen zehn Uhr. Er hatte eine »Verabredung« mit einem »Makler« wegen einer »Transaktion«. Mabel verabschiedete sich an der Tür mit einem flüchtigen Kuß von ihm und hockte sich dann mit einer Flasche Nagellack gemütlich in eine Ecke des Wohnzimmersofas. Mrs. Wagner, die nach einer unruhig verbrachten Nacht verhärmt aussah, kam ebenfalls in das Wohnzimmer und setzte sich neben sie.

»Mabel...«, begann sie. Ihre Tochter machte ein ärgerliches Gesicht; als sie ihre Mutter ansah, besänftigte es sich jedoch wieder.

»Du siehst gar nicht gut aus, Mutter. Tut die Schramme weh?«

»Ach wo. Ich habe gerade nachgedacht – über Leo.«

»Über Leo?« Kritisch betrachtete das Mädchen seine Fingernägel. »Was ist denn mit ihm?« Als die Mutter keine Antwort gab, verdüsterte sich Mabels Gesicht. »Meinst du – wegen seiner Stellung?«

»Mir ist Verschiedenes durch den Kopf gegangen. Als du ihn damals in Kalifornien kennenlerntest – als was hat er da eigentlich gearbeitet?«

»Ach, Mutter, das habe ich dir doch schon hundertmal erzählt! Leo war Börsenmakler. Und es ging ihm gut. Um Himmels willen, woher sollten wir denn wohl sonst unseren Wagen haben? Und meine Pelze? Es handelt sich nur darum, daß hier im Osten alles anders ist...«

»Ja, das weiß ich, Liebling – das hast du mir schon gesagt. Ich verstehe eben nichts von diesen Dingen. Ich meine, von dem, was dein Vater tat, habe ich eigentlich auch nie etwas verstanden. Er hat mir nie so viel darüber erzählt, daß ich einigermaßen Bescheid wußte. Er war ein altmodischer Mann, dein Vater.«

»Ja, Mutter, ich weiß.«

»Es ist so schwer, die Menschen richtig zu kennen, verstehst du? Ihre Herkunft und alles. Sogar bei Harry gab es Dinge, die ich erst erfuhr, als er gestorben war...«

»Mutter, Leo und ich sind jetzt seit fast sechs Jahren verheiratet. Wenn du glaubst, es gäbe Dinge, die ich bis heute nicht von ihm wüßte...«

Mrs. Wagner preßte die Hände zusammen und stand vom Sofa auf. Ganz schlecht hatte sie es angefangen; wenn sie ihr Mißtrauen zeigte, würde es zu einer Szene kommen. Und Mabel war so empfindlich.

»Ich meine doch auch nichts Schlimmes, Mabel. In erster Linie möchte ich doch nur, daß du glücklich bist – das vor allem. Ich mag Leo – wirklich!«

»Danke«, sagte Mabel trocken.

»Ich bin überzeugt, daß er sehr gescheit ist«, sagte Mrs. Wagner. »Und ich kann mir genau vorstellen, daß es nicht einfach ist, sich an eine neue Stadt und das alles zu gewöhnen...«

Mabel schraubte den langstieligen Pinsel in die Flasche. »Worauf willst du eigentlich hinaus, Mutter?«

»Auf nichts, Liebling, wirklich. Für mich ist es wunderbar, dich bei mir zu haben. Gott weiß, daß Platz genug da ist...«

»Möchtest du, daß wir ausziehen?«

Mrs. Wagner war erschrocken. »Aber natürlich nicht!«

Mit einem Knall stellte Mabel das Fläschchen wieder auf den Tisch. »Du brauchst es nur zu sagen, Mutter«, erklärte sie mit harter Stimme. »Leo und ich möchten dir nicht zur Last fallen. Wir können auch ebensogut irgendwo in einer kleinen Wohnung leben. Du brauchst es nur zu sagen.«

»Mabel...« Mrs. Wagner setzte sich wieder hin und legte die Arme um die Schultern des widerstrebenden Mädchens. »Bitte, mißverstehe mich nicht, Mabel. Du bedeutest mir alles, was ich in meinem Leben noch habe, Liebling. Das weißt du doch.«

»Ja, das weiß ich, Mutter.«

»Wahrscheinlich kommt es nur daher, daß ich in dieser Woche diese Geschichte erlebt habe. Ich bin mir selbst ganz fremd. Und dann gestern diese fürchterlichen Bilder ...«

Das Mädchen tätschelte ihre Hand. »Du mußt versuchen, das alles wieder zu vergessen.«

»Dauernd sehe ich diese Gesichter vor mir«, sagte Mrs. Wagner. »Hunderte von Gesichtern. Und darunter so viele junge gutaussehende Burschen. Und dann diese schrecklichen Verbrechen ...«

»Soll ich dir die Nägel lackieren?«

»Was?« fragte Mrs. Wagner.

»Deine Nägel! Sie sehen nicht mehr hübsch aus, Mutter. Ich lackiere sie dir schnell. Es ist eine neue Tönung ...«

Mrs. Wagner blickte auf ihre Hände hinunter. Sie zitterten.

»Meinetwegen«, sagte sie seufzend.

Mabel machte sich an die Arbeit, ruhig und völlig vertieft, und die Mutter betrachtete prüfend ihr Gesicht, während sie den leuchtend roten Lack auftrug.

»Über Leo brauchst du dir keine Gedanken zu machen«, sagte ihre Tochter ruhig. »Mit Leo ist alles in Ordnung. In Kalifornien hat er gut verdient – sehr gut sogar.«

Nachmittags um vier war Mrs. Wagner zu einer Entscheidung gekommen. Sie verschwand in ihrem Schlafzimmer und nahm den Hörer ihres Nebenanschlusses ab, wählte die Nummer des Polizeireviers in der 57th Street und wartete ängstlich, bis Lieutenant Meade sich am anderen Ende der Leitung meldete.

»Hallo?«

»Lieutenant Meade?«

»Am Apparat. Wer spricht, bitte?«

»Hier ist Mrs. Wagner. Erinnern Sie sich? Ich war gestern bei Ihnen und habe die Fotografien durchgesehen. Wegen des Handtaschenräubers.«

»Ja, richtig. Wie geht es Ihnen, Mrs. Wagner? Wieder gut?«

»Doch – mir geht es gut.«

»Ist irgend etwas nicht in Ordnung? Ist Ihnen noch irgend etwas eingefallen?«

»Nein – das nicht. Es handelt sich nur darum, daß ich – daß ich Sie gern wegen einer Sache gesprochen hätte.«

»Eine Sekunde, Mrs. Wagner.« Darauf folgte eine Pause, und dann war der Kriminalbeamte wieder am Apparat. »Also erzählen Sie, Mrs. Wagner.«

»Es handelt sich um eine Sache, über die ich am Telefon nicht sprechen kann. Und deshalb hätte ich gern gewußt, ob wir uns – ob wir uns nicht irgendwo treffen können?«

»Im Augenblick, Mrs. Wagner, ist das etwas schwierig für mich. Warum kommen Sie nicht einfach noch einmal hierher zum Revier?«

Die Frau legte ihre Hand auf die Kehle. »Offen gestanden hatte ich gehofft, ich brauchte es nicht. Es hat nämlich – eigentlich hat es nämlich mit dem Handtaschenräuber gar nichts zu tun. Es handelt sich um etwas anderes.«

»Ich verstehe. Na ja – ich könnte einen Beamten bei Ihnen vorbeischicken.«

»O nein«, sagte sie schnell. »Damit ist mir auch nicht geholfen. Vielleicht komme ich dann doch lieber zu Ihnen.«

»Wie Sie meinen, Mrs. Wagner.«

»Sind Sie heute den ganzen Nachmittag da?«

»Bestimmt bis sechs, vielleicht auch noch länger. Wir bei der Polizei haben keine festen Bürozeiten.«

»Also gut. Ich werde dann gleich losgehen. Gegen halb fünf bin ich bei Ihnen. Würde Ihnen das passen?«

»Selbstverständlich, Mrs. Wagner.«

Sie legte den Hörer auf und begann sofort, sich fertigzumachen, bevor sie Zeit hatte, noch einmal zu überdenken, was sie getan hatte.

Als sie an der Wohnungstür stand, rief sie Mabel zu: »Mabel? Ich gehe noch einmal kurz weg.«

Aber Mabel, die völlig in einen Fortsetzungsroman versunken war, hörte nicht. Mrs. Wagner verließ die Wohnung und schloß leise die Tür hinter sich.

Unten begegnete sie ihrem Schwiegersohn, der gerade das Haus betrat; sein dunkles hübsches Gesicht war vom Märzwind gerötet, sein glattes schwarzes Haar leicht zerzaust. Er murmelte etwas zur Begrüßung, und sie gab seinen Gruß mit leiser Stimme zurück. Dann fuhr sie mit einem Taxi zum Revier und ging zum zweitenmal binnen zwei Tagen die Steintreppe hinauf.

Lieutenant Meade beobachtete sie mit verkniffenen Augen.

»William Draves? Ist das der Kerl, den Sie meinen?«

»Ja«, sagte Mrs. Wagner. »So hieß er, glaube ich.«

»Ich sah gestern, wie Sie zögerten, als Sie die Alben durchblätterten. Dann werde ich den Band noch einmal heraussuchen lassen.« Er drückte irgendwo auf seinen Tisch, und ein hemdsärmeliger Mann betrat den Raum. Der Kriminalbeamte sagte, was er wollte, und der Mann verschwand wieder.

»Es kann natürlich auch nur eine merkwürdige Ähnlichkeit sein«, sagte Mrs. Wagner. »Aber als ich dieses Gesicht sah...«

»Fangen wir lieber ganz von vorne an«, sagte Meade. »Wo haben Sie dieses Gesicht schon einmal gesehen?«

»Mein Gott...« Mrs. Wagner schlug die Augen nieder und starrte den Fußboden an. »Erinnern Sie sich, daß ich Ihnen erzählte, meine Tochter hätte in Kalifornien gearbeitet? Sie war Sekretärin bei einem Filmproduzenten, der später seinen Beruf aufgab. Und im ersten Jahr, das sie dort war, lernte sie diesen Mann kennen. Wie er hieß, habe ich allerdings vergessen.« Sie zögerte.

»Erzählen Sie weiter, Mrs. Wagner. Dieser Mann war also Will Draves?«

»Beschwören kann ich es nicht. Sie schickte mir damals eine Fotografie. Soviel ich weiß, war sie auf Catalina Island aufgenommen – die beiden zusammen. Er war ziemlich groß und dunkel. Ich fand ihn ganz gut aussehend. Nicht wie ein Filmstar oder ähnliche Leute, aber doch mit einem – mit einem einprägsamen Gesicht. Mit einem besonderen Aussehen, meine ich.«

»Ich verstehe Sie schon«, sagte der Kriminalbeamte.

»Und als ich gestern die Aufnahme sah... Wissen Sie: Ich glaube, ich habe noch nie zwei Menschen gesehen, die sich im Aussehen so ähnelten. Vielleicht drücke ich mich nicht ganz klar aus...«

»Doch, doch«, sagte Meade. »Und was wurde aus diesem Mann?«

»Das weiß ich nicht genau.« Mrs. Wagner faltete die Hände. »Wahrscheinlich hat Mabel sich von ihm getrennt, als sie Leo kennenlernte. Kurz nachdem ich das Foto bekam, heirateten die beiden in Fresno. Ungefähr sechs Monate später.«

»Und Sie wissen nicht mehr, wie der Mann hieß?«

»Meine Tochter wird es wahrscheinlich wissen. Aber natürlich habe ich sie nicht gefragt. Das verstehen Sie sicher. Ich meine, sie hätte sich bestimmt wahnsinnig aufgeregt, wenn sie erfahren hätte, mit welcher Art von Mann sie damals befreundet war. Und schließlich ist der Fall abgeschlossen... Wenn Sie verstehen, was ich meine.«

»Ich verstehe Sie genau«, sagte der Kriminalbeamte. »Eine Fotografie, die vor so vielen Jahren aufgenommen wurde, wird uns aber wahrscheinlich kaum helfen, Draves heute zu finden. Wir wissen, daß er Kalifornien verlassen hat und hierher in den Osten gekommen ist. Aber wo er jetzt steckt – das ist natürlich eine andere Frage.«

Mrs. Wagner befeuchtete ihre Lippen. »Ja«, sagte sie, »das begreife ich.«

Der hemdsärmelige Mann kam wieder zurück und legte das dünne Buch vor den Lieutenant. Dieser blätterte die Seiten durch und ließ sie bei der siebenten Aufnahme aufgeschlagen.

»Ist es der hier?« fragte Meade.

»Ja. Das ist der Mann, der ihm zumindest ähnlich sieht.« Mrs. Wagner sah das Bild an und wandte sich dann ab.

»Haben Sie noch die Fotografie von damals, Mrs. Wagner? Von Catalina?«

»Ja.« Sie suchte in ihrer Handtasche – in ihrer alten Handtasche – herum. »Ich habe sie mitgebracht. Sie ist zwar nicht besonders scharf...«

Der Lieutenant ließ sich den Abzug geben. Er hatte das Format vier mal vier, schwarzweiß Hochglanz, und zeigte einen Mann und eine Frau am Strand. Beide trugen Badeanzüge. In einer Ecke des Abzugs war deutlich der Abdruck eines Daumens zu erkennen, der dort gar nichts zu suchen hatte.

»Gut ist er nicht zu erkennen«, sagte der Kriminalbeamte. »Aber Ihre Tochter ist wirklich ein hübsches Mädchen.«

»Danke«, sagte Mrs. Wagner. Sie beobachtete, wie der

Kriminalbeamte ein rechteckiges Vergrößerungsglas aus der Schublade seines Schreibtisches holte. Er hielt es über den Abzug und verglich das Gesicht des Mannes mit den von der Polizei angefertigten Porträts, die vor ihm lagen.

»Eine gewisse Ähnlichkeit ist zweifellos vorhanden«, sagte er. Nachdenklich sah er einen Augenblick vor sich hin, und dann entschuldigte er sich. »Ich bin in einer Minute wieder zurück«, sagte er zu Mrs. Wagner.

Immerhin verstrichen fünf Minuten, ehe er zurückkehrte. Mit geschlossenen Augen wartete Mrs. Wagner, da sie das Bild von William Draves nicht ansehen mochte. Als der Lieutenant wieder hereinkam, klappte er das Buch zu, lehnte sich in seinem Sessel weit zurück und betrachtete die Frau.

»Haben Sie – irgend etwas gefunden?« fragte sie.

»Nicht viel, Mrs. Wagner. Ich glaube allerdings, daß Sie kaum einen Grund zur Besorgnis haben.«

»Was soll das heißen?«

Er lächelte. »Na ja – ich gebe ohne weiteres zu, daß zwischen den beiden Aufnahmen eine gewisse Ähnlichkeit besteht. Ein Fotoapparat ist jedoch immer ein ziemlich heimtückisches Ding. Wer nämlich behauptet, Fotografien täuschten nicht, hat keine Ahnung, worüber er redet. Ich habe selbst Aufnahmen gesehen, auf denen die Leute sich wie Zwillinge glichen – bis man sie persönlich nebeneinanderstellte.«

»Dann glauben Sie also, daß . . .«

»Ich glaube, daß es sich in Ihrem Fall um eine zufällige Ähnlichkeit handelt, Mrs. Wagner. Der Mann, den Ihre Tochter in Kalifornien kennenlernte – na, vielleicht war es tatsächlich Willie Draves, aber genausogut können es auch fünf andere Kerle sein. Ich würde mich also wirklich nicht darüber aufregen.«

Mrs. Wagner seufzte vor Erleichterung. »Dem Himmel sei Dank«, sagte sie. »Sie können sich gar nicht vorstellen, wie sehr mich diese Sache bekümmert hat.«

»Das habe ich gemerkt, Mrs. Wagner. Und dabei hatten Sie in dieser Woche sowieso schon Kummer genug, was?«

Sie lächelte schwach. »Das glaube ich beinahe auch.«

»Und was ist nun wirklich mit diesem – Freund Ihrer

Tochter? Ich glaube, jetzt können Sie mir doch die Wahrheit sagen.«

»Was meinen Sie damit?«

Er lachte gewinnend. »Ich bin mittlerweile seit mehr als zwanzig Jahren bei der Polizei, Mrs. Wagner. Ich habe in dieser Zeit mit unzähligen Leuten über ihre Befürchtungen und Sorgen gesprochen. Aus diesem Grund kann ich kaum glauben, daß Sie sich über einen Mann, den Ihre Tochter vor sechs Jahren für kurze Zeit kannte, so viel Gedanken machten.«

Ihr Gesicht verfiel. »Das stimmt«, sagte sie.

»Wer ist dieser Mann also wirklich, Mrs. Wagner?«

»Mein Schwiegersohn, Leo. Ich habe Ihnen doch schon von ihm erzählt. Und ich gebe zu, daß diese Ähnlichkeit mich verblüffte. Aber ich hätte mir eigentlich gleich denken können, daß meine Tochter sich niemals – daß meine Tochter einen Mann wie den niemals lieben könnte.« Mit einer Handbewegung deutete sie auf das zugeklappte Buch.

Mabel saß am Tisch, als Mrs. Wagner die Wohnung betrat. Ihr Haar war ordentlich frisiert und gekämmt, und sie trug ihr gutes Seidenkleid. Leo saß auf seinem üblichen Platz am Kopfende des Tisches, rasiert und gestriegelt. Beide lächelten, als Mrs. Wagner hereinkam, und Mrs. Wagner gab dieses Lächeln mit Wärme zurück.

»Du kommst gerade rechtzeitig, Mutter«, sagte Mabel.

Mrs. Wagner zog den Mantel aus. »Wie schön«, sagte sie. »Und ihr beide seht heute abend richtig hübsch aus. Geht ihr irgendwohin?«

»Wir wollten nachher in die Stadt, ins Kino«, sagte Mabel.

Mrs. Wagner trat an den Tisch. »Hört mal zu«, sagte sie unvermittelt. »Ich habe eine Idee. Wenn ich nun Mrs. Buchalter, meine Freundin bei der Theaterkasse, anriefe? Vielleicht hat sie noch ein paar schöne Plätze für irgendeine Theatervorstellung? Was meint ihr dazu?«

Mabel und Leo sahen sich an. »Das wäre allerdings ganz prima«, sagte ihr Schwiegersohn dann höflich.

»Schließlich ist heute ein Wochentag«, sagte Mrs. Wagner begeistert. »Allzu schwierig wird es also nicht sein. Und

Mrs. Buchalter scheint immer ein paar schöne Plätze übrig zu haben. Warum sollte ich nicht einmal nachfragen?«

»Zur Zeit laufen ein paar gute Musicals«, sagte Mabel.

»Hört mal zu: Ich rufe sie schnell an, bevor es zu spät ist.« Mrs. Wagner stand von ihrem Stuhl auf.

»Das ist wirklich ganz prima von dir«, sagte Leo.

Die Frau ging zum Telefon, und ein glückliches Gefühl ergriff von ihr Besitz. Sie wählte die Nummer der Theaterkasse und wartete, bis das Freizeichen ertönte.

Noch ehe Mrs. Buchalter sich gemeldet hatte, läutete die Wohnungsklingel. Mrs. Wagner legte den Hörer auf die Gabel zurück und öffnete die Wohnungstür.

Der Mann, der vor der Tür stand, war Lieutenant Meade. Mrs. Wagner erkannte ihn kaum wieder – trotz der Tatsache, daß sie erst vor einer Stunde bei ihm gewesen war. Dann aber lächelte sie vor Freude.

»Lieutenant Meade!« sagte sie. »Sie haben meine Handtasche gefunden!« Für sie schien dieser Tag vollkommen zu sein.

»Nicht ganz, Mrs. Wagner.«

Sie wich zurück, und er betrat die Wohnung. Die beiden Männer von der Funkstreife, die hinter ihm standen, folgten ihm; ihre Gesichter waren gespannt, ihre Augen sahen sich sofort gründlich um.

»Ist Ihr Schwiegersohn zu Hause?«

Aus dem Eßzimmer rief Mabel: »Wer ist denn da?«

Mrs. Wagner hielt den Ausschnitt ihres Kleides zusammen. »Ja«, sagte sie. »Leo ist zu Hause. Warum? Was ist passiert?«

»Wir haben den Fall noch weiter verfolgt, Mrs. Wagner.«

Leo erschien selbst in der Diele, eine Serviette in komischer Weise umgebunden; er kaute sogar noch. »Was ist denn hier los?« fragte er. Verwirrt starrte er die Polizeibeamten an. »Was wollen Sie?«

Lieutenant Meade deutete mit einer Kopfbewegung auf ihn. »Willie Draves, ich verhafte Sie.« Betrübt sah er die Schwiegermutter des Mannes an. »Es tut mir wirklich leid, Mrs. Wagner.«

Mit offenem Mund blickte sie ihn an. »Aber Sie haben doch gesagt . . .«

Mabel kam ebenfalls in die Diele. Ihre Hände zerknüllten ängstlich den Saum ihrer Schürze. »Was soll denn das?« fragte sie. »Was sind das für Leute, Mutter?«

»Mabel...« Mrs. Wagner griff nach dem Arm ihrer Tochter, Lieutenant Meade trat zwischen die beiden und trennte sie freundlich.

»Sie sind ebenfalls verhaftet, Mrs. Draves«, sagte er. »Ich muß Sie bitten, uns zu begleiten.«

»Mrs. Draves?« Mrs. Wagner schien über irgendein unsichtbares Hindernis gestolpert zu sein. Ihre Hand griff ins Leere, bis sie an der Wand der Diele einen Halt fand. »Nein – Sie irren sich«, sagte sie aufgeregt. »Mabel hat nichts davon gewußt. Verstehen Sie? Sie hat nichts gewußt. Das habe ich Ihnen doch schon gesagt, Lieutenant... Ich habe Ihnen doch gesagt...«

»Es tut mir leid, Mrs. Wagner. Das müssen Sie mir glauben.« Der Kriminalbeamte machte ein gequältes Gesicht. »Ich fürchte aber, daß sie genau Bescheid gewußt hat. Rund fünf Jahre lang haben die beiden in Kalifornien zusammengearbeitet. Als ihnen dann der Boden langsam zu heiß wurde, verschwanden sie dort und kamen hierher.«

»Nein!« schrie Mrs. Wagner. »Sie wissen gar nicht, wovon Sie reden! Er war es! Er ist es gewesen, den ich gesehen habe.«

»Ich bin heilfroh, daß es ein *Mann* war, der Ihnen die Handtasche wegnahm, Mrs. Wagner«, sagte der Kriminalbeamte. »Es wäre schrecklich für Sie gewesen – wenn Sie das Bild Ihrer Tochter entdeckt hätten!«

Der Mann mit dem aschblonden Haar blickte sich blitzschnell um und schaute in beide Richtungen der Straße. Dann lüftete er den Deckel der Aschentonne und warf die braune Ledertasche hinein. Mit schnellen Schritten ging er weiter und rieb sich die Kinnlade.

»Neun Dollar«, sagte er angewidert. »Das hat die ganze Aufregung nicht gelohnt...«

# Die Sache
# mit der freundlichen
# Kellnerin

Trotz des ständigen Hin und Her zwischen Küche und Speisesaal des Hotel Gordon Restaurant behielt Thelma Tompkins den freien Ecktisch besorgt im Auge. Das war auch der Grund, daß ein Teller dampfender Tomatensuppe einmal gefährlich bis zum Rand des Tabletts rutschte, das sie gerade durch den Saal trug, so daß Marian, die Wirtin, ihr aus feindseligen Augen einen warnenden Blick zuwarf. Aber in den elf Jahren, die Thelma Tompkins jetzt als Kellnerin arbeitete, hatte sie nicht einen einzigen Teller fallen gelassen, und auch jetzt ließ ihr Instinkt sie nicht im Stich. Dennoch konnte Marian sich eine mürrische Frage nicht verkneifen. »Was plagt dich eigentlich?« fragte sie.

»Mrs. Mannerheim«, erwiderte Thelma und blickte wieder zu dem verwaisten Tisch hinüber. »Sie hat sich jetzt schon fast eine halbe Stunde verspätet. Ob etwas mit ihr ist?«

Marian wurde grob. »Nun hör bloß auf, andere Leute zu bemuttern. Die alte Dame wird schon noch kommen. Das ist sie bisher immer noch.«

Aber Thelma machte weiterhin einen besorgten Eindruck, und die Stirnfalten verschönerten ihre mürrischen Züge nicht gerade. Ihr strähniges braunes Haar, dessen Wellen durch die Hitze in der Küche und die Kühle des klimatisierten Speisesaals ausgegangen waren, wurde noch unordentlicher, je später es wurde. Als Mrs. Mannerheim schließlich ihren gewohnten Platz am Ecktisch einnahm, sah Thelma fast genauso elend aus wie die alte Dame.

Aber doch nicht ganz. Mrs. Mannerheim, deren winzige, hagere Gestalt in dem lose gearbeiteten schwarzen Seidenkleid selbst in Umrissen nicht erkennbar war, sah auffallend blaßgesichtig und geisterhaft aus. Sie war tatsächlich eine ausgesprochen alte Dame – weit über neunzig, wie Thelma annahm. Und an diesem Abend konnte man fast glauben, der Tod wäre ihr Gesellschafter.

»Wie geht es Ihnen, Mrs. Mannerheim?« Thelma stützte beide Hände auf den Tisch und brachte ihren Mund dicht an die tauben alten Ohren. »Ich habe mir schon Gedanken gemacht, als Sie nicht erschienen. Dasselbe wie sonst?«

»Ja, Liebes, bitte«, sagte die alte Frau und faltete mit gichtigen Händen die Serviette auseinander. »Dasselbe wie sonst, Thelma. Und machen Sie sich meinetwegen keine Gedanken.«

»Haben Sie sich vielleicht nicht gut gefühlt?«

»Nur ein wenig«, sagte Mrs. Mannerheim lächelnd, »nur ein wenig.«

»Ja – aber soll ich dann nicht doch lieber einen Arzt holen? Sie sehen wirklich gar nicht gut aus.«

»Sie müssen nicht dauernd vom Arzt reden. Seit dreißig Jahren war keiner mehr bei mir – seit damals, als Leverett, dieser alte Dummkopf, mir weismachte, ich müßte sterben.« Sie streichelte Thelmas Hand. »Aber vielen Dank, daß Sie sich meinetwegen Gedanken machen, Thelma. Es ist schön, wenn sich jemand um einen kümmert.«

Die Kellnerin versuchte, die aufsteigenden Tränen zurückzuhalten – dieselben Tränen, die auch durch traurige Filme, hungernde Katzen oder ihren jüngeren Bruder ausgelöst werden konnten. Sie ging in die Küche, fuhr sich mit dem Handrücken über die Augen und sagte Jeff, dem Koch, Bescheid, daß Mrs. Mannerheim gekommen wäre. Jeff brauchte keine weiteren Einzelheiten; in den acht Jahren, die Mrs. Mannerheim jetzt im Gordon Hotel wohnte, war ihr Abendessen immer dasselbe gewesen: ein Glas Tomatensaft, eine dünne Scheibe Roastbeef, eine gekochte Kartoffel, Karotten und Milch. Als Thelma alles auf den Tisch gestellt hatte, versuchte Mrs. Mannerheim tapfer, das Fleisch auf ihrem Teller zu zerschneiden. Wie üblich übernahm Thelma freiwillig diese Aufgabe, und widerstrebend wie immer nahm die alte Dame ihre Hilfe an.

»Sie sind ein gutes Kind«, sagte sie weich und schaute Thelma zu.

Thelma lachte. »Ich bin vierundvierzig, Mrs. Mannerheim. Ein Kind bin ich wirklich nicht mehr. Möchten Sie noch etwas Butter zu der Kartoffel?«

»Können Sie sich nicht ein Weilchen zu mir setzen und sich ein bißchen mit mir unterhalten, Thelma?«

»Aber Mrs. Mannerheim, gerade jetzt geht es wirklich nicht. Wir haben viel zu tun.«

»Später vielleicht? Ich hätte gern etwas mit Ihnen besprochen.«

»Später geht es bestimmt, Mrs. Mannerheim.«

Um halb elf leerte sich das Restaurant, und Marian nickte ihr zu. Bevor Thelma sich jedoch umzog, ging sie zum Tisch der alten Dame und setzte sich.

»Worüber wollten Sie mit mir sprechen, Mrs. Mannerheim?«

»Über Sie selbst, Thelma. Oder haben Sie etwas dagegen?«

»Über mich?« Die Kellnerin lachte und strich sich befangen über ihre unordentlichen Haare. »Über mich gibt es nicht viel zu reden, Mrs. Mannerheim.«

»Ich hätte gern gewußt, wie Sie zurechtkommen, Thelma.«

»Ach – wie üblich, Mrs. Mannerheim.«

»Und Ihr Bruder, von dem Sie einmal erzählten? Wie geht es ihm?«

»Arthur? Ach, danke, ihm geht es gut. Zum Millionär wird er es mit seinem Laden zwar nicht bringen, aber sonst reicht es.« Sie blickte zur Seite, und ihre Lippen wurden weiß.

»Sie haben also immer noch Kummer mit ihm, nicht wahr? Als wir uns zum letztenmal unterhielten, machten Sie sich Gedanken, weil er so unglücklich darüber war, den Drugstore leiten zu müssen.«

Thelma schwieg.

»Sie lieben Ihren Bruder sehr – nicht wahr?«

»Wahrscheinlich. Seit Pop tot ist, habe ich nur noch ihn, Mrs. Mannerheim. Ich meine, was ich damals alles über ihn gesagt habe – ich habe es gar nicht so gemeint. Er ist eben noch jung; und da kommt es schon vor, daß man hin und wieder Schwierigkeiten hat. Sie wissen sicher, wie das ist.«

»Natürlich.« Die alte Dame hüstelte, und innerhalb des leeren Seidenkleides klang es dumpf und hohl.

»Möchten Sie ein Glas Wasser haben?«

»Nein, danke – mit mir ist alles in Ordnung. Das heißt: Ganz stimmt es nicht.« Sie versuchte zu lachen. »Nicht richtig in Ordnung, Thelma. Zum erstenmal fühle ich mich tatsächlich alt. In letzter Zeit ist es mir so schlecht gegangen... Manchmal glaube ich, daß die Zeit gekommen ist...«

»Aber Mrs. Mannerheim.« Die Tränen kamen schon wieder.

»Sie brauchen sich darüber nicht zu grämen. Wenn man so alt ist wie ich, denkt man über den Tod ganz anders. Aber was ich eigentlich sagen wollte, Thelma – ich meine, falls mir etwas zustoßen sollte –, ist, daß ich sehr viel von Ihnen halte und Ihnen helfen möchte. Können Sie sich vorstellen, wovon ich spreche?«

»Nein.«

»Ich spreche von Geld, Thelma. Ich bin, was man eine reiche alte Witwe nennt, mit mehr Geld als Verstand. In Kalifornien wohnt eine Nichte von mir, die auch etwas bekommen wird, weil sie nun einmal zur Familie gehört; aber kümmern tut sie sich keinen Deut um mich. Dagegen möchte ich, daß Sie jedenfalls wissen, daß ich mich Ihrer angenommen habe.«

Halb aus Verwirrung, halb in plötzlicher Erwartung hob Thelma den Kopf.

»Daß Sie sich meiner angenommen haben?«

»In meinem Testament. Sie waren für mich eine gute Freundin, Thelma – in den letzten Jahren. Dafür bin ich Ihnen dankbar. Wenn ich sterbe, werden Sie in der Lage sein, diese Stellung aufzugeben und zu tun, was Sie wollen. Und Ihr Bruder...«

Thelma griff sich mit zitternder Hand an die Kehle. Arthur!

»Aber Mrs. Mannerheim, das brauchen Sie doch nicht...«

»Ich möchte es aber, Thelma; ich möchte es wirklich. Es

geht dabei um eine beträchtliche Erbschaft – glauben Sie mir. Ich weiß selbst nicht, weshalb ich so reich bin; aber seit dem Tode meines Mannes scheint das Geld sich von selbst zu vermehren. Bisher habe ich es auf diese Weise schön gehabt, und jetzt möchte ich Sie glücklich machen.«

Sie schien Schwierigkeiten beim Atmen zu haben, preßte die Hände gegen ihren Leib und schloß die Augen.

»Mrs. Mannerheim . . .«

»Es ist gleich vorüber, Thelma – es ist gleich vorbei . . .«

Als die Augen sich wieder öffneten, waren sie ruhig und strahlend.

»Ich habe nicht mehr lange zu leben, Thelma«, sagte sie. »Manchmal träume ich von meiner Mutter, die ein langes weißes Kleid mit Blumen trägt. Glauben Sie an Träume?«

»Ich weiß nicht«, flüsterte Thelma Tompkins und hätte nur zu gern gewußt, ob auch dieser Augenblick nur ein Traum war.

Es war erst zehn nach elf, als Thelma nach Hause kam, aber Arthur saß bereits mit untergeschlagenen Beinen vor dem Fernsehapparat; so zerzaust und müde, wie er aussah, mußte er schon seit Stunden dort hocken. An jedem anderen Abend wäre sie böse gewesen; diesmal hielt sie es jedoch für angebracht, ihn sanfter anzufassen.

»Um Himmels willen, Arthur! Wann hast du denn das Geschäft geschlossen?«

»Erst vor kurzem«, erwiderte ihr Bruder mit finsterem Gesicht.

»Du darfst nicht so zeitig zusperren, Arthur. Du kannst es dir einfach nicht leisten! Du weißt doch selbst, was Pop immer gesagt hat: Nach zehn geht das Geschäft erst richtig los . . .«

Er antwortete nicht. Vielmehr vergrub er sein bartloses Kinn in dem offenstehenden Kragen seines Hemdes, bis auch sein schmollender Mund nicht mehr zu sehen war; mit gefurchter Stirn saß er da und fuhr sich mit der Hand durch das dichte blonde Haar. Wenn er schmollte, sah er noch jungenhafter aus als sonst. Thelma konnte kaum glauben, daß er beinahe fünfunddreißig war.

»Arthur, ich muß dir etwas erzählen.«

»Schreib mir einen Brief.«

»Nun sei doch nicht so ungezogen. Diesmal ist es wichtig. Viel wichtiger als Fernsehen.«

»Was ist denn los? Haben sie dich rausgeschmissen?«

»Arthur, diesmal geht es auch dich an.«

Das Personalpronomen erweckte sein Interesse. Er stellte den Apparat leiser und drehte sich zu seiner Schwester um.

Sie erzählte ihm die Neuigkeiten. Er hörte ihr mit einer Aufmerksamkeit zu, wie er sie bisher nur selten gezeigt hatte, wenn sie etwas zu sagen hatte, und versagte es sich sogar, sie mit spitzen Fragen zu unterbrechen. Als sie fertig war, wich bei ihm die Spannung wie von einer unbelasteten Feder, und er sackte im Sessel in sich zusammen.

»Wieviel glaubst du wohl?« sagte er träumerisch. »Wieviel, Thelma?«

»Ich habe keine Ahnung. Man erzählt sich alles mögliche über sie. Ihr Mann war in der Konservenindustrie, starb jedoch – ach, das muß schon Jahre her sein. Aber das Geld muß sie irgendwie angelegt haben, und deshalb ist es jetzt so viel. Dabei sieht sie so krank aus, die Arme...«

»Und da steckt der Wurm drin«, murmelte ihr Bruder. »Wenn sie bald stürbe, etwa in den allernächsten Monaten, hätte ich ein paar Sachen, für die ich mich interessiere...«

»Arthur!«

»Reg dich bloß nicht auf. Ich wünsch deiner Freundin schon nichts Böses. Aber wenn sie wirklich so krank ist...«

»Nicht einmal denken möchte ich an solche Sachen. Mir genügt es bereits, zu wissen, daß ich eines Tages...«

»Ja, sicher – eines Tages«, sagte Arthur Tompkins. »Wie alt soll sie jetzt sein?«

»Genau weiß ich es nicht. Neunzig, vielleicht auch etwas älter.«

Der Mann lächelte, und sein Gesicht war das eines Jungen. Mit der einen Hand stellte er den Apparat zwar ab, aber trotzdem starrte er weiter auf den Bildschirm, als sähe er dort immer noch Bilder.

Zwei Monate lang behielt Thelma Tompkins den Ecktisch im Auge, und Abend für Abend erschien die alte Dame, die schon lange die Rechte eines Stammgastes erworben hatte, wenn auch zu verschiedenen Zeiten. Die letzten Reste von Farbe wichen langsam aus ihren Wangen, und ihr schleppender Gang wurde immer mehr zu einem Schwanken. Marian, die Wirtin des Restaurants, beobachtete ebenfalls den Verfall der alten Mrs. Mannerheim und war voller Mitgefühl, jedoch nicht für die alte Frau, sondern für ihren eigenen Ordnungssinn.

»Nun sieh dir das nur an!« sagte sie. »Ich habe wirklich Angst, daß sie mitten beim Essen tot umfällt. Frauen wie sie sollten wirklich sehen, daß sie in einem Heim – oder wo weiß ich – unterkommen.«

Thelma schwieg. Der alten Dame gegenüber war sie noch aufmerksamer geworden als früher, breitete die Serviette auf ihrem Schoß aus, schnitt das Roastbeef besonders klein und goß selbst Wasser in das Glas. Aber während sie ihre Bemühungen verdoppelte, um der alten Mrs. Mannerheim eine Freude zu machen, wußte sie genau, daß das Motiv reiner Menschenfreundlichkeit seit jener Mitteilung getrübt worden war.

Sie wußte selbst, daß es heute mehr war als nur Menschenfreundlichkeit, daß ihre Besorgtheit jetzt auch selbstsüchtige Zwecke verfolgte. Aber Thelma verspürte weder Scham noch Schuld; bei allem mußte sie jetzt auch an Arthur denken. Für wen ihre Liebe sich verantwortlich fühlte, war klar.

Aber der nächste Schritt war unvermeidlich. Als Monat auf Monat folgte und die winzige Gestalt der Mrs. Mannerheim immer ätherischer wurde, konnte nichts verhindern, daß das, was früher eine Befürchtung gewesen war, zu einem unausgesprochenen Wunsch wurde: Warum stirbt die alte Dame nicht?

Mrs. Mannerheim starb nicht. Nacht für Nacht hatte es den Anschein, daß das Feuer des Lebens in ihrem ausgezehrten Körper erlösche, aber irgendwie blieb die Glut erhalten und brannte weiter. Einmal sank sie, wie Marian befürchtet hatte, am Tisch in sich zusammen, aber auch dieser Ohnmachtsanfall ging schnell vorüber. Eine Woche lang war sie zu elend, um die Reise von ihrem Zimmer, das im dritten Stock lag, in das unten befindliche Restaurant zu machen, und so brachte Thelma jeden Abend das Tablett nach oben, wobei sie, sobald sie die Zimmertür öffnete, immer damit rechnete, die alte Dame nicht mehr atmend und endlich zur Ruhe gekommen vorzufinden. Aber Mrs. Mannerheim war immer am Leben gewesen; es war ihr zwar nicht gerade gut gegangen, aber immer hatte sie leise gelächelt, während ihr kleiner Kopf reglos auf dem Kopfkissen ihres Bettes lag.

Der Frühling verging, auch der Sommer verstrich, und dann kehrte die Winterkälte in die Stadt zurück, wo sie den Alten das Mark in den Knochen gefrieren ließ und jenen, die in ihren Hotelzimmern und Pensionen lebten, Krankheit und Tod brachte. Aber Abend für Abend war der Ecktisch besetzt.

»Von der ewigen Warterei ist mir schon ganz übel«, sagte Arthur eines Morgens.

»Arthur!«

»Sag bloß nicht dauernd ›Arthur‹ zu mir, Thelma. Dir geht es doch genauso! Du fängst doch auch schon an, die alte Frau zu hassen!«

»Hassen? Wovon redest du eigentlich? Ich jedenfalls habe die alte Dame ausgesprochen gern . . .«

»Sicher, das redest du dir ein.« Er lachte unvermittelt. »Aber du erzählst von ihr nicht mehr so wie früher. Als hättest du dazu keine Lust mehr. Und ich wette, daß sie dir das Leben ziemlich sauer macht.«

»Sei doch nicht lächerlich.« Sie konnte ihn nicht ansehen. Woher er es nur wußte? Tatsächlich empfand sie der alten Dame gegenüber eine gewisse Spannung. Mrs. Mannerheim hatte angefangen, sich ständig zu beklagen, am Essen herumzumäkeln und Thelma zu beschuldigen, nicht ordentlich zu sein und sogar die Rechnung falsch auszustellen.

Eines Abends war sie mit der Kellnerin so böse gewesen, daß sie darüber sogar die üblichen fünfundzwanzig Cent Trinkgeld vergessen hatte. Aber das alles war nach Thelmas Meinung nur natürlich; wenn die Leute alt und krank werden, werden sie meistens auch unzufrieden . . .

»Ich sehe es doch deinem Gesicht an«, sagte Arthur und

beugte sich schmeichelnd vor. »Von Tag zu Tag haßt du die alte Frau mehr. Sie braucht zum Sterben ziemlich lange, was?«

»Ich habe keine Lust, mir dein Gerede anzuhören!«

»Acht Monate dauert es jetzt schon. Wie kommst du eigentlich darauf, daß sie nicht noch hundert Jahre alt wird?«

»Aber wo sie so krank ist...«

»Warum ist sie denn dann noch nicht tot?«

»Arthur!«

»Warum sollte man eigentlich nicht ein bißchen nachhelfen, Thelma?«

Ganz von selbst kamen diese Worte plötzlich aus ihm heraus, und seinem überraschten Gesichtsausdruck nach waren sie offensichtlich auch ganz unbeabsichtigt. Aber der Gedanke mußte schon lange dagewesen sein, bevor er ausgesprochen wurde. Thelma war zu betäubt, um darauf eine Antwort zu geben; er aber hielt ihr Schweigen für Interesse und sprach weiter.

»Es wäre einfach – ganz einfach«, sagte er. »Und es wäre nicht einmal unrecht, Thelma – das ist das Beste daran. Denk doch nur mal, wie die alte Dame leiden muß, wo sie so krank ist. Glaubst du, eine alte Frau wie sie wäre nicht heilfroh, wenn sie endlich Ruhe hätte? Und du kannst ihr doch dazu verhelfen, Thelma, so leicht!«

»Ich will nie mehr etwas davon hören!« sagte sie aufgebracht, schloß jedoch nur die Augen.

»Für dich wäre es ganz einfach, und kein Mensch würde es jemals merken. Ich würde dir auch dabei helfen, Thelma. Ich würde dir zeigen, wie einfach es ist. Und wer die alte Frau kennt, glaubt bestimmt, daß es bald mit ihr zu Ende ist. Kein Mensch wird irgend etwas ahnen.«

»Hör auf!«

Er lächelte sie an. »Und weißt du, wie wir es machen könnten, Thelma? Mit dem Essen, das du ihr jeden Abend an den Tisch bringst. Sie wird es gar nicht merken, so alt, wie sie ist, und bei solchen Leuten ist es mit dem Geschmack auch nicht mehr so doll. Bloß immer eine Prise Pulver unter das Essen, Thelma, nur eine ganz kleine Prise, Abend für Abend, bis sie...«

»Du bist wahnsinnig! Du bist vollständig verrückt, Arthur!«

»Klar, sicher – bloß hör weiter zu, was ich zu sagen habe. Ich habe von diesem Zeug genügend auf Lager, Thelma, mehr, als wir brauchen. Und jeden Abend tust du ihr eine winzige Prise in das Essen. Einfacher geht es doch nicht, oder? Nun sag schon!«

Sie zwang sich, von ihrem Stuhl aufzustehen, atmete schwer, als kämpfte sie verzweifelt gegen einen Strudel, und rannte aus dem Zimmer.

Arthur blieb sitzen. Er schaltete den Fernsehapparat ein und blieb den Rest des Vormittags schweigsam. Nachmittags ging er zum Drugstore und kam erst nach Mitternacht zurück. Kurz bevor sie zu Bett gingen, sagte er: »Die arme alte Dame, und dazu noch so krank. Eine Gnade wäre es, Thelma.«

Dann verschwand er in seinem Schlafzimmer.

Einen ganzen Monat lang erwähnte Arthur seine Idee nicht mit einem einzigen Wort. Thelma wartete immer darauf, daß er davon anfangen würde, aber das tat er nicht. Schließlich war sie gezwungen, selbst davon zu reden.

»Die arme Mrs. Mannerheim«, sagte sie.

»Was ist denn?«

»Sie sieht so schlecht aus. Sie kann kaum mehr gehen. Wenn ich sie so leiden sehe, kommt mir manchmal der Gedanke, daß du recht hast, Arthur, von wegen Gnade. Ich meine...«

Arthur besaß Fingerspitzengefühl. Weder lächelte er, noch machte er ein zufriedenes Gesicht. Er nickte nur ernst und voller Mitgefühl, und dann wartete er noch einige Minuten, ehe er sagte: »Wenn ich es nun heute abend vom Geschäft mitbringe, Thelma? Für Mrs. Mannerheim.«

»Wie du meinst«, sagte Thelma verträumt und beinahe so, als hätte sie gar nicht hingehört.

Jeff, der Koch, nickte kaum, als Thelma die Küche betrat; er wußte bereits, daß Mrs. Mannerheim gekommen war, reichte Thelma das Tablett, und sie stellte es auf den Wagen.

In der winzigen Anrichte neben der Treppe, die zum Gesellschaftszimmer des Restaurants hinunterführte, blieb sie einen Augenblick stehen und lüftete den Deckel, der auf dem Teller lag. Aus ihrer Schürzentasche holte sie eine kleine braune Tüte und streute eine winzige Prise des Pulvers über das Roastbeef. Dann legte sie den Deckel wieder auf den Teller und rollte den Wagen durch den Gang zu dem Ecktisch.

Während der Durchführung ihres Vorhabens war sie nicht nervös gewesen; als sie jedoch neben Mrs. Mannerheims Tisch wartete und die alte Dame sich mühte, ihrem schwachen Körper die Nahrung zuzuführen, waren ihre Finger so zitterig, daß sie sie unter ihrer Schürze verbarg.

Die alte Frau zeigte keinerlei Reaktion. Sie aß das Fleisch genauso mechanisch und interesselos, wie sie es immer tat.

Als Mrs. Mannerheim den Saal verließ, ließ Thelma das Trinkgeld in die Tasche gleiten, wo es neben der kleinen Gifttüte lag.

Am nächsten Abend war es genauso einfach.

Am dritten und vierten Abend war es nicht anders.

Aber Mrs. Mannerheim starb nicht.

»Das verstehe ich nicht«, sagte Arthur. »Sieht sie denn nicht einmal schlechter aus? Ist ihr übel? Oder irgend so was?«

»Nein. Aber irgendeine Veränderung ist bei ihr auch nur sehr schlecht zu merken, Arthur. Ich meine: Sie sieht immer fürchterlich elend aus.«

»Nun reg dich nicht unnötig auf. Aber nimm lieber weiter die kleine Dosis; wir müssen jedes Risiko vermeiden.«

»Ja, Arthur.«

»Sieh mal, was ich dir mitgebracht habe«, sagte ihr Bruder grinsend. »Ein Geschenk.«

Sie nahm das Päckchen und strahlte vor Freude. Es stammte aus dem Drugstore, und es enthielt Parfüm; der Preis stand noch auf dem Karton.

Am nächsten Abend erschien Mrs. Mannerheim nicht zum Abendessen, und Thelma wiegte sich plötzlich in der Hoffnung, daß die Prüfung nun vorüber wäre. Später tauchte sie jedoch auf und meinte nur, sie hätte das Abendbrot verschlafen und von ihrer Mutter geträumt, die ein langes weißes Kleid getragen hätte.

Eine ganze Woche verging, und Mrs. Mannerheim starb nicht.

»Bist du dir mit dem Gift auch ganz sicher?« sagte Thelma zu ihrem Bruder und hatte keine Angst mehr, dieses Wort auszusprechen, da sie jetzt selbst auf den Erfolg wartete.

»Natürlich bin ich mir sicher! Aber vielleicht sollten wir die Dosis doch etwas vergrößern. Eigentlich müßte es sie bald...«

»Aber das tut es doch nicht! Es scheint ihr nicht einmal schlechter zu gehen als vorher, Arthur. Manchmal glaube ich, sie lebt ewig...«

»Das kommt gar nicht in Frage. Vergrößere die Dosis«, sagte Arthur grimmig.

Thelma vergrößerte sie. Allabendlich tat sie das Pulver in das Essen der alten Dame. Nach weiteren zwei Wochen und damit vierzehn Abendessen, die mit Gift gewürzt waren, schien Mrs. Mannerheim einen Teil ihrer Gesundheit zurückzuerlangen – so daß die Träume von einer wohlhabenden Zukunft in immer größere Ferne und Verschwommenheit zu rücken schienen und Arthur die Bedenken aussprach, die auch ihre eigenen Gedanken beschäftigten.

»Und wenn sie ihre Absicht nun ändert? Wenn sie ihr Testament ändert?«

»Sag doch so etwas nicht, Arthur!«

»Aber es ist doch immerhin möglich! Du hast mir selbst erzählt, wie gemein sie jetzt manchmal zu dir ist. Wenn sie nun plötzlich auf die Idee kommt, daß du doch nicht so ein anständiger Kerl bist? Wenn ihr euch plötzlich in die Haare geratet? Und was kann nicht alles noch passieren!«

»Es darf nichts passieren! Es darf einfach nicht!« schluchzte Thelma.

»Alles kann passieren!« schrie ihr Bruder. Sein Blick, seine Stimme waren haßerfüllt.

»Ich sorge dafür, daß es nicht passiert«, versprach Thelma. »Ich sorge schon dafür, Arthur.«

Am gleichen Abend brannte, als sie im Restaurant zum Dienst erschien, das Verlangen nach Gewißheit in ihrer

Brust. Keine kleinen Dosen mehr, kein Tod in winzigen Prisen; sie wollte Endgültiges, wollte den Schluß.

Um zehn Uhr war Mrs. Mannerheim immer noch nicht erschienen. »Wo ist sie eigentlich?« fragte Thelma die Wirtin, die die Schultern zuckte. »Wo bleibt Mrs. Mannerheim denn heute abend, Marian?«

»Woher zum Teufel soll ich denn das wissen?« fragte Marian wütend. »Menschenskind, fast könnte man glauben, der alten Dame gehöre dieses Restaurant. Wahrscheinlich hat sie bloß wieder verschlafen...«

»Vielleicht sollte ich lieber nachsehen. Vielleicht sollte ich lieber über den Hausapparat bei ihr anrufen.«

»Vergiß nicht, daß du hier bist, um die Gäste im Restaurant zu bedienen.«

»Aber vielleicht ist sie wirklich krank; vielleicht braucht sie Hilfe?«

»Um Himmels willen, nun mach mich nicht auch noch krank. Also meinetwegen – ruf bei ihr an; sollen die anderen sehen, wie sie satt werden.«

Thelma ging in die Hotelhalle und nahm den Hörer des Hausapparates ab. Zweimal läutete das Telefon im Zimmer der alten Frau, ehe Mrs. Mannerheim sich mit kaum verständlicher Stimme meldete. Nein, los wäre mit ihr nichts, sagte sie; sie hätte nur keinen Appetit. Ob Thelma ihr vielleicht etwas nach oben bringen sollte? Nein, das wäre nicht nötig. Es würde ihr wirklich nichts ausmachen, sagte Thelma, vielleicht ein Sandwich oder eine Tasse Tee oder sonst irgend etwas? Also gut, sagte Mrs. Mannerheim, eine Tasse Tee wäre sehr schön.

Die Kellnerin ging in die Küche und füllte eine Kanne mit heißem Wasser. Dann stellte sie eine Tasse nebst Untertasse auf das Tablett und nahm zwei Teebeutel aus dem Vorratsschrank. Anschließend ging sie zum Hotelaufzug und drückte auf den Knopf mit der Drei.

Als sie das Zimmer betrat, sagte Mrs. Mannerheim: »Sie sind wirklich ein liebes Mädchen.« Von ihrem Sessel konnte sie sich jedoch nicht erheben. »Ich fühlte mich heute zu schwach, um nach unten zu kommen, und mein Appetit ist auch nicht groß.«

»Ich verstehe«, sagte Thelma. Sie drehte der alten Dame

den Rücken zu und stellte das Tablett auf dem neben der Tür stehenden Tisch ab. Dann tat sie die Teebeutel in die Kanne und griff in die Schürzentasche.

Die Tasche war leer. Sie hatte das Gift vergessen.

»Haben Sie auch Milch mitgebracht?« fragte die alte Dame und versuchte mühsam, auf die Füße zu kommen. »Haben Sie auch Milch mitgebracht, Thelma?«

»Nein«, antwortete sie ärgerlich. »Die Milch habe ich vergessen, Mrs. Mannerheim.«

»Aber Tee ohne Milch bringe ich nicht herunter, Thelma. Können Sie sie nicht noch schnell holen?«

Thelma fuhr herum und starrte die alte Frau an. »Ich habe keine Milch mehr, Mrs. Mannerheim. Sie können den Tee auch mal so trinken!«

»Das kann ich eben nicht!« jammerte die alte Dame. »Ich kann es einfach nicht, Thelma. Ich habe immer Milch zum Tee genommen, seit meiner Kinderzeit. Sie wissen doch, wie es ist – mit solchen Angewohnheiten...«

»Das weiß ich eben nicht!« schrie Thelma. »Keine Ahnung habe ich! Ich gehöre nicht zu den Leuten, die immer alles hatten, was sie haben wollten, Mrs. Mannerheim. Kapieren Sie das nicht?«

»Aber Thelma...«

»Wenn ich etwas haben wollte, mußte ich dafür arbeiten, Mrs. Mannerheim. Sie glauben wohl, ich arbeite als Kellnerin, weil es mir Spaß macht, weil das Restaurant mein Zuhause ist, was? Sie glauben wohl, ich könnte mir nichts Schöneres vorstellen als dreckige Küchen und abgegessene Teller und ewig jammernde alte Weiber, was...«

Mrs. Mannerheim machte ein verstörtes Gesicht. Dann richtete sie sich würdevoll auf. »In diesem Ton dürfen Sie mit mir nicht sprechen, Thelma.«

»Ich rede mit Ihnen so, wie es mir paßt!«

Der alten Dame verschlug es den Atem.

»Sie sind ein ungehobeltes und freches Mädchen, Thelma. Sie sind also doch nicht der Mensch, für den ich Sie gehalten habe. Aber wenn Sie glauben, daß ich mir von Ihnen so etwas gefallen lasse, dann haben Sie sich geirrt. Ich werde sofort meinen Anwalt anrufen und das Testament ändern...«

»Rühren Sie das Telefon nicht an!« schrie Thelma auf, als die alte Dame nach dem Hörer griff, und unterbrach diese Bewegung, indem sie das knochige Handgelenk umklammerte.

»Lassen Sie mich los, Sie schreckliches Kind!«

»Vierundvierzig Jahre bin ich alt!« kreischte Thelma, und ohne zu überlegen oder nachzudenken, warf sie sich auf die alte Frau, wie ein Raubtier sich auf seine Beute stürzt; ein urtümlicher Instinkt lenkte ihre Hände zur Kehle, zur Luftröhre, dem Ursprung des Atems und des Lebens. Abgesehen von einer kraftlosen Bewegung ihrer Hände, wehrte Mrs. Mannerheim sich nicht. Sie schien für den Tod so bereit und auf sein Kommen so vorbereitet zu sein, daß ihr ausgezehrter Körper erschlaffte, bevor Thelmas große Hände ihren Hals mit jener Kraft gepackt hatten, die nötig war, um sie zu töten. Für Mrs. Mannerheim kam der Tod so schnell, daß Thelma sie noch immer festhielt, als die Tür sich hinter ihr öffnete und das Zimmermädchen jenen gellenden Schrei ausstieß, der den Bann brach ...

Das wichtigste war, wie Thelma sich immer wieder sagte, Arthur. Ständig nannte sie seinen Namen in Gedanken, aber niemals sprach sie ihn laut aus, nicht ein einziges Mal während der Qual der Verhaftung, des Gefängnisses und der endlosen Verhöre.

Aber dann kam es doch heraus, und zwar allein auf Grund jener Frage, die der andere ihr stellte – dieser große graue Klotz von Mann, der auf dem Polizeirevier sagte: »Warum mußten Sie sie denn überhaupt umbringen? Warum konnten Sie nicht warten? Eine kranke alte Frau ...«

»Krank?« wiederholte Thelma und lachte. »Die war gar nicht krank ...«

»Doch – sie war krank, sehr krank sogar. Bei der Sektion hat es sich genau herausgestellt. Sie litt an einer parasitären Infektion, die bei einer Frau ihres Alters gefährlich ist. Das einzige, was sie noch am Leben hielt, war vermutlich die Behandlung, der sie sich unterzogen hat: Arsen in kleinen Dosen.«

# Der Schlaf des Gerechten

Cavender legte einen weiteren Zigarettenstummel auf den Berg, der sich auf dem kleeblattähnlichen Aschenbecher bereits gebildet hatte, und unter seiner Hand wanden sich die ausgedrückten Zigaretten wie weiße Würmer. Angeekelt zog er seine Hand zurück und fuhr mit seinen bloßen Füßen in die Pantoffeln, die neben dem Bett standen. Unerbittlich waren die Leuchtzeiger des Weckers auf dem Nachttisch weitergerückt und zeigten auf vier Uhr – er wußte, daß er das Problem mit Medikamenten nicht lösen konnte. Wenn überhaupt, dann hatte die dämpfende Wirkung des Schlafmittels seine Schlaflosigkeit nur noch verschlimmert. Er hatte ein bleiernes und fast fiebriges Gefühl; der Pulsschlag war ein ununterbrochenes Pochen, in seinen Ohren rauschte es, und seine Augen brannten und schmerzten, als hätte er Sand hineinbekommen. Er sagte sich, daß er am nächsten Tag nicht ins Büro gehen würde, und damit wurde eine Kette von Gedanken ausgelöst. Um Viertel nach vier gab er jeden weiteren Versuch auf und versuchte zu lesen. Die Wörter stolperten jedoch durcheinander und verschwammen, bis er nicht ein einziges mehr erkennen konnte. Um fünf döste er ein und wachte zehn Minuten später wieder auf. Um sechs beschloß er, den Rat Dr. Steers' zu befolgen und einen Psychiater aufzusuchen; allein dieser Entschluß genügte, ihn zur Ruhe kommen zu lassen. Eine knappe Stunde schlief er, bis der Wecker rasselte.

An der Tür stand der Name »Tedaldi«.
»Sind Sie bestellt?« fragte das Mädchen in der Anmeldung. Abschätzend sah es ihn an, und das gefiel Cavender

nicht. Er fühlte sich beschämt, verwirrt, als könnte man ihm die Probleme vom Gesicht ablesen. »Nein«, sagte er mürrisch. »Dr. Steers hat mich hergeschickt.«

»Ach so. Und jetzt wollen Sie einen Termin festmachen?«

»Ich hätte Dr. Tedaldi gern sofort gesprochen. Dafür habe ich mir extra freigeben lassen.«

Zweifelnd sah sie ihn an, nahm dann jedoch Notizblock und Bleistift von ihrem Tisch und trug beides wie Insignien ihrer Würde in das Sprechzimmer, das nebenan lag. Wenig später kam sie zurück und schien mit sich zufrieden zu sein.

»Dr. Tedaldi läßt bitten.«

»Verdammt nett von ihm«, sagte Cavender.

»Dr. Steers und ich sind nämlich zusammen zur Schule gegangen.« Tedaldi war ein rundlicher, jovialer Mann mit einem Gesicht, das einer Ansammlung leicht verderblicher Gemüsearten ähnelte. Cavender mochte ihn nicht und bedauerte bereits, hierher gekommen zu sein. »Was macht Ihnen Kummer, Mr. Cavender?«

»Ich kann nicht schlafen.«

»Was meinen Sie damit?«

»Schlaflosigkeit. Ich kann nicht schlafen. Seit Monaten tue ich schon kein Auge mehr zu.«

Tedaldi rieb sich die karottenfarbene Nase. »Das behaupten viele Leute. Angeblich schlafen sie nie.« Er kicherte. »Stimmen tut es natürlich nicht – es scheint bloß so.«

»Ich schlafe manchmal. Vielleicht eine Stunde, vielleicht auch zwei. Aber das genügt nicht.«

»Das kann ich mir vorstellen. Und da Sie zu mir gekommen sind, nehme ich an, daß Dr. Steers Ihre Beschwerden nicht für organisch hält.« Er zog einen Notizblock heran. »Dann wollen wir erst einmal die Personalien festhalten – einverstanden? Unterhalten tun wir uns später.«

Er gab sie der Reihe nach an. Name: Charles Cavender. Alter: 36. Beruf: Angestellter einer Schiffahrtsgesellschaft. Familienstand ...

»Ledig – nein: verwitwet.«

Tedaldi zog eine Augenbraue hoch. »Ihre Frau ist jung gestorben?«

»Verunglückt«, knurrte er.
»Wobei?«
»Ist das so wichtig?«
»Vielleicht.«
Cavender seufzte.
»Bei einem Brand«, sagte er und lehnte sich mit einem Gefühl der Erleichterung in den Plüschsessel zurück. Das Verlangen nach Schlaf überwältigte ihn beinahe, die freundliche Stimme des rundlichen Mannes hinter dem Schreibtisch wurde immer entfernter und wurde zum leisen Geräusch einer Unterhaltung, die irgendwo geführt wurde und mit ihm gar nichts zu tun hatte...

Dann redete er. Zwölf Zigaretten lang sprach er, unterbrach sich nur, um den Rauch tief einzuatmen, und erzählte Tedaldi, was dieser wissen wollte: von Linda, von dem Brand und von dem Traum.

»Im Traum ist es so, wie es vor einem Jahr war«, sagte er. »Wir wohnen in dem alten Haus in Grassy Heights. Ganz deutlich erkenne ich im Wohnzimmer jedes einzelne Möbelstück, die leuchtendrote Brandmauer und den wolligen Teppich, dessen Fussel immer an meinen Hosenaufschlägen hängenblieben... Ich sitze da, ohne zu lesen oder sonstwas zu tun; ich sitze einfach da. Linda ist oben. Ich stehe auf, um sie zu rufen, und gehe bis zur Treppe, und dann erscheint sie oben in ihrem bunten Zigeunerrock, lächelnd, die Hand auf dem Geländer, und dann sehe ich hinter ihr die Flammen...« Er rieb sich die Augen. »Sie scheint gar nichts zu merken. Die Flammen kommen aus dem Schlafzimmer hinter ihr her; sie lächelt immer weiter. Ich schreie sie an, brülle, bis meine Kehle ausgetrocknet ist und ich keinen Ton mehr herausbringe. Dann haben die Flammen sie erreicht und zerren sie zurück; ich kann es deutlich donnern und knistern hören...«

Tedaldi war sehr geduldig. Ein guter Zuhörer war er. Er wartete, bis Cavender sich wieder gefaßt hatte.

»So läuft der Traum immer ab«, sagte er schließlich. »Aber passiert ist es nicht so; das war ganz anders.«

»Wie ist es denn passiert?«

»Es war mitten in der Nacht. Wir schliefen. Es war zu Anfang des Winters, und mit der Heizung war irgend etwas nicht in Ordnung. Für den Notfall hatte ich einen transportablen Ofen, und den hatten wir ins Schlafzimmer gestellt. Irgendwie fingen die Vorhänge Feuer; wenigstens haben die Fachleute es später behauptet.« Kein Wort darüber, daß es auch dadurch entstanden sein könnte, weil er im Bett noch geraucht hatte. »Aufwachen taten wir erst, als das ganze Zimmer bereits brannte. Es sah so aus, als stünde alles in Flammen, alles ... das ganze Zimmer war voller Qualm. Ich rief Linda, aber sie antwortete nicht. Ich taumelte zur Tür, bekam sie aber nicht auf. Die Klinke war weißglühend. Dann entdeckte ich die Badezimmertür; sie war halb geöffnet. Ich lief also in das Badezimmer – warum, das weiß ich selbst nicht. Hysterisch war ich, anders kann man es wohl nicht nennen. Ich schlug die Tür hinter mir zu und machte mich am Fenster zu schaffen. Es ließ sich öffnen, und ich sprang hinaus. Allzu tief war es nicht, und außerdem standen unten Büsche, die den Sprung auffingen. Nicht einmal eine Schramme bekam ich dabei ab. Als ich unten war, rannte ich los, wie verrückt. Und ich stand schon fast auf der Straße, als ich mich noch einmal nach dem Haus umsah. Vor Flammen war es fast nicht mehr zu sehen – überall brannte es. Es war ein altes Haus, ein Fachwerkbau, und brannte wie Zunder...«

Er hatte genug gesagt, kniff die Lippen zusammen und wollte nicht einmal Tedaldis nächste Frage beantworten.

»Ihre Frau kam dabei um?«

Cavender zündete sich eine neue Zigarette an.

»Glauben Sie, Sie hätten sie noch retten können?« fragte Tedaldi. »Hat es Sie gequält, daß Sie es nicht wenigstens versucht hatten?«

Er atmete den Rauch tief ein und blickte die Bücher an, die in Tedaldis Sprechzimmer auf den Regalen standen.

»Fühlen Sie sich schuldig, Mr. Cavender? Ist das Ihr Problem?«

»Nein.«

»Unnatürlich wäre es nicht. Selbst wenn Sie das einzig Vernünftige getan hätten, selbst wenn Sie gar nicht die Möglichkeit gehabt hätten, Ihre Frau zu retten, wäre es unvermeidlich, daß Sie sich irgendwie schuldig fühlen.

Schließlich sind Sie immerhin mit dem Leben davongekommen.«

»Darum geht es gar nicht«, sagte Cavender ruhig. »Ich weiß, daß ich nichts dafür konnte. Ich fühle mich nicht schuldig.«

»Vielleicht nicht bewußt.«

»Bewußt oder unbewußt – es war nicht meine Schuld, Doktor. Soll er behaupten, was er will.«

Tedaldi blinzelte.

»Wer soll behaupten, was er will?«

»Jack Fletcher. Ihr Bruder.«

»Der Bruder Ihrer Frau?«

»Ja.« Er drückte seine Zigarette aus und zündete eine neue an. »Eigentlich ist das der Mann, der sich von Ihnen behandeln lassen sollte, Doktor.« Er lachte unbeteiligt. »Das ist ein Mann, der einen Psychiater sehr viel nötiger braucht als ich.«

»Wie kommen Sie darauf?«

»Weil er verrückt ist – deswegen. Weil er sich diese blödsinnige Idee in den Kopf gesetzt hat und nicht davon loskommt.«

»Um welche Idee handelt es sich? Macht er Sie für den Tod seiner Schwester verantwortlich?«

»Ja.«

»Und der Grund?«

Cavender zuckte mit den Schultern. »Woher soll ich das wissen? Ich weiß nicht einmal, wie er aussieht! Als der Brand ausbrach, war er eine Million Meilen weit weg; aber wenn man ihn reden hört, könnte man glauben, er hätte nebenan gewohnt.«

»Wo war er damals?«

»In Denver. In einem Militärlazarett. Acht oder neun Jahre hat er da gelegen, seit Korea. Natürlich wurde er von Lindas Tod benachrichtigt; und aus den Zeitungen schnitt er sich einige Berichte über den Brand aus. Wahrscheinlich ist er dadurch auf diese komische Idee mit mir gekommen. Einige Artikel waren nämlich ziemlich unfair...«

»Worum ging es denn, Mr. Cavender?«

»Daß ich meine eigene Haut gerettet hätte. Und Linda einfach verbrennen ließ.«

»Und das glaubt er auch?«

»Das glaubt er auch. Wenigstens schrieb er es mir, als er noch im Lazarett lag. Typisch der Brief eines Psychopathen, Doktor – das wäre was für Sie gewesen. Leider habe ich ihn weggeworfen.«

»Und wo steckt dieser Mann jetzt?«

Cavender drückte seine Zigarette aus.

»Er ist wieder hierher zurückgekommen – vorigen Monat.«

»Hat er seitdem mit Ihnen Verbindung aufgenommen?«

»Einmal, telefonisch.«

»Was hat er gesagt?«

»Was von ihm zu erwarten war, Doktor – einen ganzen Haufen Gemeinheiten. Er hat mir sogar gedroht.«

»Gedroht? Mit Gewalttaten?«

Cavender schwieg.

»Haben Sie die Polizei davon verständigt?«

»Nein.«

»Warum nicht?«

»Das weiß ich nicht!« Er erhob sich und begann, hin und her zu gehen. »Sehen Sie – der Knabe ist doch nicht mehr ganz normal. Er stand seiner Schwester sehr nahe, weil die beiden ohne Eltern aufwuchsen. Sie verstehen, was ich meine? Ich nehme es ihm überhaupt nicht übel, daß er sich darüber aufregt. Aber er ist völlig falsch gelagert, verstehen Sie, völlig falsch. Ich hätte sie nie und nimmer retten können, und wenn ich noch soviel Zeit gehabt hätte. Er war doch nicht in dem Zimmer, Doktor; er hat doch keine Ahnung, wie es da aussah! Die Hölle war es, die reinste Hölle. Soviel ich weiß, war Linda schon tot, als ich aufwachte. Ich konnte nichts tun – gar nichts!« Er schwitzte.

»Mir gegenüber brauchen Sie sich nicht zu entschuldigen«, sagte Tedaldi.

»Und mir ist völlig klar, daß das alles miteinander zusammenhängt, meine Schlaflosigkeit und alles. Aber nach dem Brand habe ich zuerst prima geschlafen, Doktor – und das ist es, was mich quält. Nach dem Brand habe ich zuerst prima geschlafen.«

»Wann fing denn Ihre Schlaflosigkeit an? Als Jack Fletcher aus dem Lazarett zurückkam?«

Cavender schwieg und schloß die Augen.
»Ja«, sagte er. »Wenn ich es mir genau überlege – ja.«

Um drei Uhr morgens zerknüllte er das leere Zigarettenpäckchen und durchwühlte die Kommodenschublade nach einem neuen. Die Schublade war leer, und er fluchte über seine Vergeßlichkeit. Er besah sich die Stummel in dem kleeblattähnlichen Aschenbecher neben seinem Bett, fand jedoch nicht einen, der länger als zwei Zentimeter war. Schlaflosigkeit war schon schlimm; aber außerdem nichts zu rauchen – das machte die Situation unerträglich. Er zog sich schnell an, verließ sein Zimmer und ging zum Hotelaufzug. Es war ein automatischer Aufzug, der ihn geräuschlos ins Erdgeschoß hinunterbrachte. Die Halle war verwaist, und eine blaßgelbe Lampe beleuchtete die Anmeldung. Er trat auf die kalte Straße hinaus und blickte in beide Richtungen; er fror in seinem Übermantel und versuchte, sich zu erinnern, wo er einen Drugstore gesehen hätte, der nachts geöffnet war.

Als er sechs Querstraßen weit gegangen war, entdeckte er einen Laden. Der alte Mann, der mit müden Augen hinter dem Ladentisch stand, verkaufte ihm vier Päckchen und fragte, ob es noch etwas sein dürfte. Beinahe hätte er ihn um ein Schlafmittel gebeten, ließ es dann jedoch. Wenn Steers nicht wußte, wie er ihn zum Schlafen bringen konnte, würde dieser Mann es bestimmt auch nicht wissen.

Auf seinem langsamen Rückmarsch zum Hotel dachte er über seinen Besuch bei Tedaldi nach und wußte, daß er erfolglos verlaufen war. Für die Seele mochten Geständnisse vielleicht gut sein – aber seinem Körper hatten sie nichts genutzt. Tedaldi hatte gemeint, er sollte regelmäßig zu ihm kommen; er hatte gesagt, er würde es sich überlegen. Und jetzt hatte er es sich überlegt. Die Antwort hieß nein.

Wieder in seinem Zimmer, lag er schlaflos auf dem Bett, bis der Wecker rasselte. Dann zog er sich an und ging ins Büro.

Jameson wollte ihn sprechen.

»Nun hören Sie mal zu, Freundchen.« Verlegenes Lächeln auf dem Gesicht seines Bosses. »Nehmen Sie sich ein bißchen zusammen. Ein Fehler, zwei Fehler – verständlich. Aber wenn Sie den ganzen Plan durcheinanderbringen, wirft das ein schlechtes Licht auf die ganze Firma. Wissen Sie, was passiert wäre, wenn ich den Fehler nicht gemerkt hätte? Dann wären Schiffe ohne Passagiere losgefahren.«

»Tut mir leid«, murmelte Cavender. »Mir ist in letzter Zeit nicht sehr gut.«

»Sie sehen tatsächlich schlecht aus«, sagte Jameson nachdenklich. »Schon seit einigen Wochen. Ist mit Ihnen alles in Ordnung, Charlie?«

»Ich war schon beim Arzt. Fehlen tut mir nichts. Es kommt nur von meiner Schlaflosigkeit.« Er lächelte schwach. »Vielleicht sollte ich mal eine Schiffsreise machen!«

Jameson lachte herzlich. »Passen Sie lieber etwas auf sich auf, Charlie. Wir können es uns nicht leisten, Sie zu verlieren, zumindest nicht während der Saison.« Dann, ohne zu lachen: »Aber achten Sie ein bißchen mehr auf Ihre Arbeit – verstanden, Freundchen?«

In jener Nacht dachte er während der schlaflosen Stunden über das Büro nach. Am folgenden Morgen wußte er, daß das Büro nicht die Wurzel seines Problems bildete. Die Wurzel hieß vielmehr Jack Fletcher.

Am nächsten Tag rief er ihn an.

»Jack? Hier ist Charlie – Charlie Cavender.«

Eine verbitterte Pause. Er hatte nie gewußt, daß Stille auch Haß ausstrahlen konnte; jetzt wußte er es.

»Hör mal zu, Jack – mir gefällt es nicht, wie es zwischen uns aussieht. Was meinst du dazu, wenn wir uns mal zusammensetzten und darüber redeten? Ein für allemal.«

»Ich habe mit dir nichts zu bereden, Cavender.«

»Aber es hat doch keinen Sinn, daß wir uns wie Kinder aufführen! Das beste ist, wir beide legen die Karten offen auf den Tisch. Das ist die einzige Art, als Erwachsene so was zu regeln.«

»Spiel dich nicht so auf«, knurrte Jack Fletcher. »Ich hab dich nicht vergessen, mein Freund. Darüber brauchst du dir keine Sorgen zu machen.«

»Und wenn wir uns aussprächen...«

»Laß diesen Quatsch«, sagte Lindas Bruder. »Ich muß sowieso dauernd an dich denken. Dauernd, Charlie!«

Er hängte ein.

In jener Nacht fiel der kleeblattähnliche Aschenbecher, der das Gewicht der Zigaretten nicht länger aushalten konnte, auf den Fußboden und zerbrach in vier Teile. Ärgerlich stieß Cavender mit dem Fuß nach ihnen und merkte plötzlich, daß er dabei laut schluchzte.

»Laß mich schlafen«, wimmerte er. »O Gott, kannst du mich denn nicht schlafen lassen?«

Er meinte Fletcher damit. Er wußte, daß Fletcher es war, der seinen Schlaf gemordet hatte. Fletcher hatte sich diese Quälerei in seinem Haß und seiner Bosheit für ihn ausgedacht. Fletcher. Fletcher.

»Scher dich zum Teufel!« brüllte Cavender.

Am nächsten Morgen fing Sills, der Hotelmanager, ein öliger Mann mit flatternden Händen, ihn am Aufzug in der Hotelhalle ab. Cavender hörte nur halb hin, was er sagte, wußte jedoch, daß es eine Beschwerde über sein nächtliches Betragen, über den Lärm in seinem Zimmer war. Sills entschuldigte sich zwar, aber schließlich hätte er seine Pflicht zu tun. Cavender murmelte etwas und ging weiter. Beschwerden über Fletcher, überlegte er. Fletcher ist der Verantwortliche.

Dieser Gedanke ließ ihn den ganzen Tag nicht los: Fletcher ist der Verantwortliche...

Als Büroschluß war, entschloß er sich, Lindas Bruder aufzusuchen.

Fletcher wohnte in einer Pension am anderen Ende der Stadt. Brownstone war ein irreführender Name. Jahrzehntealter Dreck, der niemals angerührt worden war, hatte die Fassade schwarz gefärbt. Dadurch wirkte das Haus düster und bedrohlich. Tatsächlich hatte Cavender Angst, als er auf den Klingelknopf über dem scheußlichen Namensschild drückte. Ja, er hatte vor Fletcher Angst. Das gab er ohne weiteres zu. Aber jetzt war der Zeitpunkt gekommen, etwas gegen diese Angst zu unternehmen.

Die Tür sprang auf, und er trat in die winzige Diele. Fletchers Zimmer lag im Erdgeschoß; er zögerte einen Augenblick, bevor er anklopfte, brauchte sich dann jedoch nicht bemerkbar zu machen. Die Tür öffnete sich, und zum erstenmal sah er Lindas Bruder. Es war ein dünner, junger Mann mit leuchtendrotem Haar und einem engen, verzerrten Gesicht. Er saß in einem Rollstuhl, und über seine Beine war eine Decke gebreitet. Ein Krüppel war er, an den Beinen gelähmt; Linda hatte ihm nie etwas davon erzählt. Cavender sah auf ihn hinunter und hätte vor Erleichterung beinahe gelacht. Kein Mitgefühl, sondern nur Erleichterung. Vor einem Krüppel hatte er also Angst gehabt! Wachgelegen hatte er und in die Finsternis gestarrt – und das alles wegen eines halben Menschen! Cavender lächelte.

»Jack Fletcher?« sagte er. »Ich bin Charlie Cavender.«

»Ich kenne dich«, sagte der junge Mann heiser. »Was willst du hier?«

»Dich besuchen. Wie ich es schon am Telefon gesagt habe.«

»Red keinen Quatsch, Mister.« Seine Hand griff nach der Tür und wollte sie schließen. Cavender stellte seinen Fuß dazwischen.

»Laß das! Es ist Zeit, daß wir uns kennenlernen...«

»Ich habe keine Lust auf deinen Besuch.«

»Fünf Minuten. Gib mir fünf Minuten Zeit.«

Fletcher runzelte die Stirn, und dann rollte er seinen Stuhl zurück. Es war zwar kein fröhliches Willkommen, aber das war auch nicht wichtig. Cavender betrat das Zimmer.

»Es tut mir leid«, sagte er. »Linda hat mir nie erzählt, was eigentlich mit dir los ist.«

»Das braucht dir nicht leid zu tun, du Angeber. Kümmere dich lieber um deinen eigenen Dreck.«

»Es muß ziemlich scheußlich gewesen sein. Ich war selbst bei den Fliegern, im Zweiten Weltkrieg...«

»Bravo! Irgendwelche Tapferkeitsauszeichnungen?« Höhnisch sah Fletcher ihn an.

»Ich fände es nett, wenn du nicht in diesem Ton mit mir redetest. Ich weiß, was in Zeitungsreportagen aus solchen Sachen wird – nur stimmt es nicht. Du hast mir nie die Möglichkeit gegeben, dir klarzumachen, wie es sich von meinem Standpunkt aus ansieht...«

»Red doch keinen Quatsch«, sagte Fletcher gelangweilt. »Verschwinde lieber.«

»Nicht eher, als bis du es begriffen hast.«

Fletcher packte die Räder seines Rollstuhls und stieß sich wütend vorwärts; mit einem leichten Poltern rollte er ihn über den dünnen Teppich in die gegenüberliegende Ecke seines Zimmers und brachte ihn unvermittelt zum Stehen. »Verschwinde«, sagte er rauh. »Verschwinde, ehe ich das tue, was ich schon immer tun wollte, als ich zum erstenmal hörte . . .«

»Du wolltest mich umbringen, nicht?«

»Ja! Ich wollte dich umbringen, du dreckiges Schwein! Ich wollte erleben, wie du winseltest . . .«

Cavender wurde grob. »Und wie?« sagte er.

»Glaubst du etwa, dazu brauchte ich Beine? Glaubst du, ich könnte dich nur erwischen, wenn meine Beine funktionierten, du Hund?«

Cavender konnte nicht mehr an sich halten. Er lachte laut. Fletcher zog die einzige Schublade eines Schreibtisches auf. Daß er dabei ziemlichen Lärm machte, störte seinen Besucher nicht. Selbst als er seinen Rollstuhl wendete und die Maschinenpistole sichtbar wurde, erschrak Cavender nicht.

»Das hier braucht keine Beine«, flüsterte Fletcher. »Das Ding hier hat seine eigenen Beine, Mister. Jetzt weißt du, wie ich es machen wollte.«

»Lächerlich ist das«, sagte Cavender verächtlich. »So viel Dummheit hätte ich dir gar nicht zugetraut.« Jede Spur von Angst war von ihm gewichen. Er ging auf den Jungen zu. »Leg das Ding weg, Jack. Sei vernünftig.«

»Ich kann es immer noch tun, Cavender. Ich kann immer noch abdrücken . . .«

»Leg das Ding weg!« Cavender streckte die Hand aus und bewies damit nicht nur sich selbst, sondern auch dem anderen, daß er Mut besaß. »Leg das verdammte Ding weg, Jack.«

»Ich bring dich um!«

Cavender packte Fletchers Handgelenk und hielt es fest; in dem dünnen Arm steckte mehr Kraft, als er erwartet hatte. Aber er wußte, daß er kräftiger war. Die Räder des

Rollstuhls drehten sich während ihres Ringens; Fletcher griff mit dem anderen Arm nach hinten, um das Gleichgewicht zu behalten. Cavender drehte ihm das Handgelenk um, bis die Mündung der Pistole auf den Kopf des Jüngeren zeigte. Fletcher verdrehte die Augen; Fletcher versuchte, den Zeigefinger vom Abzug zu bekommen. Erst in diesem Augenblick merkte Cavender, daß seine ganze Angst auf seinen Peiniger übergegangen war, und dieses Gefühl verlieh ihm Übergewicht und Befriedigung. Fletcher sagte etwas, seine letzten Worte, und Cavender preßte seine Hand zusammen, bis der Schuß losging. Das junge Gesicht machte eine schreckliche, blutige Verwandlung durch, und Cavender ließ los.

Er trat zurück und beobachtete, wie der Tote in seinem Rollstuhl zusammensackte; der rechte Arm rutschte über die Seitenlehne und ließ die Maschinenpistole auf den Teppich fallen.

Fletcher war tot, aber Cavender empfand kein Bedauern. Fletchers eigene Hand war es gewesen, die die Waffe festgehalten und abgedrückt hatte; hätte er die Pistole nicht ins Spiel gebracht, wäre es nie passiert.

Cavender lauschte: Der Knall der Pistole war unbemerkt geblieben.

Eine volle Minute lang überdachte er seine mißliche Lage. Sollte er hier warten und das Recht auf Notwehr beanspruchen? Oder sollte er verschwinden und die ganze Geschichte für sich selbst sprechen lassen: der unglückliche Kriegskrüppel, die Maschinenpistole, die er sich zur Erinnerung aufgehoben hatte, die letzte verzweifelte Geste eines Zerbrochenen ...

Einen Moment wartete er noch. Als nichts passierte, ging er zur Tür.

Den Abend verbrachte er im Rang eines benachbarten Kinos; bereits vor dem Ende des Films verspürte er eine wohltuende Müdigkeit. Er stand auf und kehrte zum Hotel zurück. Um zehn Uhr bestellte er sich noch ein Sandwich sowie eine Flasche Bier auf sein Zimmer. Er aß gierig, zündete sich dann eine Zigarette an und streckte sich, angekleidet, auf seinem Bett aus.

Er wußte, daß es vorüber war. Er konnte genau spüren, daß es vorüber war. Wie eine streichelnde Hand war es. Wie der zärtliche Hauch einer Sommerbrise war es. Seine Augenlider wurden schwer. Er lächelte. Und als der Schlaf – nur Minuten später – kam, lächelte er immer noch.

Sills, der Manager jenes Hotels, in dem Cavender wohnte, redete mit flatternden Händen und flehte den Inspektor an.
»Bitte. Der Bericht...«
»Darüber würde ich mir an Ihrer Stelle nicht die geringsten Gedanken machen, Mr. Sills – falls Sie dabei an Ihre Versicherung denken. Für den Brand waren Sie keinesfalls verantwortlich. Soweit Sie davon betroffen sind, kann man Ihnen nicht das geringste vorwerfen.«
Mr. Sills seufzte vor Erleichterung.
»Nein – Ihre Schuld war es nicht«, sagte der Inspektor grimmig. »Allem Anschein nach werden die Leute doch nie vernünftig. Millionenmal warnt man sie, im Bett nicht zu rauchen – und was kommt dabei heraus?« Er drehte sich um und blickte zu den Trägern hinüber, die die Bahre mit ihrer verkohlten Last herausbrachten; mitleidig schüttelte er den Kopf. »Einen enorm gesunden Schlaf muß der gehabt haben.«

# Das tödliche Telefon

Mrs. Parch klebte gerade im Eßzimmer Schilder auf ihre Einmachgläser, als das Telefon läutete. Sie unterbrach ihre Arbeit, um die Klingelzeichen zu zählen. *Eins,* Mrs. Nubbin, *zwei,* Mrs. Giles, *drei,* Mrs. Kalkbrenner, *vier*... damit war sie gemeint, und mit einem fast enttäuschten Seufzer wischte Mrs. Parch sich die klebrigen Finger an ihrer faltenreichen Schürze ab und ging ins Wohnzimmer hinüber. Die Entfernung betrug nur dreißig Schritte, aber als sie den Hörer abnahm, keuchte sie. Mrs. Parch war dick, und in dem formlosen grauen Kleid, das sie stets wochentags trug, hatte sie eine Figur wie eine Glocke. »Hallo?« rief sie laut in die Muschel.

»Spricht dort Mrs. Helen Parch?« Es war eine Männerstimme, die sie nicht kannte. Ihre Antwort klang fast übelnehmerisch.

»Ja, hier ist Mrs. Parch. Wer spricht dort?«

»Mein Name ist Atkins, Mrs. Parch, vom Büro des Distrikt-Sheriffs. Ich hätte gern gewußt, ob es Ihnen recht ist, wenn ich Ihnen heute nachmittag einen kurzen Besuch abstatte? Ich habe etwas sehr Wichtiges mit Ihnen zu besprechen.«

»Wichtiges? Sind Sie auch sicher, daß man Sie richtig verbunden hat?«

»Ganz sicher. Mrs. Parch. Es wird nicht sehr lange dauern. Ich bin im Augenblick in Milford und kann in fünf Minuten mit dem Wagen bei Ihnen sein.«

»Nun, ich weiß nicht recht.« Sie war offensichtlich verwirrt. Selbst Bekannte besuchten sie sehr selten hier draußen auf dem Lande, und der Gedanke an einen Fremden... »Können Sie's mir nicht am Telefon sagen, Mr. Atkins? Ich bin heute ziemlich beschäftigt.«

»Ich fürchte, nein, Mrs. Parch. Es tut mir leid . . .«

»Also gut dann. Wenn Sie schon kommen müssen, ist's mir jetzt genauso recht wie ein andermal. Ich warte also auf Sie.«

»Ich danke Ihnen«, sagte Mr. Atkins würdevoll und wartete höflich, daß seine Gesprächspartnerin den Hörer aufhängte. Sie tat es, blieb aber da und blickte neugierig auf den stummen Apparat. Es hatte keinen Zweck, zu ihren Einmachgläsern zurückzugehen, denn Mrs. Parch wußte, daß das Telefon in ein paar Minuten wieder läuten würde – sobald ihre Lauscher meinten, die Anstandspause habe jetzt lange genug gedauert. Natürlich behielt sie recht: acht Minuten später klingelte es viermal kurz, und sie hörte die weiche, nasale Stimme von Mrs. Giles.

»Helen? Wie geht's dir? Mir fiel eben ein, daß ich dich mal anrufen und fragen könnte, wie's bei dir steht.«

»So lala«, meinte Mrs. Parch wissend, aber ohne Zynismus. Seit fast fünfzehn Jahren teilte sie mit den anderen diesen Gemeinschaftsanschluß, und alle wußten, daß jeder an jedem Gespräch teilnahm. Eine offene Beschuldigung würde sie alle schockiert haben, aber nichtsdestoweniger war es wahr. »Was macht Jacob?« fragte Mrs. Parch beiläufig, die Regeln der Etikette befolgend. »Soviel ich weiß, zieht er doch seit ein paar Tagen eine neue Wand für seine Scheune hoch?«

»Ja, er hat so seine Arbeit«, erwiderte Mrs. Giles vage. »Doch was gibt's bei dir Neues, Helen? Ist irgendwas Interessantes passiert?«

Mrs. Parch fühlte unvermutet Trotz in sich aufsteigen und warf die Lippen auf. Sie wußte, daß Mrs. Giles vor Neugier brannte, etwas über Mr. Atkins zu erfahren; aber sie wollte ihr nicht die Genugtuung geben, von seinem Anruf zu sprechen. »Nein, nichts Neues«, entgegnete sie glatt. »Ich bin nur gerade dabei, meine Einmachgläser zu beschriften. Das hasse ich am meisten an der ganzen Einkocherei. Mit meiner Arthritis kann ich ja kaum einen Bleistift halten.«

»Ist das bestimmt alles?« fragte Mrs. Giles. »Vorhin hörte ich dein Telefon klingeln . . .«

»Das war nur Mr. Hastings«, sagte die Frau kalt. »Er rief

wegen meines Rasenmähers an, den er neulich zum Schärfen mitgenommen hat.«

»Oh«, meinte Mrs. Giles, und Mrs. Parch unterdrückte ein Gluckern, während ihr gewaltiger Busen vor Vergnügen hüpfte. Sie wußte, daß Mrs. Giles die Lüge erkannt hatte, aber sie wußte auch, daß man sie nie dieser Lüge beschuldigen konnte. Mrs. Giles schnüffelte in den Hörer, sagte noch ein paar unverbindliche Worte, um dem Gespräch den Anschein des Normalen zu geben, und hängte auf.

Als Mrs. Parch ins Eßzimmer zurückging, grinste sie breit vor Genugtuung. Fünf Minuten später läutete es dreimal, und sie schurrte auf ihren kleinen Füßen über den Boden, nahm geräuschlos den Hörer ab und bedeckte die Sprechmuschel mit der Hand. Natürlich war es Mrs. Giles, die Mrs. Kalkbrenner von dem fremden Mann erzählte, der Mrs. Parch noch an diesem Nachmittag aufsuchen wollte. Sie stellten allerlei Betrachtungen über die Bedeutung dieses Besuchs an, doch keine von beiden konnte ihre Neugier befriedigen.

Mrs. Parch hängte vor ihnen auf und ging ins Schlafzimmer, um sich für ihren angekündigten Besucher etwas herzurichten. Ein paar Minuten später kam er, ein hagerer Mann, dessen knochige Rippen sich unter dem durchgeschwitzten Hemd abzeichneten. Er trug seine Jacke über dem Arm und betupfte sich die hohe, in einen langsam kahl werdenden Kopf übergehende Stirn mit einem zusammengeknüllten Taschentuch.

»Mrs. Parch?« fragte er. »Ich bin Daryl Atkins aus dem Büro des Distriktanwalts.«

»Treten Sie ein, Mr. Atkins. Na, Sie haben sich wirklich sehr beeilt.«

»Kam, so schnell ich nur konnte. In dieser Angelegenheit können – vielleicht – schon ein paar Minuten eine Rolle spielen.« Er sah sich in dem kleinen, gemütlichen Wohnzimmer um, dessen Jalousien wegen der Sonne heruntergelassen waren. »Hier drin ist es bestimmt wesentlich kühler«, sagte er. »Auf der Straße müssen's zweiunddreißig Grad sein.«

»Mögen Sie vielleicht etwas Kaltes trinken?«

»Gern, Ma'am; aber nicht, bevor wir uns unterhalten haben.«

Er setzte sich vorsichtig auf die Sofakante, um nicht mit seinem feuchten Hemd gegen den Schonbezug der Rückenlehne zu kommen. Mrs. Parch nahm im Schaukelstuhl Platz, faltete ihre plumpen Hände im Schoß und wartete geduldig.

»Mrs. Parch«, begann er, »erinnern Sie sich an einen Mann namens Heyward Miller?«

»Miller?« Sie legte ihr Gesicht nachdenklich in Falten. »Nein, der Name sagt mir nichts. Natürlich ist da die Mrs. Miller im Postamt; aber mit der hat das wohl nichts zu tun.«

»Nein, nichts.« Er runzelte die Stirn und blickte auf die mit Troddeln eingefaßte Brücke zu seinen Füßen. »Heyward Miller und seine Frau lebten hier draußen auf dem ehemaligen Grundstück der Yunkers, vielleicht vor acht, neun Jahren. Sie waren erst sechs Monate dort, als seine Frau starb, und er verkaufte den Besitz an die Kalkbrenners. Hilft das Ihrer Erinnerung etwas nach, Mrs. Parch?«

Sie kratzte sich leicht die Wange. »*Irgend etwas* will mir in diesem Zusammenhang einfallen. Ja, jetzt erinnere ich mich.« Ihr Atem wurde kürzer, und sie legte eine Hand auf ihren Busen. »O ja, Miller. Dieser gräßliche Mann! Wie konnte ich *das* nur vergessen?«

»Ich dachte, daß Sie sich erinnern würden, Mrs. Parch; ich meine, nach diesen Dingen, die er über Sie gesagt hat. Der Bursche war mächtig durcheinander, soweit ich die Geschichte kenne. Natürlich kenne ich nicht die volle Wahrheit; daher steht es mir auch nicht zu, irgendeine Meinung zu vertreten . . .«

Mrs. Parch richtete sich steif auf. »Der Mann war ein Narr«, sagte sie schroff. »Fragen Sie nach ihm, wen Sie wollen. Er *gehörte* einfach nicht hierher.«

»Schon gut, Mrs. Parch; aber könnten wir beide uns nicht einmal darüber unterhalten, was damals eigentlich passierte? Nur, damit ich auch unterrichtet bin?«

»Ich habe nichts darüber zu sagen.«

Atkins seufzte. »Nach dem, wie man mir die Geschichte erzählte, waren dieser Miller und seine Frau ein Jahr verheiratet, als sie das Grundstück der Yunkers kauften. Sie sollte in etwa sechs Monaten ein Kind bekommen. Doch eines Nachts geschah etwas; sie wurde krank, sehr krank, und er versuchte, einen Anruf zum Arzt durchzubekommen ...«

Mrs. Parch schloß die Augen und ballte ihre Fäuste im Schoß.

»Nun, ich war damals nicht in diesem Distrikt, verstehen Sie; daher kann ich nichts anderes berichten, als was man mir erzählt hat. Aber soweit ich es verstanden habe, ging Miller ans Telefon, und Sie und eine andere Dame unterhielten sich. Sie tauschten Rezepte aus oder so was Ähnliches.«

»Das war Mrs. Anderson«, sagte die Frau ruhig. »Ich sprach mit Mrs. Anderson.«

»Wohnt sie noch in der Nachbarschaft?«

»Nein. Vor fünf Jahren ging sie mit ihrem Mann nach Kalifornien, wo sie starb.«

»Wie dem auch sei«, fuhr Mr. Atkins fort und tupfte sich den Schweiß aus dem Gesicht, »dieser Miller bat Sie damals jedenfalls, die Leitung freizugeben, damit er den Arzt für seine Frau anrufen konnte. Und wie man mir erzählte, haben Sie sich beide geweigert.«

»Er war frech«, sagte Mrs. Parch. »Er hat uns regelrecht beleidigt.«

»Ja. Jedenfalls wollten Sie die Verbindung nicht freigeben, und Miller konnte nicht anrufen. Er behauptet sogar, daß Sie böswillig weitersprachen, damit er nicht anrufen konnte.«

»Das ist eine Lüge!« rief Mrs. Parch leidenschaftlich erregt. »Wir redeten nur, solange wir mußten, und keine Minute länger.«

»Aber er konnte den Arzt nicht mehr rechtzeitig erreichen, darum drehte es sich doch, nicht wahr? Und seine Frau starb.«

»Nun hören Sie mal her, Mr. Atkins –«

Der dünne Mann hob eine knochige Hand. »Bitte, Mrs. Parch; ich bin nicht zu Ihnen hinausgekommen, um die Vergangenheit noch einmal durchzukauen. Was geschehen ist, ist Ihre Sache und nicht meine. Nur ist heute früh etwas passiert, das die Angelegenheit *vielleicht* auch zur Sache des Distrikt-Sheriffs werden läßt.«

»Was meinen Sie damit?«

»Nun, ich nehme an, Sie wissen nicht, was mit Miller geschah, nachdem er sein Grundstück an die Kalkbrenners verkaufte. Der Verlust seiner Frau und die ganzen Begleitumstände hatten ihn völlig gebrochen, und er zog nach New York. Sechs Monate später faßte man ihn, als er in ein Eisenwarengeschäft einbrach. Außer ein paar Schachteln mit Nägeln und ähnlichem Kleinzeug hatte er nichts gestohlen, und man schickte ihn für etwa sechs Monate ins Gefängnis. Dort kam man zu dem Schluß, daß er geistig unzurechnungsfähig war, und er wurde in eine geschlossene Heilanstalt überwiesen. Seitdem ist er ununterbrochen dort gewesen, fast acht Jahre lang. Erst kürzlich ist er freigekommen, Mrs. Parch, und das ist der Grund, weshalb wir ein wenig besorgt sind.«

»Freigekommen?« Die Frau knüllte den Rand ihrer Schürze mit den Händen zusammen. »Was meinen Sie damit, freigekommen?«

»Ausgebrochen. Wir erhielten die Nachricht gestern am späten Abend, aber es ist schon eine ganze Woche her. Jemand in der Anstalt fiel es ein, uns zu benachrichtigen, weil Miller eine Menge gefaselt hat über ... nun, über das, was passiert ist. Hat uns ein wenig beunruhigt, Mrs. Parch. Ich nehme an, Sie werden das verstehen. Wir wissen zwar nicht *bestimmt,* ob er etwas gegen Sie im Schilde führt, aber es schien uns nicht richtig, die Sache dem Zufall zu überlassen. Verstehen Sie, was ich meine?«

Mrs. Parch stand auf, ihre glockenförmige Hülle schwankte ein wenig. Ihre Stimme zitterte, als sie sagte: »Wollen Sie damit sagen, daß dieser Miller Ihrer Meinung nach hinter *mir* her ist? Wegen dem, was vor acht Jahren passierte?«

»Dem Manne ist nicht zu trauen«, erwiderte Atkins ruhig. »Das ist alles. Die Anstalt ist ungefähr dreihundert Kilometer von hier entfernt, aber wenn er wirklich auf – nennen wir es mal Rache, aus ist, spielt diese Entfernung keine große Rolle. Ich wollte Sie nur vor der Möglichkeit warnen, das ist alles.«

Sie schlug die Hände vors Gesicht. »Aber ich bin ganz allein hier draußen!« rief sie. »Er könnte mich glatt im Schlaf ermorden!«

»Wir wissen *wirklich* nichts Bestimmtes, Mrs. Parch. Sie dürfen sich das auf keinen Fall einbilden. Aber wenn vielleicht einer Ihrer Nachbarn für ein paar Tage zu Ihnen ziehen könnte oder Sie einen Verwandten besuchen wollten, so wäre das möglicherweise eine gute Idee.«

»Kann der Sheriff mich nicht beschützen?« Sie unterdrückte ein Schluchzen.

»Es tut mir leid, aber das ist im Augenblick noch nicht möglich, Mrs. Parch. Nicht, solange wir keine sichere Information besitzen, daß Miller sich in der Nähe befindet. So, wie die Dinge im Augenblick liegen, ist es weiter nichts als eine ganz unbestimmte Vermutung. Verstehen Sie?«

»Ja, ja«, antwortete sie wie betäubt. »Vielleicht könnte ich zu meiner Schwester fahren. Nach Cedar Falls ...«

»Das wäre eine gute Idee.«

»Ich habe sie seit zehn Jahren nicht mehr gesehen. Wir verstanden uns nie, meine Schwester und ich.«

Mr. Atkins lächelte. »Für eine Versöhnung sollte man keine Gelegenheit ungenützt verstreichen lassen, was, Mrs. Parch?« Er stand auf. »Hören Sie, ich bin nicht bloß hergekommen, um Sie zu erschrecken. Wir wissen nichts Endgültiges über diese Angelegenheit, überhaupt nichts. Wenn wir etwas Neues erfahren, werden wir Sie sofort anrufen. Und wenn Sie es für notwendig halten, sich mit uns in Verbindung zu setzen, verlangen Sie einfach das Büro des Distrikt-Sheriffs. Meinen Namen wissen Sie noch?«

»Atkins«, flüsterte Mrs. Parch.

»Daryl Atkins«, sagte der Mann. Dann lächelte er breit. »Und jetzt hätte ich nichts gegen einen kühlen Schluck einzuwenden, Mrs. Parch.«

Atkins' Wagen war noch keine fünf Minuten aus ihrer Auffahrt, als das Telefon bei Mrs. Parch viermal rasselte. Sie nahm den Hörer ab und hörte Mrs. Giles fragen: »Helen? Habe ich nicht ein Auto bei dir halten sehen?«

»Nein«, antwortete sie krächzend. »Du hast keinen Wagen gesehen.«

»Aber ich meinte doch ganz *sicher,* ich –«

»Kümmere dich um deine eigenen Angelegenheiten!« sagte die Frau wütend. »Wann werdet ihr alle endlich lernen, eure Nasen nicht in andrer Leute Dinge zu stecken!«

»Bitte!« erwiderte Mrs. Giles. Sie hängte auf, und Mrs. Parch verwünschte die Tatsache, daß sie ihr nicht zuvorgekommen war. Ein paar Minuten später klingelte das Telefon dreimal, aber sie ignorierte es. Statt dessen stieg sie so schnell nach oben, wie ihr Gewicht und ihr knapper Atem gestatteten, und begann die Schreibtischschublade nach der Telefonnummer ihrer Schwester in Cedar Falls zu durchwühlen. Schließlich fand sie den Papierfetzen mit der Nummer in einem Album vergilbter Familienfotos und ging damit wieder nach unten. Ohne jede Vorsicht und Heimlichtuerei nahm sie den Hörer ab, doch Mrs. Giles und Mrs. Kalkbrenner hatten bereits ihr Gespräch über die schlechten Manieren ihrer Nachbarin beendet. Sie wählte die Nummer des Fernamts und mußte fast zehn Minuten warten, ehe sie mit Cedar Falls verbunden werden konnte. Doch selbst dann nützte es ihr nichts, denn die Telefonistin in Cedar Falls berichtete, daß der Apparat ihrer Schwester für den Sommer abgemeldet sei. Das sah Margaret ähnlich; wahrscheinlich war sie in ihr Strandhaus übergesiedelt und hatte das Telefon stillegen lassen, um ein paar Dollar zu sparen. Sie grunzte empört, als sie diese Nachricht hörte, und die unfreundlichen Gedanken über ihre Schwester vertrieben eine Zeitlang all ihre Furcht vor Miller. Sie fühlte sich sogar genügend erholt, um das Etikettieren ihrer Einmachgläser zu beenden, und sie verbrachte einen geschäftigen Nachmittag damit, alle in den Keller zu bringen. Sie war so bei der Sache, daß sie trotz ihrer angeborenen Neugier gar nicht daran dachte, mitzuhören, als das Telefon fünfmal läutete (das war für Mrs. Ammons, eine neue Nachbarin). Als der Abend hereinbrach, hatte sie zwar Atkins' Warnung nicht vergessen, aber ihre Nerven waren doch beträchtlich ruhiger geworden.

Der Tag war lang gewesen. Die Sonne hatte hoch und heiß am Himmel gestanden, und die Zeiger der Uhr wiesen fast auf halb neun, als sie schließlich hinter den braunen Hügeln versank und von der kühlen Nachtluft abgelöst wurde. Mrs. Parch bereitete sich ein einfaches Abendessen von den Resten des Vortages, nähte noch ein wenig und nahm sich dann einen Roman aus der Leihbibliothek vor, um mit Lesen den Abend zu beschließen. Das Telefon läutete zweimal, aber sie kümmerte sich nicht darum. Einen Augenblick später hörte sie einen Hund in der Nähe des Hauses bellen. Es war Giles' Hund, ein alter Collie, der nicht zu unbegründeten Temperamentsausbrüchen neigte. Leicht verwundert legte sie das Buch nieder. Als das Bellen andauerte, nahm sie ihre Brille ab, stand auf und trat ans Fenster. Bei der plötzlichen Erinnerung an die ihr möglicherweise drohende Gefahr fuhr ihr schlagartig wieder die Furcht in die Glieder. Sie ging zur Vordertür, schloß auf und blickte in eine Dunkelheit, die nichts preisgab. Sie schloß die Tür wieder, schob den Riegel vor und ging ins Wohnzimmer zurück, um eine weitere Lampe anzumachen. Der Hund von Giles hörte auf zu bellen und begann zu heulen, bis ihm jemand mit einer zusammengerollten Zeitung auf sein Hinterteil klatschte. Unten, in ihrem Keller, gab es ein plumpsendes Geräusch, als ob etwas auf den Steinboden gefallen sei, und sie wußte, daß sie nicht mehr der einzige Bewohner des Hauses war.

Auf dem Weg zum Telefon wäre sie fast gefallen. Als sie den Hörer von der Gabel riß und Mrs. Giles' nasale Stimme hörte, keuchte sie: »Bitte! Geh vom Apparat!«

»Wer ist da?« fragte Mrs. Giles.

»Helen«, rief Mrs. Parch. »Helen! Um Gottes willen, Emma, leg den Hörer auf! Ich muß die Polizei anrufen –«

»Die Polizei? Warum?«

»Ich hab keine Zeit, zu erklären! Ich muß das Büro des Sheriffs anrufen! Geh aus der Leitung! Geh aus der Leitung, oder ich werde ermordet!«

Mrs. Kalkbrenner lachte. »Aber Helen, wer wird dich schon umbringen wollen? Du hast wohl einen Alptraum.«

»Ich meine, daß du gesagt hast, du wolltest Einmachgläser beschriften«, kicherte Mrs. Giles. »Bist du auch sicher, daß es nicht Apfelwein war, Helen?«

»Um Himmels willen!« kreischte Mrs. Parch. »Geht aus der Leitung!«

»Siehst du«, sagte Mrs. Giles bedeutungsvoll zu Mrs. Kalkbrenner. »Verstehst du jetzt, was ich dir erzählt habe?«

»Hm, hm«, machte Mrs. Kalkbrenner. »Jetzt weiß ich Bescheid.«

»Manche Leute wissen eben nicht, was Höflichkeit ist«, sagte Mrs. Giles. »Es ist doch gut, wenn man seine Nachbarn einmal *richtig* kennenlernt, nicht wahr, June?«

»Bestimmt ist es das, Emma.«

»Bitte, bitte«, schluchzte Mrs. Parch. »Ich *muß* die Verbindung haben. Ich *muß* telefonieren –«

Sie ließ den Hörer fallen, als sie die Kellertreppen knarren hörte. Sie rannte in die Küche und schlug die Kellertür zu. Das Schnappschloß faßte nicht, daher schob sie einen Stuhl vor die Tür und rannte zu dem baumelnden Hörer zurück. Die Stimme von Mrs. Giles tönte ihr entgegen, und von Haß und Grauen geschüttelt, schrie Mrs. Parch sie an. Sie schrie immer noch, als die Hand ihr den Hörer wegnahm und auf die Gabel legte. Es war eine schwere, behaarte und entsetzlich starke Hand.

# Die Macht des Gebetes

Durch einen einzigen Regenguß am Sonntagvormittag wurde Father Amion vom Himmel daran erinnert, daß das Dach seiner bescheidenen Kirche dringend einer Reparatur bedurfte. In der folgenden Woche kam man auf der Sitzung des Kirchenvorstands zu dem Schluß, daß neun Jahre zwischen zwei Anstrichen zu lange wären; aber Vorschläge, woher die dazu notwendigen Mittel kommen könnten, wurden nicht gemacht. Und an einem anderen Sonntag, als er seine Predigt vor einer Gemeinde von weniger als vierzig Seelen hielt, kam eine Gruppe von Menschen, die sich verspätet hatten, durch den Mittelgang, und dabei quietschten die Bohlen des Fußbodens so, daß er auf der Kanzel zusammenfuhr.

Es war daher begreiflich, daß Father Amion mehr als sonst auf die Beträge achtete, die bei der Kollekte zusammenkamen. Die Gemeinde, der er diente, war in kirchlicher Hinsicht unübertrefflich, da die Gemeindemitglieder arm und des Trostes, den er bieten konnte, besonders bedürftig waren. Aber als Gemeindepfarrer sagte er eines Tages – mit einem betrübten Lächeln auf dem freundlichen Gesicht – zu Bischof Cannon, daß die Kirche nicht einmal wohlhabend genug wäre, um sich eine eigene Maus zu halten. Der Bischof lachte und bot an, der Gemeinde eine seiner eigenen Mäuse zu schenken.

Am Sonntag nach Ostern hatte sich die Zahl der Kirchgänger, wie üblich, auch in Father Amions Kirche erheblich verringert, und diese Tatsache bedeutete für ihn keine Überraschung. Eine Überraschung jedoch bildete das Ergebnis der Kollekte. Auf den Münzen und Eindollarscheinen lag unübersehbar das Abbild Alexander Hamiltons, das

das amerikanische Finanzministerium herausgibt. Als Morton, Freund und Küster zugleich, ihm diese Tatsache mitteilte, erklärte Father Amion dankbar: »Zehn Dollar! Ich glaube, ich habe seit der Vorkriegszeit keine Zehndollarnote mehr in der Kollekte gesehen. Wissen Sie, wer es war, Morton?«

Morton wußte es. »In der vierten Reihe saß der Betreffende, Father; bis jetzt habe ich ihn noch nie beim Gottesdienst gesehen. Er sah ziemlich ungehobelt aus und trug ein – ein etwas auffallendes Jackett.«

»Was meinen Sie mit auffallend?«

»Das richtige Wort ist – glaube ich – knallig, Father.«

»Meinen Sie etwa den Herrn in dem auffällig gemusterten Anzug? Natürlich habe ich ihn bemerkt. Aber meiner Ansicht nach ist es von Ihnen nicht nett, seinen Anzug zu kritisieren, Morton.«

»Oh, ich habe ihn auch gar nicht kritisiert, Father.« Morton grinste unbeholfen. »Besonders nicht, nachdem ich seine Spende gesehen habe.« Das Grinsen verschwand, als der Geistliche statt einer Antwort die Stirn runzelte, und schnell fügte er eine Entschuldigung für seine unziemliche Haltung hinzu. Father Amion seufzte und berührte seinen Arm.

»Schon gut, Morton, ich verstehe Ihre Gefühle. Es scheint auch schändlich, daß wir uns so um unsere Ausgaben sorgen müssen; aber ich fühle mich nicht berechtigt, die Diözese um mehr Hilfe anzugehen, als sie bereits geleistet hat.«

»Der Herr wird schon helfen«, sagte der Küster betrübt.

Im Nachmittags-Gottesdienst am Mittwoch sah Father Amion den Mann in dem auffällig gemusterten Jackett wieder. Er lächelte und nickte zu ihm hinüber, aber der Mann war so in sein eigenes Gebet versunken, daß ihm der Blick des Pfarrers entging. Als er dann die Kirche verließ, steckte er einen Fünfdollarschein in die Armenkasse an der Kirchenpforte. Am folgenden Tag sah Father Amion ihn zu seiner Überraschung wieder, und am Freitag merkte er, daß er ihn bereits erwartete. Und tatsächlich, der Mann erschien schon frühzeitig und schien der erste und einzige Kirchenbesucher zu sein, der an diesem Morgen geistlicher

Hilfe bedurfte. Als er die Kirche verließ, war die Armenkasse um zehn Dollar reicher.

Am Sonntag wählte Father Amion die Großzügigkeit zum Thema seiner Predigt und hoffte, der Mann in dem auffällig gemusterten Jackett, der diesmal in der ersten Reihe saß, würde erkennen, daß die Dankbarkeit in seinen Worten auf ihn gemünzt war. Nach dem Gottesdienst näherte Father Amion sich ihm.

»Darf ich Sie einen Augenblick sprechen?« fragte er.

Das gerötete Gesicht des Mannes wurde noch röter. Er war groß und stämmig, mit großen roten Händen. Er schien nicht zu wissen, was er mit diesen Händen anfangen sollte, und so steckte er sie einfach in die Taschen seines Jacketts und sagte: »Tag, Father, ich – mir hat Ihre Predigt richtig gefallen.«

»Hoffentlich haben Sie auch gemerkt, daß sie teilweise Ihnen zugedacht war. Mir ist nicht entgangen, wie großzügig Sie in der vergangenen Woche unserer armen Kirche gegenüber waren. Sind Sie neu in der Gemeinde?«

»Neu?« Der Mann zwinkerte mit den Augen und lächelte dann unbehaglich. »Nein, Father, ich wohne hier schon seit zwanzig Jahren. Bloß habe ich für die Kirche nie viel übrig gehabt – verstehen Sie? Das erste Mal bin ich vor zwei Wochen hergekommen, an einem Sonntag.«

»Ich bin wirklich froh, daß Sie Ihre Ansicht geändert haben. Und wie mir scheint, sind Sie in der vergangenen Woche fast jeden Tag hier gewesen.«

»Gewiß. Es geht doch in Ordnung, nicht wahr, Father? Ich meine – Sie haben doch nichts dagegen?«

»Dagegen? Wieso sollte ich etwas dagegen haben?«

»Man kann nie wissen... Übrigens heiße ich Sheridan, Father.« Es fiel ihm ziemlich schwer, seine große Hand aus der Tasche zu ziehen, aber dann war es ihm doch gelungen, und er schüttelte die Hand des Pfarrers. »Ich bin Ihnen bestimmt dankbar, wenn Sie wissen, was ich meine. Für mich bedeutet es nämlich sehr viel.«

»Das freut mich.«

»Mich auch. Wissen Sie – als ich draußen die kleine Tafel sah, wo draufsteht, daß jeder versuchen solle zu beten, habe ich mir gesagt: Was kann ich dabei schon verlieren? Deswegen kam ich rein und hörte mir Ihre Predigt an.«

»Und hat es geholfen?«

»O ja, es hat geholfen, ganz bestimmt. Ich sagte mir, wenn ich so bedenke, was ich schon alles angestellt habe, und nichts hat geklappt, dann könnte ich mich vielleicht diesmal an Ihren Rat halten. Das habe ich dann auch getan, und – Junge, Junge, es hat tatsächlich geklappt, Father. Großartig hat es geklappt.«

Augenblicke wie dieser waren es, die Father Amion mit Freude über seine Berufung erfüllten, die ihn erkennen ließen, daß die vierzig Jahre seines Dienens der Mühe wert waren. Er lächelte zufrieden, bis der Mann hinzufügte: »Sie werden es zwar nicht glauben, Father, aber am nächsten Tag hatte ich von acht Siegern sechs richtig. Sechs Sieger, darunter ein Außenseiter mit zwanzig zu eins. So was habe ich noch nie erlebt, seit ich damit angefangen habe. Bis auf zwei Dollar war ich nämlich völlig blank, und ...«

»Einen Moment«, sagte Father Amion schnell, und ihm wurde leicht schwindlig. »Ich verstehe nicht ganz, was Sie meinen.«

»Wetten, Father, auf Pferde.« Als wollte er um Entschuldigung bitten, scharrte er mit den Füßen. »Ich weiß, daß Sie deswegen sicher sauer sind, denn wahrscheinlich machen Sie sich nichts aus Wetten und solchen Sachen ...«

»Meine Predigt hat Sie zum Wetten verleitet?«

»Nein, nein, Father, das habe ich schon immer getan. Die ganze Zeit mache ich es; damit verdiene ich mir mein täglich Brot. Früher war ich mal im Gebrauchtwagenhandel, aber dann hatte ich dazu einfach keine Lust mehr. Als ich dann Ihre Tafel sah, sagte ich mir, Charlie, probier es mal, schaden kann es nicht. Und deswegen, Father, fing ich dann an zu beten. Junge, habe ich vielleicht gebetet! Gib mir einen Sieger, habe ich gesagt. Bitte, bitte, schenk mir einen Sieger!« Er grinste, glücklich wie ein Kind. »Und dann kriegte ich sechs auf einmal.«

Father Amion, ohnehin nicht groß gewachsen, hatte das Gefühl, auf einen halben Meter einzuschrumpfen. Mit erstickter Stimme sagte er: »Ich glaube fast, daß Sie meine Botschaft nicht richtig verstanden haben, Mr. Sheridan. Ich meinte zwar, daß das Gebet Wunder wirken kann, aber doch nicht für derart egoistische Zwecke.«

»Ein richtiges Wunder war es«, sagte Sheridan zuversichtlich. »Genau, wie Sie es prophezeit haben, Father. Und das alles verdanke ich bloß Ihnen; wenn ich Ihnen also irgendwie helfen kann...«

»Bitte! Sie leben in einem entsetzlichen Irrtum, Mr. Sheridan; es hat ein schreckliches Mißverständnis gegeben. Das Gebet ist nicht für Pferderennen bestimmt; dazu ist es viel zu heilig. Sie sollen nicht für Ihre Geldbörse, sondern für Ihre Seele beten.«

»Wußte ich doch, daß Sie sauer sein werden«, sagte Sheridan nachdenklich.

»Nein, nein – ich bin keineswegs zornig.« Father Amion preßte seine Hände zusammen und flehte stumm um Inspiration, damit er die richtigen Worte fände. »Sie müssen es folgendermaßen ansehen, Mr. Sheridan. Was wäre beispielsweise, wenn jeder Wetter zu Gott betete, daß sein Pferd gewönne? Sie wissen selbst, daß das nicht möglich ist; Sie werden sicher auch einsehen, welche Schwierigkeiten Sie dem Herrn damit bereiten. Ist das vielleicht anständig?«

Sheridan zwinkerte mit den Augen. »Daran habe ich noch nie gedacht. Wahrscheinlich haben Sie recht, Father.«

»Sie erkennen also, wie falsch es ist?«

Sheridan überlegte einen Augenblick, und dann strahlte er über das ganze Gesicht. »Sicher, es wäre ziemlich schwierig, Father. Ich meine, wenn jeder darum betete, daß sein Pferd gewönne. Bloß stimmt das nicht, verstehen Sie? Keiner weiß bisher was von diesem Geschäft. Und das ist ihr Pech!«

Father Amion seufzte. »Ich fürchte, daß Sie mich immer noch nicht verstanden haben, Mr. Sheridan.«

»Aber daß ich weiter hierher komme, geht doch in Ordnung, nicht? Ich meine, wenn Sie wollen, daß ich nicht...«

»Nein – nein, das habe ich damit nicht gemeint. Dies ist ein Haus Gottes, und Sie sind immer willkommen. Ich hoffe lediglich, daß Sie erkennen, wie falsch Ihre Absicht ist.«

»Oh, falsch ist sie nicht«, sagte Sheridan fröhlich. »Ich

habe es ausprobiert. Fast jedesmal, wenn ich um einen Sieg gebetet habe, hat das Pferd gewonnen. Es funktioniert zwar nicht hundertprozentig, aber doch viel besser als alles andere. Wenn Sie also nichts dagegen haben ...«

»Ich habe nichts dagegen«, sagte Father Amion niedergeschlagen. »Und hoffe nur, daß auch Gott nichts dagegen hat, Mr. Sheridan.«

Erst am folgenden Donnerstag sah Father Amion sein auf Pferde wettendes Pfarrkind wieder. Es nickte ihm höflich zu, unterbrach jedoch seine wortlosen Meditationen nicht. Am Freitag morgen saß der Mann wieder in derselben Reihe, und als Morton an ihm vorüberkam, blickte Sheridan einen Augenblick auf und fuhr dann fort, leise seine Gebete zu murmeln. Später berichtete Morton, was er Sheridan hatte sagen hören, und war darüber offensichtlich entsetzt.

»Er hat irgend etwas von Satan gesagt, Father, das habe ich genau gehört! Was ist das nur für ein Mensch!«

»Von Satan? Sind Sie sich dessen ganz sicher, Morton?«

»Ja! Es kann allerdings auch Teufel gewesen sein. Richtig – roter Teufel, *red devil!* Das hat er ständig wiederholt.«

Father Amion verzog seinen Mund. »Darüber würde ich mir keine Gedanken machen. Zweifellos war es der Name eines Pferdes.«

Am Sonntag erfuhr er, daß er recht gehabt hatte. Nach dem Gottesdienst kam Sheridan bescheiden zu ihm und sagte: »Zwanzig zu fünfzehn hat das Pferd eingebracht, Father. Und als ich meinen Einsatz machte, habe ich mir gesagt, fünf Dollar davon sind für die Kirche, wenn Red Devil gewinnt. Und tatsächlich, Father, das Pferd gewinnt, und die fünf Dollar habe ich schon in die Kollekte getan. Das geht hoffentlich in Ordnung, Father?«

»Ich frage nicht, woher Ihre Spende kommt, Mr. Sheridan«, sagte Father Amion, und es klang beinahe streng. »Ich danke Ihnen dafür, möchte jedoch lieber nicht wissen, aus welcher Quelle es stammt.«

»Sind Sie immer noch wütend auf mich?«

»Wütend, wie Sie es ausdrücken, bin ich auf Sie nie gewesen«, sagte der Pfarrer freundlich. »Aber ich bete für Sie, Mr. Sheridan.«

»Wirklich?« sagte Sheridan strahlend. »Junge, jetzt weiß ich, daß nichts mehr schiefgehen kann, Father!«

»Verstehen Sie mich nicht falsch. Ich bete um den Sieg Ihrer Seele, Mr. Sheridan, und nicht um den Sieg Ihrer Pferde.«

»Ach so.«

»Aber halten Sie mich nicht für undankbar. Offen gestanden ist unsere Kirche eine arme Kirche, und wir können jeden Beitrag gebrauchen. Sie waren uns eine große Hilfe, und dafür bin ich dankbar.«

»Das lassen Sie nur, Father; das haben Sie verdient. Und wenn ich mal glaube, wirklich was Besonderes zu haben, und Sie möchten, daß ich für Sie darauf setze...«

»Aber, Mr. Sheridan!«

»Das war keine Beleidigung, Father. Ich dachte nur...«

»Bitte denken Sie nicht derartige Dinge. Ich habe nicht den Wunsch, mich in Ihre Lebensweise einzumischen, möchte jedoch bestimmt nicht hineingezogen werden. Unsere Kirche wird auch ohne Pferderennen bestehenbleiben.«

»Tut mir leid, Father. Ich wollte Ihnen keinen Kummer machen.«

»Das weiß ich«, sagte der Geistliche. »Guten Tag, Mr. Sheridan.« Dann sah er, wie der Wettlustige durch den Mittelgang zur Kirchentür ging. Lauter als je zuvor quietschten die Holzbohlen unter seinem beträchtlichen Gewicht.

Am Dienstag nachmittag kehrte Father Amion gerade vom Besuch eines bettlägerigen Gemeindemitgliedes zur Kirche zurück, als er die Hupe hörte, die ihn aufmerksam machen sollte. Er drehte sich um und sah am Straßenrand das leuchtendblaue Automobil, das Verdeck heruntergeklappt, während der Fahrer gerade auf den Beifahrersitz rutschte, um Father Amion zu begrüßen.

»Tag, Father!« sagte Sheridan vergnügt. »Kann ich Sie ein Stück mitnehmen?«

»Ich habe nur noch eine kurze Wegstrecke vor mir«, sagte der Geistliche. »Und mir bereitet es Spaß, zu Fuß zu gehen.«

»Wie gefällt er Ihnen?« sagte Sheridan und wies mit einer Handbewegung auf die Länge des Wagens. »Nagelneu, Father, und nicht einen einzigen Cent bin ich schuldig geblieben. Von jetzt an fahre ich standesgemäß.«

»Ein sehr hübsches Fahrzeug«, sagte Father Amion feierlich. »Und ich wünsche Ihnen viel Freude daran, Mr. Sheridan.«

»Davon können Sie überzeugt sein. Aber ob Sie es glauben oder nicht – vor wenigen Wochen war ich doch tatsächlich bis auf zwei Dollar völlig abgebrannt.«

»Das ist wirklich bemerkenswert«, gab der Geistliche zu. »Daran besteht kein Zweifel.«

»Um ganz ehrlich zu sein«, sagte Sheridan vertraulich, »der säuft wahnsinnig viel Benzin. Der Motor wird schnell warm, und das Benzin kostet mich ein Vermögen. Aber bei meinem Glück in letzter Zeit kann ich es mir leisten. Wissen Sie, wie viele Sieger ich diese Woche gehabt habe?«

»Nein.«

»Vierzehn von achtzehn. Jedesmal, wenn ich wirklich angestrengt um einen Sieger bete, ist das Rennen praktisch gelaufen.« Einfältig wandte er seinen Blick ab. »Wissen Sie, mir ist aufgefallen, daß die Kirche dringend gestrichen werden muß, Father. Kapital habe ich augenblicklich zwar nicht viel übrig; wenn Sie jedoch ein paar Dollar haben, die Sie setzen wollen – einen Augenblick, werden Sie doch nicht gleich sauer –, nächsten Sonnabend läuft ein Pferd, das Sally's Gal heißt, und ...«

»Ich dachte, wir hätten dieses Thema bereits abgeschlossen, Mr. Sheridan.«

»Lassen Sie mich doch erst mal ausreden, Father. Ich weiß, daß Sie was gegen das Wetten haben, aber die Sache mit diesem Pferd muß ich Ihnen doch erzählen.« Er rückte noch näher heran und senkte seine Stimme zu einem Flüstern. »Dieser Gaul wird nämlich heimlich trainiert, Father, und sein Besitzer hat mir selbst gesagt, daß er jetzt fit ist. Den Bahnrekord hat der Gaul bereits um fünf Sekunden verbessert, und nicht bloß einmal, sondern mehrmals. Und nächste Woche läuft er sein erstes großes Rennen, und zwar gegen lauter Neulinge. Sie wissen wohl selbst, wie junge Pferde rennen, Father ...«

»In diesen Dingen kenne ich mich nicht aus«, sagte Father Amion.

»Das verstehe ich«, erwiderte Sheridan unverblümt. »Die Biester rennen wie verrückt. Jedenfalls haben die Besitzer sich ausgerechnet, daß die Wetten frühmorgens auf zwanzig zu eins stehen werden, wahrscheinlich jedoch noch höher. Die Sache sieht äußerst günstig aus, Father, und wenn ich dann noch anfange zu beten...«

»Ich muß jetzt gehen«, sagte Father Amion. »Um vier Uhr beginnt eine Sitzung des Kirchenvorstands.«

»In Ordnung, Father, ich wollte es Ihnen auch nur sagen«, erwiderte Sheridan und schob sich wieder hinter das Lenkrad seines neuen Wagens. »Ich persönlich setze meinen letzten Cent auf dieses Pferd, und wenn Sie mitmachen wollen, bin ich jederzeit gern bereit, Ihnen behilflich zu sein.«

Aber Father Amions Begegnung mit Sheridan war nur das Vorspiel zu einer noch enttäuschenderen Angelegenheit. Die Sitzung des Kirchenvorstands brachte, wie sich herausstellte, nur eine neue betrübliche Aufzählung der finanziellen Schwierigkeiten, in der die Kirche sich befand. Die Frage der Reparaturen wurde aufgeschoben, damit der Kirchenrat die normalen Ausgaben diskutieren konnte, die ebenfalls viel zu hoch zu sein schienen. Mit gequältem Lächeln kam der Vorsitzende zu dem Schluß, daß Father Amion ein besserer Pfarrer als Geschäftsmann wäre, und zitierte dazu einige tollkühne Liebeswerke, die Father Amion zugeschrieben werden mußten, die jedoch eine vernünftige Verwaltung des Kirchenvermögens, das sich mittlerweile auf keine sechshundert Dollar mehr belief, schwierig, wenn nicht sogar unmöglich machten. Father Amion gab die Beschuldigungen zu, versprach jedoch nicht, seine Fehler zu berichten. Als die Sitzung beendet war, ertappte er sich dabei, daß er immer wieder an den neuen blauen Wagen von Mr. Sheridan denken mußte.

In dieser Woche erschien der wettlustige Mr. Sheridan täglich zum Gottesdienst. Doch erst am Freitag vormittag sprach Father Amion wieder mit ihm, und als er es tat, geschah etwas, das er sich für den Rest seines Lebens einfach nicht erklären konnte.

»Guten Morgen, Father«, sagte Sheridan liebenswürdig. »Ein schöner Tag ist das heute, nicht? Hoffentlich ist es morgen auch noch schön.«

»Morgen?« fragte der Geistliche unsicher.

»Ja. Morgen ist nämlich das Rennen, verstehen Sie? Und Sally's Gal ist zwar bei schwerem Boden auch gut, aber auf hübsch trockener Bahn erheblich besser. Ich habe mich genau erkundigt, Father. Wenn alles gut geht, werden Sie mich hier wohl leider nicht mehr sehen.«

»Wieso?«

»Weil ich mir dann nämlich ein Haus in Florida kaufe. In der Nähe von Hialeah.«

Father Amion lächelte freundlich. »Ich wünsche Ihnen dazu viel Glück, Mr. Sheridan – wirklich.«

Er wandte sich gerade ab, als ein Impuls ihn veranlaßte, sich noch einmal umzudrehen und zu sagen: »Mr. Sheridan...«

»Ja, Father?«

»Sind Sie sich bei dem Pferd wirklich ganz sicher?«

»Völlig sicher, Father. Die ganze Woche über habe ich gebetet, und ich weiß, daß das Pferd das Zeug dazu hat.«

»Wenn jemand – sagen wir einmal: fünfhundert Dollar auf dieses Pferd setzt: Mit welchem Gewinn könnte er möglicherweise rechnen?«

»Das wollen wir mal eben überschlagen«, sagte Sheridan und biß sich auf die Lippe. »Wenn das Pferd zehn Dollar bringt – aber bestimmt sind es mehr, Father, viel mehr –, würde er mindestens 2500 Dollar kriegen.«

Father Amion, der im Mittelgang stand, wippte leicht auf den Fußballen. Die Bohlen quietschten. Dann sagte er träumerisch: »Wenn ich Ihnen nun fünfhundert Dollar gäbe, Mr. Sheridan? Würden Sie sie für mich setzen?«

»Ist das Ihr Ernst, Father?«

Father Amion schloß die Augen. »Würden Sie es tun, Mr. Sheridan?«

»Aber klar, Father – mit Vergnügen.«

»Ich bin gleich wieder hier. Genügt auch ein Scheck?«

»Mit Schecks kann ich umgehen, Father«, erwiderte Sheridan grinsend.

Keine fünf Minuten, nachdem Sheridans stämmige Gestalt verschwunden war, bedauerte Father Amion bereits seine Tat. Die Hände flehentlich zusammengepreßt, rannte er den Mittelgang entlang zur Kirchentür und auf die Straße hinaus, wo er nach beiden Seiten blickte, um den Wetter oder sein auffallendes blaues Automobil zu entdecken. Zu sehen war jedoch nur eine Gruppe dreckiger Kinder, die auf der Straße Ball spielten; ärgerlich schalt Father Amion sie aus, weil sie die Kirchenstufen als Tor benutzten, und kehrte dann in die Kirche zurück, das Herz von Zorn und Sorge erfüllt. Niemals würde es ihm möglich sein, diesen Impuls zu erklären – weder sich selbst noch seiner Gemeinde, weder dem Kirchenrat noch vor allem Gott. Und als er Morton, den Küster, sah, der sein besorgtes Gesicht neugierig betrachtete, stellte er fest, daß er diesen Impuls nicht einmal seinem besten Freund erklären konnte.

»Was ist denn los, Father?« erkundigte Morton sich besorgt. »Sie sehen gar nicht gut aus.«

»Ich fühle mich auch nicht gut«, flüsterte Father Amion.

Der Küster trat interessiert näher. »Sie haben in letzter Zeit zuviel gearbeitet, Father. Vielleicht sollten Sie sich ein bißchen hinlegen ...«

»Nein, nein, das kann ich jetzt nicht. Ich habe noch etwas zu erledigen – etwas sehr Wichtiges.« Als er diese Worte aussprach, wurde ihm völlig klar, was er zu tun verpflichtet war. »Morton, Sie kennen doch diesen Mr. Sheridan?«

»Ja, Father.«

»Wissen Sie vielleicht, wo er wohnt? Hat er jemals seine Adresse angegeben?«

»Nein, Father.«

»Das habe ich mir gedacht«, sagte Father Amion unglücklich. »Dann muß ich noch heute nachmittag Bischof Cannon aufsuchen.«

»Aber Sie waren doch erst gestern bei ihm, Father. Und in einer halben Stunde kommen schon die Gemeindemütter.«

»Ich muß ihn dringend sprechen. Rufen Sie bitte die Vorsitzende des Müttervereins an und verschieben Sie die Sitzung auf nächste Woche.«

»Gut, Father, wenn Sie meinen. Wie lange werden Sie weg sein?«

»Das weiß ich nicht«, erwiderte Father Amion bedrückt.

Er hatte Glück, daß der Bischof zu Hause war. Bischof Cannon, ein kräftiger Mann und zehn Jahre jünger als Father Amion, war bekannt für seine Energie und Aktivität; es war ein seltenes Ereignis, wenn er einen ruhigen Nachmittag in seinem Wohnzimmer verbrachte. Erstaunt blickte er auf, als Father Amion eintrat, legte das Buch hin, in dem er gerade las, und bot dem Pfarrer einen Stuhl an. Er erkundigte sich nicht nach dem Grund des Besuches, denn er sah deutlich, daß Father Amion nur mühsam an sich halten konnte.

»Ich brauche Ihre Hilfe«, sagte der Father, die Hände ringend und auf den Teppich starrend. »Ich habe etwas Schreckliches getan, Bischof Cannon, und brauche jetzt dringend Ihren Rat.«

Der Bischof nickte. »Das ehrt mich, Father. Aber ich kann mir kaum vorstellen, daß Sie etwas so Schreckliches getan haben könnten.«

Dann berichtete Father Amion ihm jedoch alles, und der Unglaube des Bischofs verwandelte sich in entsetztes Erstaunen.

»Ein Pferd, Father? Das ist doch nicht Ihr Ernst! Sie haben also aus dem Kirchenvermögen fünfhundert Dollar genommen, um auf ein Pferd zu setzen?«

Father Amion neigte den Kopf. »Ich kann mir selbst nicht verzeihen, was ich getan habe. Ich werde nie begreifen, wie ich dazu kam. Der Mann schien seiner Sache so sicher, wirkte so erfolgreich, und dann dieses ständige Gerede über das dringend benötigte Geld, das schon so lange dauert... Helfen Sie mir, zu begreifen, was ich getan habe, Bischof Cannon. Helfen Sie mir, daß ich es mir selbst erklären kann...«

»Ich kann es nicht fassen! Father, wenn ich Sie nicht so gut kennte...« Der Bischof erhob sich und ging, das Gesicht in eine Hand gestützt, auf und ab. »Wenn Sie ein Neuling wären, wenn Sie ein junger Mann wären – dann könnte ich so etwas vielleicht begreifen. Aber vierzig Jahre sind es jetzt her, Father – vierzig Jahre sind es her, seit Sie das Gelübde ablegten! Und dann so etwas...«

»Ich weiß, ich weiß«, sagte Father Amion gepeinigt. »Ich habe mich gegen alles versündigt, an das ich glaube.«

»Nicht nur gegen Gott, Father. Sondern auch gegen Ihre Herde, gegen die Kirche, der Sie dienen. Und soweit ich orientiert bin, sogar gegen das Gesetz! Das Geld war Ihnen nur anvertraut; es gehörte der Gemeinde, nicht Ihnen.«

»Ich hätte den Scheck sperren lassen, wenn es mir möglich gewesen wäre; aber die Banken haben bereits geschlossen.«

Der Bischof setzte sich wieder, starrte düster vor sich hin und wog seine nächsten Worte sorgfältig ab. Als er dann sprach, geschah es mit feierlichem Ernst.

»Sie sagen, Sie können den Mann nicht ausfindig machen?«

»Ja.«

»Und es gibt keine Möglichkeit, ihn an der Verwendung des Kirchenvermögens zu hindern?«

»Nein, keine. Das Rennen findet morgen statt.« Sinnend blickte Father Amion aus dem Fenster. »Außerdem bezieht es sich. Die Bahn wird wahrscheinlich aufgeweicht sein.«

Der Bischof erhob sich und schlug sich mit den Händen auf die Schenkel. »Dann bleibt nur noch eines übrig, Father. Eine einzige Möglichkeit, diese Sünde zu mildern.«

»Und welche?«

»Sie müssen beten, Father. Sie müssen beten, wie Sie noch nie gebetet haben, und ich werde Sie mit meinem Gebet dabei unterstützen.« Düster blickte er den Geistlichen an und streckte seine Hand aus. »Sie müssen beten, daß dieses Pferd nicht gewinnt, Father Amion.«

Dem Pfarrer verschlug es fast die Stimme. »Es soll nicht gewinnen?«

»Ja. Für Ihren Irrtum darf es nicht auch noch eine Belohnung geben, Father – ungeachtet aller Folgen. Ich sehe keine andere Möglichkeit, den Fehler zu berichtigen, als Gott zu bitten, diesen sündigen Sieg zu verhindern. Und darum müssen Sie mit aller Kraft beten.«

»Aber das Geld, Bischof Cannon! Wir brauchen es so dringend! Fünfhundert Dollar zu verlieren . . .«

»Das Geld ist unwichtig. Jetzt steht mehr auf dem Spiel. Werden Sie tun, was ich sage?«

Father Amion sackte auf seinem Stuhl in sich zusammen.

»Ich bin bereit, Bischof Cannon. Ich weiß natürlich, daß Sie recht haben. Das Pferd darf nicht gewinnen.«

Als er das Haus verließ, war der Bischof bereits in sein Gebet versunken.

Um fünf kehrte Father Amion zu seiner Kirche zurück, aß eine Kleinigkeit und zog sich dann in die kleine Kapelle neben der Sakristei zurück. Morton befahl er, ihn nicht zu stören, und dann begann er mit seinem Marathongebet. Er betete ununterbrochen bis zehn Uhr abends – bis Morton seiner Anordnung zuwider handelte, seinen Kopf in die Kapelle steckte und irgend etwas von Abendbrot murmelte. Father Amion schickte ihn fort und bat den Herrn wiederum um Vergebung seines Irrtums sowie darum, daß Sally's Gal am nächsten Tag daran gehindert würde, das Rennen zu gewinnen. Gegen Mitternacht begann er einzunicken und legte sich auf die schmale Pritsche in der Sakristei. Gegen sechs Uhr morgens erwachte er und nahm seine Gebete wieder auf.

Als Father Amion gegen Mittag dieses Sonnabends die Kapelle verließ, erwartete der Küster ihn mit besorgten Fragen. Father Amion erwiderte nichts, sondern ging in sein Studierzimmer, um die Predigt für den nächsten Tag vorzubereiten. Es machte ihm keine Schwierigkeit, die Textstelle auszusuchen, mit der er die Predigt beginnen wollte. Sie stammte aus I. Timotheus VI, 9, und die ersten Worte lauteten: »Denn die da reich werden wollen . . .«

Die Stunden verstrichen, ohne daß es ihm bewußt wurde. Um halb sechs, als seine Predigt fertig war, verließ er das Studierzimmer und sah, daß Sheridan, der Wettlustige, in der vordersten Reihe des Kirchengestühls saß.

Sheridan hatte eine gesunde Hautfarbe; jetzt aber war sein Gesicht so blaß wie die hellen Flecken seines Jacketts, und Melancholie malte sich in seinen Zügen. Die Niedergeschlagenheit dieses Mannes rührte Father Amion, und so näherte er sich ihm. Sheridan blickte zu ihm auf, aber als Father Amion ihn ansprach, schien er einer Antwort nicht fähig zu sein.

»Es ist schon gut, mein Sohn«, sagte Father Amion freundlich. »Ich verstehe.«

»Was soll das heißen, Father? Was verstehen Sie?«

»Die Geschichte mit dem heutigen Rennen. Wahrscheinlich kommen Sie gerade von dort?«

»Ja, ich komme gerade vom Rennen. Das Geld habe ich für Sie gesetzt – so, wie ich es versprochen hatte.«

»Ich möchte nicht, daß Sie das Gefühl haben, daran schuld zu sein. Sie versuchten auf Ihre Weise, Gutes zu tun; wenn es überhaupt Schuld gibt, fällt sie auf meine Schultern.«

Sheridan blinzelte ihn verstört an. »Ich verstehe Sie nicht, Father.« Dann griff er in sein Jackett, zog die Brieftasche heraus, und diese Brieftasche war gewaltig angeschwollen. »Hier ist Ihr Geld, Father. Es ist zwar nicht so viel, wie ich ursprünglich glaubte, aber wahrscheinlich wird es Ihnen doch helfen.« Er blätterte es langsam hin und sagte: »Zweitausendeinhundert Dollar, Father. Vielleicht zählen Sie es selbst noch einmal nach.«

Father Amion betrachtete das Bündel Geldscheine in seiner Hand, und seine Augen wurden groß. »Das verstehe ich nicht. Es kann nicht mir gehören.«

»Natürlich gehört es Ihnen«, sagte Mr. Sheridan. »Nehmen Sie es ruhig, Father.«

»Nein! Es muß sich um einen Irrtum handeln!«

»Was?«

»Sie können doch nicht behaupten, daß das Pferd gewonnen hat! Sie hielten mich zum Narren, Mr. Sheridan, sagen Sie, daß es nicht wahr ist! Sagen Sie, daß Sally's Gal nicht gewonnen hat!«

»Gewonnen? Nein, gewonnen hat er nicht!«

»Er hat nicht gewonnen?«

»Nein«, sagte Sheridan unglücklich. »Bis in die Zielgerade hat er sich gut gehalten; er lag vier Längen vor dem Feld. Aber dann war plötzlich Schluß, Father, und warum – das weiß ich auch nicht. Eine so todsichere Sache, und dann war mit dem Gaul einfach Schluß.«

»Aber wenn das Pferd nicht gesiegt hat – warum bringen Sie mir dann dieses viele Geld?«

Sheridan lächelte müde. »Sehen Sie, Father, Sie wollten doch sicher nicht, daß ich Ihr Geld auf Sieg riskierte, nicht? Ich meine, für einen Mann wie mich geht das in Ordnung. Aber bei Ihnen ging ich auf Nummer Sicher und setzte Ihr Geld auf Platz. Gewonnen hat das Pferd zwar nicht, aber immerhin ging es als Zweiter durchs Ziel. Das reichte für zwanzig zu vier.«

»Sie wollen damit sagen, daß dieses Geld mir gehört, obgleich das Pferd nicht gesiegt hat?«

»Klar, Father, das stimmt.«

»Warum machen Sie dann ein so unglückliches Gesicht? Ich dachte...«

Sheridan machte eine verzweifelte Geste. »Ich selbst bin nicht so gescheit gewesen, Father. Ich habe jeden Cent, den ich besaß, auf Sieg gesetzt. Und jetzt bin ich wieder genau da, wo ich anfing, mit zwei Dollar in der Tasche. Wissen Sie was?« sagte er trübsinnig. »Vielleicht gehe ich doch wieder in den Gebrauchtwagenhandel zurück. Halten Sie das für eine gute Idee?«

»Ja«, erwiderte Father Amion mit bebender Stimme und nahm das Geld. »Meiner Ansicht nach ist es wahrscheinlich eine wundervolle Idee, Mr. Sheridan.«

Beim Hinausgehen zögerte Sheridan einen Augenblick, als er an der Armenkasse vorüberkam, holte schließlich die beiden letzten Dollar aus der Brieftasche und schob sie durch den Schlitz. Dann winkte er und verschwand durch die Tür.

# Polizist für einen Tag

Achtzehntausend Dollar besaßen sie; aber nicht einen Cent konnten sie ausgeben. Davy Wyatt stapelte das Geld auf den Küchentisch, säuberlich gebündelt entsprechend dem verschiedenen Wert, saß dann einfach da und betrachtete es. Nach einer Weile ging dies Phil Pennick auf die Nerven.

»Hör endlich damit auf, Junge«, sagte der Ältere. »Du machst dich damit bloß fertig.«

»Glaubst du etwa, das weiß ich nicht?«

Davy seufzte und fegte die Geldscheine wieder in die nagelneue lederne Aktenmappe. Dann warf er sie achtlos auf seine Pritsche, um sich schließlich ebenfalls hinzulegen, wobei er die Hände hinter dem Kopf verschränkte.

»Ich gehe jetzt«, sagte Phil plötzlich.

»Wohin?«

»Ein paar Sandwiches und vielleicht auch eine Zeitung holen. Einen kleinen Spaziergang machen.«

Das Gesicht des Jungen wurde blaß. »Hältst du das für gut?«

»Hast du eine bessere Idee? Hör mal zu: Wir können in diesem Drecklock doch nicht verfaulen.« Phil sah sich in der Einzimmerwohnung um, die seit zwei Tagen ihr Gefängnis war, und stieß einen Laut aus, der seinen Widerwillen nicht annähernd ausdrückte. Dann griff er nach seinem Jackett und zog es über.

»Es ist dein eigener Hals«, sagte der Junge. »Mir brauchst du nicht die Schuld zuzuschieben, wenn sie dich erwischen. Wenn dieses Weibsbild der Polente Bescheid gibt...«

»Halt den Mund! Wenn man mich erwischt, steckt dein

Hals keine zehn Minuten später ebenfalls in der Schlinge. Also wünsche mir nicht Pech, Freundchen!«

Davy richtete sich sofort auf. »Du, mach keine Witze. Oder willst du etwa die Gelegenheit ausnutzen?«

Der Ältere lächelte. Das Lächeln milderte den grimmigen Ausdruck seiner Gesichtszüge nicht, sondern verschob lediglich die erstarrte Ausdruckslosigkeit, die das Ergebnis von drei Gefängnisstrafen war. Er stülpte einen leichten Hut auf seinen grauen Schädel und rückte ihn sorgfältig zurecht.

»Wir haben unsere Chance bereits genutzt«, sagte er, indem er die Tür öffnete. »Und was die Frau angeht – die überlaß man mir.«

Er zog die Achtunddreißiger aus dem Schulterhalfter, überprüfte die Patronen und steckte sie wieder ein. Diese Bewegung war so beiläufig, so lässig, daß der Junge wieder einmal merkte, daß er mit einem Profi zusammenarbeitete.

Er schluckte trocken und sagte dann: »In Ordnung, Phil, ich überlasse es dir.«

Auf der Straße wimmelte es von Kindern. Phil Pennick mochte Kinder gern – besonders in unmittelbarer Nähe eines Verstecks. Sie hielten die Polizei von rücksichtslosem Vorgehen ab. Wie ein Mann, der sich die Morgenzeitung oder ein Päckchen Zigaretten kaufen will oder zu einem Buchmacher geht, um seinen Einsatz zu machen, schlenderte er die Straße entlang. Niemand sah ihn zweimal an, obgleich sein Anzug eine Spur besser war als alle, die man in diesem Elendsviertel sehen konnte.

Davys letzte Worte waren ihm im Gedächtnis haftengeblieben. »Ich überlasse es dir...« Es war ziemlich leicht, den Jungen durch das Versprechen zu beruhigen, daß der alte Profi sie schon aus allen Schwierigkeiten herausbringen würde. Nur war der alte Profi diesmal nicht ganz sicher.

Gemeinsam hatten sie einen narrensicheren Beutezug geplant. Irgend etwas Einfaches, ohne großartige Vorbereitungen. Erforderlich war dazu nur der schmächtige Bote einer kleinen Bank in Brooklyn gewesen, die im Kolonialstil erbaut war; jene Art von Bankbote, der man nie mehr als ein paar Tausender anvertraut. Nur waren sie in doppelter Hinsicht überrascht worden. Einmal zeigte sich, daß der

Bankbote ein ausgesprochener Raufbold war, und zweitens war die Beute, wie sie später merkten, erheblich größer gewesen, als sie sich hatten träumen lassen. Jetzt besaßen sie zwar das Geld, aber der kleine Botenjunge hatte dafür zwei Kugeln in der Brust. War er tot, oder lebte er noch? Das wußte Phil nicht, und es interessierte ihn auch nicht. Noch eine Verhaftung und Verurteilung, und er war sowieso so gut wie tot. Er war nicht dazu geschaffen, lebenslänglich zu sitzen – dann schon lieber tot.

Aber das Geld hatten sie. Das war das Wichtigste. In den zwanzig Jahren, in denen er es immer wieder probiert hatte, war es Phil Pennick nicht ein einziges Mal gelungen, einen derartigen Fisch an Land zu ziehen.

Und es wäre ein wahrhaft großer Triumph gewesen, hätte die Polizei nicht die Zeugin gefunden. Diese Frau hatten sie erst entdeckt, als es schon zu spät war. Sie stand im Eingang eines Hauses in der Seitenstraße, wo sie ihr Unternehmen durchgeführt hatten. Honigblond war sie, und dazu eine Figur wie aus der 52nd Street und ein Paar scharfe Augen. Ihr Gesicht hatte sich keine Spur verändert, als Phil sie plötzlich entdeckte. Sie hatte ihn lediglich angeschaut, kühl, und beobachtet, wie der Bankbote auf dem Bürgersteig zusammensackte und versuchte, das Blut mit seinen Händen aufzuhalten. Dann hatte sie die Haustür hinter sich zugeschlagen.

Der Junge hatte ihr ursprünglich folgen wollen, aber Phil hatte nein gesagt. Die Schüsse waren laut gewesen, und er wollte kein weiteres Risiko eingehen. Sie waren in das wartende Auto gesprungen und sofort zu dem vorher vereinbarten Versteck losgebraust.

Am Zeitungsstand blieb Phil stehen. Er kaufte Zigaretten, ein paar Schokoladenstangen und das *Journal*. Als er den winzigen Delikatessenladen betrat, las er gerade die Schlagzeile. Die Geschichte vom Überfall stand unten auf der ersten Seite. Sie enthielt nichts, was er nicht schon wußte. Die Honigblonde hatte also tatsächlich geredet. Und sie war bereit, die beiden Männer zu identifizieren, die den Bankboten erschossen hatten. Erschossen ... Phil schüttelte den Kopf. Der arme Kerl, überlegte er.

Im Delikatessenladen kaufte er vier Sandwiches mit Roastbeef und ein halbes Dutzend Dosen Bier. Dann ging er zur Wohnung zurück und überlegte angestrengt.

Kaum hatte er die Wohnung betreten, als der Junge nach der Zeitung griff. Er fand die Geschichte und las sie gespannt. Dann blickte er auf, und das junge, runde Gesicht war vor Angst verzerrt.

»Was machen wir jetzt, Phil? Diese Frau kann uns an den Galgen bringen.«

»Reg dich nicht auf.« Er öffnete eine Dose Bier.

»Soll das ein Witz sein? Hör zu: Das erste, was die Polente tut, ist, daß sie dich sucht. Ich meine – wir wollen uns doch nichts vormachen, Phil – aber diese Sache war in deinem Stil aufgezogen.«

Der Ältere runzelte die Stirn. »Und?«

»Und? Sie werden dich dieser Frau gegenüberstellen, und die schreit sofort Zeter und Mordio. Und was passiert dann mit mir?«

Phil zog seine Pistole heraus und fing an, sie zu reinigen.

»Ich werde ihr schon den Mund stopfen«, versprach er.

»Aber wie? Wahrscheinlich wird sie von einer Million Polizisten bewacht. Die gehen kein Risiko ein. Bestimmt nicht! Wie willst du ihr also den Mund stopfen?«

»Ich habe einen Plan«, sagte Phil. »Du brauchst mir nur zu vertrauen, Junge. Kapiert?«

»Ja, aber . . .«

»Ich habe gesagt, daß du mir vertrauen sollst. Vergiß das nicht, Davy.« Er blickte seinen Partner fest an. »Und das alles wäre überhaupt nicht passiert, wenn du nicht einen nervösen Zeigefinger gehabt hättest.«

Sie aßen die Sandwiches, tranken Bier, und dann ging der Ältere zu der ledernen Aktenmappe und öffnete sie. Er holte ein dünnes Päckchen Banknoten heraus und steckte es in seine Brieftasche.

»He!« sagte Davy.

»Nun reg dich man bloß nicht gleich so auf. Für das, was ich vorhabe, brauche ich ein paar Dollar. Und bis ich zurück bin, überlasse ich es sogar dir, auf den Rest aufzupassen.« Phil zog sich das Jackett wieder an. »Komme aber nur nicht auf krumme Gedanken, Junge. Vergiß nicht, daß du das Zimmer nicht verlassen darfst, bevor ich zurück bin. Und sollten irgendwelche Besucher kommen – paß auf deinen nervösen Zeigefinger auf.«

»Klar, Phil«, sagte der Junge.

Phil brauchte ziemlich lange, bis er ein Taxi bekam. Als er es endlich geschafft hatte, nannte er dem Fahrer die Adresse eines Kostümverleihs in Manhattan, an der unteren Seventh Avenue.

Hinter dem Käfig mit den Milchglasscheiben im fünften Stock saß ein Mädchen, und dieses Mädchen war ziemlich hochnäsig.

»Ich möchte Marty Hirsch sprechen«, sagte Phil.

»Tut mir leid, aber Mr. Hirsch hat gerade eine Besprechung . . .«

»Mir gegenüber brauchen Sie nicht solchen Unsinn zu faseln. Nehmen Sie den Hörer ab und sagen Sie ihm, ein guter Freund aus Brooklyn Heights sei hier. Er weiß dann schon, wer es ist.«

Das Mädchen zog die Nase kraus, telefonierte dann aber doch.

Der Mann, der herbeigeeilt kam, um Phil zu begrüßen, war klein und beleibt. Er war in Hemdsärmeln, und seine Krawatte in den Farben eines Sonnenuntergangs hing ihm gelockert um den Hals.

»Aha – Tag«, sagte er nervös und blickte zur Telefonvermittlung hinüber. »Vielleicht ist es besser, Phil, wenn wir im Korridor reden. Ich habe nämlich einen Kunden drinnen.«

»Was ist denn los, Marty? Schämst du dich etwa deiner Freunde?«

»Bitte, Phil!«

Im Korridor sagte der Kostümverleiher: »Du weißt doch, daß ich dir gesagt habe, du sollst nie hierherkommen!« Er wischte sich den Schweiß vom Gesicht. »Es sieht nicht gut aus – für uns beide nicht. Wir sollten unsere Geschäfte telefonisch erledigen.«

»Du kapierst nicht«, sagte Phil. »Ich will dir nichts Heißes verkaufen. Aus dieser Branche bin ich raus, Marty.«

»Ach? Und was willst du dann hier?«

»Ich möchte bloß, daß du mir einen kleinen Gefallen tust, Marty. Einem alten Freund.«

Die kleinen Augen verengten sich. »Welche Art von Gefallen?«

»Du hast doch eine große Uniformabteilung. Stimmt's?«

»Ja. Lauter Zeug von Heer und Marine. Und so ähnlich. Was suchst du also?«

»Eine Uniform«, sagte Phil leichthin. »Mehr nicht. Eine Polizeiuniform. Nur gut muß sie sein.«

»Hör mal zu, Phil . . .«

»Mach es mir doch nicht so schwer, Marty. Dazu sind wir schon zu lange befreundet. Ich will einem meiner Freunde einen Streich spielen. Du kannst mir doch so was geben, nicht?«

Der Kostümverleiher zog nachdenklich die Stirn kraus. »Ich will dir mal was sagen. Ich habe hier ein paar Uniformen auf Lager. Nur sind sie nicht ganz neu, und Abzeichen sind auch nicht dran. Und Pistolen gibt es dazu auch nicht – verstanden?«

»Mach dir keine Sorgen. Eine Hundemarke habe ich selbst. Merkt man der Uniform was an? Ich meine, wenn ein anderer Polizist sie sieht?

»Nein, natürlich nicht. Damit kommst du überall durch. Das kannst du mir glauben.«

»Großartig. Dann bring sie her, Marty.« Der Mann machte ein verzweifeltes Gesicht, so daß Phil noch hinzufügte: »Um unserer Freundschaft willen, ja?«

Mit einem großen flachen Karton unter dem Arm trat Phil auf die Straße hinaus und hatte das Gefühl, endlich weiterzukommen. Dann winkte er ein Taxi heran und nannte ihm die Straßenkreuzung, wo Davy Wyatt den Bankboten erschossen hatte.

Es war zwar ein Risiko, aber es lohnte sich. Er wußte nicht, ob die Blondine sich ihre Füße auf einer Polizeiwache kühlte oder bis zu den Knien in Polizisten steckte, die das Haus, in dem sie wohnte, bewachten.

Die Antwort auf diese Frage fand er in dem Augenblick, als er aus dem Taxi stieg. Gegenüber, am anderen Straßenrand, stand ein Polizeiwagen, und zwei uniformierte Streifenpolizisten unterhielten sich dicht neben dem Eingang des Hauses, in dem die Blondine wohnte.

Er blickte die Straße hinauf und hinunter, bis er entdeckte, was er suchte. Es war ein kleines Restaurant mit einer rotgestreiften Markise. Mit schnellen Schritten ging er hin und sah, daß es ANGIE'S hieß. Er warf einen Blick auf die Speisekarte, die im Fenster hing, und stieß die Tür auf.

Mit einem Blick musterte er den Raum, und alles sah günstig aus. Die Herrentoilette befand sich in einem Gang außerhalb des großen Speiseraums, und außerdem gab es einen Nebeneingang, den er benutzen wollte, wenn er sich umgezogen hatte.

Gäste waren nicht allzu viele da. Phil setzte sich an einen Tisch in der Nähe des Ganges und legte sein Paket auf den anderen Stuhl. Ein gelangweilter Kellner nahm seine Bestellung entgegen. Nachdem das Essen gebracht worden war, kaute Phil geduldig die pappigen Spaghetti. Dann zahlte er und verschwand in der Toilette.

In einer der Kabinen zog er sich blitzschnell um. Dann legte er seinen Anzug, den er ausgezogen hatte, in den Karton und schnürte ihn fest zu. Er steckte das Abzeichen an das Uniformhemd und schob die Achtunddreißiger in das Polizeihalfter.

Nachdem er das Lokal durch die Nebentür verlassen hatte, ließ er den Karton in eine der Mülltonnen fallen, die unmittelbar neben dem Ausgang standen.

Dann überquerte er unbekümmert die Straße und ging direkt auf das Wohnhaus zu.

»Tag«, sagte er zu den beiden Polizisten, die davor standen. »Habt ihr vielleicht Weber gesehen?« Weber war Lieutenant in diesem Bezirk, und Phil kannte ihn nur allzu gut.

»Weber? Nein, wieso? Soll er denn hier sein?«

»Ich dachte bloß. Ich bin vom vierten Bezirk. Vor einer Weile hat er bei mir angerufen. In der letzten Nacht haben wir jemanden aufgegriffen, der vielleicht zu den Kerlen gehören könnte, die ihr sucht.«

»Ich fresse einen Besen«, sagte einer der Polizisten. »Und was sollen wir tun?«

Phil schimpfte: »Ich weiß nicht mal, was ich selbst tun

soll. Daß man mich einfach auf gut Glück hierher schickt! Angeblich sollte er hier sein.«

»Dann kann ich dir auch nicht helfen, Kollege.« Der andere Polizist gähnte mit aufgerissenem Mund.

»Ist sie oben in ihrer Wohnung?« fragte Phil beiläufig.

»Ja«, antwortete der zweite Polizist. »Sie hat sich hingelegt.« Er wieherte vor Lachen. »Ich hätte nichts dagegen, mich dazuzulegen.«

»Vielleicht sollte ich lieber mit ihr reden. Das Bild habe ich nämlich mitgebracht. Vielleicht kann sie mir was sagen.«

»Ich weiß nicht recht«, sagte der erste Polizist und kratzte sich im Genick. »Wir haben jedenfalls noch nichts davon gehört.«

»Laß doch«, sagte der zweite. Dann wandte er sich an Phil. »Sie wohnt in 4 E.«

»In Ordnung«, sagte Phil. Er ging zum Haus. »Wenn Weber auftaucht, sagt ihm, daß ich oben bin. Verstanden?«

»Verstanden.«

Er schloß die Tür hinter sich und blieb stehen, um einen Seufzer der Erleichterung auszustoßen. Dann betrat er den automatischen Aufzug und drückte auf den Knopf mit der Vier.

Im vierten Stock klopfte er leise an die Tür mit dem aufgemalten E.

»Ja?« Die Stimme der Frau klang müde, aber nicht verängstigt. »Wer ist da?«

»Polizei«, sagte Phil knapp. »Ich habe ein Bild für Sie mitgebracht, Lady.«

»Was für ein Bild?« Ihre Stimme war jetzt unmittelbar hinter der Tür.

»Von einem Kerl, den wir vergangene Nacht erwischt haben. Vielleicht ist es der, den wir suchen.«

Er hörte, wie die Kette ausgeklinkt wurde; die Tür wurde geöffnet. Von nahem besehen war die Blondine keineswegs so jung oder knusprig, wie er sie in Erinnerung hatte. Sie trug einen verblichenen Morgenrock aus irgendeinem schimmernden Stoff und hielt ihn mit der Hand vor der Taille zusammen, ohne besonders auf das weiße Fleisch zu achten, das dabei noch zu sehen war.

Phil trat ein und nahm seine Mütze ab. »Es wird nicht lange dauern, Lady.« Dann schloß er die Tür.

Sie kehrte ihm den Rücken zu und ging in das Zimmer. Ohne sich zu beeilen, knöpfte er das Halfter auf und zog die Pistole heraus. Als sie sich umdrehte, deutete der Lauf direkt auf sie. Sie öffnete zwar den Mund, aber nicht ein einziger Laut kam heraus.

»Ein Wort, und ich schieße«, sagte Phil gleichgültig. Er drängte sie gegen das Sofa und blickte dann flüchtig in das andere Zimmer hinüber. »Was ist da drüben?«

»Das Schlafzimmer«, sagte sie.

»Los.«

Bereitwillig ging sie auf seine Wünsche ein. Seinem Befehl entsprechend legte sie sich auf das Bett und lächelte spröde. Wahrscheinlich hatte sie sich ausgerechnet, daß er nicht ihren Tod, sondern etwas anderes von ihr wollte. Er ergriff ein Kissen und legte es ihr auf den Leib.

»Festhalten«, sagte er.

Sie hielt es fest. Dann stieß er die Pistole in das Kissen und drückte ab. Sie sah überrascht, ärgerlich und enttäuscht aus, und dann war sie tot.

Der Knall war zwar erheblich gedämpft worden, aber Phil wollte doch ganz sichergehen. Er trat an das Fenster, das auf die Straße hinausging, und blickte hinunter. Die zwei Polizisten standen immer noch vor der Tür und unterhielten sich friedlich. Er lächelte, schob die Pistole in das Halfter und ging hinaus.

Ohne allzu großes Interesse sahen die Polizisten ihm entgegen.

»Na?« sagte der erste.

»Diese Weiber«, sagte Phil grinsend. »Behauptet, von nichts zu wissen. Weber wird ganz schön enttäuscht sein.« Er winkte mit der Hand. »Ich gehe jetzt zum Revier zurück. Bis später also.«

Sie sagten ebenfalls »Bis später« und nahmen ihre Unterhaltung wieder auf.

Phil ging um die Ecke. Am Taxistand sah er einen Wagen. Er stieg ein.

»Was ist denn nun los?« fragte der Fahrer grinsend. »Ist euch der Streifenwagen abhanden gekommen?«

»Kümmere dich um deinen eigenen Dreck!« Er nannte dem Fahrer die Adresse, lehnte sich still zufrieden zurück und dachte an das Geld.

Es dämmerte schon, als er wieder in die Gegend kam. Vier Querstraßen vor dem Haus, in dem ihre Wohnung sich befand, stieg er aus und ging den Rest zu Fuß. Einige Kinder aus dem Häuserblock pfiffen ihm wegen seiner Uniform nach, und er grinste.

Mit einem guten Gefühl ging er nach oben. Als er die Tür aufschloß, traf Davy ihn mit dem ersten Schuß in den Bauch. Phil hatte ihm nicht einmal mehr klarmachen können, daß er sich irrte, als die zweite Kugel ihn mitten in die Stirn traf.

# Die sterblichen
# Reste

Jeder Leichenbestatter wird bestätigen, daß das schwierigste Problem dieses Berufszweiges darin besteht, tüchtige Mitarbeiter zu bekommen. Amos Duff, Inhaber und Besitzer der *Silver Glen Mortuaries,* bildete keine Ausnahme für diese Regel. Sein derzeitiger Gehilfe, ein deprimierend fröhlicher junger Mann namens Bucky, war nicht nur unbeholfen, faul und desinteressiert; er hatte daneben die ärgerliche Angewohnheit, bei der Erfüllung seiner Pflichten durch die Zähne zu pfeifen. Aber Amos knirschte nur mit den seinen und ertrug es. Das kleine Begräbnisinstitut mit dem immer geringer werdenden Gewinn konnte sich mehr als Buckys allwöchentliches Taschengeld nicht leisten.

Amos war ein kleiner, flinker Mann mit traurigen Augen, und als er den hinteren Raum seines Büros am Dienstag vormittag zum Zwecke der Bestandsaufnahme betrat, wirkte er noch kleiner und trauriger. Im Augenblick war nur ein einziger Beweis für seine Tätigkeit aufgebahrt, eine gelblich verfärbte Leiche mit hervorstehendem Bauch und dem Ausdruck schmollenden Unwillens. Für sie war das bestellt, was in Amos' Katalog als *Economy Service,* als preisgünstiges Begräbnis, verzeichnet war. Der Gentleman, der diese Vereinbarung getroffen hatte, war der Geschäftspartner des Verschiedenen, und irgend etwas Besseres als eine fünftklassige Beisetzung hatte er schlankweg abgelehnt.

Von den schrillen Tönen erschreckt, die Bucky ausstieß, fuhr Amos zusammen und drehte sich um. »Tag, Mr. Duff«, sagte der Junge fröhlich. »Was halten Sie von Mr. Kessler? Ich finde ihn ziemlich beleibt – Sie auch?«

»Etwas mehr Ehrerbietung«, sagte Amos ernst. »Wie oft muß ich es Ihnen noch sagen?«

»Was ist eigentlich mit dem alten Knaben passiert? Der Kopf ist zwar in Ordnung, aber alles übrige ist ziemlich schlimm zugerichtet.«

»Es war ein Autounfall. Eine sehr traurige Angelegenheit.«

»Junge, Junge, er sieht tatsächlich nicht gut aus«, sagte Bucky leichthin. »Die vielen gebrochenen Knochen und dazu das kleine Loch...«

»Welches Loch?«

»Aussehen tut es wie ein Einschuß im Brustkasten, aber vielleicht irre ich mich auch. Sagen Sie, Mr. Duff, kann ich vielleicht eine halbe Stunde weg? Ich muß nämlich noch etwas für meine Mutter erledigen.«

»Meinetwegen«, erwiderte Amos seufzend. »Aber nur eine halbe Stunde, verstanden?«

»Klar, Mr. Duff.«

Bucky verschwand, die Hände in den Taschen. Sein Pfeifen schien hinter ihm zurückzubleiben und wehte durch das Büro wie eine verlorene Seele. Erst als sein Echo verklang, näherte Amos sich dem Leichnam, zog das Laken zurück und betrachtete die Verletzung.

Es handelte sich tatsächlich um ein winziges Loch; trotz seiner vielen Fehler hatte der Junge doch scharfe Augen. Die eigentliche Ursache konnte verschiedenes sein; ein zertrümmertes Auto ist immer eine scheußliche Angelegenheit.

Aber Amos, aus keinem anderen Grund als bloßer Neugierde, untersuchte es gründlicher. Dann beschloß er festzustellen, ob sich noch irgendein fremder Gegenstand im Brustkorb befand.

Nach wenigen Augenblicken kam er zu dem Schluß, daß er recht hatte; der Gegenstand war zwar sehr tief eingedrungen, befand sich jedoch noch deutlich nachweisbar dort.

Er richtete sich auf, den Schock dieser Erkenntnis auf seinem Gesicht. Es war nicht das erste Mal, daß er diese Art von Verletzung gesehen hatte, und nur die Vielzahl anderer Verletzungen an Mr. Kesslers zerschundenem Körper war schuld, daß man sie bisher nicht beachtet hatte.

Aber jetzt wußte er, daß diese Verletzung keineswegs belanglos war.

Es war ein Einschuß.

Im ersten Augenblick wollte er das Geschoß herausholen; aber dann überlegte er es sich anders. Auf dem Totenschein des armen Mr. Kessler waren Unfallverletzungen als Grund für sein Hinscheiden angegeben. Offenbar hatte das Auge des Leichenbeschauers jedoch nicht alles gesehen. Sollte man nicht die Polizei informieren? Oder zumindest Mr. – Mr. . . .

Er versuchte, sich an den Namen seines Kunden zu erinnern. Foley! So hieß er. Er stellte sich Foleys hageres Gesicht und die schmalen Lippen vor. Ihm hatte der Mann nicht gefallen, noch bevor er erfuhr, welch geringen Betrag Foley für einen anständigen Abschied seines Teilhabers auszugeben bereit war.

»Bucky!« brüllte Amos, aber dann fiel ihm wieder ein, daß Bucky weggegangen war. Er begab sich eilends in sein Büro und entdeckte dort auf seinem Schreibtisch den Aktenordner »Kessler«. Die Einzelheiten waren dürftig und befriedigten ihn keineswegs.

Er befand sich in einem erregten, aber angenehm aufgeregten Zustand, als Bucky eine Stunde später zurückkehrte. Bevor Bucky noch Gelegenheit hatte, sich zu entschuldigen, erteilte Amos ihm einen Auftrag.

»Ich möchte, daß Sie sofort zur *Times* gehen«, sagte er. »Lassen Sie sich die Ausgaben vom neunten und zehnten März geben und sehen Sie nach, ob Sie den Artikel über Mr. Kessler finden. Über den Unfall.«

»Wozu, Mr. Duff?«

»Habe ich Sie schon gefragt, warum Sie atmen? Gehen Sie zur *Times* und suchen Sie den Artikel. Schreiben Sie ihn wörtlich ab und bringen Sie ihn dann her. Aber schnell!«

Bucky grinste und salutierte. »*Oui, mon capitaine!*«

»Verschwinden Sie!«

Bucky machte auf dem Absatz kehrt und verschwand durch die Tür. Amos, allein gelassen, rutschte tiefer in seinen Drehstuhl, klopfte mit einem Bleistift gegen seine Zähne und überdachte die Möglichkeiten.

Zwei Stunden verstrichen, bis Bucky das brachte, was er

haben wollte. Es war zwar nicht gerade ein Artikel, aber dennoch von großer Hilfe. Kessler war von einem Jagdausflug mit seinem Partner, Marvin Foley, nach Hause gefahren; beide wohnten in Scarsdale. Kessler war verwitwet und hatte keine Kinder. Foley behauptete, von den Scheinwerfern eines Lastwagens geblendet worden und von der Straße abgekommen zu sein. Glücklicherweise war er hinausgeschleudert worden, während Kessler im Wagen saß, als dieser gegen einen Aquädukt prallte.

Eine Folge köstlicher Überlegungen ging Amos durch den Kopf. Offensichtlich hatte Foley die Behörden angelogen. Auf einen Toten schießt keiner. War der »Unfall« passiert, nachdem Foley in einem Anfall von Leidenschaft seinen Geschäftspartner bereits erschossen hatte? Und war es ihm dann gelungen, einen entsprechenden Unfall vorzutäuschen, um die wahre Todesursache zu verheimlichen? Oder war die ganze Geschichte bereits vorher gründlich geplant gewesen? Bestimmt, überlegte Amos, wenn man an seine knappe Art und an die Worte denkt, die von seinen trockenen Lippen wie welkes Laub von einem schmächtigen kahlen Baum fielen. Foley hatte das Ganze bereits vorher geplant, um die geschäftlichen Erfolge allein zu genießen.

Amos Duff dachte nicht mehr daran, die Polizei zu holen. Er würde zuerst mit Mr. Foley sprechen. Er blätterte im Telefonbuch und fand dort die entsprechende Information: KESSLER & FOLEY, *Mfgrs. Playtime Equipment.* Bedächtig wählte er die Nummer.

An der Tür zu Foleys Büro stand ein Clown. Er war aus Plaste, und selbst ein kräftiger Schlag auf seine vorstehende blaue Nase konnte ihn nicht umwerfen, da seine Füße beschwert waren. Die Sekretärin, die die Tür bewachte, kicherte, als Amos die Gestalt ansah.

»Das ist einer unserer besten Artikel«, sagte sie. »Mr. Foley hat mir aufgetragen, Sie sofort hineinzuführen.«

»Vielen Dank«, sagte Amos.

In Foleys Büro herrschte eine alles andere als muntere Atmosphäre. Es war spartanisch eingerichtet, holzgetäfelt, an den Wänden hingen Jagdszenen, und überheizt war es auch. Foley, der nicht einmal aufstand, um seinen Besucher zu begrüßen, saß in einem hochlehnigen Lederstuhl, trug einen wollenen Schal um den Hals und sah trotz der Hitze erkältet aus.

»Fassen Sie sich bitte kurz«, sagte er. »Wie ich bereits erklärte, hat Mr. Kessler keine Familie, so daß ich irgend etwas Feierliches nicht wünsche. Tun Sie lediglich, was Sie unbedingt tun müssen, und damit ist die Angelegenheit erledigt.«

»Oh, es handelt sich nicht um das Begräbnis, über das ich mit Ihnen sprechen möchte, Mr. Foley.« Amos nahm sorgfältig Platz. »Zumindest nicht eigentlich. Es handelt sich vielmehr – nun ja, ich habe etwas Ungewöhnliches entdeckt.«

Foleys Augen waren normalerweise schmal. Jetzt verschwanden sie völlig. »Was meinen Sie mit ungewöhnlich?«

»Vielleicht erinnern Sie sich, daß Sie mich anwiesen, mir keine Mühe mit dem – mit der kosmetischen Wiederherstellung des armen Mr. Kessler zu machen. Aber dennoch entdeckte ich ein – wie soll ich sagen – eine häßliche Verletzung.«

»Weiter«, sagte Foley mit gerunzelter Stirn.

»Vielleicht brauche ich nicht deutlicher zu werden.«

»Dieser Ansicht bin ich auch.«

Plötzlich kamen Amos Zweifel. War es möglich, daß Foley von dem Geschoß in der Leiche seines Teilhabers gar nichts wußte? Er beschloß, alles auf eine Karte zu setzen, um die Wahrheit herauszufinden. Er erhob sich.

»Ich bitte um Verzeihung. Wahrscheinlich habe ich einen Fehler gemacht. Ich werde den üblichen Bericht an die Polizei schicken und...«

»Setzen Sie sich!« sagte Foley, und seine Stimme ähnelte dem Hieb eines Spazierstöckchens. »Sie können nicht etwas Derartiges behaupten und dann einfach wieder verschwinden. Wieso ist ein Bericht an die Polizei erforderlich?«

»Es handelt sich lediglich um eine Formalität, Mr. Foley. Abgesehen davon kann ich mich hinsichtlich der Verletzung auch geirrt haben; die Polizei wird aber eine Autopsie anordnen, und dann werden wir es genau wissen.«

Foley tat das Unerwartete. Er lächelte.

»Setzen Sie sich und rauchen Sie eine Zigarre«, sagte er liebenswürdig. »Mögen Sie Zigarren? Ich selbst rauche zwar nicht, aber für meine besseren Kunden habe ich immer welche im Büro.«

»Hin und wieder rauche ich eine Zigarre mit großem Genuß.«

Foley lüftete den Deckel eines Zigarrenkastens und reichte eine Corona über den Tisch. Amos zündete sie an, zog genüßlich und sagte: »Meiner Vermutung nach handelt es sich um ein Gewehrgeschoß, wahrscheinlich Stahlmantel. Ich habe bereits eine Menge ähnlicher Verletzungen gesehen, kann mich jedoch trotzdem irren.«

»Ich kann mir nicht vorstellen, wie sie entstanden sein soll«, sagte Foley. »Und ich bin überzeugt, daß es dafür eine vernünftige Erklärung gibt.«

»Natürlich.«

»Aber als Geschäftsmann widerstrebt es mir erheblich, in irgendwelche Dinge verwickelt zu werden. Sicherlich wissen Sie, was ich meine.«

»Selbstverständlich.«

»Schmeckt Ihnen die Zigarre?«

»Köstlich.«

»Zwei Dollar kostet das Stück.«

»Wirklich?«

»Ich werde Ihnen eine Kiste schicken«, sagte Foley gütig und erhob sich mit ausgestreckter Hand. »Es war mir ein Vergnügen, Mr. Duff. Bitte geben Sie mir sofort Bescheid, wenn der arme George beerdigt worden ist. Ich selbst werde zwar nicht kommen – Begräbnisse finde ich entsetzlich –, aber ich möchte doch gern ein paar Blumen schicken.«

»Mr. Foley, ich fürchte, ich habe mich nicht deutlich genug ausgedrückt.«

»Wirklich?«

»Es dreht sich nicht darum, irgendwelche Ungelegenheiten heraufzubeschwören.« Amos blies einen Rauchring in die Luft. »Es handelt sich nur darum – um ganz offen zu sein, Mr. Foley: Meiner Ansicht nach ist es eine Schande, daß ein Mann vom Rang Mr. Kesslers derart unauffällig verscharrt werden soll. Beinahe eine Beleidigung seines Gedächtnisses – finden Sie nicht auch?«

Foley setzte sich und faltete die Hände. »Und was schlagen Sie demnach vor?«

»Ich würde etwas – etwas Angemesseneres vorschlagen.«

»Mr. Kessler war, wie Sie wissen, verwitwet und hatte keine Familie.«

»Allein die Absicht zählt«, sagte Amos.

»Und was ist Ihre Absicht?«

»Irgend etwas – Großartiges. Eine entsprechende Beisetzung und von allem nur das Beste. In unserem Katalog bezeichnen wir so etwas als Klasse A. Ich bin überzeugt, daß Mr. Kessler es verdient hat. Finden Sie nicht auch?«

»Nein«, sagte Foley schlicht. »Er war ein Wichtigtuer und Bankrotteur, wenn Sie die Wahrheit wissen wollen. Und was ist der Unterschied zwischen einer Beisetzung der Klasse A und einer gewöhnlichen Beerdigung?«

»Beispielsweise die Aufbahrung der sterblichen Reste . . .«

»Das meinte ich nicht. Ich meine vielmehr den Preisunterschied.«

»Aha.«

»Die Beisetzungsart, die ich bestellte, belief sich auf dreihundertfünfzig Dollar. Was wird mich dagegen die Klasse A kosten?«

Amos betrachtete die glimmende Asche seiner Zigarre.

»Die Kosten betragen achtzehnhundert Dollar. Einschließlich jedoch . . .«

»Was dieser Preis einschließt, interessiert mich nicht.«

Foley holte ein Scheckheft aus der Schublade. Mit kratzendem Füllfederhalter und verkrampfter Schrift fing er an zu schreiben. »Das hier ist ein Verrechnungsscheck«, sagte er, »über sechshundert Dollar. Mein voriger Verrechnungsscheck lautete auf hundertfünfzig Dollar, so daß die Gesamtsumme siebenhundertfünfzig Dollar beträgt. Der Rest ist zahlbar, sobald Mr. Kessler seine Ruhe gefunden hat und beerdigt ist. Dann allerdings möchte ich von Ihnen nie mehr etwas hören, Mr. Duff.«

»Selbstverständlich«, sagte Amos eifrig.

Foley riß den Scheck heraus und überreichte ihn.

»Was Sie tun, ist richtig«, sagte Amos. »Es gibt Dinge, die mit Geld nicht aufzuwiegen sind.«

»Wirklich?« sagte Foley trocken. »Und was, beispielsweise?«

Drei Tage später, nach Erfüllung seines Auftrags, gab Amos seine Rechnung zur Post; sie lautete über jene noch ausstehenden tausendundfünfzig Dollar. Als bis zum Wochenende kein Scheck eingetroffen war, rief er bei Kessler & Foley an und erfuhr, daß Mr. Foley sich nicht in der Stadt aufhielte. Geduldig wartete er bis zum Donnerstag der folgenden Woche, aber kein Scheck traf ein. Am Freitag rief er wieder im Büro an. Mr. Foley war zwar anwesend, befand sich jedoch in einer Besprechung. Ob er Mr. Duff anrufen könne? Ja, erwiderte Mr. Duff. Aber Mr. Foley rief nicht an.

In der folgenden Woche gab es nur wenige neue Kunden, keinen Bucky mehr (er hatte am vergangenen Freitag, nach Empfang seines Gehaltsschecks, gekündigt) und kein Geld von Mr. Foley. Ein erneuter Anruf führte nur zu neuen Ausflüchten, und Mr. Duff begann, sich über die Aufrichtigkeit von Mr. Foleys Absichten ernste Gedanken zu machen. Am Dienstag vormittag wurde ihm gestattet, mit dem Betreffenden selbst zu sprechen.

»Gott sei Dank«, sagte er mit gekünsteltem Lachen. »Ich hatte die Hoffnung schon fast aufgegeben, Mr. Foley. Wegen der Rechnung, meine ich.«

»Um welche Rechnung handelt es sich?«

»Um die Rechnung, die ich Ihnen geschickt habe. Für die Beisetzung.«

Darauf folgte eine Pause. Dann sagte Foley: »Ich glaube, Sie irren sich. Ich habe Sie für Ihre Dienste in vollem Umfang bezahlt. Wenn Sie es nicht glauben, schlage ich vor, daß Sie Ihren eigenen Katalog zu Rate ziehen.«

»Aber Mr. Foley...«

»Ihre Preisliste ist mir sehr genau bekannt, Mr. Duff. Ich habe sie mir sorgfältig angesehen. Bei Ihnen gibt es nicht eine einzige Bestattung, die mehr als siebenhundertfünfzig Dollar kostet, und über diesen Betrag besitze ich Schecks, die von Ihnen eingelöst wurden.«

»Aber die Umstände waren völlig anders...«

»Ach, wirklich?«

»Hören Sie zu«, sagte Amos ärgerlich. »Sie wissen verdammt genau, daß sie anders waren. Und Sie wissen auch, was ich tue, wenn ich den Scheck nicht bekomme...«
»Was wollen Sie denn tun? Etwa die Polizei holen?«
»Trauen Sie mir das nicht zu?«
Foley lachte leise. »Natürlich nicht. Vergessen Sie nicht, daß Sie es waren, der den armen Mr. Kessler unter die Erde gebracht hat, Mr. Duff. Wenn Sie die Polizei bitten, ihn wieder auszugraben, werde ich erklären müssen, warum Sie den Bericht über die sogenannte Schußverletzung nicht vorher abschickten. Glauben Sie wirklich, Mr. Duff, daß Ihnen das förderlich ist?«
Amos gurgelte irgend etwas; es war der Ersatz für eine Antwort.
»Das hatte ich mir gedacht«, sagte Foley und war so selbstsicher, daß Amos sich danach sehnte, ihn als Kunden bei sich zu haben. »Mich können Sie nicht hineinziehen, ohne sich selbst hineinzuziehen. Und Sie haben keine Garantie, daß man Ihnen diese Beschuldigung auch glaubt. Deswegen halte ich es für das beste, Sie vergessen alles, Mr. Duff. Ich weiß sehr wohl, daß ich für alle Ewigkeiten zahlen muß, wenn ich jetzt bezahle. Ich habe jedoch nicht die Absicht, mich darauf einzulassen.«
Damit legte er den Hörer auf.

Irgendwie fand Amos das Polizeirevier noch viel gräßlicher als sein eigenes Büro. Ungeduldig saß er im Zimmer von Lieutenant Morgan und wartete darauf, daß irgend etwas geschehe. Schließlich erschien der Kriminalbeamte, der Foley zuerst eintreten ließ.
Foleys Gesicht verriet seinen angespannten und eiskalten Unwillen; seine Wangen waren gerötet, als hinderte ihn der Wollschal, den er um den Hals gewickelt hatte, am Atmen.
»Ich möchte endlich wissen, worum es geht«, verlangte Foley zu wissen und starrte Amos dabei an. »Sie haben nicht das Recht, mich hierher zu bringen...«
»Bitte nehmen Sie Platz«, sagte der Lieutenant. »Es handelt sich um eine ernste Beschuldigung, Mr. Foley, so daß wir uns berechtigt fühlten, Haftbefehl zu erlassen.«

»Was hat er Ihnen erzählt?« fragte Foley wütend. »Der Mann ist ein Lügner. Ein Lügner und Dieb. Wenn Sie wüßten, wie er versuchte, mir zuviel zu berechnen...«

»Mr. Foley, unsere Beamten fanden in Ihrer Wohnung ein Jagdgewehr – jene Waffe, die Sie zum Zeitpunkt des Unfalls in Ihrem Wagen hatten. Dieses Gewehr haben wir als Beweisstück beschlagnahmt, zusammen mit einer Schachtel Stahlmantelgeschosse. Mr. Duff scheint anzunehmen, daß Sie das Gewehr benutzten, um sich Ihres verstorbenen Teilhabers George Kessler zu entledigen. Ich möchte Ihnen daher raten, nur das zu sagen, was Sie wirklich sagen wollen; andererseits können Sie uns eine Menge Arbeit ersparen, wenn Sie offen und ehrlich sind.«

»Alles, was er gesagt hat, ist gelogen! Kessler kam bei dem Unfall ums Leben! Ich habe den Totenschein...«

»Wir besitzen bereits eine Photokopie, Mr. Foley.«

»Wie können Sie dann diesem – diesem Leichenfledderer glauben?«

Amos rutschte unbehaglich hin und her.

»Mr. Duff«, sagte der Lieutenant, »scheint Beweise zu haben, Mr. Foley. Deswegen haben wir Sie hergebracht.«

»Beweise? Welche Beweise? Kessler ist beerdigt! Tot und beerdigt. Sie können ihn jetzt nicht wieder ausgraben...«

»Wenn es nötig sein sollte, können wir es.«

Foley sprang auf. »Fragen Sie ihn, woher er es weiß!« schrie er. »Fragen Sie ihn, woher er weiß, daß es ein Geschoß war!«

»Danach haben wir ihn bereits gefragt«, sagte der Lieutenant und sah Amos an.

»*Well*«, sagte der Leichenbestatter und räusperte sich. »Gewußt habe ich es genaugenommen nicht. Oder doch erst nach der Beisetzung. Dann allerdings war es völlig klar – nicht nur mir, sondern allen. Verstehen Sie: Das Geschoß ist nämlich nicht geschmolzen...«

»Geschmolzen?« schrie Foley. »Was soll das heißen – geschmolzen?«

»Wissen Sie«, sagte Amos, »zu der Beisetzung nach Klasse A gehört die Einäscherung. Unserer Ansicht nach ist sie ideal in allen Fällen, wo keine Hinterbliebenen vorhanden sind. Wenn der Wunsch besteht, beliefern wir jedoch die engsten Freunde und Verwandten mit einem Erinnerungsstück.«

Der Lieutenant ging zu seinem Schreibtisch und zog die unterste Schublade auf. Ihr entnahm er eine feine Porzellanurne und stellte sie auf den Tisch.

»Sehen Sie?« sagte Amos ernst. »Als man es unter der Asche entdeckte, wurde es zu den sterblichen Resten getan. Deswegen bin ich dann anschließend zur Polizei gegangen.«

Er nahm die Urne hoch und schüttelte sie langsam hin und her. *Klapp, klapp, klapp* machte es.

# Unter Zeugen

Gordon kannte den tonlosen Pfiff im Flur, kannte das leise Klopfen, das gleich ertönen würde. Er sah das verunstaltete lange Gesicht unter der runden Mütze vor sich, das gelbe Lächeln und die hellen alten Augen hinter der Hornbrille. *Kellerman, was bist du häßlich!* dachte Gordon. *Häßlich und bösartig, und ich hasse dich.* Aber es war leichter, in die Tasche zu greifen und die vierzig Dollar abzuzählen, die Kellerman verlangte (ja, mehr verlangte er wirklich nicht, dieser rücksichtsvolle kleine Erpresser), und die Summe in die faltige bleiche Hand zu schieben und die Sorge einen weiteren Monat los zu sein.

Die Erpressungszahlung war längst zu einer festen monatlichen Ausgabe geworden, ähnlich wie die Miete, die Elektrizitätsrechnung und Pamelas Buchklubbeiträge. Und er verheimlichte Kellerman vor seiner Frau nicht. Für Pamela war Kellerman einer von mehreren Ratenkassierern; sie wußte nicht, von welcher Firma er kam, da sie sich ohnehin nicht um die langweilige Welt der Finanzen kümmerte. In ihrer Welt arrangierte man Kunstausstellungen, trat Buchklubs bei, führte die zwei Kinder im Park spazieren und besuchte Abendkurse in politischer Geschichte. Gordon liebte sie sehr. Der Gedanke, daß Kellerman ihr jemals die schmutzige Geschichte auftischen und ihr die Aufnahmen von ihm und dem Mädchen zeigen könnte, verursachte Gordon eine Gänsehaut und ein Zucken im rechten Augenwinkel.

Aber natürlich würde Kellerman nichts verraten. Er hatte kein Interesse daran, idyllische Ehen zu zerstören. Als erfahrener Erpresserprofi hatte Kellerman seine Prinzipien. Solange man zahlte, war Kellermans Schweigen garantiert.

Gordon hätte seine vierzig Dollar wohl bis in alle Ewigkeit geblecht, wenn da nicht die Inflation gewesen wäre.

»Es ist die Inflation«, sagte Kellerman eines Tages, nachdem er Gordon ohne das gewohnte Lächeln begrüßt hatte. Die runde Mütze mit dem fettigen Schirm drehte er in seinen weichen Händen. »Nur zehn Dollar mehr, Mr. Brinton. Es wird ja alles teurer.« So bescheiden trat er auf, er hätte ein Angestellter sein können, der seinen Chef um eine Gehaltserhöhung bat.

»Na schön«, sagte Gordon aufgebracht und blätterte einen weiteren Zehner hin. »Was kann ich sonst noch für Sie tun?«

»Ich bitte Sie«, sagte Kellerman, »nun seien Sie doch nicht so zornig!« Seine gute Laune war wiederhergestellt. Als sich die Tür hinter ihm geschlossen hatte, hörte Gordon sein trockenes Pfeifen die Treppe hinab verschwinden.

Einige Wochen später machte Gordon mit dem Terrier der Familie einen Abendspaziergang im Park. Pam hatte sich in der Washington-Irving-Universität mal wieder zu einem Kursus eingetragen. Plötzlich merkte er, daß ein Mann ihn beobachtete; er wußte sofort, daß dieses Interesse nicht zufällig war.

Tatsächlich kam der Mann auf ihn zu und begann überstürzt zu sprechen.

»Moment, Moment!« sagte Gordon. »Ich verstehe ja kein Wort!«

Der Mann errötete und sagte langsam: »Ich möchte mit Ihnen über Ed Kellerman sprechen.«

Den Namen von den Lippen eines anderen zu hören war für Gordon wie ein Eiswürfel, der ihm den Rücken hinabglitt. Er starrte in das bleiche, junge Gesicht, registrierte die verquollenen Augen, die zusammengepreßten bleichen Lippen. Ein Gesicht, auf dem Angst vorherrschte.

»Ich kenne keinen Kellerman«, antwortete Gordon.

»Vielleicht sollten wir uns einen Augenblick hinsetzen. Sie haben da einen hübschen Hund.«

Sie fanden eine leere Bank, und der Mann stellte sich als Dave Bliss vor. Er sagte, er kenne auch Gordons Namen und Anschrift und wisse, daß er eine Frau und zwei Kinder habe. Und Kellerman.

»Mich interessiert nicht im mindesten, was er gegen Sie in der Hand hat«, fuhr Dave Bliss fort, schob sich eine Zigarette in den Mund und nahm sie gleich wieder heraus. »Und Sie wollen mich bitte auch nicht danach fragen. Eins sagen Sie mir aber bitte: Wieviel zahlen Sie ihm? Bei mir holt er fünfzig im Monat.«

»Bei mir auch«, sagte Gordon heiser. »Bis vor kurzem waren es vierzig.«

»Ja«, sagte Bliss. »Und das war der Augenblick, als ich mich entschloß, Kellerman zu folgen und etwas mehr über ihn herauszufinden. Ich kenne Ihren Beruf nicht, ich arbeite jedenfalls bei der Post. Die fünfzig Mäuse tun mir weh.«

»Ich bin Vertreter«, gab Gordon Auskunft. »Ohne Fixum, ich lebe nur von Provisionen. Es gibt Monate, da haben wir nicht genug zu essen.«

»Wer weiß, vielleicht kommt Kellerman eines Tages auf den Geschmack und verlangt noch mehr.«

»Sie sind ihm gefolgt? Was haben Sie erfahren?«

Der Hund begann zu bellen, und Gordon gab ihm einen Schlag auf die Nase.

»Ich weiß, daß er einen großen Kundenkreis hat.« Bliss lächelte. »Ich bin ihm zu etwa fünfzehn Anschriften gefolgt, überall in der Stadt. Er hat nichts aufgeschrieben, er trägt alles in seinem miesen kleinen Kopf mit sich herum, all die Namen und Anschriften.«

»Wir sind also nicht allein«, murmelte Gordon.

»Nein«, antwortete Bliss. »Das ist der entscheidende Punkt. Wir sind nicht allein. Deshalb ist mein Einfall ja auch so gut. Ein Dreckskerl wie Kellerman, der verdient es nicht zu leben. Vergessen Sie das Geld, denken Sie nur mal daran, was er den Menschen antut. Ich versauere schon von innen heraus.«

»Und?«

Der Mann nahm wieder einmal die Zigarette aus dem Mund. Der Hund beschnüffelte die glühende Spitze. Bliss zog die Hand fort und tätschelte den grauen Kopf des Tiers.

»Wir bringen ihn um«, sagte er. »Darum dreht sich mein Einfall.«

»Sind Sie verrückt? Mord ist schlimmer als Erpressung.«

»Mord ist nicht das richtige Wort. Wir merzen einen Fehler der Natur aus, das ist alles.«

»Geben Sie's auf«, sagte Gordon. »Schlagen Sie sich die Idee aus dem Kopf, dann vergesse ich, daß Sie je davon gesprochen haben.«

Bliss zündete sich eine zweite Zigarette an und wirkte plötzlich viel ruhiger. »Zuerst reagierten alle so feinfühlig. Aber sobald ich dann meinen Plan erklärte, waren sie Feuer und Flamme.«

»Was soll das heißen – ›alle‹?«

»Die Leute auf Kellermans Liste. Ich habe mit rund einem Dutzend gesprochen; Sie sind einer der letzten. Ich habe den Leuten erklärt, wie leicht und narrensicher die Sache ist, und da haben alle zugestimmt. Wissen Sie, das Gewissen rührt sich nicht so stark, wenn man bedenkt, was Kellerman ist. Das einzig Wichtige ist, sich nicht erwischen zu lassen. Dafür sorgt mein Plan.«

»Das glauben alle Verbrecher«, sagte Gordon.

»Wir reden hier nicht über ein Verbrechen«, fuhr Bliss fort. »Und niemand wird erwischt, weil es sich nicht mal um einen Mord handelt, sondern um einen Unfall. Wenn überhaupt jemand in Schwierigkeiten kommt, dann ich. Ich allein. Ich werde Kellerman mit meinem Wagen umbringen, wenn er wieder seine Runde macht. Ich habe mir den richtigen Zeitpunkt und Ort schon überlegt – kurz vor Mitternacht an der Carol Street.«

»Aha – ein Unfall«, machte Gordon.

»Genau«, sagte Bliss. »Jetzt begreifen Sie wohl, welchen Gefallen ich Ihnen da tue.«

»Halten Sie die Polizei für dämlich? Offenbar haben Sie die falschen Romane gelesen. Mörder werden erwischt, wußten Sie das nicht? Auch wenn sie ihre Tat einen Unfall nennen.«

»Bei mir ist das anders«, sagte Bliss. »Und zwar wegen der Zeugen.«

»Was?«

»Ich werde nämlich Zeugen haben«, sagte Bliss. »Und zwar viele Zeugen, die alle nichts mit mir zu tun haben. Es gibt nichts, was die Leute miteinander in Verbindung bringt, keine Freundschaften, keine Animositäten. Und sie werden über den Unfall alle dasselbe aussagen – sie seien sicher, daß allein Kellerman an dem Unfall schuld hatte.«

Gordon stand auf. »Jetzt reicht es mir«, sagte er. »Sie haben mir schon zuviel erzählt.«

»Nein«, wandte Bliss ein. »Sie müssen das schon verstehen. Sie gehören genauso dazu wie alle anderen. Begreifen Sie nicht, wie schön der Plan ist? Die große Zahl der Zeugen ist meine Garantie. Verläßliche Bürger, die alle dasselbe angeben. Ich meine *verläßlich*. Sie müßten die Liste von Kellermans Opfern mal sehen. Ein College-Professor, zwei Ärzte, vier Hausfrauen, ein Barmixer, mehrere Geschäftsleute, etliche Angestellte wie ich. Sie alle machen mit, Brinton, jeder einzelne.«

»So viele Zeugen für einen Unfall?«

»Wir brauchen natürlich nicht jeden. Einige werden von den Bullen bestimmt nicht verhört, aber sie werden zur Stelle sein, für den Notfall. Wir möchten, daß Sie auch kommen, Brinton.«

»Sie sind ja verrückt!« wiederholte Gordon. »Sie und die anderen. Ich will nichts damit zu tun haben. Ich kann Kellerman nicht ausstehen, das bedeutet aber nicht, daß ich ihn umbringen möchte.«

»Ich habe Ihnen doch gesagt...«

»Mord ist Mord«, sagte Gordon barsch. »Aber vielleicht hat es etwas für sich, gemeinsam vorzugehen. Vielleicht fände die Polizei eine Möglichkeit, ihn auszuschalten.«

»Und soll Kellerman alles ausquatschen – alles, was er weiß? Vielen Dank, Kumpel. Meine Methode ist besser.«

»Ihre Methode stinkt mir«, stellte Gordon fest. »Ich sage Ihnen, lassen Sie es sein!« Gordon packte das Halsband des Hundes. »Komm, du Dummkopf. Wir müssen weiter.« Er setzte sich in Bewegung.

»Brinton«, sagte Bliss von der Bank. »Was ist, wenn wir es doch tun?«

Aber Gordon blieb nicht stehen. Nur der Hund blickte zurück.

Donnerstag klingelte das Telefon. Pamela meldete sich und hatte Mühe, den Namen des Anrufers zu verstehen.

Schließlich zuckte sie die Achseln und sagte zu Gordon: »Will dich sprechen. Ich habe Debliss verstanden.«

»Ich spreche vom Schlafzimmer aus«, sagte Gordon.

Dave Bliss sagte: »Hallo, Brinton. Erinnern Sie sich noch an mich?«

»Ja.«

»Haben Sie morgen abend etwas vor?«

»Was soll das?«

»Ein paar von uns treffen sich morgen abend. An der Ecke Carol Street und Ninth Avenue. Gegen halb zwölf. Wie wär's, wenn Sie auch kommen? Gibt vielleicht was Interessantes zu sehen.«

»Sie können das nicht tun«, sagte Gordon tonlos.

»Wir stecken alle mit drin«, meinte Bliss. »Vielleicht brauchen Sie ja gar nichts zu tun. Aber je mehr, desto besser, kapiert?«

»Niemand kommt mit so etwas durch! Darauf können Sie wetten.«

»Es passiert uns nichts, wenn wir zusammenhalten«, sagte Bliss. »Wir alle.«

»Ich nicht«, sagte Gordon zornig. »Niemals!« Zur Bekräftigung seiner Worte knallte er den Hörer auf die Gabel.

Zahltag war Sonnabend, doch heute blieb Kellermans tonloses Pfeifen aus. Gordon begann im Wohnzimmer hin und her zu gehen. Warum kam Kellerman nicht? Gordon fragte sich, ob er die Antwort etwa schon wisse. Seine Hand umschloß die fünfzig Dollar in der Tasche, die Scheine wurden bereits feucht und weich.

Als der Abend kam, hörte er Schritte – Pamela, die von der Eröffnung einer Kunstgalerie zurückkehrte. Er hoffte – oder nicht? –, daß sie daran gedacht hatte, an der U-Bahn-Station eine Zeitung zu kaufen. Manchmal brachte sie eine mit, manchmal vergaß sie es.

»Hallo, Liebling«, sagte sie. »Sind dir die Kinder auf die Nerven gegangen?«

»Es hat den üblichen Krieg gegeben«, antwortete Gordon. »Hast du an die Zeitung gedacht?« Sie hatte.

»Mami!« rief da eine jammervolle Stimme aus dem

Schlafzimmer. »Susi hat meine Puppe getreten, und jetzt ist sie verletzt!«

Auf der Innenseite fand Gordon den Artikel.

## MANN ANGEFAHREN: TOT

*Edward Kellerman, 61, wohnhaft 18-11 Sudworth Street, Queens, wurde an der Ecke Carol Street und Ninth Avenue um Mitternacht von einem Automobil angefahren. Der Fahrer, David Bliss aus Manhattan, wurde nach der Vernehmung wieder freigelassen. Vier Zeugen sagten übereinstimmend aus, Kellerman sei vor das Auto gelaufen, als es um die Ecke kam.*

Gordon hatte ein seltsam taubes Gefühl – es war keine Freude. Warum er sich nicht über den Tod eines Mannes freuen konnte, den er verabscheute, entzog sich seiner Logik. Er schnitt den Artikel aus und legte ihn in eine Schublade. Eine volle Woche lang sah er sich den Text nicht an, doch seine Gedanken waren nie fern davon. Schließlich wußte er, daß er noch einmal mit Dave Bliss sprechen mußte.

Er fand den Namen im Telefonbuch. Bliss war zuerst sehr unwillig, sagte dann aber zu, sich in einigen Tagen mit ihm zu treffen. Als Treffpunkt nannte er die Bar *Yank's* an der 12th Street.

*Yank's* erwies sich als eine Art Familienlokal in der Nähe der Waterfront. Über den Dachern ragten die rotblauen Schornsteine eines Passagierdampfers auf.

Bliss wartete vor der Bar auf ihn; er spielte am Reißverschluß seines Anoraks. Er sah erheblich besser aus als am Abend der ersten Zusammenkunft. Viel ruhiger.

Es war noch nicht ganz neunzehn Uhr. Im Lokal hielten sich nur drei oder vier Gäste auf. Gordon und Bliss setzten sich ans Ende des Tresens, und der Barmann servierte zwei Bier. Als er wieder ging, sagte Bliss: »Sie haben offenbar die Zeitung gelesen.«

»Ja«, sagte Gordon.

»Eine richtige Erleichterung, nicht wahr? Keine Zahltage mehr. Komme mir vor, als hätte ich Gehaltserhöhung gekriegt.« Bliss lächelte. »Ich hatte den Kerl schon so lange am Hals, daß mir die fünfzig wie ein Bonus vorkommen.«

»Die vier Zeugen«, sagte Gordon. »Waren sie alle ...«
»Aber ja«, unterbrach ihn Bliss. »Habe ich Ihnen nicht gesagt, daß der Plan bombensicher war? Die Bullen haben nur vier Leute verhört, aber es standen noch etliche andere zur Verfügung.«
»Schlau«, sagte Gordon. »Das ist alles sehr schlau eingefädelt.«
»Aber ja. Bei so vielen Zeugen kann niemand was machen. Ich hab Ihnen doch gesagt, wie leicht es sein würde.«
»Und wenn nun jemand den Mund aufmacht?«
»Das tut niemand. Dazu gäbe es keinen Grund.«
»Die Leute haben doch ein Gewissen, oder?«
»Hatte denn Kellerman ein Gewissen?«
»Kellerman war kein Mörder.«
»Er war etwas Schlimmeres! O ja!«
»Ihre Devise ist: je mehr, desto sicherer«, sagte Gordon. »Darin kann aber auch eine Gefahr liegen. Je mehr Leute davon wissen ...«
»Wir haben der Welt einen Gefallen getan!« sagte Bliss betont. »Begreifen Sie das nicht?«
»Nein! Sie haben einen Menschen umgebracht! Das begreife ich. Ich könnte keine Nacht mehr schlafen, wenn ich *das* auf dem Gewissen hätte.«
»Hören Sie, Kumpel. Wenn Sie etwa Flausen im Kopf haben ...«
»O ja, die habe ich allerdings. Ich konnte die ganze Woche an nichts anderes denken.«
»Sie reden ja wirres Zeug! Wir haben Ihnen einen Gefallen getan! Wir ersparen Ihnen die monatlichen Zahlungen, wir sorgen für Ihre Gesundheit. Trotzdem wollen Sie uns verpfeifen?«
»Ich wollte Ihre Hilfe nicht!« rief Gordon, und seine Hände zitterten so sehr, daß er sie im Schoß verschränken mußte. »Ich habe Sie nicht gebeten, für mich zu morden! Und ich kann darüber nicht einfach zur Tagesordnung übergehen!«
»Sie Idiot!« stöhnte Bliss. »Sie verdammter Idiot«, fügte er traurig hinzu. »He, Yank!« rief er dem Barmann zu. »Wir trinken noch ein Bier.«
Der Mann kam ans Ende des Tresens. Über seinem haari-

gen Arm lag ein Handtuch. Er sah Bliss an und fragte: »Kummer?«

»Ja«, sagte Bliss. »Mehr, als uns lieb ist.«

Gordon sah die Mündung der 45er wie von Zauberhand unter dem Handtuch hervorkommen. Hastig blickte er in das Gesicht des Barmixers und sah die schreckliche Entschlossenheit in seinen Augen. Schon ruhte die Mündung an seiner Brust. Gordon hob beide Hände, um die Waffe zur Seite zu schieben. Aus den Augenwinkeln sah er Bliss von seinem Barhocker springen, dann ging die Waffe los, so laut, daß sie noch seinen letzten ersterbenden Gedanken übertönte.

Der Polizeibeamte fragte: »Wie ist das nur geschehen, Yank? Wie hat er sich das eingefangen?«

»Mann, fragen Sie die doch«, sagte der Barmann. »Frank, hast du etwas dagegen, wenn ich mir einen genehmige? Ich bin noch ganz durcheinander.«

»Aber klar«, sagte der Beamte. »Und wie heißen Sie, Mister?«

»Walton. Ich arbeite bei der Telefongesellschaft.«

»Und Sie sind Mrs. . . .?«

»Chester«, antwortete die Hausfrau.

»Und ich bin Dr. Adams«, gab der alte Mann Auskunft. »Dr. Herbert Adams. Von der Poliklinik.«

»Er saß direkt neben mir«, sagte Dave Bliss. »Als er plötzlich die Waffe zog, bin ich glatt drei Meter weit gesprungen.«

»Ein Überfall«, sagte der Barmixer. »Es war ein Überfall. Ich wußte gar nicht, was ich tat, ich packte die Waffe und wollte sie ihm entreißen. Dann ging sie los.«

»So ist es geschehen«, fügte Walton hinzu.

»Genau«, sagte Dr. Adams, und die anderen nickten.

Knapp eine Stunde später ließ die Polizei den Toten fortschaffen; anschließend dauerte es nicht mehr lange, bis auch die Zeugen den Ort der Tragödie verlassen und ihres Weges gehen durften.

# Schmerzlose Behandlung

Montag früh traf Marvin Geller in seiner Praxis ein, überwältigt von dem Gefühl, daß er ein langweiliges, durchschnittliches Leben führe. Am Abend zuvor hatte er auf einer Party einen Forscher, einen Schauspieler und einen Sergeant der Marine kennengelernt, deren Abenteuergeschichten ihm noch in den Ohren nachklangen. Als er vor der Mahagonitür innehielt, vermißte er den üblichen Anflug von Stolz über die Goldbuchstaben, die seine Funktion in der Welt kundtaten.

Seufzend steckte er den Schlüssel ins Schloß und trat ein. Nicht einmal das schimmernde Instrumentarium konnte seine Stimmung bessern, der neue Amalgamator, der in knapp acht Sekunden eine einwandfreie Mischung aus Füllmetall und Quecksilber lieferte, die sauber geführten Unterlagen, die allesdurchdringende Atmosphäre der Ordnung und Zweckmäßigkeit. Trotzdem rang er sich ein Lächeln ab, als Miss Forbes eintraf.

»Heute früh kommt Mrs. Holland«, sagte die Sprechstundenhilfe aufgekratzt. »Sie müssen ihre vorderen Schneidezähne röntgen. Außerdem soll ich Sie an Mr. Feuers entzündeten Backenzahn erinnern.«

»Ja, vielen Dank«, sagte er vage.

»Ein schöner Tag, nicht wahr? Ich bin heute früh sogar zu Fuß gegangen. War die Party nett gestern abend?«

»Ja. Hat Mr. Smith noch einmal angerufen, nachdem ich gestern gegangen war?«

»O ja.« Miss Forbes begann im Terminkalender zu blättern. »Ich sagte ihm, Sie hätten heute nichts mehr frei, aber er blieb stur und sagte, er würde trotzdem vorbeikommen.«

»Komischer Mann«, sagte Marvin und griff nach seinem strahlendweißen Kittel. »Na ja, fangen wir an.«

Marvins Stimmung besserte sich im Laufe des Tages, besserte sich angesichts des Problems von Mrs. Hollands Schneidezahn, Mr. Feuers Backenzahn, Miss Beechs Zahnfleischentzündung, Mr. Conroys verwachsenem Weisheitszahn. Am Nachmittag war er vom Wert seines Berufes fast wieder so überzeugt wie vor der Party. Eins war allerdings klar: abenteuerlich war sein Leben nicht.

Um ein Uhr meldete sich Miss Forbes. »Dieser Mann ist wieder da«, sagte sie. »Mr. Smith. Das Komische ist, vor wenigen Minuten hat Mrs. Fletcher ihren Termin abgesagt. Wenn Sie wollen, hätten Sie wirklich Zeit für ihn.«

»Schicken Sie ihn rein«, sagte Marvin.

Mr. Smith war ein untersetzter Mann mit hochgezogenen knochigen Schultern und schlechtem Teint. Sein Händedruck war kräftig, sein verkrampftes Lächeln enthüllte schlecht gepflegte Zähne. Unsicher betrachtete er den Behandlungsstuhl, doch als er seine kleinen schwarzen Augen wieder auf den Arzt richtete, schien ein allwissender, furchtloser Ausdruck in ihnen zu stehen.

»Machen Sie es sich bequem«, sagte Marvin. »Haben Sie eine spezielle Beschwerde, oder soll ich nur mal nachsehen?«

»Nun, das will ich Ihnen sagen, Doc.« Smith' Stimme klang heiser. »Ich habe so eine Art dumpfen Schmerz – da hinten.« Er schob einen dicken Finger in den Mund.

Marvin begann seine Untersuchung. Fast sofort entdeckte er das große Loch im zweiten Backenzahn. Außerdem gab es noch etliche andere Probleme, die Marvin interessiert registrierte.

»Nun, Doc? Wie lautet das Urteil?«

»Sie haben mehrere Löcher. Das schlimmste befindet sich im zweiten Backenzahn – daher rührt auch der Schmerz.«

»Müssen Sie bohren?«

»Ein bißchen. Aber es tut bestimmt nicht weh.«

»Machen Sie mir nichts vor! Das ›Schmerzlos‹-Gerede kenne ich!« Er preßte den Mund zu, dann krümmten sich seine Lippen zu einem Lächeln. »Außerdem bin ich nicht zum Bohren gekommen. Ich dachte mir nur, daß man am besten als Patient an Sie rankäme. Tut mir leid, daß ich Ihnen den Spaß verderbe.«

Marvin starrte den Mann an und wußte, daß er die Wahrheit sagte. Der Mann sah nicht aus wie ein Patient. Wie er da im Stuhl saß, eine Hand am Hebel des Bohrers, den er hin und her pendeln ließ, wirkte er einfach zu keck.

»Ich verstehe nicht, was Sie meinen. Was wollen Sie, Mr. Smith?«

»Ich möchte ein kleines Geschäft mit Ihnen besprechen, Doc.«

Er deutete auf die Krankenakten.

»Ein Freund von mir denkt daran, eine kleine Zahnarztpraxis aufzumachen. Ich möchte Ihnen die Akten abkaufen.«

Marvin starrte ihn verblüfft an. »Aber das sind meine persönlichen Krankenunterlagen. Sie stehen nicht zum Verkauf.«

»Normalerweise wohl nicht.« Mr. Smith grinste und zeigte seine schlechten Zähne. »In diesem Fall machen Sie aber vielleicht eine Ausnahme. Sagen wir – für tausend Scheinchen?«

»Sind Sie verrückt?«

Mr. Smith griff in die Jackentasche und zog einen dicken Umschlag heraus. Lächelnd ließ er ihn auf die Armlehne klatschen.

Marvin schüttelte energisch den Kopf. »Ihr Freund fängt das völlig falsch an. Die Akten helfen niemandem – es handelt sich um Aufzeichnungen über die Gebisse meiner jetzigen und früheren Patienten. Und die stehen auf keinen Fall zum Verkauf.«

Smith' Grinsen wurde noch breiter.

»Kapiert, Doc. Na schön, ich bin nicht unvernünftig. Sagen wir zweitausend, dann nehme ich die Dinger gleich mit.«

»Miss Forbes!« rief Marvin.

Smith' Grinsen verschwand.

»Schon gut, regen Sie sich nicht gleich auf! Wenn Sie Zeit zum Überlegen brauchen, bitte schön! Ich komme morgen wieder. Ich an Ihrer Stelle würde das Angebot aber ernst nehmen, Doc. Mein Freund kann ziemlich unangenehm werden.«

Miss Forbes betrat den Raum. »Ja, Dr. Geller?«

»Alles in Ordnung«, sagte der Mann. »Ich wollte gerade gehen. Vielen Dank für die Untersuchung. Vielleicht lasse ich das nächste Mal den Zahn von Ihnen füllen. Das Steakessen macht mir schon gar keinen Spaß mehr.«

Als er gegangen war, blickte Miss Forbes auf die zitternden Hände des Arztes.

»Stimmt etwas nicht, Dr. Geller?«

»Nein, es ist nichts. Nur ein Verrückter.« Er glättete seinen weißen Kittel. »Führen Sie Mr. Feuer herein und bereiten Sie eine Röntgenaufnahme vor.«

Am nächsten Morgen um zehn Uhr kam Miss Forbes in das Behandlungszimmer, während er gerade eine vorläufige Füllung einlegte.

»Ich habe ihm gesagt, Sie hätten zu tun, Doktor...«

»Wem?«

»Mr. Smith. Er ist am Telefon.«

Marvin seufzte und entschuldigte sich bei seinem Patienten. Im Vorzimmer ergriff er den Hörer, der auf der Schreibunterlage lag.

»Hallo, Doc«, sagte Smith' heisere Stimme. »Haben Sie sich mein Angebot überlegt?«

»Ich habe keinen Gedanken daran verschwendet. Die Unterlagen sind unverkäuflich.«

»Dann hören Sie mir gut zu. Dies ist mein letztes Angebot. Dreitausend Dollar. Ich komme um halb sechs mit dem Bargeld vorbei.«

»Nein!« sagte Marvin zornig. »Es ist sinnlos, daß Sie überhaupt kommen, Mr. Smith, es sei denn, Sie lassen mich Ihren kranken Zahn behandeln. Abgesehen davon verschwenden Sie Ihre Zeit.«

»Na schön, Doc. Sie können mir den Zahn zumachen. Tut heute wieder verdammt weh. Bis halb sechs also.«

Marvin verbrachte den Rest des Tages in Erwartung des Abends. Er dachte daran, während er drei Zähne plombierte und einen zog und während einer langwierigen Wurzelbehandlung. Um Viertel nach fünf verabschiedete er sich schließlich von Miss Forbes.

Der untersetzte Mann erschien pünktlich und schob sich athletisch auf den Stuhl.

»Haben Sie sich's überlegt, Doc?«

»Ja. Wir sollten aber erst den Zahn versorgen, ehe Sie noch wirklich Probleme damit bekommen.«

»Klar, Doc. Wie Sie wollen.«

Marvin stellte den Spiegel ein und sagte: »Dauert nicht lange. Ich muß ein paar Minuten bohren, dann gebe ich Ihnen eine vorläufige Füllung. Sie kommen übermorgen wieder, dann mache ich den Zahn zu.«

»Okay.«

Marvin machte sich an die Arbeit. Er steckte den Bohrer auf und konzentrierte sich. Jeder Gedanke an die Motive des Mannes im Stuhl war vergessen. Für Marvin waren alle Patienten gleich – offene Münder mit Problemen. Er arbeitete schnell und überlegt und bereitete den Zahn behutsam auf die vorläufige Füllung vor.

»Na bitte«, sagte er schließlich. »Hatte ich mit den Schmerzen nicht recht, Mr. Smith?«

»Nicht übel, Doc. Gar nicht übel.« Der kleine Mann rieb sich das Kinn. »Und um Ihnen meine Dankbarkeit zu beweisen, werde ich den nächsten Teil auch schmerzlos gestalten.«

Er griff in die Tasche und zog einen noch dickeren Umschlag heraus.

»Da sind dreitausend Dollar drin, Doc. Sie gehören Ihnen.«

Marvin schüttelte den Kopf. »Es tut mir leid, daß Sie mich mißverstehen. Der Verkauf ist keine Geldfrage.«

Mr. Smith hörte zu lächeln auf.

»Mit so einer Antwort hatte ich fast gerechnet, Doc. Ich hatte gehofft, daß wir die Sache schmerzlos abwickeln können, aber anscheinend ist das nicht möglich.«

Seine Hand verschwand wieder in der Tasche und zog etwas heraus, das weitaus beunruhigender war als ein Umschlag – eine kleine, gefährlich aussehende Pistole, die sich in seine Hand schmiegte.

»Also«, sagte er. »Begreifen Sie, was Sie sich mit Ihrer

Sturheit eingehandelt haben? Wären Sie auf mein Angebot eingegangen, hätten Sie dreitausend im Beutel. Jetzt bekommen Sie gar nichts.« Er bewegte die Finger seiner freien Hand. »Geben Sie mir die Unterlagen, Doc. Alle!«

»Das können Sie doch nicht tun!« protestierte Marvin und starrte in die runde Mündung. »Das ist ja ein Raubüberfall!«

»Na und? Geben Sie mir die Akten, Doc, von A bis Z – und keine Tricks!«

Marvin drehte sich mit klopfendem Herzen um. Er zog die beiden langen Schubladen heraus, an denen AKTEN stand, und brachte sie zum Behandlungstisch. Smith klemmte sich die Karteien unter den Arm und grinste.

»Vielen Dank, Doc. Mein Freund wird sehr zufrieden sein.«

Er hielt Marvin mit der Pistole in Schach und ging zur Tür.

»Vielen Dank für die gute Arbeit«, sagte er. »Ich freue mich heute abend richtig auf mein Steak.«

Als er fort war, starrte Marvin ausdruckslos auf die geschlossene Tür, dann eilte er zum Telefon im Vorzimmer.

»Hallo, Vermittlung. Verbinden Sie mich mit der Polizei!«

Als sich die nüchterne Stimme des Sergeants nach seinem Anliegen erkundigte, sagte Marvin: »Ich möchte mit einem Angehörigen der Mordkommission sprechen.«

Ein Klicken ertönte, dann meldete sich eine zweite Stimme. »Hier Lieutenant Gregg. Was kann ich für Sie tun?«

»Hören Sie, ich heiße Marvin Geller und bin Zahnarzt im Brooks-Gebäude an der Fifth Avenue, achter Stock. Eben hat mich ein Patient überfallen und meine sämtlichen Patientenunterlagen gestohlen...«

»Dann sind Sie in der falschen Abteilung, Mister.«

»Nein, warten Sie! Hat es kürzlich einen Mord gegeben? Eine Leiche, die Sie nicht identifizieren konnten?«

»Was wollen Sie?«

»Sie verstehen nicht, was ich meine. Der Mann versuchte meine Aufzeichnungen zu kaufen, und als ich sie ihm nicht geben wollte, hat er sie mir mit Gewalt abgenommen.

Wenn Sie in letzter Zeit eine Leiche gefunden haben, läßt das vielleicht darauf schließen, daß er eine Identifizierung verhindern will...«

»Bleiben Sie, wo Sie sind«, sagte Gregg energisch. »Wir kommen sofort!«

Der Lieutenant war ein stämmiger Mann mit breitem Gesicht. Er machte einen energischen Eindruck, schien sich aber beim Anblick von Marvins Instrumenten etwas unwohl zu fühlen. Vorsichtig setzte er sich in den Behandlungsstuhl.

»Also, weshalb sind Sie so fest davon überzeugt, daß die Sache mit einem Mord zu tun hat?« fragte er.

»Nun, das passiert doch laufend, oder? Leichen werden zerschmettert oder sind bis zur Unkenntlichkeit verbrannt – doch oft kann man sie anhand der Zähne identifizieren. Jeder Zahnarzt führt Aufzeichnungen – und Zähne sind individueller als Fingerabdrücke. Habe ich nicht recht?«

»Durchaus. Aber nur weil so ein Kerl Ihre Akten klaut...«

»Aus welchem anderen Grunde sollte er mir soviel Geld bieten? Einer meiner Patienten muß ihm zum Opfer gefallen sein; vielleicht fand er bei der Leiche meine Visitenkarte. Solange der Tote nicht zu identifizieren ist, gibt es vielleicht gar keinen Mordfall für Sie. Begreifen Sie, was ich sagen will?« Marvin fuhr sich nervös mit der Zunge über die Lippen. »*Haben* Sie denn kürzlich einen nicht identifizierten Toten gefunden?«

»Ja«, sagte Gregg und rieb sich das Kinn. »Das haben wir allerdings – vor drei Tagen. Draußen an der Landstraße 21, im Unterholz. Einen Mann, zu Asche verbrannt, vielleicht mit Benzin.«

»Dann muß es sich um einen meiner Patienten handeln. Jetzt brauchen Sie nur noch meine sämtlichen Patienten zu überprüfen und festzustellen, wer nicht da ist. Dann haben Sie das Opfer – und müssen nur noch den Mörder verhaften.«

»Mr. Smith?«

»Natürlich!«

Der Polizeibeamte schüttelte den Kopf. »Das wird nicht

so leicht sein. Nachdem er nun die Akten hat, taucht er wahrscheinlich unter. Können Sie den Burschen beschreiben?«

»Und ob – bis zu den Zähnen!« Marvin lächelte triumphierend. »Aber vielleicht kann ich noch mehr für Sie tun. Vielleicht kann ich Ihnen sagen, wo er zu finden ist.«

»Wo denn?«

Das Gesicht des Zahnarztes glühte. »Ich glaube nicht, daß Sie große Mühe mit ihm haben werden. Sie brauchen nur dafür zu sorgen, daß jeder Zahnarzt in der Gegend seine Beschreibung erhält. Dann läuft er Ihnen direkt in die Arme. Und zwar aus folgendem Grund.« Marvin holte Atem. »Als mir erst einmal klar war, daß er nichts Gutes im Schilde führte, bohrte ich seinen kranken Zahn bis auf die Wurzel an. Dann gab ich ihm eine Füllung, von der ich weiß, daß sie nicht länger als zehn oder fünfzehn Minuten halten kann.«

»Autsch«, sagte der Lieutenant zusammenzuckend.

»Ganz recht – autsch«, meinte Marvin lächelnd. »Der Kerl braucht ziemlich schnell Hilfe. Der Zahn wird ihm die schlimmsten Schmerzen bescheren, die er je im Leben gehabt hat. Sie brauchen nur alles vorzubereiten. Okay?«

»Okay«, sagte der Kriminalbeamte grinsend. Als er Marvin die Hand gab, bemerkte dieser die von Karies befallene Stelle an einem Schneidezahn. »Bis bald, Doc«, sagte Gregg.

»Das würde mich nicht wundern«, antwortete Marvin aufgekratzt.

# Die Ratten des
# Dr. Picard

Der Wissenschaftler schien nicht recht zu wissen, wie er beginnen sollte. Er blickte den Polizeilieutenant hilfesuchend an, der seine Bedrängnis spürte.
»Warum fangen Sie nicht mit den Ratten an?« fragte er.
»Ach ja, die Ratten«, sagte Dr. Picard.

»Die Ratten waren natürlich Versuchstiere. Es hätte sich genausogut um Hamster, Mäuse, Meerschweinchen oder Kaninchen handeln können. Für meine Arbeit im Fierstmyer-Institut waren nun mal Ratten am besten geeignet. Also Ratten.
Mal sehen, etwa vor drei oder vier Monaten begann ich sie mit nach Hause zu nehmen, nachdem ich meinen Keller für Forschungszwecke umgebaut hatte. Ich weiß, das hört sich unsinnig an, aber für einen Forscher wie mich ist die Arbeit oft nicht nur Berufung, sondern auch Hobby. Die Ernährungsversuche, die wir im Fierstmyer-Institut durchführten, waren ja ganz interessant, doch ich hatte gewisse andere Theorien über die Nahrungsaufnahme, Theorien, die private Experimente erforderlich machten. Das ist keine Kritik, verstehen Sie. Wir bilden im Institut ein vorzügliches Team; trotzdem fehlt mir etwas die Freiheit, allein herumzumurksen. Ja, das ist wohl etwas altmodisch, aber ich bin nun mal ein altmodischer Mensch.
Jedenfalls begann ich die Ratten für Privatstudien mit nach Hause zu nehmen, jeweils eine oder zwei. Diebstahl kann man das eigentlich nicht nennen, da die Geburtenrate der kleinen Geschöpfe sehr hoch ist, so daß wir im Fierstmyer-Institut immer noch mehr als genug Tiere hatten. Haben Sie noch nie Bleistifte oder Büroklammern aus dem

Büro mit nach Hause genommen? Nein? Oder alte Geschosse oder Revolver? Auch nicht? Na, dann bilden Sie eine Ausnahme.

Die kleinen Ungeheuer im Keller waren eigentlich nicht abstoßend. Es handelte sich vorwiegend um weiße Ratten, auf ihre Art eher niedlich. Die Einwände meiner Frau gingen nicht auf Ekel zurück, sondern auf etwas ganz anderes. Wissen Sie, Violet war eine nervöse Frau und neigte dazu, sich einem Hobby nach dem anderen zuzuwenden – Wohlfahrt oder so. Zufällig begann ich meine Experimente in einer Zeit, da sich Violet für humanistische Bestrebungen interessierte, wie sie es nannte. Darin liegt eine Art Dichotomie. Sie sprach sich aus Gründen, die sie »human« nannte, gegen die Rattenversuche aus, während ich sie aus Gründen studierte, die als gleichermaßen »human« gelten konnten. Es kommt eben auf den Standpunkt an.

Ich will das etwas näher erläutern. Violet war der Meinung, meine Ernährungsversuche verursachten den kleinen Geschöpfen überflüssige Schmerzen. Über die Arbeit im Fierstmyer-Institut hatte sie sich nie aufgeregt, obwohl meine Experimente dort in mancher Hinsicht ähnlich gelagert waren. Der Gedanke, daß kleine Pelzwesen in ihrem Keller leiden mußten, war zuviel für Violet. Andererseits versuchte ich ihr zu erklären, daß die kleinen Tiere lediglich ein Mittel waren, lebenswichtige Tatsachen über die Ernährung und ihre Auswirkungen auf den Organismus zu ermitteln, und daß diese Tatsachen von unschätzbarem Wert für die Gesundheit und das Wohlergehen der ganzen Menschheit sein konnten. Ob denn das nicht »human« sei? Sie verstehen meinen Gedankengang, Lieutenant? Violet sah das leider nicht ein. Manchmal glaube ich, hinter ihrem Handeln steht die Enttäuschung darüber, daß ich den Keller nicht zu einem Spielzimmer umgebaut habe – das war ihr ursprünglicher Plan. Alle anderen Häuser in der Siedlung haben so ein Zimmer. Aber ich bitte Sie, Lieutenant, ein *Spielzimmer!* In unserem Alter?

Nun, je länger die Versuche andauerten und je mehr Ratten ich in den Käfigen im Keller unterbrachte, desto unruhiger wurde Violet. Unsere Ehe war bisher eigentlich ganz friedlich verlaufen – hauptsächlich wegen meiner Geduld oder allenfalls wegen meiner leichten Schwerhörigkeit. Doch wegen der Ratten gerieten wir nun schwer aneinander – ich würde sagen, ungefähr fünfundvierzigmal. Das ist nämlich die Zahl der Tiere, die ich mit nach Hause brachte.

Die Situation hätte sich vielleicht nicht zugespitzt, wäre meine Frau nicht mit Mrs. Springer bekannt gewesen. Die Damen lernten sich bei der Versammlung einer Gruppe kennen, die sich dem Schutz von Kleintieren verschrieben hat. Meines Wissens war und ist Mrs. Springer Vorsitzende dieser Organisation. Sie begann nun auf Violet großen Einfluß auszuüben.

Ich lernte Mrs. Springer kennen, als Violet die Dame eines Tages überraschend zum Abendessen einlud. Ich will ja nicht persönlich werden, doch ich fand Mrs. Springer beängstigend. Sie gehört zu dem Typ Frau, der seine Umgebung einschüchtert, von immensem Körperbau und herrschsüchtiger Art. Bemerkenswert, sie von Kleintieren sprechen zu hören, in liebevollen Worten, die sie mit einer Kleinmädchenstimme äußerte. Sie besaß sechs Hunde und prahlte damit, alle sechs hätten auf ihren beiden Handflächen Platz. Wir unterhielten uns ausführlich über die Tierwelt, doch schließlich kam Mrs. Springer zum eigentlichen Zweck ihres Besuches. Sie setzte sich für die Wünsche meiner Frau ein.

Natürlich überraschte mich diese Entwicklung und brachte mich in eine peinliche Lage. Zuerst versuchte sie es mit einer Art Logik, dann deckte sie mich mit Anschuldigungen ein, die bei schlichter Herzlosigkeit begannen und mir schließlich das Naturell eines Ungeheuers unterstellten. Zuletzt brüllte sie mich förmlich an, nannte mich ein Scheusal, das in seinem Keller süße Ratten quäle, und verlangte, daß ich die Kreaturen sofort freiließe.

Natürlich tat ich nichts dergleichen; ich gab mir auch keine Mühe, sie vom wissenschaftlichen Wert meiner Experimente zu überzeugen. Statt dessen warf ich sie hinaus. Oh, angefaßt habe ich sie nicht! Sehen Sie mich doch an, die Frau war mir durchaus überlegen. Aber ich konnte meinen Zorn nicht länger unterdrücken und wies sie aus dem Haus.

Violet trug mir diesen Zwischenfall sehr nach. Allerdings hatte ich nicht damit gerechnet, daß Mrs. Springers Einfluß sie zu einer solch krassen Tat treiben würde. Vermutlich trug sie sich schon eine Weile mit dem Gedanken; ich bin sogar sicher, daß Mrs. Springer eingeweiht war. Gemeinsam faßten die Frauen den einseitigen Entschluß, daß mit meiner grausamen Arbeit Schluß sein müsse, daß die Ratten ihre Freiheit zurückerhalten sollten.

Ich weiß bis jetzt nicht genau, wie Violet ihr Ziel erreichte. Ich schließe meine Labortür immer gut ab und verstecke den Schlüssel. Leider bin ich wohl ein Opfer meiner Gewohnheiten: die schwache Stelle lag in dem Umstand, daß ich beide Tätigkeiten jeden Abend in gleicher Weise verrichtete. Ich verschloß die Tür und legte den Schlüssel auf den Rahmen darüber. Violet muß mich eines Abends ohne mein Wissen beobachtet haben. Der nächste Schritt war unvermeidlich.

Gestern abend kam ich etwa zwanzig Minuten früher als sonst nach Hause, nicht weil ich einen Verdacht hatte, sondern weil ich an einer Versammlung außerhalb des Instituts teilgenommen hatte, die früher zu Ende ging. Als ich das Haus betrat, sah ich Mrs. Springer im Wohnzimmer sitzen – in einem ähnlichen Schockzustand wie jetzt auch.

Natürlich war ich erstaunt, sie nach dem energischen Rausschmiß wieder in meinem Haus anzutreffen und über ihre bleiche, zitternde Erscheinung. Es dauerte einige Minuten, bis sie mir stammelnd andeuten konnte, was im Keller geschehen war. Ich bekam langsam mit, daß Violet um 17.30 Uhr in den Keller hinuntergegangen war mit der Absicht, meine sämtlichen Versuchstiere freizulassen. Mrs. Springer war oben geblieben und sollte vermutlich nach mir Ausschau halten. Sie sagte, Violet habe den Kellerraum betreten und die Tür hinter sich geschlossen und sie habe in den nächsten drei oder vier Minuten nichts von meiner Frau gehört.

Aber dann waren die schrecklichen Schreie aufgegellt. Diese Laute hatten die arme Mrs. Springer völlig entnervt; nur gut, daß sie nicht gesehen hat, was der Raum enthielt.

»Nun habe ich noch eine letzte Frage«, sagte der Lieutenant.

»Ja?«

»Was für Versuche haben Sie mit den Ratten durchgeführt?«

Dr. Picard blickte zu ihm auf. »Nun ja, ich machte gerade einen Hungertest.«

# Der Handschuhtäter

Eins läßt sich über die Tyrannei sagen: Sie einigt ihre Opfer. In den Büros der Stackpole-Handschuhmanufaktur gab es selten Zwietracht; die Angestellten waren sich in ihrem Widerwillen gegenüber Ralph Stackpole einig, dem Präsidenten und Leitenden Direktor der Firma. Stackpole seinerseits wußte das, und es war ihm völlig egal. In seinem fünfzigjährigen Leben und in seinen dreißig Jahren in der Handschuhbranche hatte er sich eine goldene Regel zu eigen gemacht: Tu anderen an, was sie dir antun, aber *ehe* sie dazu kommen.

Der Tag, an dem Stackpole in seiner Firma einen Dieb entdeckte, begann durchaus erfreulich. Er hatte die sechs Querstraßen von seiner Wohnung zur Firma zu Fuß zurückgelegt, und der Januarfrost hatte seine runzligen Wangen mit einem beinahe freundlichen Schimmer überzogen. Beim Frühstück hatte er seine Frau nett behandelt und seine Sekretärin, die ihm die Post brachte, mit Höflichkeit. Blackburn, der Bürochef, dessen nervöse Art ihm eine stetige Quelle des Ärgers war, wurde sogar mit einem kleinen Lächeln begrüßt, als er das Heiligtum des Präsidenten betrat. Dieses Lächeln sollte aber nicht von Dauer sein.

»Ich verstehe das nicht, Mr. Stackpole«, meldete Blackburn. »Die bestellten 205-Modelle. Die Fabrik hat ein Dutzend Muster geschickt, wir haben aber nur noch elf...«

»Na, was soll ich dazu sagen?«

»Aber es geht nicht nur um die 205er, Mr. Stackpole. In letzter Zeit hat es öfter unerklärliche Bestandsdifferenzen gegeben. Es ist fast« – er zögerte einen Sekundenbruchteil lang und zuckte nervös mit den Lidern –, »als hätte da jemand lange Finger gemacht.«

Stackpole schnappte nach Luft. »Soll das heißen, ich werde bestohlen? In meiner Firma?«

»Nun, so wie die Handschuhe hier herumliegen, könnte jeder eine Schachtel im Mantel oder in der Aktentasche verschwinden lassen...«

Der Präsident stand auf, sein Zorn war eines Jupiters würdig. »Niemand nimmt mir etwas, hören Sie, Blackburn? Niemand! Finden Sie den Unhold, und zwar heute noch!«

»Ich?« fragte Blackburn zitternd. »Aber wie denn? Ich wüßte gar nicht, wie ich das anstellen soll!«

»Wissen Sie, wie viele Paare fehlen?«

»Nun, ich würde schätzen, sechs oder sieben.«

»Ja, und vielleicht sogar ein Dutzend. Oder zwei Dutzend! Wer weiß, was der Bursche noch geklaut hat! Briefpapier? Büroklammern? Meine Zigarren!« Er ließ den Deckel des Zigarrenbehälters aufschnellen. »Jeder kann hier rein und meine Zigarren klauen!«

»Natürlich könnte ich eine Aktennotiz verfassen...«

Stackpole schnaubte angewidert. »Raus mit Ihnen!« sagte er. »Keine Aktennotizen. Ich kümmere mich selbst um die Sache.«

Stackpole wählte eine ausgesprochen direkte Methode. Er zog einen Privatdetektiv namens Semple zu Rate und überließ ihm das Problem. Semple, ein untersetzter kleiner Mann, der an die Probleme streßgeplagter Manager gewöhnt war, hörte aufmerksam zu und fragte schließlich: »Wie ernst ist die Lage denn wirklich, Mr. Stackpole? Soweit ich mitbekommen habe, geht es um einen Warenwert von nicht mehr als fünfzehn Dollar. Kommt das etwa hin?«

»Es geht ums Prinzip«, sagte Stackpole gemessen. »Mir nimmt niemand etwas, Semple! Und schon gar kein Angestellter!«

»Haben Sie eine Vorstellung, wer der Schuldige sein könnte?«

»Jeder kommt in Frage!« knurrte Stackpole. »Die Leute haben alle etwas Verschlagenes. Vielleicht meine eigene Sekretärin. Oder eine Mitarbeiterin im Postausgang. Oder vielleicht dieser Nichtsnutz Fred Cotter.«

»Wer?«

»Cotter! Mein Designer. Junger Mann. Junggeselle mit

vielen Freundinnen. Vielleicht tragen die jetzt alle meine Handschuhe. Cotter hat mir nie gefallen.«

»Warum haben Sie ihn dann nicht hinausgeworfen?«

»Er versteht sein Handwerk«, antwortete Stackpole widerwillig. »Wenn er dranbleibt, ist er der Beste in der Branche, aber die Hälfte der Zeit ist er gar nicht im Büro. Er behauptet, er wäre im ›Studio‹, aber das weiß ich besser. Würde mich nicht überraschen, wenn er der Dieb wäre.«

»Na, ich würde da nicht zu voreilig urteilen«, sagte Semple mäßigend. »In dieser Situation baut man am besten eine Falle auf.«

»Eine Falle? Was für eine Falle?«

»Ich habe diese Methode in einigen der größten Firmen des Landes angewendet, und zwar mit großem Erfolg. Man könnte sagen, die Langfinger treten damit deutlich zutage!« Er lachte leise und warf einen sehnsüchtigen Blick auf Stackpoles Zigarre.

»Was ist zu tun?«

»Ganz einfach. Zu einem Zeitpunkt Ihrer Wahl verschaffe ich Ihnen ein feines schimmerndes Puder, das bestimmte Hafteigenschaften aufweist. Wir bestäuben damit mehrere Handschuhkästen und verteilen sie strategisch im Büro, an Orten, wo die Versuchung besonders groß ist. Sobald wir dann wissen, daß der Dieb wieder zugeschlagen hat, führen wir zielstrebig unsere Ermittlungen durch.«

»Ermittlungen?«

»Ja. Wissen Sie, das Leuchtpulver befindet sich dann an den Händen des Täters, ist aber nur im Dunkeln sichtbar. Mit normaler Seife läßt es sich nicht abwaschen. Auf diese Weise wird er unweigerlich entlarvt, als hätte er eine Tätowierung.«

»Kapiert!« sagte Stackpole kichernd. »Ich brauche also die Leute nur in ein abgedunkeltes Zimmer zu bringen und nach leuchtenden Händen zu suchen.« Er lehnte sich in seinem Drehstuhl zurück, und seine Augen hatten ebenfalls zu leuchten begonnen. »Eine tolle Idee, Semple. Wann kann es losgehen?«

»Ich könnte heute abend alles vorbereiten.«

»Moment«, Stackpole riß den Hörer von der Gabel und

rief seinen Bürochef an. »Blackburn? Ist damit zu rechnen, daß morgen jemand fehlt?«

»Nein, Sir!«

»Ganz sicher nicht? Fred Cotter wird hier sein?«

»Ja, Sir, soweit ich weiß, sind morgen alle hier.«

»Schön«, sagte Stackpole und legte auf. Dann grinste er den Detektiv an. »Zigarre?« fragte er.

Als die Büroräume am Abend verlassen dalagen, bauten Stackpole und sein Privatdetektiv die große Falle auf. Der Präsident der Firma kicherte entzückt, während Semple die Handschuhkästen mit dem weißen Pulver bestäubte, und wunderte sich, daß das Mittel kaum zu sehen war. Er bestand darauf, das Pulver auch auf seinen Zigarrenbehälter zu streuen; weiter wollte Semple aber nicht gehen. Zu Hause beschrieb Stackpole die Vorbereitungen seiner Frau; sie hatte ihn noch nie so überschäumend begeistert erlebt.

Am nächsten Tag blieb Stackpole in seinem Privatbüro; die Türen öffneten sich nur zur Mittagszeit. Von Zeit zu Zeit erkundigte er sich bei Blackburn, ob auch das gesamte Personal anwesend war. Bis auf eine Sekretärin, die von außerhalb etwas besorgen mußte, einen Lagerarbeiter, der mit einem entzündeten Zahn zum Arzt mußte, und einen »Studio«-Besuch Fred Cotters, der zwei Stunden dauerte, gab es keine Ausfälle.

Es wurde vier Uhr nachmittags. In Stackpole wuchs die Sorge, daß sein Plan ins Wasser fallen könnte, daß sich der Dieb ausgerechnet an diesem Tage ehrlich gab. Der Firmenchef war viel zu ungeduldig, um sich auf eine lange Laueraktion einzulassen: er wollte sein Opfer *sofort*. Eine Viertelstunde später sah es so aus, als käme der Erfolg doch noch.

Blackburn rief an.

»Mr. Stackpole?« fragte er gedämpft. »Ich habe eben die Probestapel bei der Buchhaltung noch einmal durchgezählt. Eine Schachtel fehlt.«

»Sind Sie sicher?« fragte Stackpole und riß sich die Zigarre aus dem Mund. »Haben Sie sorgfältig gezählt?«

»Mehrmals. Vorher waren es vierundzwanzig Schachteln, jetzt nur noch dreiundzwanzig.«

Stackpole hieb mit der Hand auf den Tisch. »Sind alle da?«

»Jawohl, Sir. Mr. Cotter ist vor etwa einer halben Stunde zurückgekehrt, es sind alle im Büro.«

»Pünktlich zehn vor fünf sollen sich die Leute im großen Konferenzzimmer versammeln, ohne Ausnahme!«

»Jawohl, Sir!«

Stackpole konnte kaum noch an sich halten; kein noch so gewinnträchtiger Geschäftsabschluß hatte ihn je so erregt. Inzwischen hatte er Semples Anteil an dem Plan vergessen und bildete sich allen Ernstes ein, er sei selbst darauf gekommen.

Zehn Minuten vor fünf fanden sich die Angestellten im fensterlosen Konferenzzimmer ein; sie zogen mürrische Gesichter. Eine Betriebsversammlung dieser Art bedeutete normalerweise eine Zorntirade, einen lahmen Weihnachtsspruch gegen Ende des Jahres oder einen negativen Bericht über die Gewinnentwicklung. Einige Mädchen aus dem Schreibzimmer kicherten, und Fred Cotter, der hemdsärmelig auftrat, hatte ein schiefes Grinsen aufgesetzt.

Stackpole begab sich an die Stirnseite des Konferenztisches.

»Ich erbitte Ihre Aufmerksamkeit«, sagte er sachlich und ließ damit das letzte Scharren und Hüsteln verstummen. »Ich habe Sie heute wegen eines kleinen Experiments zusammengerufen. Sie alle bleiben bitte stehen, wo Sie sind, und strecken die Hände aus.« Er machte es vor – die Handflächen nach oben, die Finger gestreckt.

Verwirrtes Stimmengemurmel klang auf, die Anwesenden zögerten.

»Na, worauf warten Sie noch?«

Die Hände wurden vorgestreckt.

»Bitte das Licht aus, Mr. Blackburn«, sagte Stackpole.

Blackburn ging zum Lichtschalter und bewegte ihn. Es wurde dunkel im Zimmer, und in das überraschte Schweigen hallte ein nervöses Kichern.

»Mr. Stackpole?«

Blackburns Stimme. Stackpole blickte in seine Richtung, und das Triumphgefühl, das in ihm aufstieg, sprengte beinahe sein Hemd. Denn am Ende des Raums schwebten zwei grellschimmernde Hände.

»Licht an! Licht an!« rief Stackpole, drängte sich durch die Menge und packte den Arm des Übeltäters.

Fred Cotter starrte ihn blinzelnd an. »Was ist denn los? Was habe ich getan?«

»Sie waren es also wirklich!« sagte Stackpole begeistert. »Ich wußte es doch! Ich wußte es! Sie haben sich wohl gedacht, Sie kämen damit durch – Sie dachten, Sie könnten mich hereinlegen...«

»Wovon reden Sie eigentlich?«

»Mr. Cotter, würden Sie mir bitte den Inhalt Ihrer Aktentasche zeigen?«

»Wie bitte?«

»Nein, so dumm sind Sie sicher nicht. Wahrscheinlich haben Sie die Handschuhe längst weitergegeben, habe ich recht? Bei einem Ihrer ›Studio‹-Besuche!« Stackpole fuhr zu seinem Bürovorsteher herum. »Blackburn, stellen Sie Mr. Cotter seinen Gehaltsscheck aus. Er ist fristlos entlassen.«

»Sie setzen mich auf die Straße?« Cotter blickte seine Kollegen flehend an, die es aber nicht wagten, Mitgefühl zu zeigen. »Das begreife ich nicht!«

»Sie haben mich bestohlen! Sie haben die Firma bestohlen! Leugnen Sie es nicht!«

Cotters Gesicht rötete sich. »Na schön, ab und zu hab ich ein Paar genommen. Ich habe darin nichts Falsches gesehen...«

»Das scheint mir auch so. Nun, dann lassen Sie sich sagen, daß mich niemand ungestraft bestiehlt, Mr. Cotter. Nur schade, daß Ihnen das nicht klar war. Sie können Ihren Schreibtisch sofort räumen; ich will Sie morgen nicht mehr hier sehen.«

Stackpole machte kehrt und starrte die übrigen aufgebracht an. Dann entspannte sich sein Gesicht.

»Gute Nacht, allerseits«, sagte er.

Stackpole verbrachte den Rest des Abends in seinem Büro und holte die Arbeit nach, die er im Laufe des Tages versäumt hatte. Da es für das Abendessen zu Haus zu spät geworden war, aß er allein in seinem Klub. Als er schließlich in die Wohnung zurückkehrte, war es bereits nach elf Uhr, und seine Frau ging gerade zu Bett.

»Du hast aber lange gearbeitet«, sagte sie und streifte sich das Nachthemdchen über. »Wie ist dein Experiment gelaufen?«

»Bestens«, antwortete Stackpole lachend. »Und weißt du, wer der Dieb war? Dieser Nichtsnutz Fred Cotter!«

»Cotter? Dein Designer?«

»Genau; du hast ihn letzten Monat bei der Weihnachtsfeier kennengelernt. Der ewige Grinser. Aber heute abend habe ich sein Lächeln ausgelöscht. Ich habe ihm gezeigt, daß mir niemand etwas wegnimmt!«

Zufrieden ächzend kroch er ins Bett und schaltete die Nachttischlampe aus. Als er sich herumrollte, sah er auf dem nackten Rücken seiner Frau den schimmernden Handabdruck.

# Willkommen in
# unserer Bank

*Sternlein, Sternlein am Himmelszelt, ich wünsche mir das Schönste auf der Welt, gib, daß die First Central Bank ausgeraubt wird!* dachte George Picken und betrachtete den hellen Lichtpunkt, der über Southwick Corners durch die Wolken schimmerte. Es war ein Kinderreim, den er seit Jahren aufsagte, etwa seit dem Tag vor sechs Jahren, da er als stellvertretender Kassierer bei der Bank anfing. Inzwischen war er ein voll ausgebildeter Kassierer mit einem eigenen Messing-Namensschild und einer eigenen Kassenbox. Früher hatte er geglaubt, damit seien alle Wünsche seines Lebens erfüllt, doch er sollte schnell merken, daß das nicht stimmte. Arbeit oder Titel waren gar nicht so wichtig. Viel mehr zählte das Geld, das da frisch und grün und vielversprechend knisternd durch seine Hände wanderte und wenig gemein hatte mit der bescheidenen Zuwendung, die er jede zweite Woche von der First Central erhielt. Manchmal waren seinen geschickten Fingern bis zu *fünfzigtausend Dollar* anvertraut, fünfzigtausend grünschimmernde Eintrittskarten zu den Freuden und Annehmlichkeiten der weiten, strahlenden Welt außerhalb von Southwick Corners.

George war ein Bothwick-Schüler, was bedeutete, daß er das Geld nicht selbst stehlen konnte. Bothwick-Schüler, die Abgänger dieser beliebten und gepriesenen Schule, bekamen eingetrichtert, daß Diebstahl Unrecht war. Noch nie war ein Bothwick-Schüler wegen Diebstahls verhaftet worden. Die drei, die man – in dieser Reihenfolge – auf dem elektrischen Stuhl hingerichtet, gehenkt und zu lebenslangem Zuchthaus verurteilt hatte, zählten in dieser Statistik nicht. *Stehlen* tat kein Bothwick-Schüler. Abgesehen davon gab es drei Menschen auf der Welt, die George nicht enttäuschen durfte. Der erste war Mr. Burrows, der Bankpräsident, der ihm den Job verschafft hatte (und selbst Bothwick-Schüler war). Der zweite war Tante Finney, die George mit Ehrlichkeit, brauner Seife und weichgekochtem Essen großgezogen hatte. Die dritte Person war Jennifer, die George vermutlich heiraten würde, wenn er endlich ein Datum festsetzte.

Nein, George Picken wußte, er würde es nie fertigbringen, die dicken Geldbündel, die ihm anvertraut waren, einfach zu nehmen. Aus diesem Dilemma führte eigentlich nur ein Ausweg. Die First Central mußte überfallen werden. Er dachte ständig daran, besonders wenn er die Morgenzeitung aufschlug und Berichte über Banküberfälle in allen Teilen des Landes darin fand. Bankraub wurde ja förmlich zum nationalen Zeitvertreib, zu einer Art Volkssport, einem neuen Beruf! Heutzutage raubte jedermann Banken aus! Nicht nur Berufsverbrecher mit Waffen, Gasmasken und Fluchtwagen kamen zum Abheben. Kleine Omas schoben den Kassierern Drohbriefe hin, pubertäre Jünglinge entkamen mit vielen tausend Dollar Beute, krasse Amateure leerten Kassenboxen von Maine bis Kalifornien. In Amerika gab es kaum eine Bank, die nicht schon überfallen worden war, überlegte George mürrisch. Rühmliche Ausnahme war natürlich die First Central Bank von Southwick Corners. Was stimmte mit dieser Bank nicht? Hatte sie eine Art monetären Ausschlag? Ließen sich angehende Übeltäter von den bloßen vier Millionen Dollar Aktiva der Bank abschrecken? Oder hatten sie Angst vor Mr. Ackerman, dem uralten Wächter, der in seinen zweiundzwanzig Dienstjahren seine Waffenhalfter kein einziges Mal hatte aufknöpfen müssen? Oder hatte er einfach Pech?

Niedergeschlagen kam George Picken täglich von der Arbeit nach Hause und stellte sich dabei immer wieder diese Fragen. Warum, warum, *warum*? Wo doch Banküberfälle spürbar zunahmen – warum konnte *er* nicht mal an die Reihe kommen?

Natürlich hatte Georges Wahn Methode. Eine Methode, die ihm schon vor langer Zeit eingefallen war. Der Plan war schlicht und ging etwa so:

Wenn Bankräuber A Bankkassierer B überfällt...

Und wenn Bankkassierer B Bankräuber A einen bestimmten Geldbetrag übergibt...

Wer weiß dann genau, *wieviel* Geld Bankräuber A von Bankkassierer B erhalten hat?

Was hindert Bankkassierer B daran, das gesamte verbliebene Geld einzustecken und zu behaupten, es sei ebenfalls von Bankräuber A mitgenommen worden?

Es war eine einfache arithmetische Aufgabe, und jedesmal wenn George Picken den Plan überdachte, hatte er weniger daran auszusetzen.

Der Plan hatte nur einen Haken.

Wo blieb Bankräuber A?


Eines Morgens erwachte George Picken mit einer seltsamen Vorahnung. Als sie ihn beim Frühstückstisch erblickte, wußte Tante Finney sofort, daß ihn etwas beunruhigte.

»Bist du krank, George?«

»Nein, Tante Finney. Warum fragst du?«

»Du siehst krank aus. Muß an dem Essen liegen, das du in der Stadt bekommst. Vielleicht ist es besser, wenn du künftig mittags nach Hause kommst. Eine richtig gekochte Mahlzeit am Tag wird dir guttun.«

»Mir fehlt nichts«, sagte George Picken.

Auf dem Weg zur Arbeit traf er Jennifer und verspürte plötzlich den Drang, ihr etwas zu sagen.

»Jennifer...«

»Ja, George?«

»Jennifer, wegen der – Sache, über die wir neulich gesprochen haben. Du weißt schon, in der Hollywoodschaukel.«

Sie errötete. »Ja, George?«

»Ich wollte dir nur sagen, es dauert jetzt nicht mehr lange. Ich hab's in den Knochen.«

Als er die Bank betrat und auf seine Kasse zuging, begrüßte ihn Mr. Burrows, der Präsident, mit dem üblichen Nicken.

»Guten Morgen, Mr. Burrows«, sagte George fröhlich. »Ein *herrlicher* Tag, nicht wahr?«

Mr. Burrows blinzelte ihm erstaunt nach, brummte etwas und ging in sein Büro.

Um zwei Uhr ging die Tür auf, und Bankräuber A erschien.

An seiner Identität bestand kein Zweifel. Zum einen *schlich* er in den Kassenraum. Die Kundschaft der First Central schlenderte oder latschte herein. Schleichen war hier noch nicht beobachtet worden. Eindeutiger war der Umstand, daß der Mann sich vor den unteren Teil des Gesichts ein weißes Taschentuch gebunden hatte. In Southwick Corners trug man so etwas höchstens zum Halloween.

»Herhören«, sagte der Mann heiser. »Dies ist ein Überfall!«

Die Worte zerstreuten nun wirklich den letzten Zweifel an seinen Absichten – unterstrichen durch den häßlichen schwarzen Revolver, den er aus der rechten Tasche zog. Mr. Ackerman, der Wächter, stieß einen leisen spitzen Schrei aus. »Sie«, sagte der Bankräuber zu ihm. »Auf den Boden legen!« Zufrieden seufzend wälzte sich Mr. Ackerman hin, wie ein altersschwacher Dobermann. Mr. Burrows kam aus seinem Büro, knurrte beim Anblick des Banditen und machte Anstalten umzukehren. Der Bankräuber forderte ihn höflich auf zurückzukommen. Mr. Burrows brummte unwillig, kam der Aufforderung aber nach.

Dann näherte sich der Maskierte George Pickens Schalter.

George seufzte erleichtert auf. Es gab zwei Kassen, seine und die von Miss Dykes, und die Chancen, ins Geschäft zu kommen, standen fünfzig zu fünfzig. Zum Glück verfiel der Bankräuber auf ihn.

»Los!« forderte der Mann. »Raus damit!«

»Jawohl, Sir«, sagte George energisch. »Wie darf's gestückelt sein?«

George griff in seine Kassenbox und nahm die Scheine aus den oberen Fächern. Die Gesamtsumme betrug fast sechstausend Dollar. Darunter befand sich eine zweite Schicht von Geldbündeln, ebenfalls etliche tausend. Er reichte die Pakete hinaus, und der Bankräuber griff gierig danach. Er steckte sie in die Tasche, fuhr herum und eilte zum Ausgang. Während alle Anwesenden die Flucht von Bankräuber A beobachteten, nahm Bankkassierer B in aller Ruhe den Deckel von seiner Kassenbox und ließ unauffällig die größten Scheine in seiner Hosentasche verschwinden.

Die Tür schwang zu, und der Bankräuber war fort.

Beehren Sie uns bald wieder, dachte George.

Dann fiel er in Ohnmacht.

Als er wieder zu sich kam, überfiel ihn die Sorge, daß man ihn womöglich durchsucht hatte. Er legte die Hände auf die Hosentaschen und spürte die dicken Geldscheinbündel. Dann lächelte er in die besorgten Gesichter, die sich über ihn beugten.

»Alles in Ordnung«, sagte er mutig. »Ich habe nichts.«

»War das nicht schrecklich?« fragte Miss Dykes, die zweite Kassiererin, mit vor Erregung funkelnden Augen. »Haben Sie schon mal so etwas Freches erlebt?«

»Nein«, sagte George. »Mr. Burrows...«

»Mr. Burrows ruft gerade bei der Polizei an«, sagte Mr. Bell, der Chefrevisor. »George, sollen wir bestimmt keinen Arzt holen?«

»Nein, nein, mir fehlt nichts. Wenn ich nur schnell nach Hause gehen könnte...«

»Das sollten Sie tun«, sagte Miss Dykes. »Sie sollten nach Hause gehen, Mr. Picken. Was für ein schreckliches Erlebnis!«

»Ja«, sagte George. »Wirklich schrecklich!«

Wenige Minuten später stand er auf der Straße. Das Geld zählte er erst, als er die Tür seines Zimmers fest hinter sich verschlossen hatte. Siebentausendfünfhundert Dollar. Er war sehr zufrieden.

Am nächsten Morgen erwachte er spät, meinte er doch, ein Recht darauf zu haben. Als er schließlich nach unten kam, teilte ihm Tante Finney mit, daß jemand von der Bank angerufen und sich nach seinem Befinden erkundigt habe. Sie habe geantwortet, es gehe ihm gut, er brauche aber noch Ruhe und würde heute wahrscheinlich nicht zur Arbeit kommen.

»O nein«, sagte er entschlossen, wollte er doch weiterhin als fleißiger und loyaler Angestellter gelten. »Das kann ich nicht machen, Tante Finney. Es gibt zu tun.«

»Ach was«, sagte seine Tante. »Deine Gesundheit ist wichtiger. Außerdem bleiben die Schalter heute sowieso geschlossen. Ich glaube, es findet heute eine außerordentliche Kassenrevision statt oder so.«

»Um so wichtiger ist es, daß ich hingehe«, sagte George, wie es sich für einen Bothwick-Schüler gehörte.

Er zog sich an und fuhr in die Stadt. Am Ziel angekommen, sah er, daß seine Tante recht hatte: die Bank blieb offensichtlich geschlossen, obwohl sämtliche Angestellten anwesend waren. Am erstaunlichsten war jedoch der Umstand, daß das Personal außerordentlich guter Laune zu sein schien. Miss Dykes lächelte fröhlich hinter ihrem Gitter, Mr. Bell, der an seiner Additionsmaschine beschäftigt war, blinzelte ihm verschmitzt zu. Der alte Mr. Ackerman rollte federnd von den Zehenspitzen auf die Absätze, hatte die Hände auf dem Rücken verschränkt und wirkte so gelassen wie eh und je. Und als man ihn aufforderte, in Mr. Burrows Büro zu kommen, sah er sich dort einem eigenartig aufgebrachten Bankpräsidenten gegenüber.

»Sie wollten mich sprechen, Mr. Burrows?«

»Gewiß. Kommen Sie rein, George!«

Mr. Burrows' Zähne waren wohlgeraten und makellos. George hatte sie noch nie gesehen.

»Ich möchte Sie jemandem vorstellen, George. Einem alten Freund von Ihnen.« Mr. Burrows lachte leise.

Jetzt erst sah George den Mann im Sessel. Er erkannte ihn sofort als Mr. Carruthers, den Ex-Präsidenten der First Central Bank und derzeitigen Vorsitzenden des Aufsichtsrats, ein Titel, der die Härte der Pensionierung etwas abmildern sollte. Mr. Carruthers, ein drahtiger, energischer Gentleman um die Siebzig, lächelte geheimnisvoll und nickte zur Begrüßung.

»Guten Morgen, George. Sehr bedauerlich, der Ärger gestern mittag. Geht es Ihnen wieder besser?«

»O ja, Sir, Mr. Carruthers. Mir geht es wieder gut.«

»Das höre ich gern.« Er lachte fröhlich. »Das war ein Abenteuer, wie? Ein Abenteuer, das uns klarmacht, nicht wahr, wie leicht unsere kleine Bank überfallen werden kann. Wir waren alle ziemlich selbstgefällig, meinen Sie nicht auch?«

»Sir?«

Mr. Burrows ließ ein trockenes Lachen hören. »Lassen Sie sich von ihm nicht länger auf den Arm nehmen, er hat für die nächste Zeit genug angerichtet. Sagst du es ihm, Dan, oder soll ich?«

»Ich finde, das wäre eher meine Pflicht.« Mr. Carruthers kratzte sich am Kinn. »George, tut mir leid, daß ich Ihnen so mitspielen mußte, aber ich hielt es für eine gute Idee, angesichts der Tatsache, daß heutzutage die Banken reihenweise ausgeraubt werden. Ich wollte beweisen, daß auch unsere Bank dagegen nicht gefeit ist. Ich gelte zwar als pensioniert, aber das bedeutet nicht, daß mein Verstand eingerostet ist. Deshalb habe ich gestern meine kleine Schau abgezogen; künftig sollen alle die Augen offenhalten. Es mag zwar ziemlich kindisch aussehen, trotzdem glaube ich, daß wir daraus gelernt haben, meinen Sie nicht auch?«

George schüttelte automatisch den Kopf.

»Ich verstehe kein Wort«, sagte er. »Was für eine Schau? Was meinen Sie?«

Der alte Mann lachte, zog ein weißes Taschentuch aus der Hosentasche, hielt es sich vor den Mund und sagte: »Los, her damit!«

Mr. Burrows lachte schmetternd los, doch George vermochte es ihm nicht nachzumachen.

»Und das Geld?« fragte er gepreßt.

»Ach, darüber machen Sie sich keine Sorgen«, sagte Mr. Carruthers. »Ich hab's in Ihre Kassenbox zurückgetan, George, die ganzen sechstausend. Wir schließen gerade die Kassenprüfung ab.« Er stand auf und schlug George auf die Schulter. »Sie sind ein braver Bursche, George, ein braver Bursche. Bothwick-Schüler, nicht wahr?«

»Jawohl, Sir«, sagte George Picken resigniert.

Hinter den Männern ging die Tür auf, und Mr. Bell, der Chefrevisor, schob den schmalen Kopf ins Zimmer. »Mr. Burrows«, sagte er ernst, »könnte ich Sie mal einen Augenblick sprechen?«

# Der letzte Drink

»Langsam einschenken«, sagte Del Harmon, legte die Daumen zusammen und rahmte damit das Bild des Barmannes und der Flasche ein. »Ich möchte Sie so in Erinnerung behalten.« Er kicherte albern, und die Ellenbogen, die ihn stützten, rutschten auf der feuchten Fläche der Bar zur Seite. Rudy, der Barmixer, reagierte nur mit einem Grinsen, doch Bob Pitter von der Agentur, der mit ernstem Blick neben Del saß, wurde nervös. Er packte den anderen am Arm und sagte: »He, jetzt reicht's aber. Laß den Drink doch sausen!«

»Du verstehst gar nichts«, sagte Del und betonte jede Silbe. »Das hier ist nicht *irgendein* Drink, mein lieber Bobby; es ist der letzte Drink einer langen, langen Reihe. Hab ich nicht recht, Rudy?«

»Jawohl, Sir, Mr. Harmon«, antwortete der Barmixer und blinzelte Pitter zu. »Eine lange Reihe Drinks, das ist richtig. Aber der letzte?«

»Der letzte«, sagte Del durchdringend. »Der absolut letzte, mein guter Freund.« Er setzte das kleine Glas an die Lippen, warf den Kopf zurück und ließ die braune Flüssigkeit in seinem Hals verschwinden. Er schloß die Augen, als genösse er die Reise des Alkohols in sein Inneres, und wirkte im nächsten Augenblick so nüchtern wie noch nie an diesem Abend. »Der letzte Drink«, wiederholte er. »Du müßtest dich eigentlich darüber freuen. Vielleicht kriege ich deine Filmchen nun doch noch fertig, vielleicht brauchst du meine Aufträge gar nicht zu streichen.«

»Wer, ich? *Du* hast doch Schluß gemacht, Del! Du könntest haufenweise Werbefilme für mich drehen, wenn du nur wolltest.«

»Alles wird anders«, sagte Del ernst und rückte seine gestreifte Krawatte zurecht. »Ich sage dir, ich werde mich ändern. Keine Sauftouren mehr, keine Frauen mehr, alles ganz tugendhaft. Nüchtern, fleißig, was du willst – ich stehe an vorderster Front.« Er setzte ein jungenhaftes Grinsen auf, das sein langes, flaches Gesicht plötzlich attraktiv wirken ließ. »Und jetzt fahre ich nach Hause«, verkündete er. »Nach Hause zu Alma.«

»Alma?« Bob Pitter zuckte zusammen. »Hast du Alma gesagt? Ich dachte, es wäre zwischen euch beiden aus.«

»*War*«, berichtigte Del. »Wir sind wieder zusammen, alter Freund, vereint unter dem Banner der Ehe.« Seine Stimme verlor den spöttischen Ton. »Ich habe mich letztes Wochenende lange mit ihr unterhalten, wir haben uns gründlich ausgesprochen, Bob. Sie hat mir vor Augen geführt, was für ein Schweinehund ich gewesen bin; obwohl mir das eigentlich niemand zu sagen brauchte. Jedenfalls habe ich ihr ein Versprechen gegeben, das ich halten werde. Und damit fängt es an.« Mit dem Daumen wies er auf die Flaschen, die hinter der Bar schimmerten, und griff nach der Brieftasche.

»Laß mich bezahlen«, sagte Bob.

»O nein. Das muß ganz offiziell vor sich gehen. Ich muß dafür bezahlen, begreifst du?« Und er beglich die Rechnung – für den letzten wie für alle vorausgegangenen Drinks. Zuletzt legte er einen Fünfdollarschein auf den Stapel. »Das ist für Sie, Rudy«, sagte er. »Als Ausgleich dafür, daß Sie nun einen Kunden verlieren.«

»O ja«, sagte Rudy nickend. »Vielen Dank, Mr. Harmon.«

Auf der Straße stolperte Del und wäre fast gestürzt. Pitter hielt ihn gerade noch fest und sagte: »Ob das nun der letzte Drink war oder nicht, du bist auf jeden Fall sternhagelvoll. Willst du in diesem Zustand wirklich zu Alma?«

»Das schaffe ich schon«, sagte Del und lachte. »Wenn ich zu Hause ankomme, bin ich bestimmt stocknüchtern. So eine Zugfahrt wirkt Wunder.«

»Soll ich dich zum Bahnhof bringen?«

»Nein, geh nur nach Hause, Bob, du glücklicher Stadtmensch. Ich wette, vor deiner Tür sitzt schon eine hübsche Blonde.«

Pitter lachte. »Das Glück möchte ich mal haben! Aber wenn du wirklich Schluß machst, kannst du mir ja deine Abgelegten überlassen...«

»Von mir aus, Kumpel, kannst sie alle haben! Ich will nur noch Alma, meine süße kleine Alma...«

»Mann, du bist ja wirklich total umgekrempelt!«

»Ich bin verliebt«, antwortete Del und blickte ihn ernst an. »Ich liebe meine Frau. Ehrlich, ich liebe sie.« Tränen standen in seinen Augen, und Bob Pitter wandte verlegen den Blick ab. Dann schlug er seinem Freund auf die Schulter und fuhr nach Hause.

Del hatte sich geirrt. Die Zugfahrt ernüchterte ihn keineswegs, sondern ließ ihn in einen unruhigen, wenig erfrischenden Schlaf sinken. Als ihn der Schaffner kurz vor North White Plains wachschüttelte, reagierte er völlig verschlafen. Der Tritt des Zuges kam ihm zweimal so hoch vor wie üblich; nur dem Schutzengel aller Betrunkenen war es zu verdanken, daß er sich nicht das Bein brach oder das Fußgelenk verstauchte.

Auf dem Parkplatz belebte ihn die kühle Nachtbrise. Doch als er schließlich den Wagen fand, den niedrigen Zweisitzer, den er liebevoll T-Bird nannte, gelang es ihm nicht, Schloß und Schlüssel zusammenzubringen. Er verwünschte seine unsichere Hand, verwünschte Henry Ford und die sechs Meilen, die ihn noch von zu Hause trennten. Von zu Hause und Alma. Der Gedanke an seine Frau ernüchterte ihn.

»Alma«, sagte er laut, startete den Wagen und fuhr auf die Schnellstraße. Ehrfürchtig wiederholte er den Namen. Ihm war ehrfürchtig zumute. Nach zweijähriger Ehe hatte er plötzlich den wirklichen Sinn, die wahre Freude des Zusammenseins mit seiner Frau entdeckt. Als der Kummer begann, hatte er gemeint, es läge an seinem hektischen Beruf, an der Herstellung von Werbefilmen für das Fernsehen: der ständige Druck, der aufreibende Konflikt zwischen Werbeagenturen und Klienten, der von beiden Seiten über ihn hereinbrach. Es war der Beruf, der das Trinken zur Notwendigkeit erhob, der Überstunden unvermeidlich machte, der ihn unweigerlich mit anderen Frauen zusammenführte. Inzwischen wußte er, daß die Schuld bei ihm lag, daß er sich gegen den Gedanken einer Ehe gewehrt hatte. Diesen Kampf hatte er inzwischen überwunden. Er brauchte Alma. Er liebte Alma.

»Alma, ich liebe dich!« sagte er in die Nacht, und sentimentale Tränen ließen die Straße vor dem Wagen verschwimmen.

Die Umgebung war immer noch undeutlich, als er auf die ungepflasterte Straße abbog, die seinen Heimweg um eine halbe Meile verkürzte. Er wollte möglichst schnell nach Hause; er hatte Alma versprochen, um acht Uhr da zu sein.

Er hatte noch immer Tränen in den Augen, als der grünweiße Blitz über die Straße zuckte. Einen Sekundenbruchteil lang ließen die Scheinwerfer des T-Bird das Phantom deutlich hervortreten, das wirbelnde weiße Kleid und den grünen Pullover der Frau, die neben dem defekten Auto stand. Erst später machte er sich klar, wie dicht am Straßenrand er gefahren war und daß er einen Ruck verspürt und ein dumpfes Geräusch gehört hatte – die Folgen eines Zusammenstoßes. Aber das war später. Zunächst raste er mit aufheulendem Motor von der Stelle fort, auf der Flucht vor einem Ereignis, das zu schrecklich war, als daß er sich damit befassen konnte.

Nach einer Weile wurden seine Gedanken wieder klar, und er verlangsamte die Fahrt. Schließlich stoppte er den Wagen und zündete sich eine Zigarette an. Er dachte über den Vorfall nach und wußte sofort, daß er etwas unternehmen mußte.

»Was soll ich tun?« flüsterte er. »Zum Teufel, was soll ich tun?«

Dann kam ihm der Gedanke, daß die Frau vielleicht noch lebte und Hilfe brauchte.

»Vielleicht hat sie ja nur eine Prellung«, sagte er. »Kommt ja immer wieder vor. Ein bißchen gestreift, nicht weiter schlimm. Ich bin ja gar nicht so schnell gefahren.«

Er warf die Zigarette aus dem Fenster.

»Ich *muß* zurück«, sagte er und widersetzte sich einer leisen Stimme in seinem Kopf, die sich nach dem Grund erkundigte.

Er legte den Rückwärtsgang ein und wendete auf dem weichen Seitenstreifen des Weges. Dann fuhr er zurück.

Als erstes sah er den Wagen, einen dunkelgrünen Plymouth, nicht gerade neu. Sämtliche Lichter waren abgeschaltet. Von der Frau war nichts zu sehen, und schon rührte sich in ihm die Hoffnung, daß sie einfach aufgestanden war, sich abgestäubt hatte und bereits Hilfe holen ging.

Er stellte den T-Bird auf der anderen Seite ab und stieg aus.

Die Frau fand er fast dreißig Meter von ihrem Wagen entfernt. Sie war in das weiche Laub geschleudert worden, das den Weg säumte; als er ihr unverletztes Gesicht bemerkte, hoffte er, sie könne noch am Leben sein. Aber dann bemerkte er die blutigen Arme, das blutverschmierte Kleid, die unnatürliche Stellung ihres Körpers. Sie war tot. Er hob sie hoch (sie war leicht und zerbrechlich, so mühelos zu heben wie Alma) und trug sie zu den Autos.

Im Scheinwerferlicht sah er ihr Gesicht. Sie war eine hübsche Frau Anfang Dreißig, eine Frau, die wohl recht attraktiv gewesen wäre, hätte der Tod nicht jeden Gesichtsausdruck ausgelöscht.

Zum erstenmal betrachtete er das Vorderteil seines Autos und bemerkte die eindeutigen Spuren des Zusammenstoßes. Der Anblick des zerdrückten Metalls war womöglich noch schlimmer als die tote Frau in seinen Armen.

Panik ergriff ihn, eine Panik, gegen die er sich nicht wehrte. Er zitterte so heftig, daß er die geringe Last nicht mehr zu halten vermochte; er legte sie auf den Boden, ließ sich auf die Knie fallen, barg das Gesicht in den Händen und begann zu stöhnen. Aber er klagte nicht um sie; sie war eine Fremde. Die Klagelaute galten ihm selbst, seinem Pech und seiner Alma. Unfair! Ja, es war unfair! Daß so etwas gerade jetzt passieren mußte, kaum daß er sich entschlossen hatte, ein neues Leben zu beginnen...

Er stand auf und blickte auf die Tote hinab, und seine Lippen verzogen sich zu einem Ausdruck, der nur Entrüstung genannt werden konnte.

»Idiotin!« murmelte er. »Alte Idiotin...«

Sein Blick fiel auf das verlassene Auto der Frau. Plötzlich erfüllte ihn der Drang, sie auf den Fahrersitz zu heben, wohin sie gehörte, und sie einfach sitzenzulassen und zu vergessen. Sie hatte kein Recht, nachts auf der Straße zu stehen, ohne Licht, ohne Warnzeichen ... Ihre eigene Schuld. Warum benahm sie sich so dämlich!

Er ging zum Plymouth und öffnete die Tür. Der Schlüssel steckte in der Zündung; er drehte ihn, doch es geschah nichts. Batterie, dachte er.

Schließlich setzte er sie doch nicht in ihren Wagen oder ließ sie am Ort des Geschehens zurück. Damit war nichts gelöst. Man würde sie finden und sofort wissen, wie sie gestorben war. Daraufhin würde man ermitteln, wer diesen Weg jeden Abend befuhr, und feststellen, daß er im Zug gewesen war. Dann war es nur noch ein kleiner Schritt bis zu seinem beschädigten T-Bird und unangenehmen Fragen – und wenn es erst so weit war, konnte er seine Schuld nicht verbergen. Das konnte er einfach nicht.

Zeit! dachte Del Harmon. Er brauchte Zeit. Das war die Lösung! Wenn die Frau nicht sofort gefunden wurde, hatte er Zeit, seine Spuren zu verwischen, jede Verbindung zwischen seiner Fahrt und ihrem Tod auszulöschen ...

Er bückte sich und hievte die Frau erneut empor. Seltsamerweise kam sie ihm plötzlich schwerer vor. Er brachte sie zum T-Bird und öffnete die rechte Tür. Nicht ohne Mühe drückte er sie in den schmalen Vordersitz. Sie sank nicht nach vorn; der Schalensitz hielt sie fest; auf den ersten Blick sah sie wie eine erschöpfte Beifahrerin aus. Er ging um den Wagen herum und setzte sich wieder hinter das Steuer.

Er wußte nicht, wohin er fuhr; ihn erfüllte ein einziger Gedanke: er mußte fort von dem verlassenen Plymouth. Viele Meilen fort, auf eine abgelegene Straße, die ebenso einsam und bewaldet war wie der Weg, auf dem die Tragödie geschehen war. Ein Ort, an dem er seine Beifahrerin loswerden konnte, eine einsame Stelle, wo die Leiche jahrelang modern konnte, ohne entdeckt zu werden ...

Der Weg endete, und er bog auf die Hauptstraße ein. Bis zu der Siedlung, in der er wohnte, war es nur noch eine Meile, eine Meile bis zu Alma, aber dorthin konnte er jetzt nicht. Der Gedanke war die reinste Qual: die Zuflucht war so nahe und doch so unnahbar. Er raste durch die Vorortstraßen, fluchte über die rote Ampel, die ihn aufhielt, und ließ bei Grün den Motor aufheulen. Die hellerleuchteten Häuser, an denen er vorbeiraste, kamen ihm so gemütlich und voller häuslicher Freude vor, daß Neid ihn erfüllte – und ein irrationaler Haß auf die Fremde neben sich.

Er wußte nicht, wie weit er fuhr; er blickte nicht auf den Meilenzähler. Er erkannte die Pulham-Brücke, die sich fünfzehn Meilen entfernt im Norden befand; anschließend fuhr er noch eine halbe Stunde. Er fuhr immer weiter, auf der Suche nach Seitenwegen, bis er schließlich auf einer unbekannten Landstraße ein Schild fand mit einer Warnung vor einer unfertigen Straße, die ins Nichts führte. Und dorthin wollte er, ins Nichts; er fuhr den Weg bis zu seinem verlassenen Ende, stoppte den Wagen und schaltete die Lichter aus.

Dann zerrte er die Leiche der Frau ins Freie und trug sie tief ins Unterholz.

Dort ließ er sie liegen, bedeckt mit Blättern und Ästen und hastig zusammengekratzter Erde, wie etwas Widerliches, Abscheuliches. Zuletzt kehrte er zum T-Bird zurück, ließ den Motor an und fuhr langsam zur Hauptstraße zurück.

Es war kurz vor Mitternacht, als die Siedlung vor ihm auftauchte; fast drei Stunden waren vergangen seit dem Augenblick, da er das grün-weiße Aufblitzen gesehen hatte.

Als er das sanft geneigte Dach seines Hauses und den gewundenen Holzzaun mit den Rosenranken erblickte, saß ihm ein dicker Kloß im Hals, und seine Augen brannten. Die Fenster waren dunkel; Alma hatte nicht auf ihn gewartet, aber das war durchaus in Ordnung. Er würde ins Schlafzimmer gehen und sie mit einem Kuß auf die glatte Wange wecken. Dann wollte er sich auf die Bettkante setzen und ihre Hand halten und sich leise mit ihr über die Dinge unterhalten, die für sie beide wichtig waren, über seine neuen Vorsätze, seine Versprechungen für die Zukunft ...

Er lenkte den Wagen in die Auffahrt. Da die Garagentür

geschlossen war, stoppte er den T-Bird, schaltete den Leerlauf ein und stieg mühsam aus. Er legte die Finger um den Türgriff und ruckte ihn nach oben, doch die Tür rührte sich nicht. Sie war verschlossen.

Er vergaß die zärtlichen Gedanken, die er eben noch gehabt hatte, und begann Alma zu verwünschen. Wie dumm von ihr – typisch! Er blickte zum Auto zurück, das in der Auffahrt stand, auf die verräterischen Spuren des Zusammenstoßes an Kotflügel und Motorhaube, und fluchte über die Gedankenlosigkeit seiner Frau. Er schaltete den Motor ab und ging zur Haustür. Erst jetzt fiel ihm ein, daß er ja gar keinen Schlüssel hatte, daß er seit der Trennung vor sechs Monaten keinen Schlüssel mehr besaß. Sich leise ins Schlafzimmer zu schleichen und ihr einen Kuß auf die Wange zu geben – davon konnte keine Rede mehr sein. Er mußte klingeln.

Und er klingelte.

Als sie nicht herunterkam und hinter den oberen Fenstern auch kein Licht erschien, läutete er zum zweitenmal. Noch immer keine Antwort, und er begann energisch an die Tür zu klopfen.

»Alma!« flüsterte er heiser. »Ich bin es, Del!«

Endlich erschien ein Lichtfleck auf dem Rasen. Er trat von der Haustür zurück und sah den schwachen gelben Schimmer hinter dem Rouleau des Schlafzimmers. Wieder klingelte er.

»Del?« ertönte da ihre Stimme. Dann sagte sie unfaßbarerweise: »Verschwinde...«

Es war ein kaum hörbares Flüstern hinter der Tür. Im ersten Augenblick glaubte er seinen Ohren nicht zu trauen, doch als er wieder klingelte, sagte sie: »Verschwinde endlich, Del! Hörst du? Fahr weiter!«

»Alma! Alma, ich bin es doch!«

»Das *weiß* ich. Aber ich lasse dich nicht ins Haus, Del. Es hat keinen Sinn, daß du Theater machst.«

»Aber du *mußt* mich einlassen! Alma, um Himmels willen...«

»*Verschwinde!*« kreischte sie. Dann herrschte Stille.

Wieder drückte er auf den Klingelknopf, diesmal in kurzen Abständen. Er hämmerte gegen die Tür, bis sie in den

Angeln erbebte, doch von der anderen Seite waren keine Worte mehr zu hören. Das schräge Lichtrechteck, das auf den Rasen geworfen wurde, verschwand.

»*Alma!*« brüllte er. »Alma, laß mich rein!«

Zwanzig Minuten lang hämmerte er vergeblich gegen die Tür, ohne sich darum zu kümmern, daß die Nachbarn Licht zu machen begannen, daß zornige Stimmen durch die Nacht hallten und ihm rieten, endlich den Mund zu halten und zu verschwinden, und ihm schließlich sogar Gewalt und die Polizei androhten. In seiner Verzweiflung probierte er es an der Hintertür und fand sie versperrt. Daraufhin versuchte er das Küchenfenster aufzubrechen, doch ohne Erfolg.

Als er wieder nach vorn kam, näherte sich ein grau-weißes Auto, in langsamer Fahrt, unheildrohend. Auf der Vorderbank saßen zwei Uniformierte.

Es blieb keine Zeit für Erklärungen, keine Zeit, den Beamten zu erklären, was er verständlich machen mußte. Sie waren zu neugierig, zu mißtrauisch: der T-Bird in der Auffahrt wurde zum Ziel ihrer hellen Taschenlampen, ehe er die richtigen Worte fand, sie fortzuschicken. »He, Petey, sieh dir das an!« sagte der eine Beamte, und sein Licht zuckte über den zerdrückten Kotflügel des Zweisitzers. »Ist das Ihr Wagen, Mister?«

Er vermochte nicht, gefaßt zu antworten; sie sahen sein bleiches Gesicht und seine zitternden Lippen und ahnten, daß er mehr war als ein aufgebrachter Ehemann. Sie untersuchten den Sitz des T-Bird, und im Licht der Taschenlampe leuchteten die Blutflecke erschreckend rot auf dem beigefarbenen Polster. Noch einmal sahen sich die Beamten die Front des Wagens an und wandten sich dann an Del, der nur noch stammeln konnte.

»Ich bin schuldlos, ehrlich! Ich bin schuldlos. Es war ein Unfall . . .«

Zehn Minuten später saß er zusammengesunken und schicksalsergeben im Rücksitz des Streifenwagens und dirigierte die Beamten zu der einsamen Stelle, wo er seine Schande und seine Schuld hatte verstecken wollen.

Ein einziger Trost blieb ihm: als sie von seiner Verhaftung erfuhr, besuchte ihn Alma. Bei ihrem Anblick begann Del fast zu weinen und verwünschte die Drahtmaschen, die sie trennten. Er steckte die Finger durch das Geflecht und berührte ihre Hand.

»Warum hast du es getan, Alma?« fragte er. »Warum hast du mich ausgesperrt? Ich weiß, ich kam zu spät, viele Stunden zu spät. Aber das war doch nicht Grund genug...«

»Das war es auch nicht, Del.«

»Was dann? Was hat dich dazu gebracht?«

Sie wandte den Blick ab. »Margie Wright. Sie hat es getan, Del. Sie ist schuld.«

»Wright? Du meinst die alte Schachtel aus dem Bridgeklub?«

Sie nickte. »Sie – sie rief mich gegen halb zehn an und sagte, sie müsse mir etwas sagen, in meinem eigenen Interesse. Etwas, das ich wissen müßte.«

»Wissen? Was denn wissen?«

»Margie war draußen vor ihrem Haus und rollte gerade den Gartenschlauch ein oder so, als sie deinen Wagen vorbeifahren sah. Sie erkannte den Wagen, sie erkannte dich. Und sie sagte« – Alma verdeckte die Augen –, »du hättest eine Frau im Wagen. Eine fremde Frau, und sehr hübsch.«

# Kompliment an
# den Chef

Jules Roband saß einsam in seinem schäbigen Hotelzimmer an der 46th Street und machte sich Gedanken über eine lange Vergangenheit und eine kurze Zukunft. Er saß auf dem schlecht gepolsterten Bett, den kleinen braunen Umschlag mit weißem Pulver in der Hand, und betrachtete in dem fleckigen Schrankspiegel einen Jules Roband, wie es ihn noch nie gegeben hatte. Verschwunden war der mächtige Balkon seines Bauches. Fort waren die vollen apfelroten Wangen und das Diamantenfunkeln seiner Augen. Vergangenheit war das hochherrschaftliche Gebaren, wie es einem berühmten Küchenchef aus Europa anstand.

Er öffnete den Umschlag und blickte hinein. Wie harmlos die tödliche Chemikalie aussah! Wie einige Prisen zerstampften Zuckers, weiter nichts. Es hatte ihn Wochen und etliche Dollar seines geschrumpften Vermögens gekostet, das Gift aufzutreiben – ein geschmackloses Pulver, das seine Aufgabe schnell erfüllen würde – es sollte Jules Roband aus dem Elend ins Paradies entführen.

Wie dieses Paradies aussah? Er wußte es genau und brauchte nicht weiter darüber nachzudenken. Wenn es existierte, war es eine riesige hellschimmernde Küche mit blitzenden Töpfen und Pfannen und einer Speisekammer, die niemals leer wurde. Wie früher würde er Herr sein über dieses Reich, eine spitze weiße Baumwollkrone auf dem Kopf, und er würde für seine engelhaften Gäste jene hervorragenden Gerichte zaubern, die ihm seinen irdischen Ruhm eingetragen hatten. Ein echtes Paradies für einen Küchenchef, ein Paradies, das vor allen Dingen keinen Platz für jenen Mann hatte, der für sein vorzeitiges Ende verantwortlich war – Anton Verimee.

Verimee! M. Roband kam die Galle hoch, wenn er nur an den Namen dachte. Verimee! Wie konnte überhaupt soviel egoistische Grausamkeit in einem Namen enthalten sein, in einem kleinen, lächelnden Mann! Dabei war es nur ein Jahr, ein einziges kurzes Jahr her, daß Anton Verimee in sein Leben getreten war.

Damals war er Küchenchef des Martineau-Restaurants in New York, Anton dagegen nur ein kriecherischer Assistent, der mit schmeichelnden Worten nicht sparte. M. Roband amüsierte sich über die Lobhudeleien. Er hatte Komplimente von ganz anderen Kennern kulinarischer Genüsse vorzuweisen, von lebenslangen Mitgliedern der Escoffier-Gesellschaft, von den verwöhnten Gästen des *Tour d'Argent* und dreier anderer bekannter französischer Restaurants. Was kümmerten ihn da die Sprüche eines unbekannten zweiten Kochs? Unwichtig!

Doch Anton Verimee setzte seine Belagerung fort, und nach sechs Monaten trug die offensichtliche Ergebenheit und seine Bewunderung für M. Robands Spezialität, *Salmis de Bécasse,* erste Früchte. M. Roban erbarmte sich des jungen Mannes und begann ihn behutsam in dieses oder jenes seiner geheiligten kulinarischen Geheimnisse einzuführen, die Schätze seines Lebens.

Jules Roband war in jeder Beziehung ein großer Mann gewesen. Er war hochgewachsen, sein Leibesumfang eindrucksvoll und sein Appetit nicht minder. Er respektierte das Essen auf dem Herd wie auch auf dem Tisch, und natürlich waren ihm seine eigenen kulinarischen Schöpfungen die liebsten.

Anton Verimee war von anderem Kaliber. Er war ein schmächtiger Mann mit spitzen Gesichtszügen, der eher wie ein Friseur als wie ein Küchenchef aussah. Für Anton war die Gastronomie ein Mittel zum Zweck, doch er war nicht ohne Talent. Eines Tages, so sagte ihm M. Roband, würde er einen ganz ordentlichen Küchenchef abgeben in einem großen Chromrestaurant, in dem die Produktion von Mahlzeiten wichtiger war als die Schaffung von Meisterwerken.

Sechs Monate gingen ins Land – dann begannen die

Schwierigkeiten. Der Anfang, so überlegte M. Roband später, wurde mit einer *Poitrine de veau farcie* gemacht. Als das Gericht fünf Minuten nach dem Auftragen in die Küche zurückgeschickt wurde, reagierte der Küchenchef schokkiert-ungläubig.

»Der Gast sagt, das Fleisch wäre schrecklich«, verkündete der Kellner. »Soll nach Pfeffer schmecken.«

»Pfeffer?« fragte M. Roband und machte sich mit einer Gabel an dem gefüllten Kalbsbraten zu schaffen. Er schob einen Bissen in den Mund und ließ ihn auf der Zunge herumrollen. Dann stöhnte er auf, nicht aus Mitgefühl für den Kellner, sondern vor Kummer über das Verbrechen, das hier an dem alten Rezept verübt wurde. »Pfui!« sagte er. »Der Mann hat recht. Wirf das Zeug in den Müll. Ich sorge für Ersatz.«

Der Zwischenfall war beunruhigend, stellte aber nur den Anfang dar. Zur Mittagszeit wurde ein *Omelet Bretonne* zurückgeschickt, und M. Roband war viel zu entsetzt, um seinem Zorn Ausdruck zu verleihen.

»Der Gast findet es zu salzig«, sagte der Kellner.

»Salzig? Salzig?« M. Roband blies die Backen auf, als wolle er einen Sturm entfesseln. Er schob sich eine Gabel voll auf die Zunge und spuckte den Bissen aus. »Unmöglich! Unglaublich! Ich habe schon zehntausend *Omelets Bretonne* gemacht. Warum ist ausgerechnet dieses salzig?«

Zwei Tage später kam die *Sole à la Marguery* zurück – und dann wurden in einer geradezu alptraumhaften Parade sämtliche Schöpfungen M. Robands retourniert – sogar seine berühmte Spezialität *Salmis de Bécasse!* Immer wieder wurde geklagt, bis sich schließlich der Geschäftsführer persönlich einschaltete.

»Ich verstehe wirklich nicht viel vom Kochen«, sagte Mr. Jameson, der verbindliche Geschäftsmann. »Aber in letzter Zeit, M. Roband – nun, vielleicht sind Sie müde. Vielleicht brauchen Sie ein bißchen Erholung.«

»Vielleicht«, sagte M. Roband traurig.

»Natürlich müssen wir einen Ersatz finden...«

»Das ist kein Problem«, seufzte M. Roband. »Anton ist durchaus qualifiziert. Er hat im vergangenen Jahr viel gelernt.«

»Das verdanke ich Ihnen, *mon vieux*«, sagte Anton salbungsvoll.

M. Roband war nur zwei Wochen fort, doch für ihn waren es dreihundert einsame Stunden. Er war froh, als die »Erholung« vorbei war.

»Willkommen«, sagte Mr. Jameson lächelnd. »Es wird Sie freuen, zu hören, daß sich Anton während Ihrer Abwesenheit gut gemacht hat.«

»Das freut mich«, sagte M. Roband schlicht.

Doch schon am ersten Tag ließen drei wichtige Gäste des Martineau ihre Bestellungen zurückgehen. Ihre Beschwerden fielen deutlich aus, und Mr. Jameson brach eine geheiligte Regel und drang in M. Robands Reich ein.

»M. Roband . . .«

»Ich weiß, ich weiß«, sagte der Küchenchef. »Ich verstehe überhaupt nichts mehr. Ich koste jedes Gericht. Anton tut es mir nach; ich verlasse mich nicht allein auf mein Urteil. Ist das nicht so, Anton?«

»Ja«, sagte der Assistent und blickte Mr. Jameson seltsam an. »Ich koste jedes Gericht, Mr. Jameson.«

»Und Sie finden ebenfalls alles in Ordnung?«

Anton zuckte die Achseln. »Dazu möchte ich lieber nichts sagen.«

M. Roband starrte ihn an. »Wozu möchten Sie lieber nichts sagen, *mon ami?*«

»Es stimmt mich unglücklich, M. Roband. Nach allem, was Sie für mich getan haben.«

Der Küchenchef blies die Wangen auf. »Was soll das heißen?«

Der Assistent wandte sich mit grimmigem Gesicht an den Geschäftsführer, als habe er einer Pflicht zu genügen, die ihm mißfiel.

»Die Gerichte sind nicht gut«, sagte er gepreßt. »Es beschämt mich, M. Roband dies sagen zu müssen. Schließlich war er einmal ein Genie. Aber heute . . .«

»*Anton!*« M. Robands Augen wurden groß wie Untertassen.

»Es schmerzt mich, so etwas zu sagen, Jules. Aber Sie haben nicht mehr das richtige Gespür.«

»Das ist eine Lüge!« brüllte der Küchenchef. »Dieser

Mann ist ein Lügner, ein Verräter! Ich habe mich nicht geirrt...«

»Irgend jemand hat aber«, stellte Mr. Jameson leise fest. »Wir sprechen ein andermal darüber.«

»Nein!« M. Roband ergriff eine Kelle und knallte sie auf den Rand des Herds. »Wir sprechen sofort darüber! Wenn Sie mich hinauswerfen wollen, tun Sie's gleich! Es gibt hundert Restaurants, die mir sofort das Doppelte Ihres lächerlichen Lohns zahlen!«

»Ein andermal, M. Roband...«

»Ich bestehe darauf! Möchten Sie, daß ich gehe?«

»Wenn Sie das wünschen, M. Roband...«

»Na schön!« Er riß Mütze und Schürze herunter und warf sie auf den Boden. »Ich kündige! Ich mache Schluß! Ich überlasse Ihnen Anton Verimee, den lügnerischen *cochon!* Mögen sich Ihre Gäste vor Magengrimmen am Boden winden!«

Mr. Jameson machte mit zornrotem Gesicht kehrt und verließ die Küche, und M. Roband stampfte zum Garderobenschrank. Anton folgte ihm. Auf seinem kleinen spitzen Gesicht stand ein seltsames Lächeln.

»Zuviel Salz«, sagte er herablassend und hob den Finger. »Zuviel Pfeffer. Zuviel dies, zuviel das...«

M. Roband fuhr herum, und die Erkenntnis des an ihm begangenen Verrats traf ihn wie ein Keulenschlag.

»*Sie!*« sagte er heiser. »*Sie* waren das, Anton! Sie haben alles hinzugetan, den Pfeffer, das Salz...«

Anton verschränkte die Arme und lachte. »Sie behandeln mich wie ein Kind, wie einen Dummkopf. Aber jetzt erweist sich, wer in dieser Küche der Schlaue ist, nicht wahr, M. Roband?«

Diese Worte führten dazu, daß der beleibte Küchenchef mit Gegenständen zu werfen begann. Er zielte schlecht, der Zorn raubte ihm das Urteilsvermögen, und es dauerte nicht lange, bis Mr. Jameson die Polizei rief.

M. Roband erfuhr sehr schnell, welche bitteren Früchte dieser Tag brachte. Die besseren Küchen der Stadt, das erfuhr er in mehreren Anstellungsgesprächen, waren ihm verschlossen. Die Geschichte seines Versagens in der Martineau-Küche, die schockierenden Einzelheiten seiner Verhaftung sprachen sich schnell herum. Als er sich über seine Lage längst klargeworden war, verbrachte er noch viele Monate ohne Anstellung, ehe er sich überwand, die Räume eines zweitrangigen Restaurants an der oberen Lexington Avenue zu betreten. Der dortige Geschäftsführer war bei weitem nicht so pingelig, und M. Robands Erfahrung beeindruckte ihn. So wurde er wieder Küchenchef.

Das Glück währte aber nicht lange. In M. Robands mächtigem Körper saß ein mächtiger Stolz, der seinen Sturz herbeiführte. Er mißachtete die Klagen der Geschäftsleitung über seine zu teuren Einkäufe und wurde nach einem Monat bereits wieder gekündigt. Die nächste Stelle war noch schlimmer. Hier beschwerten sich die Gäste. Nicht seine Fähigkeiten waren schuld daran, sondern der mangelhaft entwickelte Geschmack dieser Leute, und als er höflich aufgefordert wurde, »ein wenig einfacher« zu kochen, stürmte er auf die Straße, die weiße Mütze stolz auf dem Kopf.

Und so ging es abwärts, von Job zu Job, mit schwindendem Prestige, schrumpfendem Einkommen und sinkendem Selbstvertrauen. M. Roband, einst ein großer Star am kulinarischen Himmel, wurde zur sterbenden Sonne. Ein Fehlschlag löste den nächsten aus, und als ihn eine Schlägerei in der Küche eines Spaghettirestaurants am Broadway die letzte Stellung kostete, sah er das Ende kommen.

Den Namen des Gifts hatte er nach wochenlangem Suchen in der Städtischen Bibliothek gefunden. Das Pulver war geschmacklos – für M. Robands Plan von besonderer Bedeutung. Auf typisch bombastische Weise gedachte der Küchenchef aus dem Leben zu scheiden. Er wollte die unfreundliche Welt als Gourmet verlassen, den Geschmack eines hervorragenden Essens auf der Zunge.

Er schob sich von der Bettkante und kleidete sich so sorgfältig, wie es seine heruntergekommene Garderobe zuließ. Dann fuhr er mit dem Taxi zum Martineau-Restaurant in der 53rd Street.

Das Lokal schien hervorragend zu gehen. Sämtliche Tische waren besetzt. Hinter der Barriere des Samtseils wartete eine lange Schlange. Er fing den Blick des Oberkellners ein und stellte zu seinem Kummer fest, daß ihn der ehrfurchtgebietende Herr nicht erkannte.

»Tut mir leid, Sir«, begann er, doch M. Roband unterbrach ihn, ehe er die abgestoßenen Manschettenaufschläge und den zerfransten Hemdkragen bemerken konnte, und drückte ihm hastig eine Fünfdollarnote in die gestikulierende Hand. Der Oberkellner lächelte und führte ihn zu einem kleinen Tisch im hinteren Teil des Lokals.

»Bitte, Sir?« fragte der Kellner in herablassendem Ton.

»*Potage aux bouquets*«, bestellte M. Roband. »*Homard à la Morlaise, Salmis de Bécasse, Salade*, kein Nachtisch.«

»Jawohl, Sir«, antwortete der Kellner; sein spöttischer Ausdruck war verflogen.

Als er allein war, sah sich M. Roband unter den Gästen des Martineau um. Die zufriedenen Gesichter und die eifrig bewegten Bestecke bezeugten die Anerkennung, die das Essen fand. M. Roband war nicht unzufrieden, meinte er doch, daß er, Jules Roband, dem Martineau die besten Rezepte geschenkt hatte, ja sogar den Küchenchef.

Als die Suppe aufgetragen wurde, tauchte er den Löffel in die aromatischen Tiefen und beseufzte ekstatisch den herrlichen Geschmack. Der Hummer war nicht minder köstlich; dennoch wartete er nach diesem Gang gespannt auf die Hauptspeise, auf seinen *Salmis de Bécasse*.

Das Fleisch wurde aufgetragen, umgeben von einem Ring dampfender Kartoffeln, einen köstlichen Duft nach Lorbeer und Thymian verbreitend. Er betrachtete den Teller, die Erinnerung genießend, die der Anblick heraufbeschwor, und zögerte den Augenblick hinaus, da er die letzte Zutat beimengen würde. Dann griff er in die Tasche, um den kleinen braunen Umschlag hervorzuholen.

Er wußte nicht, was ihn daran hinderte, die Bewegung zu vollenden – vielleicht ein Auflachen an einem benachbarten Tisch, die schnelle Bewegung eines Tabletts in Kellnerhand oder auch nur das instinktive Zurückzucken des Unterbewußtseins vor dem Gedanken an Selbstmord. Jedenfalls hielt er inne und starrte auf den Teller, während ihm der Schweiß auf die bleiche Stirn trat.

Dann schob er den Stuhl zurück und wischte sich mit der Serviette das Gesicht. Der Selbstmord war ihm so einfach erschienen, doch jetzt, da er wieder einmal die wahren Gaumenfreuden genießen durfte, kam ihm das Leben plötzlich wieder etwas lebenswerter vor.

Er wartete einen Augenblick und trank einen Schluck aus dem Wasserglas. Dann hob er langsam das Kinn von der Brust, als gebe es einen überraschenden Sonnenaufgang zu beobachten. Er riß eine Ecke des Umschlags ab und bestäubte das Gericht mit dem dünnen weißen Puder, der sich in der Buttersauce sofort auflöste.

»Kellner!« sagte er heiser.

Der rotbefrackte Mann blickte starr vor sich hin.

»Kellner!«

»Jawohl, Sir?«

»Dieser *Salmis de Bécasse*. Scheußlich!«

»Wie bitte?«

»Die Waldschnepfe schmeckt fürchterlich.«

»Aber Sir, das Gericht ist berühmt! Die Spezialität unseres Küchenchefs . . .«

»Egal. Das hier taugt jedenfalls nichts. Geben Sie mir die Rechnung, und bringen Sie den Mist fort.«

Der Kellner zuckte die Achseln, kritzelte etwas auf die Rechnung und nahm die Platte vom Tisch. »Wie Sie wollen«, sagte er steif und trug den *Salmis de Bécasse* in die Küche des Martineau.

M. Roband wartete noch etwa fünf Minuten lang und aß von seinem Salat. Als er schließlich aus den Tiefen der Küche den abrupten Schrei hörte, einen Schrei, von dem er wußte, daß er aus der überraschten und mißhandelten Kehle Anton Verimees kam, stand er auf, legte Geld auf die Rechnung und ging mit großen Schritten zur Tür. Er war zwar noch immer hungrig, doch sehr befriedigt.

# Der Bluff

Nun, da war ich also in San Francisco. Beamer, der Betrüger, dem ich auf den Fersen war, wollte sich angeblich in den Orient absetzen. Vier Tage lang überprüfte ich Reedereibüros und Flughafenterminals und erhielt dann natürlich das Telegramm: BEAMER IN NEWARK VERHAFTET. Es gab schlimmere Orte, eine Menschenjagd abzubrechen, und ich beschloß, noch ein bißchen in der Stadt zu bleiben und alte Freunde zu besuchen. So kam es, daß ich bei Captain Trager anrief. Den alten Mann hatte ich seit fünf Jahren nicht mehr gesehen, seit der Zeit, da ich vom öffentlichen Dienst in die private Praxis gewechselt und mich selbständig gemacht hatte. Seine Stimme klang am Telefon wie früher, aber es war nicht alles wie früher, was er mir sofort offenbarte.

»Ich bin blind, Rick«, sagte er. »Als ich eben sagte, ich würde mich freuen, dich zu sehen, war das nur so eine Redewendung.«

Ich schluckte und hoffte, daß sich das Geräusch nicht durch die Leitung fortpflanzte. Der harte Joe Trager mit dem Bettelnapf? Schon bedauerte ich den Anruf. Plötzlich wollte ich Trager gar nicht mehr besuchen, wollte nicht dem Mann gegenüberstehen, der er in meiner Phantasie geworden war – zornig, verbittert und empfindlich gegenüber Mitleid.

Das war der zweite Trugschluß, dem ich in San Francisco erlag.

Die Tragers wohnten in einem kleinen weißen Haus in Sausalito, inmitten eines riesigen Gartens. Einer der beiden mußte Rosenfan sein – die Blüten strahlten überall, rankten sich an den Mauern empor, wucherten, wohin man auch blickte. Als ich den Mietwagen in die Einfahrt steuerte, kam ein schlankes Mädchen in grellgelbem Overall aus der Haustür. Sie sah mich und machte auf dem Absatz kehrt, wobei ich den Eindruck hatte, daß sie ärgerlich war. Dieser Eindruck hielt an, als ich die Klingel bediente und sie mir aufmachte. Sie hatte das Gesicht eines zornigen Engels, und der Overall war bei weitem nicht groß genug, um ihre süßen Formen zu verbergen.

»Mein Vater erwartet Sie«, sagte sie tonlos. »Sie sind doch Richard Ring, ja?«

Ich ließ mich von ihr in das Arbeitszimmer des alten Mannes führen. Als ich noch mit Trager Tagesdienst machte, war ich nie in sein Haus eingeladen worden. Seine Privatsphäre war ihm heilig. Oder wollte er seine Tochter vor mittellosen Jünglingen wie mir verstecken?

»Dad«, sagte sie, und der alte Mann erhob sich hinter dem zerkratzten Tisch. Ein Lächeln legte das breite Gesicht in Falten, und er hielt mir instinktsicher die schaufelgroße Hand entgegen. Seine Haut war gebräunt, das Haar von der Sonne ausgebleicht. Mit der Sonnenbrille sah er aus wie ein Millionär, der eben von seiner Jacht kam.

»Wie hat man dich nur von New York wegbekommen?« fragte er und redete ohne Atemholen weiter. »Wie gefällt es dir als Privatdetektiv? Was meinst du zu einem Drink? He, Evvy, gib dem Mann, was er haben will.«

Evvy lehnte mit verschränkten Armen an der Tür und hatte die Lippen zusammengepreßt. »Und was möchte der Mann trinken?« fragte sie.

Als wir die Gläser vor uns stehen hatten – ich Scotch und Trager wie üblich Sour Mash –, erzählte ich dem Captain von Beamer, von den vergangenen vier Jahren und von meiner Scheidung. Der letzte Punkt brachte ihn zum Grinsen.

»He, das ist großartig, Rick, freut mich zu hören! Ich warte schon lange darauf, daß mal ein flotter und lediger junger Mann vorbeikommt und mir die Frau da abnimmt.« Er wußte nicht, daß Evvy das Zimmer wieder verlassen hatte. »Was meinst du, Rick, ist sie nicht Klasse?«

»Wunderhübsch«, sagte ich – ohne zu lügen.

»Tu mir einen Gefallen und heirate sie. Das ist das

schlimmste an meiner Blindheit. Evvy bemuttert mich von früh bis spät. He, Evvy...«

»Sie ist nicht mehr da«, sagte ich leise, und Tragers Mundwinkel zuckten herab.

»Rick, mach ihr einen Antrag«, sagte er ernst. »Es gibt nichts Schlimmeres als eine sich aufopfernde Frau. Mach ihr einen Antrag und hol sie hier weg. Siehst du noch ganz ordentlich aus?«

»Hab inzwischen ein paar auf die Nase bekommen.«

»Ein besser aussehendes Mädchen als Evvy gibt's nicht. Sie ist das Ebenbild ihrer Mutter.«

Mit sicherer Bewegung berührte seine Hand den Lederrahmen auf dem Tisch. Ich erkannte Fotos aus Tragers Dienstzeit – seine Tochter Evelyn als bezaubernde Zehnjährige und ein unscharfes Bild von Sylvia, seiner Frau, die trotz der altmodischen Frisur sehr attraktiv wirkte, fast wie ein Filmstar. Trager wurde nie müde, ihre Schönheit zu preisen; vielleicht würde es mir eines Tages auch so gehen, wenn ich ihre Tochter heiratete... Ich schlug mir den verrückten Gedanken aus dem Kopf und stellte ihm die einzige Frage, auf die es im Augenblick ankam.

»Was ist eigentlich geschehen, Joe? Mit deinen Augen?«

Er lachte und ließ seinen Drehstuhl quietschen. »Ich bin gegen eine Tür gelaufen«, antwortete er.

Zwanzig Minuten später verließ ich Tragers Arbeitszimmer und war nicht schlauer als vorher. Der Captain hatte mir das Versprechen abgenommen, ihn noch einmal zu besuchen, ehe ich in den Osten zurückfuhr. Im Flurwandschrank suchte ich nach meinem Regenmantel, fand aber nichts. Daraufhin machte ich mich auf die Suche nach Evvy. Ein Stück den Gang hinab befand sich eine Schwingtür, dahinter hörte ich eine Tasse klirren. Ich stieß die Tür auf.

Es war nicht Evvy. Vor mir stand eine Frau in einem schmutzigen Hausmantel. Sie war so dürr, daß ich das Gefühl hatte, ich müßte ihre Knochen auf der Tasse klicken hören, die sie hielt. Und ihr Gesicht! Es war die Summe aller Alpträume meiner Kindheit – ein gerötetes, rohes Flickwerk aus Fleisch und Knorpel, fast wie eine offene Wunde. Ein Gesicht, dessen Schrecknis noch durch die schimmernden braunen Augen verstärkt wurde, die verzweifelt aus dem Gefängnis der Häßlichkeit hervorstarrten.

Ich sagte irgend etwas, Gott allein weiß, was. Wenn sie mich überhaupt verstanden hatte, antwortete sie jedenfalls nicht. Sie starrte mich bestürzt an und stieß ein leises, tierisches Stöhnen aus. Dann tat sie, wonach auch mich drängte. Sie machte kehrt.

Ich ging in den Flur zurück, wo inzwischen Evvy aufgetaucht war. Ihr Gesichtsausdruck verriet mir, daß sie von der Begegnung wußte. Sie brachte mir meinen Mantel (der die ganze Zeit im Schrank gewesen war: meine Nervosität hatte mich kurzsichtig gemacht) und begleitete mich zur Tür. Dabei sagte sie: »Es tut mir leid.«

»Was tut Ihnen leid?«

»Könnte ja sein, daß Mutter Sie erschreckt hat.«

»Nein«, log ich. »Keineswegs. Sagen Sie mal, sind *Sie* die Gärtnerin in der Familie? Die Rosen sind großartig!«

Ihr Blick war pure Verachtung. »Leben Sie wohl, Mr. Ring«, sagte sie. »Schöne Reise zurück nach New York.«

Natürlich fuhr ich nicht sofort ab. In dem Haus in Sausalito gab es zwei Dinge, die mich wie ein Magnet festhielten. Das eine war das ungelöste Geheimnis, das andere die Frau; vielleicht gehören Frau und Mysterium ja auch zusammen. Ich konzentrierte mich auf Evvy in der Hoffnung, auf diesem Wege das Rätsel zu lösen, doch als ich sie anrief und zum Essen einlud, antwortete sie mit einem klaren, vorwurfsvollen »Nein«. Ich versuchte es einen Tag später noch einmal. Als sie wieder ablehnte, ließ ich von einem Blumenladen eine einzige Rose bei ihr abliefern. In einem Haus, das unter Rosen förmlich erstickte, muß sich diese Geste unangemessen, wenn nicht gar verrückt ausgemacht haben. Aber so sind Frauen nun mal. Ich schaffte es.

Von dem gemütlichen Restaurant aus konnte man die Bucht überschauen. Evvy kam in einem farb- und formlosen Sackkleid, das so gut wie keinen Ausschnitt hatte. Die Verkleidung stand ihr großartig.

»Sehen Sie, allmählich habe ich genug von Daddys Tricks«, sagte sie müde. »Seit einem Jahr schleppt er Heiratskandidaten an. Als er noch sehen konnte, ist ihm gar nicht der Gedanke gekommen, Bullen mit nach Hause zu bringen, aber sogar *das* Prinzip ist inzwischen futsch.«

Behutsam wies ich sie darauf hin, daß Trager mich nicht angeschleppt habe, sondern ich vielmehr von allein gekommen sei. Weniger behutsam fragte sie, ob Trager nicht versucht habe, uns beide irgendwie zusammenzubringen.

»Das schon«, räumte ich ein. »Aber glauben Sie wirklich, ich brauchte ihn, um mir den Weg zu weisen? Ich habe selbst Augen!« Dann packte ich eine ihrer kleinen Hände und ließ nicht mehr los. »Jetzt erzählen Sie mir mal, warum Joe keine mehr hat.«

Meine Taktik verblüffte sie etwas, führte aber zum Ziel.

»Sie haben sicher schon mal von Wolf Lang gehört«, sagte sie.

Ich nickte. Lang gehörte in die Ruhmeshalle des Gangstertums; eines Tages würde er dort Einzug halten. Ich wußte nicht einmal genau, ob er noch am Leben war.

»Oh, leben tut er noch«, sagte Evvy eisig. »Er ist zwar krank, aber noch am Leben. In irgendeiner Privatklinik liegt er in einer eisernen Lunge. Lustig, nicht wahr? Der Staat hat sich so große Mühe gegeben, ihn ins Gefängnis zu bringen – die Kinderlähmung hat es schließlich geschafft. Wer will da noch behaupten, daß es keine Gerechtigkeit gibt?«

»So etwas habe ich nie behauptet.«

»Ich aber«, meinte Evvy Trager und bestellte einen Drink.

Jedenfalls war Trager offenbar hinter Lang her gewesen. Das war nicht weiter überraschend. Als Lang seine berühmten drei »P« (Policen, Pot und Prostitution) an die Westküste verlegte, bildete die Polizei ein Sonderdezernat, um Lang in Schach zu halten. Die Beamten legten es nicht darauf an, den Gangster einzubuchten; ihr Ehrgeiz beschränkte sich darauf, ihm Zügel anzulegen. Dabei vergaß man aber Joe Tragers ausgeprägten moralischen Zorn und seine Intelligenz als Kriminalbeamter: Trager fand den Schlüssel für Wolf Langs künftige Zelle.

Trager schwieg sich über die Einzelheiten aus. Jedenfalls war es ihm irgendwie gelungen, konkrete Tatsachen über Langs schmutzige Geschäfte in die Hand zu bekommen.

Tag um Tag arbeitete er an den Beweisen, die er dem Büro des Staatsanwalts vorlegen wollte. Dabei war er schweigsam, aber nicht schweigsam genug. Wenn Sie meine Meinung wissen wollen, hat er einem Polizisten zuviel davon erzählt.

Eines Abends – nach Evvys Beschreibung war es eine warme Juninacht – saß Trager gerade im Arbeitszimmer über seiner Lang-Akte, als die Türklingel schellte. Er kümmerte sich nicht darum. Seine Frau Sylvia machte auf. Im nächsten Moment hörte er sie schreien. (Die Nachbarn sagten, sie hätten es ebenfalls gehört, einen schrillen Laut der Qual und des Entsetzens.) Er hastete in den Flur. Dort erblickte er die schreiende Sylvia, die die Hände vor das tropfende Gesicht drückte und sich vor Schmerzen wand. Er blickte zur Tür und sah dort einen grinsenden jungen Mann mit langen Koteletten und einem Gefäß in der Hand. Es war kaum noch klare Flüssigkeit in dem Behälter, doch es genügte für eine Schlenkerbewegung in Tragers Augen. Sein Wut- und Schmerzensgeheul schloß sich den fürchterlichen Lauten an, die in jener Nacht das friedliche Viertel aufstörten.

Er war blind. Die Säure brannte sich so schnell in seine Augäpfel, wie sie Fleisch und Knochen seiner Frau angegriffen und ihre Schönheit restlos zerstört hatten.

»Sechzig Sekunden«, sagte Evvy verbittert. »In einer Minute zerstörte der Fremde meine ganze Familie. Mein Vater blind, meine Mutter entstellt. Ich besuchte gerade einen Kursus an der Universität. Sie können sich vorstellen, wie mir zumute war, als ich nach Hause kam.«

»Ich habe nie von der Sache gehört«, sagte ich. »Es muß doch Schlagzeilen gegeben haben, wenn Wolf Lang in die Sache verwickelt war.«

»Aber das ist es ja!« gab Evvy zornig zurück. »Sein Name wurde nicht mal erwähnt. Schließlich gab es keine Beweise. Dads Arbeit war erst halb getan, und den Mann mit der Säure konnte er nicht identifizieren. Wie denn? Er war ja blind!«

»Und Ihre Mutter?«

»Sie hat das Gesicht des Täters vielleicht gesehen. Genau wissen wir das aber nicht. Seit dem Ereignis ist Mutter ziemlich – still.« Evvy streckte das Kinn vor und sah mich ruhig an. »Sie war eine schöne Frau. Und wohl auch eitel. Am Anfang versuchten wir es mit Schönheitsoperationen, aber mit ihrer Haut stimmte etwas nicht, die Wunden heilten nicht. Es wurde womöglich noch schlimmer...«

Ich ließ ihre Hand los. »Darf ich mal etwas ganz Blödes sagen?« fragte ich. »Das alles tut mir schrecklich leid, Evvy. Für Ihre ganze Familie. Und jetzt sagen Sie mir bitte, ob ich irgend etwas für Sie tun kann.«

Sie betrachtete mich eine Weile und entschloß sich zu einem Lächeln. »Sie können mir ein Steak bestellen«, sagte sie.

Am nächsten Nachmittag wartete beim Hotelpförtner eine Nachricht von Joe Trager auf mich. Er wollte im Medical-Arts-Gebäude an der South Street einen gewissen Dr. Salzinger aufsuchen. Ein Freund würde ihn dort absetzen. Könnte ich ihn um sechzehn Uhr abholen und nach Hause fahren? Ich rief Trager an und sagte zu.

Ich traf einige Minuten zu früh ein und wartete in der Vorhalle auf Trager. Dabei nutzte ich die Gelegenheit, im Mieterverzeichnis nach Salzinger zu suchen. Der Mann war Augenarzt, was mir – beinahe – erklärlich schien.

Trager kam in die Halle. Er trug einen Blindenstock, mit dem er aber nur selten auf den Marmorboden klopfte. Für einen Mann, der erst vor kurzem blind geworden war, bewegte er sich erstaunlich sicher. Ich ging auf ihn zu, und er sagte: »Rick? Nett, daß du mich abholst.« Dann schüttelte er sanft, aber entschlossen meine stützende Hand ab und ging allein ins Freie.

»Warum gehst du zu Salzinger, Joe?« fragte ich während der Fahrt.

»Der Mann ist Augenarzt.«

»Na und?«

Trager lachte leise. »Ich hatte fast vergessen, wie clever du bist, Rick. Wozu braucht ein Blinder einen Augenarzt?«

»Na schön. Warum?«

»Meine Netzhäute sind nicht völlig zerfressen. Licht und Schatten kann ich noch unterscheiden. Ich habe die Hoffnung, daß ich... na ja, eines Tages wieder mehr sehen kann.«

»Hält Salzinger das für möglich?«

»Hast du zwanzig Minuten Zeit, auf eine Antwort zu warten?«

»Aber ja«, sagte ich.

Sein Timing war gut. Genau zwanzig Minuten später betraten wir das Wohnzimmer seines Hauses. Evvy wartete auf uns; ich hatte das unbestimmte Gefühl, daß sich Sylvia lautlos in den Schatten am Ende des Flurs bewegte, ohne nach vorn kommen zu wollen. Dann verkündigte Trager die große Neuigkeit.

»Ich werde wieder sehen können«, sagte er.

Evvy reagierte genauso, wie ich es mir vorgestellt hatte: sie brach in Tränen aus. Sogar ich spürte einen Kloß im Hals. Trager drückte seine Tochter einen Augenblick lang an sich und tätschelte ihr die Schulter.

»Joe«, sagte ich behutsam. »Bist du ganz sicher?«

»Salzinger hat nur auf die Ergebnisse einiger Tests gewartet. Er möchte morgen früh noch eine Untersuchung durchführen. Vielleicht kann ich dich ja dazu überreden, mich zu fahren, Rick.«

»Mit dem größten Vergnügen!« sagte ich.

»Wann, Daddy?« fragte Evvy. »Wann kannst du wieder sehen?«

»Das ist schwer zu sagen. In der nächsten Woche, im nächsten Monat, vielleicht dauert es noch länger. Aber die Sache ist sicher, Liebling. Todsicher...«

Ich holte Trager am nächsten Morgen um zehn Uhr ab und erfuhr dabei, wie »todsicher« es wirklich war. Als er mir die Wahrheit offenbarte, wäre ich am liebsten auf die Bremse gestiegen und hätte gewendet. Aber dann tat ich doch nichts; ich saß einfach nur da und bewegte grimmig das Steuer, gebannt von der harten Persönlichkeit des alten Mannes.

»Ich habe gelogen, Rick. Es gab keine Untersuchung heute früh. Ich werde nie wieder sehen können.«

Ich sagte etwas, das sich an dieser Stelle nicht gut wiedergeben läßt.

»Ich weiß, wie dir zumute ist«, meinte Trager. »Aber ich bastele schon lange an diesem Plan, Rick. Ich brauchte nur jemanden, der mir hilft. Den Jungs vom Dezernat konnte ich nicht trauen. Da gibt es keinen, dem nicht die Wahrheit herausgerutscht wäre.«

»Aber *warum*?« fragte ich und hatte das unangenehme Gefühl, die Antwort bereits zu kennen. »Was soll die falsche Geschichte?«

Trager lächelte. »Du hast fünf Minuten Zeit, zu raten. Ich hatte dich immer für ein helles Bürschchen gehalten.«

Ich brauchte keine fünf Minuten. »Wolf Lang«, sagte ich.

»Fast richtig«, antwortete der alte Mann grinsend. »Mir geht es nicht darum, den alten Lang selbst hereinzulegen. Der ist viel zu sehr damit beschäftigt, von seiner eisernen Lunge loszukommen. Sein Helfershelfer mit der Säure wird sich dafür um so mehr aufregen, wenn er erfährt, daß ich in der Lage bin, ihn klaren Auges zu identifizieren.«

»Aber das ist doch gelogen!«

»Na, das weiß *er* doch nicht! Niemand wird es wissen, nicht einmal meine eigene Familie. Nur du und ich, Rick.«

»Hör mal, Captain . . .«

»Ich habe den Zeitungen schon Bescheid gegeben, Rick, wie sehr ich mich auf die Gelegenheit freue, die Fahndungsbücher durchzublättern und diesen säurewerfenden Schweinehund festzunageln.«

»Du weißt doch, was er daraufhin versuchen wird, nicht wahr? Er wird versuchen, dich aus dem Weg zu räumen, ehe du wieder richtig sehen kannst.«

»Ja«, sagte Trager leise. Gerade das erwartete er.

»Glaubst du, du kannst den Burschen in die Falle locken, indem du dich ihm als Opfer anbietest? Das klappt bestimmt nicht.«

»Richtig – aber nur, wenn ich allein arbeite.«

»Was hast du denn überhaupt vor? Willst du das Haus von Polizisten umstellen lassen?«

»Das würde zu nichts führen. Ich darf es dem Burschen nicht *zu* schwer machen, an mich heranzukommen, sonst versucht er es nicht. Ich muß die Sache eiskalt planen, klar?«

»Eiskalt – das ist das richtige Wort«, sagte ich gepreßt. »Er wird dich kaltmachen, mit einem Gewehr aus dem Hinterhalt oder so.«

»Ich bleibe im Haus. Dann muß er aus seinem Versteck

raus. Und er wird es tun. Mir fällt da gleich ein halbes Dutzend Möglichkeiten ein. Vielleicht verkleidet er sich – als Botenjunge, Mechaniker oder so. Mach dir keine Sorgen, Rick, er wird es versuchen. Und wenn es soweit ist, haben wir ihn in der Falle.«

»Wir?«

Tragers Grinsen hatte etwas Boshaftes. »Habe ich es dir noch nicht gesagt? Ich gebe dir einen Auftrag, du Privatdetektiv. Mein Geld ist so gut wie das jedes anderen.«

Bis jetzt hatte ich noch keinen Auftrag abgelehnt.

Als wir das rosenumrankte Häuschen erreichten, bemerkte ich, daß Trager Besuch hatte. Ein Streifenwagen stand in der Auffahrt, und vier Beamte, davon drei in Zivil, warteten im Wohnzimmer.

»Begrüßungskomitee«, sagte ich.

»Die müssen die Zeitungen gelesen haben«, stellte Trager fest.

Und er hatte recht. Der Bericht stand bereits in der Nachmittagsausgabe. Ich entdeckte ein Exemplar auf dem Couchtisch.

Die vier Bullen standen herum, traten unruhig von einem Fuß auf den anderen und versuchten den richtigen Einstieg ins Gespräch zu finden. Der Klügste des Quartetts war ein gewisser Lieutenant Crispin, ein blonder Pfadfindertyp, der den Blick nicht von Evvy wenden konnte, was ihn mir nicht gerade sympathisch machte. Die Besucher klopften nette, langweilige Sprüche, doch es war Crispin, der schließlich sagte: »Es war nicht besonders schlau von Ihnen, die Zeitung zu informieren, Joe. Sie hätten warten sollen, bis Sie wieder richtig sehen könnten und der Bursche identifiziert wäre.«

»Ich bin ganz ruhig«, stellte Trager fest.

»Wir aber nicht. Und Captain Gershon macht sich ebenfalls Sorgen.« Er richtete den Blick auf Evvy. »Gershon meint, wir sollten uns um Sie kümmern.«

»Wissen Sie, was Gershon ist?« fragte Trager im Plauderton. »Ein alter Jammerlappen. Sagen Sie ihm, er soll sich keine Gedanken machen. Ich habe mir einen Leibwächter besorgt.«

Die Beamten musterten mich von Kopf bis Fuß.

»Ring heißt er«, fuhr Trager fort. »Wenn Sie mehr über Rick Ring wissen wollen, brauchen Sie bloß in den Belobigungsunterlagen unserer Polizeibehörde nachzusehen. Dann hätten Sie keine Angst mehr um mich.«

»Ich halte das trotzdem nicht für ausreichend«, fuhr Crispin fort, ohne den Blick von Evvy zu nehmen. »Ich schaue ab und zu mal vorbei, um mich zu vergewissern, ob alles in Ordnung ist.«

»Das ist nett von Ihnen, Bruce.« Ich hätte mir denken können, daß er Bruce hieß!

»Ist das wahr, Dad?« fragte Evvy, als die Beamten gegangen waren. »Bist du in Gefahr?«

»In Gefahr? Vor Wolf Lang?«

»Aber der Mann, der die Säure geworfen hat – der könnte doch . . .«

»Deshalb ist ja Rick hier«, sagte Trager. »Er soll mich beschützen. Und das kann er nur, wenn er im Haus ist. Du machst am besten gleich das Gästezimmer fertig, mein Schatz.«

»Ich finde nicht, daß ich oben schlafen sollte«, meinte ich. »Wenn du es einrichten kannst, möchte ich mein Lager hier unten aufschlagen.«

»Gute Idee«, sagte Trager. »Aber ich muß dich warnen – die Couch da ist ziemlich alt.«

»Ich bin kein Säugling mehr«, stellte ich fest.

Auf Sofas schlafe ich nicht besonders gut, doch mein Job hatte nichts mit Schlafen zu tun. Ich legte Jackett und Krawatte ab, streckte mich aus und sorgte dafür, daß meine Schuhe nicht das Polster verschmutzten. Beim Auf-der-Lauer-Liegen darf man sich nicht auf Strümpfen erwischen lassen.

Gegen zwei Uhr war ich noch wach. Mir ging allerlei durch den Kopf – vor allem dachte ich an die vielen Fehler, die ich in meinem Leben schon gemacht hatte. Davon war der schlimmste natürlich meine Heirat. Dieser Gedanke brachte mich auf Evvy, und Evvy ließ mich an Sylvia denken und ihr Alptraumgesicht. Plötzlich hatte ich Angst vor der Dunkelheit. Hört sich blöd an – ein Bulle, der sich vorm Poltern in der Nacht fürchtet, aber so bin ich nun mal.

Als ich eben die Tischlampe anknipste, hörte ich irgendwo im Haus ein Geräusch. Ich ließ den Schalter in die andere Richtung klicken und machte das Zimmer wieder dunkel.

Das Geräusch hatte sich nach einem Türklappen angehört. Ich verwünschte mich, weil ich nicht daran gedacht hatte, die Türen zu überprüfen. Wie kam ich nur darauf, daß dazu morgen noch Zeit sein würde?

Ich zog die Automatik aus dem Halfter und schlich in den vorderen Flur. Meine Augen hatten sich gut an das Dunkel gewöhnt. Ich blieb an der Flurtreppe stehen und lauschte.

Natürlich konnte es sich um ein ganz unschuldiges nächtliches Geräusch handeln; jemand, der zur Toilette mußte, oder etwas Ähnliches.

Im nächsten Augenblick knallte das Gewehr los. Glas zersplitterte.

Mein erster Gedanke galt Trager, und ich hastete, so schnell ich konnte, die Stufen hinauf. Auf dem Treppenabsatz kam mir Evvy im Nachthemd entgegen; sie sah verwirrt und wunderhübsch aus. Ich fragte nach Tragers Zimmer. Wortlos wies sie mir den Weg.

Ich riß die Schlafzimmertür auf und war auf alles gefaßt – sogar auf eine Leiche. Aber der Captain lebte. Er lehnte an der Wand und hatte beide Hände flach gegen das Mauerwerk gepreßt. Er war offensichtlich erstarrt vor Angst, was ich ihm nicht verdenken konnte. Die Gewehrkugel hatte das halbe Fenster zertrümmert. Ich ging über den glasknirschenden Boden und blickte nach draußen. Der Schütze mußte sich unmittelbar unter dem Fenster befunden haben.

»Rick?« fragte Trager tonlos. »Wo ist Evvy?«

»Alles in Ordnung mit ihr«, erwiderte ich. »Bist du getroffen, Joe?«

»Nein. Ich wollte gerade aufstehen, um einen Schluck Wasser zu trinken. Er muß gesehen haben, wie ich am Fenster vorbeiging. Ich hörte, wie sich da unten etwas bewegte; seit ich blind bin, sind meine Ohren besser.«

»Dad!« Evvy warf sich ihrem Vater in die Arme.

»Mir ist nichts passiert«, sagte er beruhigend. »Alles in

Ordnung, Ev. Bitte schau nach deiner Mutter und hör auf, dir um mich Sorgen zu machen.«

»Du hättest die Zeitungen nicht informieren dürfen!« sagte sie schluchzend. »Die Gangster werden dich umbringen. Ihnen bleibt gar nichts anderes übrig!«

»Niemand bringt mich um, meine Kleine. Und jetzt geh zu deiner Mutter.«

Evvy warf mir einen Blick zu, in dem deutlich die verächtliche Frage stand: *Und wo warst du, Leibwächter?* Dann ging sie, um nach ihrer Mutter zu sehen. Das schreckliche Ereignis hatte Sylvia nicht weiter gestört; das Entsetzen in ihr mußte wohl noch zu stark sein.

Am nächsten Morgen teilte ich Trager mit, daß ich den Auftrag doch nicht übernehmen wollte. »Ich werde damit nicht fertig«, sagte ich. »Der Köder-Trick klappt nicht. Wenn dich jemand wirklich umbringen will, kommt er auch an dich ran. Das ist ein zu hoher Preis für die Chance, den Burschen zu erwischen.«

»*Ich* bin gewillt, das Risiko einzugehen«, sagte Trager leise. »Warum du nicht?«

»Weil ich deine Tochter mag«, sagte ich ehrlich. »Und wenn du umgepustet wirst, solange ich dich beschütze – was muß sie dann wohl von mir halten?«

Trager lachte. »Und was wird sie von dir halten, wenn du mich im Stich läßt?«

Da hatte er mich in der Klemme. Ich runzelte die Stirn. »Na, schön«, sagte ich niedergeschlagen. »Aber wenn ich bei euch wohnen soll, muß ich mich wenigstens im Hotel abmelden. Was meinst du, kommst du mal zwei Stunden allein zurecht?«

»Aber ja«, sagte Trager grinsend.

Ich fuhr ins Hotel, packte und gab meinen Schlüssel ab. Als ich das Gebäude verließ, stoppte ein Streifenwagen hinter meinem Auto. Ein blonder Kopf wurde durch das Seitenfenster gesteckt.

»He, Ring!«

»Hallo, Crispin«, sagte ich. »Warum sind Sie nicht auf Hundefang?«

Er beäugte mich mürrisch. »Wie sieht es denn bei Trager aus?« wollte er wissen.

»Evvy geht es bestens. Beantwortet das Ihre Frage?«

»Werden Sie nicht frech, Ring!«

Ich zuckte die Achseln. »Alles in Ordnung mit dem Alten.«

»Keine Probleme?«

Ich zögerte. Am liebsten hätte ich ihm die Wahrheit gesagt und damit der Polizei die Last der Verantwortung für Joe Tragers Sicherheit aufgebürdet. Vielleicht war es falsch verstandene Freundschaft, den Mund zu halten – doch ich sagte nichts. »Keine Probleme«, antwortete ich.

Dann kehrte ich zu dem kleinen weißen Haus zurück und stellte fest, daß ich doch Probleme hatte. Auf Joe Trager war geschossen worden.

Das größte Problem war zunächst Evvy, die sich nicht beruhigen lassen wollte. Trager selbst war nicht viel geschehen; das Geschoß hatte sein rechtes Bein nur gestreift. Er hatte die Wunde selbst behandelt und verbunden, ohne einen Arzt zu rufen. Und das natürlich aus gutem Grund: Ärzte müssen Schußwunden melden.

Ich fragte Trager, wie es geschehen war.

»Ich saß im Arbeitszimmer«, antwortete er. »Evvy war oben, und Sylvia kümmerte sich im Garten um die Blumen. Das ist im Augenblick ihr ein und alles, die Rosen...«

Endlich wußte ich, warum der Garten so gut gedieh.

»Ich saß an meinem Tisch, als ich draußen ein Geräusch hörte. Sylvia weinte. Ich hatte sie nicht weinen hören, seit... na ja, es ist lange her. Ich stand auf und ging zur Tür.«

»Soll das heißen, du bist *nach draußen* gegangen?«

»Ja!« sagte Trager gereizt. »Ich sage dir doch, meine Frau weinte!«

Sein Gesichtsausdruck veranlaßte mich, auf weitere Bemerkungen zu verzichten.

»Ich machte gerade den zweiten Schritt, als ich die Schüsse hörte. Der erste traf mich am Bein und führte dazu, daß ich zu Boden ging. Das war mein Glück. Der zweite Schuß ging in die Tür. Hier, ich hab dir das Ding rausgeholt.« Er reichte mir eine zerdrückte Kugel.

»Ein Geschoß aus einer 38er«, sagte ich.

»Dachte ich mir schon.«

In diesem Augenblick kam mir eine Idee, die ich aber für mich behielt.

»Sag's ruhig«, fuhr Trager fort, der meine Gedanken zu erraten schien. »Sag, was du zu sagen hast.«

»Na schön«, meinte ich. »Das Ding könnte aus einem Police Special stammen.«

»Du denkst an bestochene Polizeibeamte«, sagte Trager. »Aber so viele Freunde hatte Wolf Lang nun auch wieder nicht.«

»Ich stelle keine Mutmaßungen an – nur eine: Wenn du mit deinem Plan weitermachst, bist du früher oder später dran.«

In diesem Augenblick kam Evvy ins Zimmer. Während sie vorhin noch geradezu hysterisch gewesen war, gab sie sich jetzt eisig ruhig.

»Ich habe genug von diesem Spielchen«, verkündete sie. »Ich rufe die Polizei an.«

»Nein, mein Liebling«, sagte Trager beiläufig. »Das tust du nicht.«

»Du brauchst *Hilfe!* Man muß dich in Schutzhaft nehmen oder so, bis du wieder richtig sehen kannst.«

»Das kann noch Wochen oder Monate dauern. Die Polizei darf gute Beamte nicht auf unbestimmte Zeit für eine solche Sache einsetzen. Außerdem habe ich ja Rick.«

»Kann Rick dich ständig bewachen?« Sie wandte sich flehend an mich. »Vielleicht hört er auf Sie! Bitte reden Sie ihm doch ins Gewissen!«

Ich blickte in ihre wunderschönen bittenden Augen und wußte nicht, was ich sagen sollte. Gewisse Worte lagen mir zwar auf der Zunge. *Evvy, ich liebe dich.* Aber dafür war jetzt nicht der richtige Zeitpunkt und auch nicht der richtige Ort. Ich erkannte, daß mir nur eine Möglichkeit blieb. Ich mußte mit Wolf Lang sprechen.

Das Krankenhaus hieß *Tobach-Hospital* und schien mir ein verflixt teurer Platz zum Sterben zu sein. Die Rasenflächen wirkten geradezu manikürt, und die Ärzte und Schwestern sahen aus, als wären sie von MGM besetzt worden. Nur die Hintergrundmusik in den Korridoren fehlte.

Lang verfügte über ein großes Privatzimmer im Westflügel. Ich weiß nicht, warum er einen so großen Raum brauchte. Bis auf ein oder zwei Stunden am Tag wohnte er in einem großen Metallkasten. Das Atemgerät war ein schmales, elegantes, schimmerndes Gebilde, fast schön zu nennen. Es verlieh Wolf Langs großem, häßlichem Faltengesicht über dem Gummikragen etwas Hochherrschaftliches.

Lang hatte gegen meinen Besuch nichts einzuwenden gehabt. Vermutlich freute er sich über die Ansprache. »Es besuchen mich so wenige Leute«, sagte er. »Nicht mal meine treusorgende Frau, dieses...« Er fand eine wenig schmeichelnde Bezeichnung für sie und fügte weitere Kraftausdrücke über seine früheren Bandenkumpel hinzu. »Können Sie sich vorstellen, wer mein bester Freund geworden ist, seit ich in diesem Laden liege? So ein Kerl von der Staatsanwaltschaft, der immer mal wieder vorbeikommt in der Hoffnung, daß ich endlich etwas Greifbares von mir gebe.« Lang lachte leise und suchte in dem Spiegel über seinem Kopf nach meinem Gesicht. »Ich halte ihn hin, nur wegen unserer Gespräche. Sie sind auch Bulle, ja?«

»Ja«, antwortete ich. »Privatdetektiv.«

»Gut!« sagte Lang. »Vielleicht kann ich Sie auch ein bißchen hinhalten.«

»Ich bin außerdem ein Freund von Joe Trager«, fuhr ich fort und sagte ihm, warum ich gekommen war. Lang hörte mir zu, ohne etwas zu sagen. Ich begegnete im Spiegel seinem Blick; die Augen zeigten kein verräterisches Zucken.

»Sie täuschen sich in mir, mein Freund. Ich habe niemanden im Visier«, sagte er.

»Es sind schon zwei Anschläge auf Trager verübt worden. Bis jetzt weiß die Polizei nichts davon. Deshalb hat man Sie auch noch nicht belästigt.«

»Die Polizei kann mich nicht belästigen«, sagte Lang verbittert. »In diesem Kasten stört mich überhaupt nichts mehr, kapiert? Haben Sie überhaupt eine Ahnung, wie lange ich jetzt in dem Ding liege? Fünf Monate! Ich bin am Hinterkopf schon fast kahl, weil ich soviel darauf liege.«

»Joe Trager ist keine Gefahr mehr für Sie. Das wollte ich Ihnen nur sagen. Das Ganze ist ein Bluff. Er kann gar nicht sehen. Er wird nie wieder sehen können.«

»Reden Sie mir nicht von Gefahren, Junge. Nichts kann mir gleichgültiger sein. Ein Mann wie ich, in den besten Jahren – Sie sehen ja, was passiert. Niemand erkrankt mehr an Kinderlähmung, nur ich.«

»Vielleicht geht der Kontrakt auf Trager ja nicht von Ihnen aus«, sagte ich. »Aber Ihr Junge könnte auf eigene Faust arbeiten.«

»Junge – welcher Junge?«

»Ihr Freund, der Säurewerfer.«

»Ich habe wohl Freunde, die damit umgehen können – aber das hat mir bisher niemand nachweisen können.«

»Hören Sie«, sagte ich und beugte mich so weit vor, daß mein Atem den Spiegel beschlagen ließ. »Sie holen sich da mehr Ärger an den Hals, als gut für Sie ist. Wenn Trager umgebracht wird, sind etliche Leute sauer auf Sie, Wolf, und vergessen dann vielleicht ihre guten Manieren. Vielleicht kommt sogar jemand her und zieht den Stecker aus Ihrer Maschine. Wer weiß?«

Ein dünner Schweißfilm erschien auf Langs Stirn. Er griff nach dem Rufknopf, doch ich legte ihm die Hand auf den Arm.

»Ich nehme Ihnen das ab«, sagte ich, ergriff ein Tuch und wischte ihm vorsichtig das Gesicht ab. »Sie sind nicht mehr so gut beschützt wie früher, Wolf. Die guten alten Freunde haben Sie vergessen. Sie sind ein leichtes Opfer. Dieser Kasten« – ich klopfte dagegen – »gäbe einen hübschen Sarg ab.«

»Verschwinden Sie!«

»Erzählen Sie mir von Ihrem jungen Freund, Wolf.«

Er hielt meinem Blick im Spiegel stand. Vielleicht verrieten ihm meine Augen, daß ich es ernst meinte. »Er hieß Helfant«, sagte Lang, »und ließ sich gern Duke nennen. Ich habe ihn nicht mit der Säure losgeschickt. Darauf ist er selbst gekommen. Er bildete sich ein, mir einen Gefallen zu tun, und hoffte, ich würde ihm dankbar sein. Statt dessen habe ich ihn rausgeworfen – da können Sie jeden fragen.«

»Und wo steckt Helfant jetzt?«

»Was fragen Sie mich? Ich bin Invalide, ich habe keine Ahnung!«

»Jemand muß es aber wissen, Wolf.«

»Als ich das letztemal von ihm hörte, war er wegen einer Rauschgiftsache verhaftet worden. Fragen Sie doch die Bullen.«

»Gern.«

Und ich erkundigte mich. Ich rief im Hauptquartier an und ließ mich mit Crispin verbinden. Ich fragte ihn nach Duke Helfant, und er bestätigte mir nach Rückfrage die Rauschgiftgeschichte. Dann teilte er mir eine Neuigkeit mit, die mich davon überzeugte, daß ich den Tag bis jetzt verschwendet hatte.

»Helfant ist tot«, sagte Crispin. »Er wurde von einem anderen Sträfling im Gefängnishof niedergestochen. Was hat Helfant mit der Sache zu tun?«

»Nichts«, sagte ich und war plötzlich sehr müde.

Als ich nach Sausalito zurückkehrte, war es schon dunkel. Bei Trager brannte nur hinter einem Fenster Licht – im Arbeitszimmer.

Ich trat ein. Trager saß auf dem Sofa und hatte das Bein hochgelegt. Evvy las ihm vor, und ich warf einen verstohlenen Blick auf den Titel des Buches. *Ivanhoe.*

»Ein Roman über Ritter und so«, sagte Trager aufgekratzt. »Weißt du, die Kerle hatten große Ähnlichkeit mit uns Polizisten.«

»Ich sehe keine Ähnlichkeit«, meinte Evvy. »Außer daß sie auch ziemlich starrköpfig waren.«

Ich fragte Trager, ob ich mit ihm allein sprechen könnte. Evvy verstand den Hinweis und zog sich zurück.

»Wo hast du den ganzen Tag gesteckt, Rick?« fragte er.

»Ich war unterwegs. Habe mit allen möglichen Leuten gesprochen.«

»Was für Leuten?«

»Joe, hast du den Burschen gesehen, der die Säure geworfen hat?«

»Nur ganz kurz. Wenn ich wirklich wieder sehen könnte, wüßte ich nicht, ob ich ihn im Fahndungsbuch wiedererkennen würde.«

»Erinnerst du dich an irgendeine Einzelheit? Vielleicht an seine Haarfarbe?«

»Schmutzigblond oder so. Lange Koteletten.«

»Seine Augen?«

»Das weiß ich nicht.«

»Größe und Körperbau?«

»Mittelgroß, eher dünn.«

»Sonst nichts?«

»Nein«, sagte er lakonisch.

Ich nahm die Notizen zur Hand, die ich während meines Gesprächs mit Crispin gemacht hatte. »Hast du schon mal von einem Typ namens Duke Helfant gehört?«

»Nein.«

»Der Kerl hat eine Zeitlang für Wolf Lang gearbeitet. Dann hörte er auf oder wurde rausgeworfen und machte sich als Drogenpusher selbständig.«

»Ich kenne ihn nicht.«

Ich raschelte mit dem Papier. »Helfant war eins zweiundsiebzig groß, wog etwa hundertundzwanzig Pfund, war blond und hatte lange Koteletten.«

»Na und?«

»Er könnte der Säurewerfer gewesen sein, Joe. Aber das bringt ein Problem. Der Mann ist tot.«

»Dann ist er nicht der Säurewerfer. Wer hat behauptet, er wäre es?«

Ich wählte vorsichtig meine Worte: »Wolf Lang, Joe. Ich war heute bei ihm. Ich besuchte ihn im Krankenhaus und sagte ihm die Wahrheit – daß er sich keinen Gefallen damit täte, wenn er dich umbrächte; daß alles nur ein Bluff wäre.«

Im ersten Augenblick dachte ich, Trager würde meine Initiative ohne Widerworte schlucken. Aber dann sagte er: »Mach, daß du rauskommst, Rick. Ich will dich in meinem Haus nicht mehr sehen.«

»Moment mal, Joe...«

»Du hast mich schon verstanden! Für einen Judas ist hier kein Platz! Ich habe dich um Hilfe gebeten, weil ich dich für meinen Freund hielt.«

»Ich *bin* dein Freund. Ich kann nicht dabei zusehen, wie du dich selbst umbringst. Genau das tust du nämlich.«

»Solche Freunde brauche ich nicht!«

»Ich mußte es ihm sagen, Joe. Nur glaube ich gar nicht, daß er mir glaubt. Vielleicht schickt er dir trotzdem jemanden auf den Hals. Du kannst ihn nur überzeugen, indem du es selbst eingestehst.«

»Verschwinde, Rick, bitte!«

»Du bist nicht nur blind, du bist auch verbohrt!« Ich begann zu brüllen. »Begreifst du nicht, daß du dir nur selbst helfen kannst?«

»Das ist völlig richtig, und wenn der Säurewerfer auf mich losgeht, bin ich bereit.«

»Ohne Augen?«

»Ja.«

»Du hast ja keine Chance!«

Plötzlich hob er die Hand und schaltete die Birne aus, die das Zimmer erleuchtete. Dunkelheit umgab uns.

»He«, sagte ich. »Was soll das?«

»Glaubst du wirklich, ich kann nicht auf mich selbst aufpassen?«

Im nächsten Augenblick prallte etwas gegen mich und drückte mich energisch gegen die Wand. In einem explosiven Stoß wurde mir die Luft aus den Lungen gedrückt. Trager versuchte sich zu beweisen; ich spürte, wie sich seine kräftigen Arme durch die meinen schlängelten, wie sich seine Hände zu einem vollen Nelson in meinem Nacken trafen.

»Laß los!« brachte ich heraus. »Joe, bist du verrückt geworden?«

»Wehr dich! Befrei dich!«

Ich wand mich hin und her und vermochte einen Arm freizubekommen – oder vielleicht ließ er mich auch gewähren. Jedenfalls war ich bald frei und huschte durchs Zimmer auf den Lichtschalter zu. Er packte zu und wirbelte mich herum; seine Intuition war gut. Ich hörte ihn leise lachen, während er mir einen sauberen Schlag auf das Kinn versetzte. Ich taumelte rückwärts gegen einen kleinen Tisch und stieß dabei etliche Gegenstände zu Boden. Zu ihnen gehörte ein Tischfeuerzeug. Ich ergriff es und ließ die Flamme hochschnappen. Ich sah ihn auf mich zukommen, konnte mich aber noch zur Seite bewegen. Trotzdem packte er mich um die Hüfte. Ich ließ das Feuerzeug fallen und nahm eine schwere Vase vom Kaminsims, die ich über seinen Kopf hielt.

»Na bitte«, sagte er schweratmend. »Ich habe dich, Rick.«
»Schön«, sagte ich, »du hast mich.«
»Bist du nun überzeugt, daß ich recht hatte?«
Ich bewegte die Vase in der Hand und wußte, daß ich ihn mit einem Schlag ausschalten konnte. Natürlich tat ich es nicht.
»Du hast mich überzeugt, Joe«, sagte ich.
Daraufhin ließ Trager mich frei. Er atmete heftig. »Und jetzt kannst du von hier verschwinden«, sagte er. »Ich brauche dich nicht mehr, Rick.«
»Darf ich wenigstens meinen Koffer mitnehmen?« fragte ich.
Als ich in der Stadt eintraf, war es fast zweiundzwanzig Uhr. Zum Glück beschloß ich, mich im selben Hotel einzumieten, in dem ich schon vorher gewohnt hatte. Ich sage »zum Glück«, weil Evvy Trager mich aus diesem Grund schneller finden konnte.
Es muß gegen zwei Uhr früh gewesen sein, als das Telefon klingelte. Ich wußte sofort, daß sie es war, obwohl ihre Stimme vor Entsetzen verzerrt klang.
»Rick, ich glaube, es schleicht jmand im Haus herum!«
»Rufen Sie die Polizei an!«
»Das wollte ich ja tun. Aber Dad läßt mich nicht. Er sitzt ohne Licht in seinem Arbeitszimmer und hat ein Gewehr im Schoß. Ich darf nicht mal das Licht anmachen!«
»Das lassen Sie auch hübsch sein«, sagte ich warnend. »Die Dunkelheit ist sein einziger Verbündeter!«
»Rick, Sie müssen zurückkommen!«
»Evvy, begreifen Sie nicht, daß das keinen Sinn hat? Er muß die Polizei anrufen! Er muß wegen seiner Augen die Wahrheit sagen.«
»Was soll das heißen – die Wahrheit?«
Ich packte den Telefonhörer fester. »Er blufft nur, Evvy. Er hat Sie und alle anderen belogen. Er wird nie wieder sehen können. Er hat die Geschichte nur erfunden, um den Säurewerfer aus der Reserve zu locken.«
»Oh, Rick! Wie konnten Sie das nur zulassen?«
»Evvy«, sagte ich hastig. »Dafür gibt es einen ganz lächerlichen Grund. Ich hab's getan, weil ich verrückt nach dir bin.«

Fünf Sekunden lang herrschte Schweigen, dann sagte sie: »Bitte, komm zurück, Rick! Ich brauche dich!«

Wie konnte ich da nein sagen?

Eine kluge Vorsichtsmaßnahme ergriff ich allerdings, ehe ich das Hotel verließ: Ich lieh mir beim Nachtportier eine Taschenlampe. Es wurde langsam Zeit, daß ich mal etwas Kluges tat.

Als ich mich dem Haus der Tragers näherte, wurde mir klar, daß ich die Lampe brauchte. Kein Lichtschein war zu sehen, nicht mal der Mond trug zur Aufhellung der Szene bei. Ich stellte den Wagen am Ende der Einfahrt ab und legte den Rest des Weges zu Fuß zurück.

Als ich mich der Haustür näherte, hallte ein Schuß durch das kleine weiße Haus – als habe der Killer auf meinen Auftritt gewartet. Ich versuchte die Tür zu öffnen, die aber verschlossen war. Ich hämmerte dreimal dagegen. Evvy machte mir auf. Es mochte die Angst sein, die sie in meine Arme trieb – jedenfalls freute ich mich über die Geste.

»Der Schuß...«, begann ich.

»Das war Dad. Er dachte, er hätte jemanden gehört.«

Ich ging ins Haus und schaltete die Taschenlampe ein. Ich hörte Tragers tiefe Stimme: »Mach das verdammte Ding aus!«

Ich sah ihn im Flur stehen. »Joe, was hast du...«

»Ist Evvy bei dir?«

»Ich bin hier, Dad.«

»Verschwinde nach oben, wie ich es dir gesagt habe!«

Evvy drückte meine Hand und ging zur Treppe. Inzwischen hatten sich meine Augen an das Halbdämmer gewöhnt, das im Haus herrschte, und vermochten das Gewehr in Tragers Hand auszumachen.

»Er ist im Haus, Rick«, sagte der Captain. »Ich habe gehört, wie er sich im Keller bewegte, und bin auf ihn los. Ich hab's mit einem Schuß riskiert, ihn aber nicht getroffen...«

»Laß mich unten nachsehen«, sagte ich.

»Sei vorsichtig. Und mach kein Licht!«

»Ich verscheuche ihn schon nicht.«

Ich ging in den hinteren Teil des Flurs zur Kellertür. Der Strahl meiner Taschenlampe huschte vor mir über die Kellertreppe. Im Untergeschoß war der übliche Unrat abgestellt – alte Lampenschirme, Sturmverschläge für die Fenster und ein paar rostige Fliegentüren. Unter der Stelle, an der Tragers Gewehrkugel in die Wand geschlagen war, lag ein Häufchen weißer Staub. Sonst gab es nichts zu sehen.

Als ich die Treppe wieder emporstieg, hörte ich über mir Schritte. »Joe?« fragte ich, wußte aber sofort, daß es sich nicht um Tragers große Füße handelte.

Vorsichtig öffnete ich die Kellertür. Aus den Augenwinkeln nahm ich nur einen vagen Schatten wahr, doch ich wußte, daß da eben jemand durch den Flur gegangen war. Ich zog die Automatik aus dem Halfter und ging in dieselbe Richtung. In diesem Augenblick quietschte etwas. Ich fuhr herum und sah, daß die Pendeltür zur Küche hin und her schwang.

Ich hatte keine Lust, die Küche zu betreten: hinter der Tür mochte der Tod lauern. Ich mußte immer wieder an Evvy denken und daran, daß ich noch nicht sterben wollte, aber dann machte ich mir klar, warum ich hier war, und öffnete die Tür mit dem rechten Fuß. Im gleichen Augenblick schaltete ich die helle Taschenlampe ein und zielte mit dem Lichtstrahl wie mit einer Waffe.

Im Lichtkreis erschien Sylvia Tragers alptraumhaftes Gesicht, die Augen angstgeweitet. Es waren diese Augen, die mir die Wahrheit offenbarten, die mir verrieten, warum sie durch die Dunkelheit schlich; ihre Augen nicht weniger als der Polizeirevolver, den sie in der knochigen Hand hielt. Im ersten Augenblick dachte ich, sie wollte feuern und mich aus ihrer unerträglichen Welt entfernen, so wie sie auch Joe Trager beseitigen wollte. Aber sie schoß nicht. Reglos stand sie im Licht und bewegte die gespenstisch verformten Lippen in dem Bemühen, Worte zu formen. Doch es war nichts zu hören.

»Mrs. Trager«, flüsterte ich. »Bitte senken Sie die Waffe.« Sie bewegte sich noch immer nicht, und ich sagte leise: »Sylvia!« Da hörte ich sie zum erstenmal sprechen, ihre Stimme war sehr leise.

»Bitte«, flehte sie. »Bitte, Doktor!«

»Alles in Ordnung, Mrs. Trager«, sagte ich. »Sie können mir die Waffe jetzt geben.«

»Ich muß es tun!« stöhnte sie. »Ich *muß* ihn umbringen, begreifen Sie das nicht? Es ist die einzige Möglichkeit.«

»Aber warum?« fragte ich. »Um Himmels willen – warum?«

»Er darf mich nicht sehen. Das wissen Sie doch! Er hat mich nie so gesehen, und jetzt kommt sein Augenlicht zurück. Nein, nein! Eher soll er tot sein...« Sie sprach sehr leise, fast logisch, mich um Verständnis anflehend.

Und ich verstand sie tatsächlich. »Sylvia, geben Sie mir die Waffe«, forderte ich.

»Bitte!« Sie hob eine Hand an das Gesicht. »Machen Sie das Licht aus.«

Ich kam ihrer Bitte nach – und das war dumm von mir. In der plötzlich zurückkehrenden Dunkelheit trat sie in Aktion. Ehe ich sie aufhalten konnte, war sie an der Pendeltür. Ich packte sie am Arm, doch sie drehte sich um und knallte mir heftig den Revolver gegen die Schläfe. Ich taumelte gegen einen Schrank und brachte das Geschirr zum Klirren, während ich bei Bewußtsein zu bleiben versuchte.

Dann kam das Geräusch, das ich auf keinen Fall hatte hören wollen: ein Feuergefecht begann, Schüsse wurden abgegeben und erwidert, und ich wußte, daß die Gegner sich endlich gefunden hatten. Ich verließ die Küche und ging ins Arbeitszimmer. Meine Hand ertastete den Schalter. Das Licht zeigte mir das Ergebnis. Tragers Bluff hatte funktioniert, sein Feind war tot – und mich erwartete die Aufgabe, ihm zu sagen, wer es war.

# Bulle im Schaukelstuhl

Detective Lieutenant Herb Finlay saß auf der Veranda seines Ferienhäuschens und mißbrauchte den Schaukelstuhl zum Stillsitzen. Damit übertrat er die ärztlichen Anordnungen zwar nur geringfügig, fand es aber sehr befriedigend, reglos dazusitzen und mürrisch auf die Baumwipfel und die Küstenlinie Maines zu blicken, hinüber zu dem Wild, das er nicht jagte, und zu den Fischen, die er nicht an Land holen durfte.

Der Polizeiarzt hatte sich ziemlich drastisch geäußert. »Für einen Bullen wie dich, Finny«, knurrte er, »ist Jagen und Fischen keine Entspannung, sondern nur ein Ersatz für die Verbrecherjagd. Ich will, daß du dich *ausruhst* – und damit meine ich einen Urlaub im Schaukelstuhl, du alter Dummkopf.«

Natürlich war Finny noch gar nicht alt, erst neunundfünfzig – nur seine Arterien waren zu schnell gealtert. Eines schönen Morgens hatte er auf dem Weg zur sechshundertvierundzwanzigsten Verhaftung seiner Karriere einen Herzanfall erlitten und war ins Bett verbannt worden. Wegen guter Führung wurde er schließlich in die Obhut von frischer Luft, Sonnenschein und totaler Ruhe entlassen. »Du rührst keinen Finger«, forderte man ihn auf. »Vergiß, daß du Bulle bist, tu mal so, als wärst du eine Pflanze.« Nach zweiunddreißig Jahren war das der schlimmste Befehl, den er je bekommen hatte.

Finny griff nach dem Feldstecher und suchte mit Adleraugen die Bäume ab. An der Küste entdeckte er eine Gruppe sauberer kleiner Häuser mit weißen Dächern, die wie Kekse in der heißen Mittagssonne buken. Gute zehn Minuten lang beobachtete er die Gebäude. Dann neigte er den Stuhl zurück und versuchte zu schlafen. Fünf Minuten später richtete er das Fernglas wieder auf die Häuser. Schließlich stand er auf, ging in das kühle Innere der Hütte und griff nach dem Telefon. Er probierte aus, wie lang die Schnur war, und stellte fest, daß er den Apparat mit zum Schaukelstuhl nehmen konnte. Er setzte sich den Apparat in den Schoß und wählte die Hotelvermittlung.

»Würden Sie mich bitte mit Mr. Bryer verbinden?« fragte er. Die Telefonistin kam der Aufforderung nach, und Bryer meldete sich mit der für einen Hotelwirt typischen Frage.
»Ja, alles in Ordnung, in bester Ordnung«, knurrte Finny. »Ein Paradies auf Erden. Ich wollte Sie nur was fragen. Wissen Sie Näheres über die Häusergruppe drüben am Wasser? Etwa drei bis vier Meilen von hier, im Südosten.«

Bryer antwortete im entschuldigenden Tonfall. »Sie meinen sicher die Rose-Valley-Siedlung. Kleine Häuser mit weißen Dächern? Die ganze Landschaft ist verschandelt, aber was kann man gegen den Fortschritt machen?«

»Wie viele Häuser gibt's da insgesamt?«

»Ein Dutzend. Bis auf drei sind alle verkauft. Aber hören Sie, wenn Sie sich hier niederlassen wollen . . .«

»Wollte es nur mal wissen«, sagte Finny tonlos. »Sie kennen nicht zufällig die Familien, die da wohnen?«

»Ich? Nein, Sir, das geht mich nichts an. Bill Jessup kann Ihnen da sicher mehr sagen; er ist der Grundstückskönig in unserer Gegend. Wollen Sie sich wirklich danach erkundigen?«

»Das geht Sie auch nichts an.«

Finny legte auf und meldete sich wieder bei der Dame in der Vermittlung. Über die Auskunft ließ er sich Jessups Nummer besorgen und sprach zwei Minuten später mit dem Grundstückskönig.

»Aber natürlich kenne ich die Familien. Ich habe doch jedes Haus persönlich verkauft. Wer spricht da bitte?«

»Ich bin Detective Lieutenant Herbert Finlay«, sagte Finny langsam und betonte seinen Rang.

Jessup spulte eine Liste mit Namen herunter. Finny interessierte sich nicht für die Buchanans, die gerade auf Reisen waren, um Mrs. Buchanans Mutter zu besuchen; auch nicht für die Sandhursts, die sich im Ausland aufhielten;

oder für die Parkers, die in den Ferien waren (Finny fragte sich, wo man Urlaub macht, wenn man schon in Maine wohnt). Ebensowenig interessierten ihn die anderen vier Familien, die noch nicht eingezogen waren. Die verbleibenden fünf waren die Cotters, die Wilsons, die Twynams, die Pilchaks und die Smileys.

»Gibt's irgend etwas über diese Familien zu berichten?« fragte Finny. »Interessanten Klatsch, solche Sachen?«

»Jetzt hören Sie mal«, sagte Jessup mit einem Anflug von Schärfe. »Ich bin Grundstücksmakler und kein Klatschmaul. Wenn Sie Klatsch hören wollen, müssen Sie mit Hal Crump reden, nicht mit mir. Ich habe zuviel zu tun.«

»Wer ist Hal Crump?« fragte Finny.

Crump war der Starkolumnist der Ortszeitung, eines Sechs-Seiten-Blattes mit dem Titel *The Yankee Trader*. Schon am Telefon war er recht zugänglich und versorgte Finny gern mit den gewünschten Informationen.

»Die Cotters«, sagte Crump kichernd, »sind frisch verheiratet und lassen sich dementsprechend wenig blicken. Die Wilsons sind Mitte Fünfzig und sehen bloß fern. Die Twynams stammen aus einer alten Neuenglandfamilie, ruhige Leute. Die Pilchaks sind launenhaft. Die Smileys sind die Schlimmsten; er trinkt und verprügelt sie. Die Polizei ist schon fünf- oder sechsmal dort gewesen...«

»Ah«, sagte Finny, den das hübsche runde Wort »Polizei« sehr befriedigte.

Als nächstes rief er das Revier an und landete bei einer ordentlich barschen Sergeantenstimme.

»Ich heiße Finlay«, sagte er. »Detective Lieutenant bei der Mordkommission. Achtes Revier.« Dann stellte er seine Fragen.

»Smiley?« gab der Sergeant zurück. »Himmel ja, in der letzten Woche sind wir dreimal draußen gewesen, das letztemal gestern. Der Mann verprügelt seine Frau. Walkt sie tüchtig durch, dabei ist sie sehr zerbrechlich, eine richtige Puppe.«

»Wo ist er jetzt? Hinter Gittern?«

»Nein, wir konnten ihn nicht hierbehalten; er ist auf Kaution frei. Wenn ich's recht bedenke, ist er erst vor ein paar Stunden nach Hause marschiert. Sah ziemlich wütend aus. Würde mich nicht überraschen, wenn wir heute abend wieder gerufen werden.«

»Eine letzte Frage«, sagte Finny. »Wohnen die Smileys im dritten Haus auf der Ostseite der Siedlung? In der Nähe der Birkenbäume?«

»Aber ja, das ist das Haus!«

»Dann würde ich an Ihrer Stelle nicht auf den Anruf warten, Sergeant«, sagte Finny. »Ich würde sofort hinfahren.«

»Was ist denn los?«

»Fahren Sie schon!« sagte der Kriminalbeamte barsch. »Spannen Sie an und fahren Sie los, ehe es zu spät ist.«

»Was geht denn vor? Schlägt er sie schon wieder?«

»Ich glaube, diesmal ist es Mord«, sagte Finny grimmig.

Eine Stunde später klingelte das Telefon. Finny war in der heißen Sonne eingeschlafen, den Apparat im Schoß, und hätte den alten Schaukelstuhl vor Schreck fast umgekippt.

»Lieutenant?« Die Stimme des Sergeants klang schrill. »Um Himmels willen, woher haben Sie das gewußt? Ich meine, Ihre Hütte ist doch vier Meilen entfernt!«

»Was liegt an?« fragte Finny. »Was ist bei den Smileys los?«

»Wir kamen zu spät, aber die Frau hat keinen Ärger gemacht. Saß mit der blutigen Axt im Keller und wartete darauf, daß die Leiche des alten Knaben im Heizofen verbrannte. Wer weiß – vielleicht wäre sie sogar damit durchgekommen, wenn Sie nicht angerufen hätten. Woher *wußten* Sie das, Lieutenant?«

»Ach, es ist mir so zugeflogen«, antwortete Finny, und eine angenehme Wärme breitete sich in ihm aus. »Als ich mir die hübschen kleinen Häuser anschaute und den Schornstein rauchen sah, als wäre er ein Fabrikschlot, da mußte ich mich doch fragen, was man wohl am heißesten Tag des Jahres verbrennen könnte.«

Als er aufgelegt hatte, begann er zufrieden zu schaukeln.

# Die Leiden eines Rauchers

Die Zellophanhülle knisterte verlockend, als Lew Buckberg seine Panatella-Zigarre auspackte. Er öffnete die oberste Schublade seines Schreibtisches, bis sie die graue Weste berührte, die sich über den runden Bauch spannte, und ertastete den silbernen Zigarrenschneider, den Suella ihm zu einem längst vergessenen Geburtstag geschenkt hatte. Nie benutzte er den Anschneider, ohne sich Suella vorzustellen, wie sie damals gewesen war – mit rosigen Wangen und langem Haar, jeder Blick Anbetung, jedes Wort Zustimmung. Damals hatte sie nichts gegen seine Zigarren gehabt; sie hatte sie sogar für männlich gehalten.

Er schnitt die Spitze der Panatella ab und dachte an Suella, wie sie heute war: mit bleichen Wangen und spitzer Zunge, die Verbitterung und Enttäuschung ihres Lebens auf eine einzige triviale Klage konzentrierend. Heute waren seine Zigarren nicht mehr männlich, sondern ordinär, schmutzig, pervertiert, unflätig, eine Beleidigung für die Welt und vor allem natürlich für sie. Sie witterte Zigarrenrauch in den Gardinen, in den Teppichen, in ihrer Kleidung, in ihrem Haar. Um die Auswirkung der Zigarren noch mehr zu dramatisieren, begann sie sogar manchmal zu schwanken und verlangte nach einem Herzspezialisten. Zuweilen drohte sie, ihn zu verlassen, sobald er die nächste Zigarre ansteckte, doch sie machte es nie wahr. In letzter Zeit hatte sie eine neue Waffe gefunden: die Ratschläge Axelrods, des Familienarztes. Nun versuchte sie es auf die selbstlose Tour: »Diese Dinger bringen dich noch ins Grab, Lew; du weißt doch, was der Arzt gesagt hat.«

Grollend zündete sich Lew die Zigarre an und machte einen langen Zug. Die buschigen Brauen gerunzelt, blinzelte er an der Zigarre entlang. Das schlimme war, daß Suella womöglich recht hatte. Vielleicht war Axelrod mit der Raucherei doch auf dem richtigen Dampfer: seit siebenunddreißig Jahren füllte er sich Mund, Kehle und Lungen mit dem dicken blauen Rauch seiner Zigarren – angefangen von den schwarzen klumpigen 2-Cent-Stangen aus der frühen Jugend, bis hin zu den 75-Cent-Panatellas, die er sich jetzt in seinen nicht ganz unvermögenden mittleren Jahren leisten konnte. Zigarrensüchtig war er aber nicht. Er konnte jederzeit aufhören. Bisher hatte ihm das nur nicht *gepaßt*, das war alles. Doch für alles kommt einmal der richtige Zeitpunkt, und als Lew das gerahmte Gruppenbild aus dem Jahr 1931 betrachtete und sich klarmachte, wer vom Anfangspersonal der Frachtfirma noch am Leben war, fragte er sich unwillkürlich, ob der Augenblick nicht gekommen war. Der Kragen wurde ihm eng, und er starrte angewidert auf die glühende Asche. Doch er drückte die Zigarre nicht aus.

Am Nachmittag kehrten die morbiden Gedanken zurück, als Fred Handle, sein Versicherungsagent, wegen einer ausstehenden Prämienzahlung anrief. Seine Scherze waren wirklich geschmacklos. »Weiß man's«, sagte er kichernd, »ob Sie nicht selbst bald den Löffel abgeben, Lew?« Lew regte sich darüber so sehr auf, daß er seine Zigarre ausdrückte. Fünf Minuten später rauchte er eine neue.

Am Abend erzählte er Suella davon, fand aber kein Mitleid. »Fred hat völlig recht!« sagte sie energisch. »Das mindeste ist ein wenig Rücksicht auf *mich*. So, wie du es treibst, möchte ich bezweifeln, ob du mich überlebst.«

»Was sind das für Sprüche?« fragte er mürrisch.

»Vernünftige. Du willst das bloß nicht kapieren.«

Zornig beschnitt er eine Zigarre. »Ich habe manchmal das Gefühl, du *wünschst* meinen Tod. Vielleicht möchtest du die achtzig Riesen ganz allein kassieren.«

»Red nicht so kindisch. Um Himmels willen, du bist fast sechzig, du solltest es besser wissen!«

»Ich bin erst sechsundfünfzig. Bedräng mich nicht so.«

»Ich bedränge dich nicht. Das da« – Suella deutete mit bebendem Finger auf die Zigarre in seinem Mund –, »*das* bedrängt dich. Gib nicht mir die Schuld.«

»Was würde es dir schon ausmachen?« knurrte Lew und

öffnete ruckhaft die Abendzeitung, als schlüge er eine Tür zu.

Der Gedanke, daß Suella ihm einigermaßen gleichgültig gegenüberstand, war weder neu noch besonders beunruhigend; er hielt diesen Umstand für die logische Folge einer kinderlosen und langweiligen Ehe. Doch eine Woche später mußte Lew Buckberg sich fragen, ob Suellas Einstellung nicht doch komplexer war, als er vermutete.

Er hielt sich im Wohnzimmer auf und fummelte an den Knöpfen seines Fernsehapparats herum, der das Bild immer wieder in die Länge zog. Suella war in der Küche und bereitete den Kaffee, den sie jeden Abend um neun Uhr tranken. Seufzend gab er das elektronische Unterfangen auf und schaltete den Apparat ab. Er richtete sich auf und marschierte auf Strümpfen in die Küche. Dabei bewegte er sich so lautlos, daß Suella seine Anwesenheit nicht bemerkte. Sie stand mit dem Rücken zur Tür und war über die beiden Kaffeetassen gebeugt, die auf dem Spülbrett standen.

Vornübergebeugt und mit etwas beschäftigt.

Irgend etwas, vermutlich eine Art Schutzinstinkt, veranlaßte ihn, stehenzubleiben und seine Frau zu beobachten. Ihre Bewegung war schnell gewesen, der ganze Vorgang hatte weniger als fünf Sekunden gedauert; es mochte deshalb ins Unterbewußte hineinspielen, daß er dennoch mitbekam, was sie getan hatte.

Sie hatte etwas in eine Kaffeetasse geworfen. Nicht Sahne oder Zucker; beide tranken ihren Kaffee schwarz.

Rückwärtsgehend verließ er die Küche und hastete zu seinem Fernsehsessel zurück. Er schaltete das Gerät ein; erstaunlicherweise war das Bild jetzt normal und klar. Doch das Programm interessierte ihn nicht mehr.

»Hier ist dein Kaffee«, sagte Suella mit derselben tonlosen Stimme, mit der sie jeden Abend die Tasse brachte. »Gibt's was Gutes?«

»Den üblichen Quatsch«, sagte er leise. »Drei Westernfilme und eine Musikshow.« Er sah zu, wie sie die bis zum Rand gefüllte Tasse auf den kleinen Klapptisch neben seinem Sessel stellte. »Weißt du, ich glaube, ich habe heute abend keine Lust auf Kaffee.«

»Ach?«

Sie musterte ihn mit scharfem Blick. »Warum denn nicht? Du trinkst doch jeden Abend welchen.«

»Na, heute abend ist mir nicht danach.«

»Hast du wieder Magenschmerzen?«

»Warum fragst du? Ich habe doch kaum Ärger mit dem Magen.«

»Nach all den Zigarren sieht dein Inneres bestimmt höllisch aus. Trink deinen Kaffee. Dann hast du etwas Warmes im Bauch, tut dir bestimmt gut.«

»Ich will nichts«, sagte Lew Buckberg. »Verstehst du kein Englisch mehr? Ich will keinen Kaffee!«

Achselzuckend nahm sie die Tasse und trug sie in die Küche zurück. Dort geschah etwas ganz Außergewöhnliches: Suella, die sparsame Hausfrau, die jeden Teebeutel auslaugte, bis er erbleichte, schüttete den Kaffee in den Ausguß.

Lew hatte nun Stoff zum Nachdenken, und da er als Stellvertretender Direktor der Frachtgesellschaft eher einen sentimentalen Posten bekleidete als effektiv die Geschäfte leitete, hatte er viel Zeit zum Grübeln. Sicher war er sich seiner Sache nicht; er mochte völlig falsch liegen. Vielleicht hatte Suella überhaupt nichts getan.

Doch am gleichen Abend schlich er wieder in die Küche.

Suella goß gerade den Kaffee ein und war völlig auf die Arbeit konzentriert.

Dann griff sie in die Schürzentasche und holte eine kleine weiße Pille heraus.

Sie ließ sie in eine Tasse fallen. Das weiße Ding zischte leise, stieg zur Oberfläche empor und verschwand dann in der Schwärze.

Jetzt kam das Wichtige. Lew paßte genau auf. Ihre rechte Hand ergriff das Gefäß, das die Pille enthielt.

Er eilte ins Wohnzimmer zurück.

»Hier ist dein Kaffee«, sagte Suella tonlos. »Du hast vorhin gesagt, du wolltest eine Tasse, jetzt mußt du sie aber auch trinken.«

»Selbstverständlich«, antwortete er. »Ich will eine Tasse.«

»Hier«, sagte Suella und stellte die Tasse in ihrer rechten Hand vorsichtig auf seinen kleinen Tisch.

Zum Glück sah sie den Schweißfilm nicht, der sich plötzlich auf dem Gesicht und der hohen Stirn ihres Mannes bildete. Er schluckte krampfhaft, murmelte etwas von einer Zigarre und holte sich eine aus dem Kistchen auf der Anrichte. Auf dem Rückweg zum Sessel stieß er mit dem rechten Fuß ungeschickt gegen den Klapptisch. Tasse und Untertasse rutschten zum Rand. Er unternahm den verzweifelten Versuch, das Unglück zu verhindern, kam aber zu spät. Die Tasse zerbrach nicht (sie bestand aus Plaste), doch der Kaffee wurde sofort vom Teppich aufgesaugt.

Suella verwünschte seine Ungeschicklichkeit, doch Lew hörte ihr gar nicht zu. Als sie ihm eine neue Tasse anbot, sagte er: »Nein, lieber nicht. Vielleicht bin ich in letzter Zeit zu nervös; vielleicht sollte ich weniger trinken.«

»Ha!« sagte Suella.

In dieser Nacht lag er im Bett und lauschte auf das leise Atmen seiner Frau. Die Empfindung, die ihn wachhielt, war Angst, doch als er so über die Situation nachdachte, ging die Angst schnell in Entrüstung über. Welches Recht hatte Suella, an Mord zu denken? Na schön, er hatte ihr das versprochene Leben voller Reichtum und Abwechslung nicht bieten können. Er war in letzter Zeit mürrisch und grob und vulgär geworden. Vielleicht war seine ständige Zigarrenraucherei wirklich ein Zeichen für die feindseligen Gefühle, die er ihr entgegenbrachte. Aber gab das ihr das Recht, ihm weiße Giftpillen in den Kaffee zu tun? Je länger er darüber nachdachte, um so zorniger wurde er. Und um so mehr wuchs seine Entschlossenheit.

Den ganzen nächsten Tag hindurch beschäftigte ihn die Szene, die er am Abend spielen wollte.

Zu Hause angekommen, baute er sorgfältig die Bühne auf. Fernsehapparat. Hausschuhe. Zigarre. Unschuldiger Gesichtsausdruck.

Als sich Suella um Viertel vor neun Uhr nicht aus ihrem Sessel erhob, um das Kaffeewasser aufzustellen, wandte er sich zur Seite und sagte: »Wie steht's mit Kaffee? Heute abend könnte ich eine Tasse vertragen.«

»Ich dachte, du wolltest dich zurückhalten?«

»Vielleicht tu ich das. Aber heute noch nicht.«

»Na schön«, sagte Suella und erhob keine weiteren Einwände.

Um fünf vor neun hörte der Topf auf zu zischen, und Suella kehrte in die Küche zurück. Zehn Sekunden später folgte ihr Lew auf Zehenspitzen.

Sie nahm den Topf vom Herd und trug ihn zu den Tassen und Untertassen auf dem Ablaufbrett der Spüle. Sie füllte eine Tasse, dann die andere, stellte den Topf wieder auf den Herd und griff schließlich in die Schürzentasche.

Lew Buckberg stürzte vor.

»Aha!« rief er.

Suella schrie auf, die Hand auf das Herz gepreßt. »Um Himmels willen – Lew! Du hättest mich beinahe zu Tode erschreckt!«

»Ach, wirklich?« fragte er sarkastisch und trat auf sie zu. »Vielleicht wäre das nur fair, nicht wahr, Suella?«

»Was soll das? Was ist mit dir los?«

Seine Augen funkelten. »Ich sage dir, was mit mir los ist. *Das* ist los – das da in deiner Tasche!«

Ehe sie es verhindern konnte, verschwand seine Hand in ihrer schmalen Schürzentasche. Sie wehrte sich, doch sein Zorn war stärker als ihr Protest, und als seine dicke Hand wieder zum Vorschein kam, hielt sie zwischen Daumen und Zeigefinger eine kleine weiße Tablette.

»*Das* ist los«, wiederholte er mit zitternder Stimme. »Ich habe dich beobachtet, Suella! Ich weiß, was du im Schilde führst! Aber du kommst damit nicht durch. Hörst du?«

»Aber Lew . . .«

»Halt mich bitte nicht für so dumm. Ich weiß, daß dir meine Versicherungspolice näher steht als ich. Aber dies war deine letzte Chance, mich umzubringen . . .«

»Dich umzubringen?« Sie starrte ihn mit wirrem Blick an, schaute in sein Gesicht, dann auf die Tablette in seiner Hand. »Dich umbringen? Bei Gott, ich wollte dir doch nur *helfen!*«

Das Wort brachte ihn zur Besinnung. »Mir helfen?«

»Ja, helfen«, sagte Suella heiser. »Du weißt doch, was Dr. Axelrod wegen des Rauchens gesagt hat. Du kennst den Zustand deines Herzens. Aber ich wußte auch, daß du ohne Hilfe nicht mit dem Rauchen aufhören kannst . . .«

»Wovon redest du eigentlich?«

»Von den Tabletten. Dr. Axelrod hat sie mir gegeben. Sie enthalten eine Chemikalie, die den Tabak scheußlich schmecken läßt. Sie sollen dich vom Rauchen abbringen!«

Verständnislos starrte er auf die Pille.

»Dr. Axelrod hat mich gebeten, dir die Pillen in den Kaffee zu tun«, sagte Suella und tupfte sich die Tränen aus den Augen. »Du würdest überhaupt nichts merken und sehr schnell das Interesse an Zigarren verlieren.«

Lew zog einen Küchenstuhl heran und setzte sich.

»Das war es also«, flüsterte er. »Und ich dachte...«

»Oh, Lew!« sagte Suella weinerlich. »Ich wollte dir doch nur helfen! Ich wollte etwas für deine Gesundheit tun.«

Er tätschelte ihr die Hand.

»Tut mir leid, Suella. Was für ein blöder Einfall! Ich weiß, daß du nur mein Bestes im Sinn hattest.« Entschlossen hob er den Kopf. »Und du hast recht. Bei Gott, du hast recht. Ich will nicht mehr Sklave dieser verdammten Zigarren sein.«

»O Lew«, sagte sie leise. »Du weißt doch, daß du damit nicht aufhören kannst.«

»Und ob! Gib mir die Kaffeetasse. Ich will dir beweisen, daß ich damit aufhören kann!«

Sie blinzelte und reichte ihm den Kaffee. Er ließ die Tablette in die schwarze Flüssigkeit fallen, sah zu, wie sie zischte und verschwand. Dann trank er triumphierend einen großen Schluck. Sie lächelte und tätschelte ihm das dünne Haupthaar.

»Siehst du?« fragte er. »Siehst du, Suella?«

»Ja«, sagte sie leise.

Die Wirkung des Kaffees schien ihn zu verblüffen. Seine Augen weiteten sich, seine Finger wurden so steif, daß die Tasse zu Boden fiel und auf dem Linoleumboden herumtanzte. Suella sagte nichts zu seiner Ungeschicklichkeit; sie verfolgte aufmerksam, wie er aufzustehen versuchte. Er schaffte es nicht, sondern fiel gegen die Spüle, hielt sich stöhnend den Unterleib und glitt zu Boden.

Suella wartete einige Sekunden lang, ehe sie sich über ihn beugte. Zufrieden richtete sie sich dann auf und ging ins Wohnzimmer. Dort wählte sie Dr. Axelrods Privatnummer.

»Hallo, Harold? Es ist ausgestanden. Ja, die letzte Tablette, die du mir gegeben hast, hat hingehauen ... Am besten kommst du sofort und stellst den Totenschein aus.« Er sagte etwas und sie kicherte. »Natürlich tu ich das, Schätzchen.«

Als sie den Hörer aufgelegt hatte, lächelte sie leicht und ging zur Anrichte. Dort ergriff sie den Zigarrenkasten und trug ihn zum Müllschlucker im Flur. Als sie zurückkehrte, war der Kasten leer.

# Vor dem Tor
zur Hölle

Das schwarze Gewand des Geistlichen wirkte in dem hellen Zimmer besonders auffällig. Kadusons Augen, beschattet von der weißen Maske der Bandagen, weiteten sich bei dem Anblick. Abwehrend flüsternd wandte er sich an den Arzt, der über das Krankenhausbett gebeugt war und seine Worte den anderen Zuhörern verdeutlichte.

»Er sagt, er will keinen Priester hier haben. Er soll gehen.«

Polizei-Lieutenant Sherman brummte vor sich hin. Er war ein massiger grauhaariger Mann, den sein Beruf hart gemacht hatte. »Der Priester bleibt. Sie sollten froh sein, daß Pater Kennedy so schnell kommen konnte. Sie haben nicht mehr viel Zeit.«

»Wieviel?« fragte Kaduson heiser.

Sherman blickte auf Dr. Angel. Der alte Mann senkte fast unmerklich den knochigen Kopf. Kaduson, der sich in den steifen Bandagen nicht bewegen konnte, ließ die Augen herumzucken und erfaßte die schicksalhafte Geste. Er seufzte schwer und fuhr sich mit der Zunge über die trockenen Lippen. Dieser Vorgang rief den Priester an seine Seite.

»Mein Sohn«, begann er.

»Nein, Pater«, schaltete sich Sherman energisch ein. »So weit sind wir noch nicht.«

Das sanfte Gesicht zeigte Bestürzung. »Aber der Arzt...«

»Er muß durchhalten«, unterbrach ihn der Kriminalbeamte entschlossen. »Hören Sie, Kaduson. Sie haben nur noch Minuten zu leben. Außer Ihrer Seele gibt es für Sie nichts mehr zu retten. Und selbst das klappt nicht mehr, wenn Sie uns jetzt nicht die Wahrheit sagen.«

»Bitte!« sagte Dr. Angel. »Die Zeit ist wirklich knapp, Mr. Kaduson. Nicht nur für Sie, sondern auch für meinen Sohn. Sagen Sie uns, wer das Mädchen wirklich umgebracht hat. Sagen Sie, daß es nicht Paul war. Bitte sagen Sie es jetzt...«

Kaduson hatte wieder zu flüstern begonnen.

»Er will wissen, was geschehen ist«, sagte der Arzt.

»Sie haben einen Schädelbruch«, sagte Sherman geradeheraus. »Ich will ja in einem solchen Augenblick nicht grob mit Ihnen umspringen, Kaduson. Aber Sie können Paul Angel das Leben retten, wenn Sie endlich mit der Wahrheit herausrücken. Wollen Sie das tun?«

Kadusons Augen begannen sich mit Tränen zu füllen. Dann begann er zu sprechen.

»Angel – das ist wirklich ein Witz! Als ich Paul kennenlernte, wußte ich sofort, daß er alles andere als ein Engel war. Aber das machte nichts, denn ich hatte nichts für Harfenmusik übrig. Ich ziehe das Tenorsaxophon vor.

Ich lernte ihn im *Jazzland* kennen, wo es so verraucht war, daß ich sein wahres Aussehen erst mitbekam, als wir wieder ins Freie traten. Er war allein gekommen wie ich, aber seine Blicke galten den kleinen Mädchen rings um die Bühne – er sah, wie sie sich im Rhythmus bewegten, und versuchte herauszufinden, wo es etwas zu holen gab. Er sah gut aus, der junge Spund, ein gesunder blonder Typ, auf den die Frauen fliegen; er war wohl nicht älter als neunzehn. Ich bin zwar kein Student, aber ich kenne mich auch ein bißchen aus. Ich begann mit ihm zu reden, und nach ein paar Minuten faßten wir den Entschluß, gemeinsam auf die Pirsch zu gehen.

Das war ganz vernünftig, wissen Sie. Die meisten dieser Weiber kommen zu zweit ins *Jazzland,* zum gegenseitigen Schutz und so. Da konnte man als Gespann viel besser landen. Wir schlossen uns zu einem Team zusammen – und es funktionierte. Nach dem zweiten Durchlauf hatten wir bereits einen Vierertisch.

Ich will ja nicht behaupten, daß die beiden sensationelle Schönheiten waren, aber es gibt Schlimmeres. Ich hatte eine großäugige Brünette erwischt, mit so viel Haar im Gesicht, daß man das Gesicht kaum erkennen konnte. Paul saß neben einer ernsten Blondine mit toller Figur. Die Brünette redete ununterbrochen und schwenkte dabei eine dreißig Zentimeter lange Zigarettenspitze, und ich dachte mir, die zeigt gute Ansätze. Die Blondine war still wie eine Lehrerin, wäre ich aber bei Verstand gewesen, hätte ich sofort mit Paul getauscht.

Na, wir kamen uns näher, wie das zwischen Jungen und Mädchen so ist, nur verkorkste sich meine Biene den Magen und verbrachte eine Stunde auf der Damentoilette, während unser kleiner Paulie-Engel auch schon ziemlich grün um die Kiemen war. Zuletzt sagten wir uns, daß frische Luft sicher gut wäre, womit die Party aber noch nicht zu Ende sein sollte. Ich schlug vor, zu Paul zu gehen. O ja, ich wußte schon von Pauls kleiner Junggesellenbude; er redete ständig darüber. Wir fuhren im Taxi hin.

Ja, Doc, Sie haben Ihren kleinen Engel wirklich gut versorgt. Eine tolle Wohnung, und kaum setzte meine Brünette einen Fuß auf den dicken weißen Teppich, da kreischte sie entzückt auf und schmiß sich dem Wohnungsinhaber an den Hals. Das war mir nur recht, denn ich hatte inzwischen genug von ihr und ihrer Zigarettenspitze und hätte gern den blonden Eisblock etwas zum Schmelzen gebracht. Für Paul aber war die Sache gelaufen. Er war betrunken und fühlte sich mies und wollte nichts anderes als sich aufs Bett werfen und seinen Rausch ausschlafen.

Und das tat er dann auch. Er marschierte aufs Schlafzimmer zu und ließ mich mit den beiden Bienen im Wohnzimmer allein. Die Blonde verlor jedes Interesse und begann in einer Zeitschrift zu blättern. Die Brünette machte sich nun wieder über mich her, aber ich war sauer und schob sie weg. Darüber regte sie sich auf und ging zur Tür. Ihre Freundin aber wollte bleiben.

Als die Brünette weg war, hoffte ich, die Blonde wäre doch zu dem Schluß gekommen, ich sei ihr Typ. Ich ging zu ihr und nahm ihr die Zeitung fort. Dann tat ich noch ein paar andere Sachen, aber sie sagte: ›Warum verschwindest du nicht endlich?‹ Einfach so.

Da wußte ich Bescheid. Die Blondine wollte meinen betrunkenen Kumpel bemuttern, wollte ihm durch seinen Kater helfen – und sich dabei vielleicht zu etwas verhelfen. O ja, sie wußte, was sie wollte. Der kleine Paulie hatte uns von seinem reichen Ärztevater erzählt.

An die nächsten Minuten erinnere ich mich nicht mehr genau. Ich bin ein bißchen grob mit ihr umgesprungen, soviel steht fest. Ich weiß noch, daß ich ihr einen juwelenbesetzten Kamm aus dem Haar zerrte – das Ding liegt zu Hause noch irgendwo. Dann lagen meine Finger um ihren Hals. Wer hätte gedacht, daß ein Mensch so schnell stirbt? Ich konnte es einfach nicht glauben, auch als sie schon auf dem weißen Teppich lag.

Ich tat das einzige, was mir übrigblieb. Ich verschwand aus der Wohnung. Am Fahrstuhl döste die Brünette. Ich packte sie am Arm und schüttelte sie wach. ›Komm‹, sagte ich. ›Wir lassen die beiden Turteltauben allein.‹ Sie kicherte, und ich drückte den Fahrstuhlknopf.

Dann brachte ich sie nach Hause.

O ja, ich habe später die Zeitungsartikel gelesen. Ich wußte, daß man dem kleinen Paul eine Mordanklage angehängt hatte. Aber was sollte ich tun? Sollte ich den Idioten spielen und mich selbst beschuldigen? Hören Sie, er wußte ja nicht mal genau, ob er die Blondine nicht *doch* umgebracht hatte, so besoffen war er. Und als die Polizei mich und die Brünette verhörte, paßten unsere Aussagen echt gut zusammen. Die verrückte Nudel glaubte doch tatsächlich, ich hätte die Wohnung zusammen mit ihr verlassen; sie wußte gar nicht mehr, daß ich mit ihrer Freundin allein gewesen war. Sehen Sie, wie gut alles zusammenpaßte? Hätten Sie es etwa anders gemacht?

Schon gut, Doc. Ich weiß ja, wie Ihnen zumute ist. Aber glauben Sie wirklich, Sie hätten mich umstimmen können? Klar, ich kam Ihrer Bitte nach und besuchte Sie, aber nur weil es blöd ausgesehen hätte, wenn ich nicht gekommen wäre. Ich besuchte Sie in Ihrem schicken Haus und hörte mir Ihre Predigt an. Groß weh getan hat mir das nicht.

Erst später wurden Sie handgreiflich, das war nicht fein, Doc. Mit dem Feuerhaken nach mir zu schlagen! Das war ein gemeiner Trick, und selbst wenn Ihr Sohn freikommt, stecken Sie in der Klemme... Pater... Pater...«

Sherman brummte.

»Er will mit Ihnen sprechen, Pater Kennedy.«

»Darf ich dem Jungen die Letzte Ölung geben?«

Der Kriminalbeamte wandte sich an Dr. Angel, der mit einem Nicken antwortete.

»Tut mir leid«, sagte Sherman. »Er braucht das nicht, Pater. Sie können jetzt gehen.«

Der Priester schnappte entrüstet nach Luft. »Aber ich darf jetzt nicht gehen! Meine heilige Pflicht...«

»Na, dann bleiben Sie eben«, sagte Sherman. »Aber mit Ihnen, Kaduson, haben wir andere Pläne.«

Er ging zum Bett, packte mit dicken Fingern die Bettdecke und zerrte sie zur Seite.

»Stehen Sie auf!« sagte er barsch. »Stehen Sie auf!«

Kaduson starrte ihn an.

»Aufstehen!« brüllte Sherman. »Der kleine Schlag hat Sie nur ein bißchen eingeschläfert, Kaduson. Sie sind so gesund wie ich. Die Bandagen sind nur Staffage. Hier ist alles Staffage, außer Ihrer Aussage. Daß die stimmt, wissen wir alle.«

Der Priester stieß einen erstaunten Laut aus, und Dr. Angel berührte ihn am Arm. »Verzeihen Sie, Pater«, sagte er. »Es war die einzige Möglichkeit. Ich wollte ihn nicht schlagen, aber als ich es doch tat und feststellte, daß er nicht verwundet war, da fiel mir diese List ein...«

Der verwundete Mann richtete sich langsam im Bett auf. Unter der Gazemaske zuckten die Augen verwirrt und angstvoll hin und her.

# Knopf für einen Chinesen

Thurbold kehrte ausgeruht und sonnengebräunt vom Urlaub zurück, in den Schuhen noch Sand vom Waikiki-Strand. Doch schon nach fünf Minuten in der Klischeeanstalt fiel ihm Lous miesepetriges Gesicht auf. Während seiner Abwesenheit mußte etwas geschehen sein. Thurbold hatte seinem Partner die Firma drei Wochen lang überlassen; was hatte der andere in dieser Zeit angestellt?

»Raus damit«, sagte Thurbold. »Was hast du vermurkst?«
»Nichts, nichts!« sagte Lou energisch. »Edmunson wollte mit dir sprechen – schon am nächsten Tag kam ein Brief von Brewster, mit dem unser Auftrag zurückgenommen wird...«
»Wovon redest du da?«
»Edmunson ist raus aus der Herstellung, er arbeitet jetzt in der Versandabteilung. Der Brief kam vom neuen Herstellungschef. Warte, ich zeige ihn dir.«

Lou fand den Brief, und Thurbold las die drei kurzen Kündigungszeilen, mit denen seiner Firma neun Zehntel des Umsatzes genommen wurden. Brewster war ein Versandhaus, das seine superdicken Kataloge im ganzen Land herumschickte. Das jährliche Klischiervolumen Brewsters bildete den Grundstock für Thurbolds Geschäft. Er hatte diesen Auftrag mit Fleiß, technischem Können und einer kleinen »Servicegebühr« errungen, die unter dem Tisch an den Leiter von Brewsters Herstellungsabteilung gezahlt wurde. Charlie Edmunson war aber nun versetzt worden, und Thurbold hatte den großen Auftrag verloren. Mit zusammengekniffenen Augen versuchte er die Unterschrift des neuen Verantwortlichen zu entziffern.

»Walter Van Haas«, las er. »Wer zum Teufel ist Walter Van Haas?«

Er stellte Charlie Edmunson beim Mittagessen dieselbe Frage – und Charlie sagte: »Laß mich. Ich bin beim Essen.«

»Raus damit«, forderte Thurbold. »Witze können wir uns später erzählen.«

»Er ist der reinste Pfadfinder«, sagte Charlie voller Abscheu. »Ein Schweinehund – ja, das ist Walter Van Haas.«

»Wie hat er deinen Job gekriegt?«

»Man hat ihn mir als Assistent auf den Hals geladen. Vor ein paar Wochen kommt er plötzlich mit einem Angebot der Avalon-Klischieranstalt, beinahe fünfzehn Prozent unter deinem Preis.«

»Warum hast du ihm nicht gesagt, er soll sich um seine eigenen Angelegenheiten kümmern?«

»Hab ich doch getan. Aber er gab keine Ruhe. Er sagte, er würde eine Aktennotiz machen, mit Durchschlägen an die Geschäftsleitung. Mit Avalons Zahlen wollte er beweisen, daß die Firma vierzigtausend im Jahr sparen könnte, wenn sie nur die Lieferanten wechselte. Da blieb mir nur ein vernünftiger Ausweg.«

»Und der war?«

»Ich bot ihm einen Anteil meiner Zuwendung. Wenn du nicht zum Wellenreiten auf Oahu gewesen wärst, hätte ich dich gebeten, das Geld aufzubringen, aber so ...«

»Na, was war los? Hat es ihm nicht genügt?«

»Genügt? Er lief praktisch blau an, als ich ihm das Angebot machte. Er solle Schmiergeld nehmen? *Er*, der unbestechliche Walter Van Haas?«

»Schon begriffen«, sagte Thurbold. »Er lief zu den Chefs ...«

Mit gerunzelter Stirn betrachtete Edmunson eine Olive. »Nein, das wäre nicht sein Stil, so etwas tut der ehrliche Walter nicht. Verpfeifen wollte er mich nicht, aber die Aktennotiz wollte er auch nicht anhalten. Ehe ich bis drei zählen kann, verpaßt mir der große Häuptling die gute Nachricht, daß ich in die Versandabteilung versetzt bin. Bei Brewster schmeißt man ungern Leute raus, aber man weiß, wie man sie zum Kündigen bringt. Der Versand – das ist der erste Schritt nach draußen.«

»Unsinn!« sagte Thurbold. »Du hast eben nicht genug geboten. Deshalb ist Van Haas nicht angesprungen.«

»Irrtum. Du kennst diesen Kerl nicht, Dick. Van Haas hat die Ehrlichkeit mit Löffeln gefressen.«

»Ich kenne diese Typen. Man muß ihnen nur mehr ums Maul gehen und mehr zahlen.«

»Nein«, sagte Edmunson entschlossen. »Diese Nummer zieht nicht, Dick, ehrlich. Den brächtest du nicht mit einer Million vom Pfad der Tugend ab.«

Thurbold lachte kurz und freudlos auf. »Eine Million, eine Million! Die Zauberworte, die Manifestation des amerikanischen Traums! Charlie, hast du schon mal von dem Chinesenknopf gehört?«

»Dem was?«

»Haben dich deine Freunde als Kind nie vor dieses moralische Dilemma gestellt? Die Sache geht so. Nimm einmal an, man sagt dir, du könntest mit einem Knopfdruck das Leben eines Chinesen auslöschen, der viele tausend Kilometer entfernt lebt, eines Chinesen, der dir nicht mehr bedeutet als eine Schabe auf einem Bettlaken. Wenn du den anonymen Orientalen in den Tod schickst, erhältst du aber eine Million Dollar, steuerfrei. Was würdest du tun?«

Edmunson schnaubte spöttisch durch die Nase. »Keine Ahnung! Ich würde den Knopf wohl drücken.«

»Ja, richtig. Du würdest auf den Knopf drücken. Ich auch. Und das gleiche gilt für unseren moralischen Freund Van Haas.«

»Nein«, sagte Edmunson. »Der nicht, der bestimmt nicht. Der würde sich ausmalen, daß der Chinese Frau und Kinder hat...«

»Meinst du wirklich?«

»Bei Van Haas? Und ob! Van Haas würde nicht auf den Knopf drücken, nicht für zehn Millionen Dollar. Da siehst du, was für ein moralistischer Prediger der Kerl ist. Deshalb bist du deinen Brewsterauftrag los.«

»Er *würde* auf den Knopf drücken«, sagte Thurbold mit zusammengebissenen Zähnen. »Dieser scheinheilige Schweinehund! Er würde auf den Knopf drücken, wie wir alle.«

»Was macht das schon? Es gibt den Chinesenknopf doch gar nicht.«

Thurbold begann intensiv nachzudenken, und sein Blick wurde starr. Er griff nach dem Zuckerlöffel und blickte auf sein verzerrtes Spiegelbild auf der Metallrundung.

»Vielleicht gibt es ihn doch. Oder etwas in der Art. Wäre das nicht hübsch?«

»Bist du verrückt geworden?«

»Es muß ja kein Knopf sein, kein richtiger Knopf. Und auch kein Chinese. Van Haas – das hört sich niederländisch an. Wie wär's mit einem Holländer?«

»Ja«, sagte Edmunson und beantwortete damit seine eben gestellte Frage. »Du bist wirklich verrückt geworden.«

»Sobald er auf den Knopf gedrückt hat, sitzt er nicht mehr so hoch auf dem Roß, meinst du nicht auch? Wenn wir ihn rumkriegen, kann er nicht mehr mit einem Heiligenschein herumlaufen. Mord – das ist viel schlimmer als ein bißchen Schmiergeld.«

»Hör zu, Dick, müssen wir dieses Spielchen wirklich weiterspielen?«

»Dann hätten wir seine Integrität im Griff, nicht wahr?« Thurbolds Gesicht zeigte freudige Erwartung. »Dann könnten wir die Peitsche schwingen. Vielleicht kriegst du sogar deinen alten Posten zurück. Und ich meinen Auftrag...«

»Jetzt hör aber auf!« sagte Edmunson energisch. »Du redest hier über etwas, das es gar nicht gibt!«

Aber als sie das Lokal verließen, standen die Pläne für den Chinesenknopf im Detail fest.

Ende der Woche hatte Thurbold den Brief fertig, der die Grundlage für den Plan bildete; Edmunson hatte die grundsätzlichen Informationen über Walter Van Haas beigesteuert. Der in schlichter Schrift gehaltene Briefkopf verkündete: REES, LOUW & PIENAAR, *Rechtsanwälte. 200, Commissioner Street, Johannesburg, Südafrika.*

Der Brief selbst lautete:

*Sehr geehrter Mr. Van Haas,*
*unsere Firma sammelt Informationen für Unterlagen über die noch lebenden Angehörigen eines unserer Klienten. Würden Sie uns bitte die folgenden Tatsachen bestätigen:*

*Ihr Name:* WALTER VAN HAAS.
*Der Name Ihres Vaters:* BENJAMIN VAN HAAS.
*Der Mädchenname Ihrer Mutter:* SYLVIA REACH.
*Die Großeltern väterlicherseits:* JAN VAN HAAS,
ELSA VOORT.
*Wenn die vorstehenden Tatsachen nicht zutreffen, würden Sie uns dann bitte umgehend verständigen? Wenn sie stimmen, brauchen Sie sich nicht weiter mit uns in Verbindung zu setzen.
Vielen Dank für Ihre Mitarbeit.*

Der Brief wurde über eine Dienstleistungsfirma versandt, deren Spezialität es war, in allen Teilen der Welt Post abzusenden. Thurbold konnte sich die Szene bei der Ankunft des Schreibens vorstellen. Die Neugier Van Haas' und seiner Frau, die Kinder, die die ausländischen Marken haben wollten, das Herumrätseln über die Bedeutung der Anfrage.

Und als dann zwei Wochen später der Brief vergessen, abgelegt oder sogar weggeworfen war (denn die aufgeführten Tatsachen stimmten natürlich), war Thurbold bereit für eine Begegnung mit Walter Van Haas, den Chinesenknopf in der Tasche.

»Mr. Werner?« fragte Van Haas. (Thurbold hatte diesen Namen als sein Pseudonym gewählt.) »Ich hoffe, ich habe Sie nicht zu lange warten lassen.«

Er war ein großer, ungelenker Mann, der sich in dem vornehmen Lokal sichtlich unwohl fühlte. Rundgesichtig, mit Augen, die Loyalität verrieten. Ein freundlicher Gesichtsausdruck. Doch ließ das menschenfreundliche Lächeln einmal ein wenig nach, sah Thurbold die vertrauten Falten der alltäglichen Sorgen, des allzu schweren Lebens.

»Es ist nett von Ihnen, daß Sie mit mir essen«, sagte Thurbold. »Ich hätte auch zu Ihnen nach Hause kommen können, aber ich wollte Ihre Familie nicht nervös machen. Sie haben wie viele Kinder, Mr. Van Haas?«

»Vier«, sagte der Mann grinsend. »Wie die Orgelpfeifen, zwei, vier, sechs, acht. Sie sagten, Sie kommen von Rees, Louw und ...? Tut mir leid, den letzten Namen kann ich nicht aussprechen. Meine Großeltern waren zwar Niederländer, aber wir übrigen sind Amerikaner reinsten Wassers.«

»Nein«, sagte Thurbold. »Ich komme nicht von den Rechtsanwälten in Johannisburg. Aber ich möchte über den Brief mit Ihnen sprechen.«

»Offen gestanden konnten Millie und ich damit nichts anfangen. An Verwandte in Südafrika erinnere ich mich nicht. Ich habe mit meinem Vater in Allentown gesprochen, der konnte sich das aber auch nicht erklären.«

Thurbold schlug die Beine übereinander. »Ich kann Ihnen einiges über den geheimnisvollen Mann verraten. Es handelt sich um einen entfernten Verwandten; sein Name würde Ihnen nichts sagen.«

»Aber Sie kennen den Namen?«

»Es ist mein Geschäft, solche Dinge zu wissen. Mein Informant war bei Rees, Louw & Pienaar angestellt. Wenn diese werten Herren ihr Interesse an Ihnen nicht erklären wollen – ich bin dazu bereit.«

»Ausgezeichnet. Wissen würde ich das gern.«

»Seine geschäftlichen Interessen drehen sich um Diamanten«, sagte Thurbold. »Er kam schon als Junge nach Südafrika. Jetzt ist er verwitwet und kinderlos. Er ist sehr reich und hat, soweit das ermittelt werden konnte, nur einen einzigen Erben.«

»Moment«, sagte Van Haas. »Soll das heißen, ich habe in Südafrika einen reichen Onkel?«

»Keinen Onkel. Einen Angeheirateten, um viele Ecken mit Ihnen verwandt.«

Van Haas lachte. »Unglaublich! Ich meine, wenn die Möglichkeit einer großen Erbschaft besteht, warum haben die Anwälte nichts davon gesagt?«

»Weil es dazu nichts zu sagen gab«, antwortete Thurbold. »Rees, Louw & Pienaar haben lediglich routinemäßig das Testament des Herrn geordnet. Zweifellos werden sie es früher oder später neu fassen, zugunsten eines näheren Verwandten, zum Beispiel zugunsten einer neuen jungen Frau. Ihr reicher Verwandter ist nämlich erst einundvierzig Jahre alt und erfreut sich bester Gesundheit. Wie alt sind Sie, Mr. Van Haas?«

»Dreiundvierzig.« Er schluckte und grinste schwach. »Das ist alles? Reine Routine?«

»Nein«, sagte Thurbold. »Das muß es nicht unbedingt

sein. Nicht, wenn Sie bereit sind, sich ein paar klare Worte anzuhören.«

Er zog seinen Stuhl näher heran.

»Mr. Van Haas«, fuhr er fort. »Dieser Fremde, der da elftausend Kilometer entfernt lebt, bedeutet Ihnen nichts – es sei denn als Toter. Stimmen Sie mir zu?«

»Das läßt sich wohl nicht abstreiten.«

»In jenem von Unruhen heimgesuchten Land, mit der Apartheid und anderen Sorgen, sind Gewalttaten häufiger als anderswo. Dennoch hat Ihr reicher Verwandter durchaus die Chance, Sie zu überleben. Ihre Chancen, ein sorgenfreies Luxusleben zu führen, stehen dagegen im Augenblick ziemlich schlecht.«

»Das brauchen Sie mir nicht noch unter die Nase zu reiben«, sagte Van Haas leise.

»Nun hören Sie mal gut zu. Was ist, wenn ich Ihnen sage, daß dieser Mann nächste Woche stirbt und daß sein Nachlaß dann Ihnen zufällt?

»Nun, der Mann täte mir leid.«

»Ein Mann, den Sie nicht mal kennen?«

»Nun, er ist immerhin ein Mensch.«

»Bitte antworten Sie ehrlich. Wie wäre Ihnen zumute?«

»Ich würde mich freuen!« platzte Van Haas heraus. »Ich bin schließlich auch nur ein Mensch, nicht wahr? Wie würden *Sie* reagieren?«

»Ebenso«, sagte Thurbold grinsend. »Selbstverständlich. Und deshalb sitze ich jetzt vor Ihnen. Ich möchte dieses Ereignis arrangieren, ohne daß Sie sich darum kümmern müssen, ohne daß Ihnen eine Verpflichtung daraus erwächst, solange Sie nicht völlig zufriedengestellt sind.«

»Was heißt das, zum Teufel?«

»Sie brauchen nur ja zu sagen. Nur das eine Wort. Schon nach kurzer Zeit werden Sie einen weiteren Brief aus Südafrika erhalten mit der traurigen Nachricht über den frühzeitigen Tod Ihres ...«

»Moment!« rief Van Haas. »Sie meinen doch nicht etwa ...?«

»Bitte schreien Sie nicht«, sagte Thurbold gekränkt. »Ich mache es Ihnen ganz leicht – es ist, als drückten Sie auf einen Knopf, weiter nichts. Sobald Sie mir Ihre Zustimmung geben, verständige ich meine Kontaktleute in Johannisburg. Der Rest wird dann sofort erledigt. Sie brauchen dann nur noch auf die offizielle Nachricht über Ihr Erbe zu warten. Wenn das Geld eintrifft, erwarte ich natürlich einen Anteil, und zwar vierzig Prozent des Ganzen. Dieses Ganze beträgt meiner Schätzung nach weit über eine Million Dollar.«

Van Haas riß die blauen Augen auf. »Mein Gott, Sie scheinen es ja ernst zu meinen! Sie glauben wirklich, ich würde...«

»Ich glaube, Sie haben Skrupel«, sagte Thurbold. »Aber Sie haben auch Köpfchen. Wenn Sie die Sache erst mit Ihrer Frau besprechen wollen...«

»Ich werde Milli nicht mal von diesem unbeschreiblichen *Gespräch* erzählen. Meine Antwort lautet nein, Mr. Werner, nein und nochmals nein.«

»Ich hatte auch nicht damit gerechnet, daß Sie zustimmen«, sagte Thurbold und stand auf. »Jedenfalls nicht beim ersten Anlauf. Denken Sie über meinen Vorschlag nach. Sie können mich im Florentine-Hotel in der 51. Straße anrufen. Ich bin dort heute abend ab acht Uhr erreichbar, aber nur bis Mitternacht. Ich brauche meinen Schlaf.«

»Warten Sie nicht auf meinen Anruf«, sagte Van Haas aufgebracht. »Ich gebe Ihnen meine Antwort sofort. Sie brauchen nicht auf meinen Anruf zu warten, Mr. Werner.«

»Sie brauchen nur ja zu sagen.« Thurbold lächelte.

Es war zwanzig Minuten nach elf, als Edmunson aus der Küche der Suite im Florentine-Hotel eine Flasche Scotch holte.

»Er ruft nicht an«, verkündete er überzeugt. »Du hast dir da den falschen Kandidaten ausgesucht, Dick.«

»Er ruft an«, sagte Thurbold und hielt das Glas in die Höhe.

»Warum hast du die Grenze bei Mitternacht gesetzt? Warum hast du ihm überhaupt einen Termin genannt?«

»Weil er das braucht. Wir alle brauchen das, sonst könnten wir Entscheidungen bis in alle Ewigkeit aufschieben. In diesem Augenblick sitzt er vor der Uhr, genau wie wir, und sieht zu, wie sich die Zeiger der Zwölf nähern. Er stellt sich vor, wie einfach doch alles wäre – er brauchte nur zum Telefon zu greifen und anzurufen. Das ist das Beste an der Sache, weißt du – es ist kinderleicht. Nur auf den Knopf drücken, den Rest besorgen wir.« Er lachte.

Zwanzig Minuten vor zwölf sagte Thurbold: »Ich sehe unseren Freund förmlich vor mir. Er hat sich irgendwo eingeschlossen, im Arbeitszimmer oder im Bad, und betet sich all die Gründe vor, warum er nicht zustimmen sollte. Dann fängt er an zu überlegen, ob das seiner Frau gegenüber fair ist. Er denkt an die kleinen Entbehrungen, die sie auf sich nehmen muß, an all die Versprechungen, die er ihr vor Jahren gemacht hat, als sie noch jung waren – die Fahrt nach Europa, der Pelzmantel... Und dann die Kinder. Stell dir vor, welchen Unterschied das Geld für ihre Zukunft ausmachen würde! O ja, der Gedanke an die Kinder macht ihm ehrlich zu schaffen...«

Um zehn Minuten vor Mitternacht aber hatte das Telefon noch immer nicht geklingelt.

»An sich selbst denkt er natürlich nicht«, sagte Thurbold. »*Er* zählt in diesem Zusammenhang ja nicht, die Dinge, die *er* gern einmal tun würde, die Orte, die *er* gern sehen würde, der Wagen, den *er* sich wünscht, das angenehme Gefühl der Sicherheit angesichts eines Riesenvermögens plus Zinsen in einer großen Bank, die ihm zu Weihnachten bisher nur einen kleinen Kalender geschickt hatte...«

Fünf Minuten vor Mitternacht begann Thurbold unruhig zu werden.

»Ich hab's ihm ganz leicht gemacht, absolut mühelos. Einfacher, als sich mit einer Gehaltsabrechnung voller Abzüge durchs Leben zu schlagen, leichter, als sich jeden Tag vor Leuten zu verbeugen, die er eigentlich haßt. Begreift er das denn nicht?«

»Nein«, sagte Edmunson, der mit glasigem Blick auf das Telefon starrte. »Er begreift das nicht, nicht Van Haas.«

»O doch, er begreift es!« sagte Thurbold drei Minuten vor Mitternacht. »Er kann nicht anders. Er gerät in Panik. Er sieht, daß ihm die ganze Sache entgleitet, er redet sich ein, er sei dumm, der verdammte Chinese bedeute ihm doch gar nichts, er habe Pflichten, die schwerer wiegen, die

Verantwortung gegenüber seiner Frau und seinen Kindern – ja, und gegenüber sich selbst!«

»Zwei Minuten noch«, sagte Edmunson.

»Es kann ihm gleichgültig sein, was elftausend Kilometer entfernt passiert. Er braucht sich die Hände nicht schmutzig zu machen. Er braucht nichts weiter zu tun, als auf einen Knopf zu drücken...«

»Du hast verloren, Dick«, sagte Edmunson tonlos. »Du hast verloren.«

Aber im gleichen Augenblick klingelte das Telefon.

Thurbold hob langsam ab. Die Stimme im Hörer war heiser und angespannt.

»Hier Walter Van Haas.«

Thurbold hatte am nächsten Nachmittag aus dem Florentine-Hotel ausziehen wollen, aber da ihm die Atmosphäre der Räume gefiel, beschloß er, seinen Aufenthalt um einen Tag zu verlängern. Am Abend lernte er in der Hotelbar eine langbeinige Blondine kennen, die ihn mit ihrer Aufgeschlossenheit dazu brachte, noch länger zu bleiben.

Sonnabend früh hatte er eben ein angenehm heißes Duschbad hinter sich, als ein Klopfen ihn an die Tür rief. Dort sah er sich Haas' ausgezehrtem Gesicht und nicht mehr ganz so unschuldigen blauen Augen gegenüber.

»Tut mir leid«, murmelte Van Haas. »Ich habe mir Ihre Zimmernummer besorgt und bin hinten herum raufgekommen. Sie hätten sich vielleicht verleugnen lassen.«

»Damit haben Sie recht«, sagte Thurbold und zog den Morgenmantel enger. »Ich habe Ihnen gesagt, daß ich mich mit Ihnen in Verbindung setzen würde, wenn es soweit sei.«

»Ich muß mit Ihnen sprechen. Darf ich eintreten?«

Thurbold, den der überraschende Besuch ärgerte, gab den Weg frei. Er ging zum Spiegel im Schlafzimmer und fuhr sich mit zwei Bürsten energisch durchs Haar. »Wenn Sie es sich anders überlegt haben«, sagte er, »tut es mir leid. Dazu ist es zu spät. Die Sache ist erledigt.«

»Das weiß ich«, sagte Van Haas. »Das ist mir durchaus klar. Ich wollte nur fragen, wie alles gelaufen ist.«

»Problemlos. Sie brauchen nur noch auf die guten Nachrichten zu warten.«

Im Spiegel sah er das Funkeln in Van Haas' Augen, die das Licht einfingen.

»Es ist wirklich komisch«, sagte der Besucher. »Der Anruf war die reinste Qual für mich. Ich habe Unbeschreibliches durchgemacht. Aber als alles vorbei war, als ich auflegte, da kam ich mir leicht vor wie eine Feder...«

»Ja, es war ganz einfach, nicht wahr?«

»Einfach! Ja, das ist das richtige Wort. Ich hatte nie geglaubt, daß etwas so einfach sein könnte. Das Ganze hat etwas in mir ausgelöst – eine große Veränderung. Ich erkannte, wie dumm ich mein ganzes Leben lang gewesen war. Mir ging ein Licht auf über die Dummheit der Menschen, die sich die größte Chance ihres Lebens entgehen lassen... Ich hätte ins Grab gehen können, ohne das zu erkennen. Das verdanke ich Ihnen.«

»Bitte sehr«, sagte Thurbold trocken. »Jetzt entschuldigen Sie mich aber.«

»Ich kam mir wie ein Riese vor«, fuhr Van Haas fort. »Mir war, als könnte ich Berge versetzen. Bisher dachte ich immer, ich wäre glücklich und das Leben schenkte mir genau die Dinge, die ich haben wollte. Inzwischen aber weiß ich, daß das ein großer Irrtum war. Ich war ein Feigling, ein Schwächling. Aber als Sie mir den richtigen Weg gezeigt hatten, wußte ich, daß ich alles schaffen konnte...«

Thurbold drehte sich zu seinem Besucher um. »Gehen Sie nach Hause, Mr. Van Haas«, sagte er. »Je weniger wir zusammen gesehen werden, desto besser. Wenn das Geld eintrifft, wende ich mich wegen meines Anteils an Sie.«

Er machte kehrt und hörte Van Haas lachen.

»Ja. Ihr Anteil.«

Die Worte ließen Thurbold stutzig werden, so daß er den Mann noch einmal ins Auge faßte. So nahm er den schweren Hammer wahr, den Van Haas aus der Manteltasche gezogen hatte und in verwischtem Bogen auf ihn zurasen ließ. Gleich der erste Schlag tötete ihn. Van Haas zerrte Thurbold ins Badezimmer, das noch feucht war vom Duschen, und legte den verletzten Kopf an den Rand der Wanne, um einen Sturz vorzutäuschen. Dann verließ er das Hotel und ging nach Hause. Er wollte auf die Nachmittagspost warten.

# Die Kur

Ein im Fieberwahn jammernder Patient erregt in einem Krankenhaus wenig Aufmerksamkeit, und die Frau, die zwischen den Spieltischen des Boomtown-Klubs in Las Vegas herumwanderte, fiel kaum auf zwischen Gästen, die nur etwas weniger hektisch gerötete Gesichter und etwas weniger blitzende Augen zur Schau stellten. An drei verschiedenen Tischen setzte sie einen einzigen Chip auf die schwarze 13 und arbeitete sich auf diese Weise langsam durch den Raum, als wolle sie ihr letztes Geld auch noch verlieren.

Sie war eine junge Frau in einem silbrig schimmernden Samtanzug. Irgend jemand hatte viel Zeit auf ihr Haar und Make-up verwendet. Diese Mühe war jetzt zunichte gemacht. Beim Spielen hatte sie an den sorgfältig gelegten Locken gezupft und sie erschlaffen lassen. Ihr Gesichtspuder war von Streifen durchzogen, ihr Augenmake-up verfärbt von Schweiß oder Tränen. Dennoch hatte Spiegel, einer der Aufseher des Klubs, den Eindruck, daß sie nicht nur wegen einer kosmetischen Reparatur der Damentoilette zustrebte.

Er war ihr einen halben Raum voraus, als er die Tür erreichte und leise anklopfte. Es wurde geöffnet, und die rundliche Toilettenfrau in der gestärkten weißen Uniform blickte ihn mit weit aufgerissenen Augen an. Er gab ihr die Information; sie nickte. Er entfernte sich, und schon betrat die Frau den großen Vorraum, ihre Knöchel schimmerten weiß um den Verschluß der Handtasche. Vorsichtshalber blieb er in Hörweite.

Fünf Minuten später wurde die Tür erneut geöffnet, und die Toilettenfrau nickte ihm zu; ein zwischenzeitlich eingetretenes Ereignis hatte sie bleich werden lassen.

»Sie hatten recht«, flüsterte sie. »Ich beobachtete sie im Spiegel und sah, wie sie eine kleine Flasche nahm. Sie wollte den Inhalt trinken, aber ich habe ihr das Ding entrissen und das Zeug in die Toilette geschüttet. Sie ist einigermaßen durcheinander, aber sie wird es überstehen.«

»Ich übernehme die Sache«, sagte Spiegel. »Rufen Sie den Doktor an und sagen Sie ihm, was geschehen ist. Schicken Sie sie raus.«

Gleich darauf erschien die Toilettenfrau, die dicken Finger um den Ellenbogen der Frau gelegt, die verwirrt und verweint aussah. »Bitte«, murmelte sie. »Ich habe doch nichts getan! Bitte lassen Sie mich los...«

»Es ist alles in Ordnung«, sagte Spiegel leise. »Sie brauchen sich keine Sorgen mehr zu machen. Würden Sie bitte mitkommen?«

»Ich – ich bin mit meinem Mann verabredet. Ich muß auf ihn warten...«

»Es dauert nicht lange.« Er hielt ihren anderen Ellenbogen. »Sie kommen besser mit, Mrs....«

Sie nannte ihm den Namen nicht.

Der Vorfall hatte nur wenige Minuten gedauert, ohne die anderen Gäste von ihrem konzentrierten Spiel abzulenken. Spiegel hätte ein alter Freund der jungen Frau sein können; er lächelte sie an und plauderte mit ihr, während er sie durch die Menge zu einer diskreten Tür in einer Ecke führte.

Der Mann im Büro blieb ruhig; er schien auf solche oder ähnliche Zwischenfälle gefaßt zu sein. Er trug einen schlichten grauen Straßenanzug und hatte das Aussehen und Gehabe eines vermögenden Ladenbesitzers.

»Diese Dame hatte heute abend ein wenig Pech, Doktor«, sagte Spiegel. »Sie fühlt sich nicht ganz wohl.«

Die Frau öffnete den Mund, um ihm zu antworten, wandte sich dann aber doch an den Mann hinter dem Schreibtisch. »Sind Sie Arzt?« fragte sie.

»Der Titel ist eine Art Scherz bei meinen Angestellten«, antwortete er freundlich. »Aber wenn Sie etwas Törichtes getan hätten, Miss, hätte ich einen echten Doktor rufen müssen, und das wäre unangenehm gewesen.«

Sie fuhr zusammen, als ein leises Klicken ertönte; Spiegel hatte das Büro verlassen. Sie sah den Doktor an und sagte: »Sie hatten kein Recht, mich hierherbringen zu lassen. Ich habe nichts getan.«

»Bitte.« Er hob eine weiche Hand. »Manchmal unterhalte ich mich gern ein wenig mit meinen Gästen. Sie sind verheiratet?«

»Ja. Mein Mann erwartet mich um zwölf Uhr vor dem Klub. Ich muß jetzt wirklich gehen...«

»Würden Sie mir bitte Ihren Namen nennen?«

»Verna Bailey.«

Er faltete die Hände. »Mrs. Bailey, es geht mir ans Herz, jemanden so unglücklich zu sehen.«

»Dann sollten Sie sich einen anderen Beruf suchen!«

Er nickte, als stimme er ihr zu. Dann zog er eine Schublade auf, blickte hinein und hob den Blick auch nicht, als er weitersprach.

»Wieviel haben Sie verloren? Fünfhundert? Tausend?«

»Das geht Sie nichts an.«

Er schnalzte mit der Zunge. »Ich will Ihnen ja nur helfen. War es mehr? Haben Sie womöglich Ihr ganzes Gespartes durchgebracht?«

Sie mußte sich von ihm abwenden und nach einem Taschentuch suchen.

Er seufzte und zog einen frischen Packen Geldnoten aus der Schublade. Langsam zählte er einen Betrag ab, ließ ein Gummiband darum zuschnappen. Dann griff er danach, schob den Stuhl zurück und trat hinter sie.

»Tun Sie mir einen Gefallen«, sagte er leise. »Bleiben Sie den Spieltischen fern – hier wie sonstwo. Und meiden Sie kleine Fläschchen! Verstehen Sie?«

»Aber das kann ich nicht!«

»O doch«, sagte er fest. »Hier haben Sie fünfhundert Dollar. Kein neuer Einsatz, Mrs. Bailey, sondern eine Trennungsentschädigung. Ab sofort sind Sie keine Spielerin mehr, verstanden? Sie können nicht mehr spielen, weder hier noch sonstwo. Sie sind nicht mehr willkommen.«

Sie drehte sich um und sah ihn an. Dann nahm sie das Geld.

Als Harolds grüner Chevrolet vor dem Klub hielt, stieg Verna neben ihm ein und versuchte seinem Blick auszuweichen.

»So hältst du also dein Versprechen«, sagte er ohne Zorn. »Das Ganze sollte eine Art Kur sein...«

»Es tut mir leid, Harold.«

»Na, ich hoffe, du hast es überwunden. Das Geld, das ich dir gegeben habe, hast du verloren, ja?«

»Ja«, sagte sie schüchtern.

Er stöhnte auf. »Dreißig Piepen zum Teufel!« Sofort schlug er einen entschuldigenden Tonfall an. »Tut mir leid, Verna, ich habe nicht an das Geld gedacht, sondern nur an deine Nerven.«

»Oh, ich fühle mich ganz gut«, sagte sie. »Und weißt du was, Harold? Ich glaube, ich *brauche* meine Nervenmedizin heute abend gar nicht.« Sie lächelte und tätschelte liebevoll ihre Handtasche.

# Durch die Blume

Frühling wird's, mit Nachdruck, selbst in Polizeirevieren, und wieder einmal spürte Captain Don Flammer das vertraute und angenehme Prickeln der Sinne. Flammer liebte den Frühling – das frische Grün, die blühenden Bäume und vor allem die Blumen. Er liebte es, auf dem Lande Dienst zu tun, und die Petunien, die das Polizeihauptquartier von Haleyville säumten, gingen auf seinen Vorschlag zurück und wurden von ihm gepflegt.

Aber als der Juni heranrückte, ließ sich nicht länger verheimlichen, daß Captain Flammer in diesem Jahr anders reagierte. Er war nicht mehr der alte. Die Falten auf seiner Stirn verschwanden nicht, er vernachlässigte seinen Garten und verbrachte zuviel Zeit im Haus. Seine Freunde bei der Polizei waren besorgt, aber sie wußten, was mit ihm los war. Sie kannten Flammers Kummer: er konnte Mrs. McVey nicht vergessen.

Es war die Liebe zu Blumen, die beide zusammenbrachte. Mrs. McVey und ihr Mann waren in das kleine doppelstöckige Haus an der Arden Road gezogen, und in dem verkommenen Garten, der zum Haus gehörte, hatte Mrs. McVey mit dem Zauberstab gewirkt. Rosen begannen sich in ungezügelter Vielfalt zu ranken, mächtige rosarote Hortensienbüsche blühten an der Veranda, Stiefmütterchen und Pfingstrosen gediehen, Veilchen und Hyazinthen lugten zwischen den Steinen hervor, und Petunien, samtiger noch als die des Captains, belagerten die Terrasse.

Eines Tages hatte der Captain den Wagen angehalten und war errötend zu dem Zaun gegangen, hinter dem Mrs. McVey ihren Efeu beschnitt. Flammer war Junggeselle, Mitte Vierzig und nicht gerade geübt im Umgang mit

Frauen. Mrs. McVey war einige Jahre jünger und ein wenig zu dünn, um hübsch zu sein, hatte aber ein Lächeln, das so freundlich war wie der Sonnenschein.

»Ich wollte Ihnen nur sagen«, stotterte er, »daß Sie den schönsten Garten in Haleyville haben.« Dann runzelte er die Stirn, als hätte er sie eben verhaftet, und stapfte zu seinem Wagen zurück.

Es war nicht gerade ein eleganter Anfang für eine Freundschaft, aber es war ein Anfang. Mindestens einmal in der Woche parkte Flammer nun in der Auffahrt der McVeys, und Mrs. McVey bedeutete ihm mit einem Lächeln, mit heißem Tee und selbstgebackenen Keksen, daß sie seine Besuche schätzte.

Als er schließlich Mr. McVey kennenlernte, wußte er sofort, daß er den Mann nicht mochte – eine hagere Gestalt mit schmalen Gesichtszügen und einem Mund, der so aussah, als lutsche er ständig auf einer Zitrone herum. Als Flammer das Thema Blumen anschnitt, zuckte dieser Mund verächtlich.

»Joe hat mit dem Garten nichts im Sinn«, sagte Mrs. McVey. »Aber er weiß, was mir meine Blumen bedeuten, zumal er viel unterwegs ist.«

Natürlich wurde keine Romanze daraus. Das wußten alle – sogar die Klatschmäuler der Stadt. Flammer war Polizist, und Polizisten waren nun mal phantasielos. Und Mrs. McVey war nicht hübsch genug für die Rolle.

So wurde in Haleyville nicht geklatscht und auch nicht hinter der hohlen Hand gekichert. Mrs. McVey und der Captain trafen sich Woche für Woche, ganz offen – die ganze Stadt konnte es sehen. Doch ehe der Herbst kam, hatte er sich in sie verliebt und sie sich in ihn; dennoch sprachen sie nie darüber.

Dafür sprach sie von ihrem Mann. Angeregt durch ihre Gefühle für Flammer, zog sie ihn immer mehr ins Vertrauen.

»Ich mache mir Sorgen um Joe, denn ich glaube, er ist krank«, sagte sie. »Und zwar auf eine Weise krank, daß kein Arzt sich auskennt. Er ist voller Bitterkeit. In seiner Jugend hat er sich so viel vom Leben erhofft, doch diese Wünsche sind unerfüllt geblieben.«

»Nicht ganz unerfüllt«, sagte Flammer geradeheraus.

»Er haßt das Nachhausekommen. Er drückt das nicht so aus, aber ich weiß es. Wenn er hier ist, drängt es ihn, wieder auf Reisen zu gehen.«

»Glauben Sie, er hat...« Flammer errötete über die Frage, die ihm auf der Zunge lag.

»Ich beschuldige ihn nicht«, sagte Mrs. McVey. »Ich stelle ihm keine Fragen. Er haßt es, gedrängt zu werden. Es gibt Augenblicke, da habe ich – nun, ein wenig Angst vor Joe.«

Flammer blickte von der Veranda auf den rosa Hortensienbusch, der noch in voller Blüte stand, obwohl der Sommer bereits zu Ende ging. Er sagte sich, wie gern er jetzt Mrs. McVeys erdbefleckte Hand halten würde. Statt dessen trank er einen Schluck Tee.

Am 19. September wurde Mrs. McVey mit einem 32er-Revolver erschossen. Der Schuß hallte durch die Nacht und weckte die Nachbarn zu beiden Seiten des McVeyschen Hauses.

Es dauerte eine gewisse Zeit, ehe die Nachbarn die leisen Hilfeschreie hörten, die dem dröhnenden Schuß folgten, und die Polizei von Haleyville anriefen. Captain Flammer verzieh es dem Diensthabenden lange Zeit nicht, daß er ihn in jener Nacht nicht zu Hause anrief. So erfuhr er erst am nächsten Morgen, daß Mrs. McVey tot war.

Niemand am Tatort sah in Captain Flammers Gesicht etwas anderes als die Aufmerksamkeit des gewissenhaften Polizisten. Er tat seinen Dienst mit der erforderlichen Umsicht. Er verhörte Mr. McVey und enthielt sich jeder Äußerung über die Aussage.

»Es war gegen zwei Uhr früh«, sagte McVey. »Grace erwachte und sagte, sie hätte unten ein Geräusch gehört. Sie hörte dauernd etwas, und ich sagte ihr, sie solle weiterschlafen. Aber das tat sie nicht; sie zog einen Kimono an und ging runter, um nachzusehen. Zur Abwechslung hatte sie mal recht – es war ein Einbrecher. Er bekam Angst und erschoß sie, als er sie sah... Ich kam raus, als ich den Schuß hörte, und sah ihn noch weglaufen.«

»Wie sah er aus?«

»Na, wie eben zwei rennende Füße aussehen«, antwortete Joe McVey. »Mehr konnte ich nicht erkennen. Aber Sie sehen ja, was er hier wollte.«

Flammer blickte sich um – er sah die Unordnung im Wohnzimmer, die geöffneten Schubladen, die herumgestreuten Gegenstände, offenkundig Anzeichen für einen Einbruch, die leicht vorzutäuschen waren.

Die Ermittlungen am Tatort liefen sofort an. Haus und Grundstück wurden abgesucht, ohne Ergebnis – keine interessanten Fingerabdrücke oder Fußspuren, keine Waffe. Man fand nicht den geringsten Hinweis auf den Mordeinbrecher von der Arden Road. Endlich begann man sich andere Fragen zu stellen: Gab es denn wirklich einen Einbrecher? Oder hatte Joe McVey seine Frau umgebracht?

Captain Flammer leitete die Untersuchung mit der gewohnten Gelassenheit; niemand wußte von seiner zugeschnürten Kehle, von der schmerzhaften Enge in seinem Herzen, von den heißen Tränen, die hinter seinen Augen brannten.

Als er jedoch fertig war, hatte er nichts entdeckt, das den Spruch des Leichenbeschauers ändern konnte: Tod durch Unbekannt. Er war nicht einverstanden mit diesem Urteil, doch ihm fehlte der geringste Beweis. Für ihn war der Täter nicht unbekannt: er sah den verhaßten, säuerlich zusammengepreßten Mund in seinen Träumen.

Joe McVey verkaufte das doppelstöckige Haus knapp einen Monat nach dem Tod seiner Frau – verkaufte es zu einem lächerlichen Preis an ein Ehepaar mit erwachsener Tochter. Anschließend zog Joe McVey aus Haleyville fort – es hieß, nach Chicago –, und Captain Flammer freute sich nicht mehr auf den Frühling und das Erblühen der Blumen.

Trotzdem kam der Frühling, nachdrücklich wie immer, und obwohl der Captain noch immer bekümmert war und zornig auf seine Ohnmacht, regte sich das Blut in ihm. Er begann aufs Land hinauszufahren.

Und eines Tages hielt er vor dem Haus, das früher den McVeys gehört hatte.

Die Frau, die auf der Veranda stand, eingerahmt von blauen Hortensienblüten, hob den Arm und winkte. Flammers Herz machte einen Sprung, wenn so etwas überhaupt möglich ist. Fast hätte er Graces Namen ausgesprochen, auch als er längst erkannt hatte, daß die Frau nur ein Mädchen war, rundlich und noch unter zwanzig.

»Hallo«, sagte sie und betrachtete den Streifenwagen in der Auffahrt. »Schöner Tag, nicht wahr?«

»Ja«, antwortete Flammer tonlos. »Sind die Mitchells zu Hause?«

»Nein. Ich bin die Tochter Angela.« Sie lächelte unsicher. »Sie sind doch hoffentlich nicht dienstlich hier?«

»Nein«, sagte Flammer.

»Natürlich weiß ich über das Haus Bescheid, über die Ereignisse vom letzten Jahr, über den Mord und so.« Sie senkte die Stimme. »Der Einbrecher wurde nie gefaßt, nicht wahr?«

»Nein.«

»Sie muß eine nette Frau gewesen sein – Mrs. McVey, meine ich. Auf jeden Fall liebte sie Blumen. Ich glaube, ich habe nie einen schöneren Garten gesehen.«

Traurig berührte er eine blaue Hortensienblüte und machte sich auf den Rückweg zum Auto. Er spürte, daß sich seine Augen mit Tränen füllten – und doch sahen sie alles ganz deutlich.

Denn plötzlich blieb er stehen und fragte: »Blau?«

Die junge Frau musterte ihn fragend.

»Blau«, sagte er noch einmal, kehrte zurück und starrte auf den blühenden Hortensienbusch. »Der war doch letztes Jahr rosa – das weiß ich genau! Jetzt ist er blau.«

»Was meinen Sie?«

»Hortensien!« sagte Flammer. »Kennen Sie sich damit aus?«

»Ich habe keine Ahnung von Blumen. Solange sie nur hübsch aussehen...«

»Sie sehen hübsch aus, wenn sie rosa sind«, sagte Flammer. »Ist aber im Boden zuviel Alaun – oder Eisen –, werden sie blau. So blau wie hier.«

»Aber was macht das für einen Unterschied?« fragte das Mädchen. »Rosa oder blau, ist doch egal! Und wennschon, ein bißchen Metall im Boden...«

»Ja«, sagte Captain Flammer. »Es muß hier Metall im Boden geben. Miss Mitchell, ich möchte Sie bitten, mir schnell eine Schaufel zu holen.«

Sie blickte ihn verwirrt an, holte aber das Gewünschte.

Auf Flammers Gesicht zeigte sich kein Triumph, als er am Stamm des Hortensienbusches den Revolver ausgrub, der Lauf verrostet, der Abzug verklemmt.

Er triumphierte auch nicht, als der Fund als die Waffe identifiziert wurde, welche Grace McVey getötet hatte, und als Eigentum Joe McVeys. Er triumphierte nicht, als der Mörder seinen Richtern gegenüberstand. Doch wenn er sich seines Sieges auch nicht freuen konnte, so stand doch für Captain Flammer eines fest: Die Liebe zu Blumen hatte etwas ungemein Befriedigendes.

# Wer zuletzt lächelt

Als erstes verflog die Arroganz, schon am ersten Tag, als die Tür der Todeszelle hinter Finlay zuknallte. Später wurde er mürrisch und unansprechbar, und sein junges Gesicht nahm die Tarnfarbe der Zementsteine seines Gefängnisses an. Er wollte nicht essen, nicht reden und auch keinen Pfarrer sehen. Er fauchte den eigenen Anwalt an, wünschte die Wächter zum Teufel und kapselte sich ab. Eine Woche vor dem Hinrichtungstermin begann er im Schlaf zu weinen. Er war einundzwanzig Jahre alt und hatte mit Hilfe eines Komplizen einen alten Ladenbesitzer totgeprügelt.

Am Morgen des fünften Tages erwachte er aus einem Alptraum, in dem er zum Tode verurteilt worden war. Als er feststellte, daß der Traum Wirklichkeit war, begann er zu schreien und warf sich gegen die Stahlgitter. Zwei Wächter betraten seine Zelle und drohten ihm Hand- und Fußfesseln an, konnten ihn aber nicht beruhigen. Eine Stunde später schaute der Gefängnisgeistliche vorbei, ein stämmiger weißhaariger Mann mit dem schmerzlich berührten Gesicht eines von Blähungen geplagten Kindes. Aber auch er hatte nichts Neues zu sagen. Allerdings lag ein Flehen in seiner Stimme, das Finlay aufhorchen ließ.

»Bitte«, flüsterte der Geistliche, »seien Sie ein netter Junge, lassen Sie mich eintreten. Es ist wichtig. Wirklich.«

»Was ist wichtig?« fragte der Verurteilte bitter. »Ich will nicht, daß Sie für mich beten.«

»Bitte«, sagte der Geistliche in einem seltsam inbrünstigen Tonfall. Der Jüngling in der Zelle wunderte sich darüber und willigte erschöpft ein. Kaum war der andere in der Zelle, bedauerte er den Entschluß bereits. Der Weißhaarige zog ein schwarzes Buch aus der Tasche.

»Nein!« brüllte Finlay. »Lassen Sie das! Ich will keine Bibellesung hören!«

»Schauen Sie sich das mal an«, sagte der Geistliche mit gerötetem Gesicht. »Hier, sehen Sie!«

Finlay nahm den kleinen dicken Band, den die runden Finger ihm hinhielten. Vor der Zelle stand ein beleibter Wächter als Silhouette im Flurlicht. Finlays Blick fiel auf die geöffnete Seite, über der *Offenbarungen* stand, und auf den winzigen Papierstreifen, der in den Einband gesteckt worden war. Darauf stand mit der Hand geschrieben: *Vertrauen Sie mir.*

Finlay blinzelte die Worte an und blickte dann in das engelhafte Gesicht des Mannes neben sich. Das runde Kinn schob sich wie ein Frühstücksei im Eierbecher über den hochgestellten Kragen, und der Ausdruck des Kindergesichts war nicht zu deuten.

»Könnten wir uns jetzt unterhalten?« fragte der Geistliche munter. »Wir haben wenig Zeit, mein Sohn.«

»Ja«, sagte Finlay unbestimmt. »Hören Sie, was ist eigentlich...?«

»Psst!« Ein dicker Finger legte sich auf die Lippen des Geistlichen. »Wir wollen nicht mehr sprechen. Wir wollen beten.« Er legte die Handflächen zusammen und schloß die Augen.

Verwirrt tat es ihm Finlay nach, und der Geistliche sprach mit monotoner Stimme von Errettung und Erlösung. Als er fertig war, strahlte er den Gefangenen an und empfahl sich.

Finlay sah den Geistlichen erst am späten Abend wieder. Diesmal zögerte er nicht, den beleibten kleinen Mann in die Zelle zu lassen. Kaum war er eingetreten, als Finlay auch schon heiser flüsterte: »Hören Sie, ich muß Bescheid wissen. Hat Willie Sie geschickt? Willie Parks?«

»Psst«, sagte der Geistliche nervös und blickte zu dem auf und ab gehenden Wächter hinaus. »Wir wollen nicht von irdischen Dingen sprechen...«

»Dann *ist* es also Willie«, hauchte Finlay. »Ich wußte doch, daß Willie mich nicht im Stich lassen würde!« Als der

Geistliche sein kleines schwarzes Buch öffnete, grinste er und lehnte sich auf der Pritsche zurück. »Machen Sie nur, Kumpel. Ich höre.«

»Die Bibel fordert uns auf, mutig zu sein, mein Sohn«, sagte der Geistliche vielsagend. »Die Bibel fordert uns auf, an uns selbst zu glauben, an unsere Freunde und an unseren Herrn. Verstehen Sie das?«

»Ich verstehe«, sagte Finlay.

In dieser Nacht schlief er zum erstenmal seit seiner Einlieferung wirklich gut. Am Morgen ließ er den Geistlichen erneut zu sich kommen; der Wächter registrierte die plötzliche Bekehrung mit Erstaunen. Als der kleine Mann eintrat, strahlte Finlay ihn an und fragte: »Na, was sagt die Bibel heute früh, Kaplan?«

»Sie spricht von der Hoffnung«, antwortete der Geistliche ernst. »Wollen wir zusammen lesen?«

»Ja, ja doch. Was Sie wollen!«

Der Geistliche las einen längeren Abschnitt vor, und Finlay begann unruhig hin und her zu rutschen. Als er eben vor Ungeduld auffahren wollte, reichte ihm der Weißhaarige das kleine Buch, und Finlay sah die Worte *Alles ist bereit* auf dem Einband.

Der Geistliche lächelte dem Gefangenen zu, tätschelte ihm die Schulter und rief nach dem Wächter.

Als der Tag dämmerte, der von Amts wegen sein letzter auf Erden sein sollte, wurde Finlay von seinem Anwalt besucht, einem kleinen Mann mit einer ständig feuchten Oberlippe. Er konnte seinem Mandanten keine Hoffnung machen, daß die Vollstreckung des Urteils ausgesetzt würde, und Finlay erkannte, daß der andere mit dem Besuch lediglich eine vertragliche Verpflichtung erfüllte. Sein freundliches Verhalten schien den Anwalt zu verblüffen, ein Verhalten, das in scharfem Gegensatz zur bisher an den Tag gelegten Feindseligkeit stand. Am Nachmittag besuchte ihn der Gefängnisdirektor und fragte zum letztenmal, ob er den Namen des Mitschuldigen an dem Mord verraten wollte, aber Finlay lächelte nur und erkundigte sich, ob er den Geistlichen sehen dürfe. Der Direktor schürzte die Lippen und seufzte. Um sechs Uhr am Abend kehrte der Geistliche zurück.

»Wie läuft es ab?« flüsterte Finlay. »Breche ich aus, oder...«

»Psst!« machte der kleine Mann besorgt. »Wir müssen uns auf eine höhere Macht verlassen.«

Finlay nickte, dann lasen sie gemeinsam in der Bibel.

Um halb elf Uhr abends kamen zwei Wächter in Finlays Zelle und entledigten sich der unangenehmen Pflicht, ihm den Kopf kahlzuscheren und die Hosenbeine aufzuschlitzen. Dieser Vorgang machte ihn nervös, und er begann zu zweifeln, ob die Flucht wirklich organisiert war. Er tobte los und verlangte den Geistlichen zu sehen; der kleine Mann eilte herbei und sprach mit leiser, fester Stimme über Glaube und Mut. Während des Sprechens drückte er dem jungen Mann ein zusammengefaltetes Stück Papier in die Hand.

Hastig versteckte Finlay die Nachricht unter der Decke seiner Pritsche. Als er wieder allein war, faltete er den Zettel auseinander. *Flucht in der letzten Minute,* stand darauf.

Finlay verbrachte den Rest der Zeit damit, den Zettel in möglichst kleine Stücke zu reißen und sie auf dem Boden der Zelle zu verstreuen.

Fünf Minuten vor elf Uhr wurde er geholt. Die beiden Wächter flankierten ihn, der Direktor bildete die Nachhut. Der Geistliche durfte auf dem Weg zur grünen Metalltür am Ende des Korridors neben ihm gehen. Ehe sie das Zimmer betraten, in dem das stumme Publikum aus Journalisten und Beobachtern wartete, beugte sich der Geistliche zu ihm und flüsterte: »Bald triffst du Willie.«

Finlay blinzelte und ließ sich von den Wächtern zum Stuhl führen.

Als man ihn festband, war sein Gesicht gelassen. Er lächelte, als ihm die Kapuze über das Gesicht geschoben wurde.

Nach der Hinrichtung ließ der Direktor den Geistlichen in sein Büro kommen.

»Sie haben sicher von Finlays Komplizen Willie Parks gehört. Er ist heute nachmittag erschossen worden.«

»Ja, das wußte ich. Friede seiner armen Seele.«

»Seltsam, daß Finlay alles so ruhig über sich ergehen

ließ. Ehe Sie ihm Trost spendeten, war er nicht zu bändigen. Was haben Sie mit dem Jungen nur *gemacht*, Kaplan?«

Der Geistliche legte mit mildem Lächeln die Fingerspitzen zusammen.

»Ich habe ihm Hoffnung geschenkt«, sagte er.

# Die Rettung

Toby Allen trug stets ein weißes Hemd mit leicht gestärktem Kragen und tadellos sitzender gestreifter Krawatte. Er kämmte sich sorgfältig das Haar, wobei er eine allgemein bekannte Haarcreme verwendete, die ein sanftes Schimmern auf sein Haupt zauberte. Er trat nie unrasiert oder mit zu langen Haaren auf, hatte Metallbeschläge auf den Absätzen, damit seine Schritte energisch klangen, und wußte zu lächeln und seine Vorgesetzten in der Carmody Paper Company stets im rechten Augenblick mit »Sir« anzureden.

Trotzdem hielt er sich mit einunddreißig für einen Versager. Er saß an demselben schmutziggelben Tisch, den er vor fünf Jahren bezogen hatte, und erledigte die alten langweiligen Verwaltungsaufgaben. Wenn Robeson, sein unmittelbarer Vorgesetzter, mit ihm sprechen wollte, rief er ihn »Allen«. Eine Anrede wie »Mister« oder gar »Toby« war undenkbar.

Vor einigen Jahren war er zu dem Schluß gekommen, daß der Erfolg eine Sache grundlegender wissenschaftlicher Prinzipien war, und hatte eifrig Bücher über das Vorankommen im Geschäftsleben studiert. Damals war er noch unschuldig gewesen; heute war er älter und klüger, und es brannte ihm mehr auf den Nägeln.

Eines Tages rief Robeson an und sagte: »Der Alte will Sie sprechen.«

Von Tobys Bürozelle zur Mahagonitür des Präsidenten der Firma waren es genau fünfundsechzig Schritte. Auf diesem kurzen Weg legte er sich ein Märchen zurecht. Er sah es förmlich vor sich, wie der Alte hinter dem glasbedeckten Schreibtisch aufstand, ihm breit lächelnd eine Hand entgegenstreckte und ihn mit freundlichen Worten endlich in den heiligen Hallen der führenden Angestellten willkommen hieß.

Toby straffte die Schultern, faßte sich an den Krawattenknoten und stieß die Tür auf.

Enttäuschung. Der Alte saß. Hoffnung. Der Alte lächelte. Verwirrung. Der Alte sagte: »Toby? Glückwunsch zu Nummer Zwölf!«

»Sir?«

Und schon streckte sich die Hand vor, stark und sicher für einen Fünfundsiebzigjährigen. »Ich versuche immer daran zu denken. Tut mir leid, daß ich letztes Jahr nicht in der Stadt war. Diesmal wollte ich es aber nicht verpassen.« Seine Augen waren blau und funkelten mit der besonderen Belustigung des Alters.

Toby ging ein Licht auf. »Ach, Nummer Zwölf! Mein zwölftes Jahr in der Firma...«

»Es war schön, Sie all die Jahre in der Firma zu haben.«

»Vielen Dank, Sir. Für mich auch, Sir.« War dies die langerwartete Gelegenheit, den großen Wunsch vorzutragen?

»Ich hoffe, daß Sie weitere zwölf Jahre bei uns bleiben. Wir mögen Sie. Mr. Robeson sagt, er hätte nie einen besseren Einkaufsassistenten gehabt. Und wer weiß? Eines Tages...« Der Chef lächelte geheimnisvoll.

»Mr. Carmody...«

»Ja, Toby?«

»Wann meinen Sie wohl, daß ich...«

»Ja?«

»Nun, wie Sie selbst sagen. Ich bin zwölf Jahre bei der Firma. Davon die letzten fünf als Mr. Robesons Assistent. Ich frage mich...«

»Für einen besseren Kenner der Papierbranche könnten Sie gar nicht arbeiten«, meinte Carmody. »Habe ihn als Halbwüchsigen eingestellt. Nehmen Sie sich an ihm ein Beispiel, da gibt es viel zu lernen.«

»Aber ich habe bereits viel gelernt, Mr. Carmody.«

Der alte Mann wirkte plötzlich erschöpft. Er ließ sich in seinen Sessel sinken und fuhr sich mit der Hand über den geröteten Kopf. Sein Gesicht war sonnengebräunt von langen Urlaubsaufenthalten im Süden. Seine Finger trommelten auf der Tischplatte, und er starrte geistesabwesend in die Ferne.

»Mr. Carmody. Bitte glauben Sie nicht, daß ich nicht dankbar sei...«

»Dankbar? *Wir* sind Ihnen dankbar, Toby. Ein loyaler Angestellter ist sein Gewicht in...« Der Alte räusperte sich. »Nun, ich wünsche Ihnen viel Glück.« Das Lächeln kehrte zurück, doch jetzt war es reine Höflichkeit, das Signal, daß die Audienz vorüber war.

»Jawohl, Sir.«

Toby machte auf dem Absatz kehrt und ging.

Robeson wartete grinsend.

»Na? Hat der Alte Ihnen eine Uhr geschenkt?«

Toby rang sich ein Lächeln ab. »Nein, Sir. Darauf muß ich wohl bis zu meinem Fünfundzwanzigsten warten.«

Robeson warf einen Blick auf seine Armbanduhr und runzelte die Stirn. »Seien Sie lieber nicht so scharf drauf. Das Ding geht immer nach.«

Toby teilte sich eine Vierzimmerwohnung mit seinem älteren Bruder, der bei seiner Rückkehr im Wohnzimmer saß und lächelnd eine Anzeige in der Abendzeitung betrachtete.

Er zeigte Toby das Inserat. »Na, was sagst du dazu? Hat das Wirkung?«

Toby streifte die Seite mit einem kurzen Blick. Die Anzeige war von auffälliger 18 Punkt Schrift gekrönt, schwarz, verschmiert, und versprach allen intelligenten Autobesitzern unvorstellbaren Reichtum, die so klug waren, ihr Fahrzeug dem Carroll-Allen-Gebrauchtwagenmarkt anzuvertrauen. Ein Kasten weiter unten offerierte erstaunliche Preise für Gebrauchtwagenkäufer, fast zu gut, um wahr zu sein.

Toby sagte ein Wort, das keine Zeitung gedruckt hätte.

»Ach, Unsinn«, antwortete sein Bruder. »Was weißt du schon?«

Toby entledigte sich seiner Krawatte. »Der Chef hat mich heute zu sich gerufen.«

»Ja?« fragte Carroll, ein untersetzter Mann von fünfunddreißig Jahren, dem bereits das Haar ausging. »Hast du 'ne Gehaltserhöhung bekommen?«

»Nein. Ich bin jetzt zwölf Jahre bei der Firma.«

»Damit kannst du dir nichts zu essen kaufen«, sagte Carroll spöttisch. »Auf dem Posten sitzt du noch in fünfzig Jahren. Wenn Robeson nicht vorher hopsgeht. Und der ist zäh. Den braucht man nur anzusehen, schon weiß man Bescheid.«

»Ach, du hast ja keine Ahnung!« gab Toby zurück.

»Na, wennschon! Du weißt ja, was für ein Laden Carmody ist. Der reinste Familienbetrieb. Warum steigst du nicht aus, Junge? Du weißt, was ich für dich tun könnte.«

»Ich kenne mich in der Papierbranche aus«, sagte Toby. »Von Autos verstehe ich nichts.«

»Was mußt du davon verstehen? Die nötigen Tricks bringe ich dir an einem Tag bei. Du brauchst mich nur in Fahrt zu erleben.«

Toby ging in die Küche und holte sich eine Dose Bier. Er setzte sich damit in den Stuhl am Fenster und trank bedrückt. Nach einer Weile sagte er: »Der Alte ist gar nicht so übel...«

»Wer?«

»Mr. Carmody. Ich meine, er ist kein Einpeitscher oder so. Weißt du noch, als ich mir das Handgelenk verstauchte? Da hat er sich wirklich fein benommen, nicht?«

»Ja, ja. Wie Gottvater persönlich.«

»Nein, ernsthaft«, fuhr Toby fort. »Er ist großzügig. Er weiß nur nicht, was in der Firma los ist. Er verläßt sich auf seine Umgebung. Er scheint zu glauben, sobald mal jemand Abteilungsleiter geworden ist, kann er ihn in Ruhe lassen. Er weiß gar nicht, wer den Laden in Wirklichkeit schmeißt.«

»Und damit meinst du dich?« fragte Carroll grinsend.

»Wenn ich mir das Geld des alten Knaben vorstelle...«, sagte Toby verträumt, »dann bin ich immer richtig weg. Ich meine, der Kerl ist mindestens fünfundsiebzig. Was soll der mit all dem Moos noch anfangen?«

Carroll antwortete nicht.

»Na schön, er fährt nach Florida oder Kalifornien oder nach Westindien. Wieviel aber kann er ausgeben? Das Vermögen liegt auf der Bank und sammelt noch Zinsen an. Der könnte gar nicht alles ausgeben, selbst wenn er wollte.«

Carroll knurrte etwas vor sich hin.

»Millionen!« sagte Toby ehrfürchtig und setzte erbittert hinzu: »Und ich? Fünfundachtzig Piepen in der Woche!«

»Was bist du, ein Kommunist?« fragte Carroll spöttisch.

»Weißt du was?« fragte Toby vage lächelnd. »Manchmal möchte ich am liebsten zu dem alten Knaben gehen und ihm reinen Wein einschenken. ›Hören Sie, Mr. Carmody, wollen wir den Dingen doch mal ins Auge sehen. Sie haben mehr Geld, als Sie ausgeben können, und ich habe nichts. Wie wär's also? Geben Sie mir doch mal dreißig- oder vierzigtausend! Sie merken doch gar nichts davon. Schreiben Sie's als Verlust ab, ziehen Sie's von der Einkommensteuer ab. Nennen Sie's eine Spende für wohltätige Zwecke. Na? Wie wär's, Mr. Carmody? Was sagen Sie dazu?‹«

»Mann!« sagte Carroll kopfschüttelnd. »Du bist ja ganz schön ausgeflippt!«

»Nein, ernsthaft«, sagte Toby abwehrend. »Was soll's? Es stimmt doch, oder? Für ihn bedeutet so ein Betrag gar nichts! Für mich aber ziemlich viel.«

»Werd endlich erwachsen, Toby! Niemand schenkt dir Geld. Du mußt es den anderen abnehmen.«

»Zum Beispiel letztes Jahr, als Robeson ihm seine Europareise organisierte – Reiseplan und Tagesabläufe und so weiter. O Mann! Der alte Knabe war so dankbar, daß er Robeson einen Scheck über fünfhundert Piepen ausstellte, einfach nur so. Das hat er gar nicht gespürt. Es war wie ein Trinkgeld für den Kellner.«

»Ich sag dir was«, sagte sein Bruder grinsend. »Bring ihn dazu, ein paar von meinen gebrauchten Cadillacs zu kaufen. Etwa vier oder fünf. Ich gebe dir Provision darauf. Auch ich kann dankbar sein.«

Toby machte eine heftige Armbewegung. »Ich wünschte, ich könnte ihm das Leben retten! Ich wünschte, er wäre irgendwo am Ertrinken und ich könnte reinspringen und ihn retten!«

»Was? Du kannst ja nicht mal schwimmen, du Heißsporn!«

»Du weißt schon, was ich meine. Vielleicht hat ihn gerade ein Bus aufs Korn genommen. Immerhin ist er ein alter Mann und schon wacklig auf den Beinen. Du weißt ja selbst, wie er geht. Der Bus hat ihn fast schon erreicht, und ich zische los und reiße ihn *peng!* zur Seite und rette ihm das Leben. Also, der Kerl wäre so dankbar, daß er mir glatt eine Million Scheinchen gäbe!«

»Kein Problem«, sagte Carroll kichernd. »Miete dir einen Bus.«

»Ach, du weißt ja nicht, wovon ich rede.«

»Und ob!« Carroll legte sich eine Hand vor den Mund, damit der andere das Lächeln nicht sah. »Besorg dir einen Bus. Ich fahre das verdammte Ding. Du kannst ihn dann im letzten Moment aus dem Weg zerren. Wir teilen fünfzig – fünfzig.«

Toby schwieg eine Zeitlang.

Nachdem sie noch einige Minuten lang halb im Scherz darüber gesprochen hatten, sagte Toby Allen: »Warum nicht, Carroll? Also ehrlich, warum nicht, zum Teufel?« Am nächsten Tag begann Toby Allen mit einer Zeitablaufsstudie in der Carmody Paper Company. Seine Ermittlungen beschränkten sich allerdings auf einen einzigen Aspekt der Organisation: den Tagesablauf des alten Mannes, dem die Firma gehörte.

Nach zwei Wochen eingehender Beobachtung schälte sich das folgende Bild heraus: Zwischen 17.15 und 17.30 Uhr verließ der Chef mit Hut und Mantel das Büro. Er ging zum Vordereingang des Gebäudes und nickte dem Pförtner freundlich zu. Draußen wandte er sich nach rechts, nicht ohne vorher einmal tief eingeatmet zu haben. Dann ging er schräg über die firmeneigene Straße, umrundete den Lieferwagen, der unweigerlich vor dem Angestelltenparkplatz stand, und ging zur Südwestecke der Hopkins Avenue. Diese breite Straße überquerte er sehr vorsichtig. Sein Wagen, ein blauer Buick, parkte stets auf der anderen Seite.

Der Verkehr auf der Hopkins Avenue war nicht besonders lebhaft. Von Zeit zu Zeit raste ein Auto aus der 11th Street um die Ecke, doch normalerweise hatten die Fußgänger genug Zeit, sich darauf einzustellen.

An einem Montagnachmittag in der dritten Beobachtungswoche erlebte Toby eine Szene, die ihm das Herz bis in den Hals schlagen ließ. Er beschattete den alten Mann, einen guten halben Häuserblock zurückhängend. Carmody befand sich gerade mitten auf der Straße, als die Ampel umsprang. Ein nach Norden fahrender Lkw, dessen Fahrer sich ausgerechnet hatte, daß er um den alten Mann herumfahren konnte, raste direkt auf ihn zu. Der alte Carmody schien in Panik zu geraten. Er zögerte, machte einen Schritt zurück und wäre damit beinahe vor den Lkw geraten. Obwohl Toby weit entfernt war, hörte er das Fluchen des Fahrers, der weit nach links und fast bis auf den Bürgersteig ausweichen mußte.

Toby war beim Nachhausekommen so überdreht, daß er zwei Dosen Bier trinken mußte, ehe er sich einigermaßen beruhigt hatte. Als Carroll nach Hause kam, berief Toby sofort eine Konferenz ein.

»Tun wir's diese Woche«, sagte er zu Carroll. »Ich finde, der Zeitpunkt ist genau richtig.«

»Diese Woche?« Carroll erbleichte. »Wozu die Eile?«

»Was macht es für einen Unterschied? Diese Woche, nächsten Monat, bringen wir's hinter uns!«

»Ich weiß nicht...«

»Was ist los? Kriegst du kalte Füße?« Er musterte den älteren Bruder. »Um Himmels willen, Carroll! Wir wollen dem alten Knaben ja nichts tun. Das Ganze ist doch kein Verbrechen oder so. Nur ein Gag.«

»Aber was für einer!« Carroll griff nach einer leeren Bierdose und spielte damit herum. »Na schön. Wann soll es passieren?«

»Donnerstag«, sagte Toby. »Denk daran – genau so, wie wir's besprochen haben. Nimm einen deiner alten Schlitten, parke an der Ecke 11th Street. Mit laufendem Motor. Du weißt, wie der Alte aussieht. Wenn du ihn über die Straße kommen siehst, fährst du um die Ecke und saust direkt auf ihn los. Keine Angst, daß du ihn umfahren könntest – ich bin ja dicht hinter ihm. Aber halt dich nicht weiter auf. Saus los. Wie Fahrerflucht. Begriffen?«

Carroll nickte bedrückt. »Das Ganze scheint mir kein besonders guter Plan zu sein.«

»Was hast du denn zu verlieren?« flehte Toby. »Niemand wird verletzt! Und wenn der alte Knabe wirklich so dankbar ist, wie ich mir vorstelle...«

»Na schön, na schön! Aber vergiß nicht, daß ich das größere Risiko eingehe!«

»Es muß so laufen«, sagte Toby. »Geht das endlich in deinen dicken Schädel hinein?« Er leerte die dritte Bierdose. »Es lohnt sich. Wart's nur ab!«

Donnerstag nachmittag spürte Robeson seine Nervosität.

»Was ist denn los, Allen? Haben Sie Juckpulver im Hemd?«

»Wie? Was? Tut mir leid, Mr. Robeson. Ich habe eben nach der Akte Mason Pulp gesucht.«

»Warum sehen Sie dazu unter P nach? Mason fängt noch immer mit M an.«

»Ach ja. Tut mir leid, Sir.«

Der Nachmittag wollte nicht enden.

Um zehn nach fünf arbeitete Robeson noch immer. Toby steckte den Kopf durch den Türspalt und verabschiedete sich. Dann schnappte er sich seinen Mantel und ging zum Wasserspender im Korridor. Er beugte sich gerade über den kühlen Strahl, als der Chef sein Büro verließ. Toby sah ihm zu, wie er sich lässig vom Pförtner verabschiedete und dann mit steifen Schritten die kurze Treppe zum Haupteingang hinabschritt.

Toby wartete kurze Zeit, zog sich den Mantel über und folgte dem alten Mann ins Freie.

Dort sah er die langen Beine des Chefs um die Ecke eines Lkw verschwinden. Er ging schneller, um Carmody nicht aus den Augen zu verlieren.

Bis zur Ecke Hopkins Avenue blieb er etwa fünfzehn Meter hinter dem anderen. Die Ampel stand auf Rot. Toby verdoppelte die Geschwindigkeit, bis er fast direkt hinter dem alten Mann war.

Die Lichter sprangen auf Grün.

Der alte Carmody setzte sich in Bewegung.

Da war der Wagen! Eine gefährlich aussehende blaue Limousine raste auf drei kreischenden Rädern um die Ecke Eleventh Avenue. Der Wagen fuhr in Schlangenlinien auf die erstarrte Gestalt des alten Mannes zu.

»Mr. Carmody!«

Toby kreischte den Namen in echter Angst. Er hastete das kurze Stück zu dem Mann und warf sich im letzten

Augenblick nach vorn. Sein Körper prallte seitlich gegen die dürre Gestalt, und der Schwung ließ beide in Richtung Bürgersteig taumeln.

Sie landeten übereinander auf dem Asphalt. Toby hörte den keuchenden Atem des anderen. Er mußte ebenfalls keuchen; der alte Knabe war auf ihm gelandet. Unter seiner rechten Rippe war ein stechender Schmerz zu spüren.

Carmody fand als erster seine Stimme wieder. »Mein Gott... Mein Gott...«

»Mr. Carmody...« Das Sprechen bereitete Toby Mühe. »Alles in Ordnung?«

»Ja. Ja...« Der alte Mann rappelte sich auf. Das dünne weiße Haar hing ihm wirr in die braune Stirn. »Der Wagen...«

»Helfen Sie mir hoch«, ächzte Toby.

Der alte Mann, der inzwischen wieder auf den Beinen war, streckte ihm zwei blaugeäderte Hände hin. »Alles in Ordnung?«

»Ja – ja.«

»Sie haben mir das Leben gerettet, Toby. Das war das Mutigste, was ich je...«

Toby atmete mühsam. Der Schmerz überrollte ihn in Wellen. »Vergessen Sie's...«

»Nein! Das werde ich Ihnen nie vergessen! Dieser verrückte Fahrer! Er hätte mich umbringen können...«

»Ich bin froh, daß es nicht dazu gekommen ist«, sagte Toby und richtete sich auf. »Sehr froh sogar...« Er hielt sich den Leib. »Autsch! Ich muß mir etwas verletzt...«

»Bleiben Sie liegen«, sagte Carmody. »Ich hole meinen Wagen und fahre Sie ins Krankenhaus.«

»Nein. Nein, es ist alles in Ordnung. Ich bin nur etwas außer Puste.«

»Dann fahre ich Sie zumindest nach Hause. Setzen Sie sich lieber hin, Toby.«

»Ja«, sagte der junge Mann schwach. Er setzte sich vorgebeugt in den Rinnstein. »Ja, sitzen ist besser.«

Carmodys Stimme bebte. »Sie sind ein mutiger junger Mann. Ich werde Ihnen das nicht vergessen, Toby. Darauf können Sie sich verlassen.«

»Vielen Dank...«

Der alte Mann tätschelte ihm die Schulter. »Ich hole Sie gleich ab. Kommen Sie nur erst wieder zu Atem.«

Wieder überquerte er die Hopkins Avenue, nicht ohne zuvor angstvoll in beide Richtungen geblickt zu haben. Toby sah ihm nicht einmal nach; der Schmerz in seiner Brust war zu stark.

Dann hörte er das Knirschen einer Kupplung.

Er blickte auf.

Der alte Mann stand mitten auf der Straße.

Toby schrie: »Nein, Carroll! *Nein!*«

Aber sein Bruder duckte sich verkrampft hinter das Steuer einer neutralen Limousine, über die Verspätung fluchend – er hörte Tobys Schreie nicht, während er auf der Hopkins Avenue beschleunigte.

Toby versuchte sich aufzurichten. Er schaffte es nicht. Der alte Mann, noch immer halb im Schock von der ersten gefährlichen Situation, wurde mit der neuen Lage nicht fertig. Er warf die Arme vor das Gesicht und stieß einen heiseren Schrei aus, einen Schrei, den Toby Allen bis an sein Lebensende nicht vergessen sollte.

# Inhalt

Einer, der nicht ausreißt . . . . . . . . . . . . . 5
Übersetzt von Günter Eichel

Vierzig Detektive später . . . . . . . . . . . . 13
Übersetzt von Günter Eichel

Genau die richtige Art von Haus . . . . . . . 24
Übersetzt von Günter Eichel

Der letzte Auftritt . . . . . . . . . . . . . . . . . 34
Übersetzt von Günter Eichel

Der Mann mit den zwei Gesichtern . . . . . 50
Übersetzt von Günter Eichel

Die Sache mit der freundlichen Kellnerin . . . 66
Übersetzt von Günter Eichel

Der Schlaf des Gerechten . . . . . . . . . . . 81
Übersetzt von Günter Eichel

Das tödliche Telefon . . . . . . . . . . . . . . 94
Übersetzt von Peter Naujack

Die Macht des Gebetes . . . . . . . . . . . . 104
Übersetzt von Günter Eichel

Polizist für einen Tag . . . . . . . . . . . . . 120
Übersetzt von Günter Eichel

Die sterblichen Reste . . . . . . . . . . . . . . . 130
Übersetzt von Günter Eichel

Unter Zeugen . . . . . . . . . . . . . . . . . . 141
Übersetzt von Thomas Schlück

Schmerzlose Behandlung . . . . . . . . . . . . 150
Übersetzt von Thomas Schlück

Die Ratten des Dr. Picard . . . . . . . . . . . 158
Übersetzt von Thomas Schlück

Der Handschuhtäter . . . . . . . . . . . . . . 163
Übersetzt von Thomas Schlück

Willkommen in unserer Bank . . . . . . . . . 170
Übersetzt von Thomas Schlück

Der letzte Drink . . . . . . . . . . . . . . . . . 177
Übersetzt von Thomas Schlück

Kompliment an den Chef . . . . . . . . . . . . 187
Übersetzt von Thomas Schlück

Der Bluff . . . . . . . . . . . . . . . . . . . . . 195
Übersetzt von Thomas Schlück

Bulle im Schaukelstuhl . . . . . . . . . . . . . 219
Übersetzt von Thomas Schlück

Die Leiden eines Rauchers . . . . . . . . . . . 223
Übersetzt von Thomas Schlück

Vor dem Tor zur Hölle . . . . . . . . . . . . . 231
Übersetzt von Thomas Schlück

Knopf für einen Chinesen . . . . . . . . . . . 236
Übersetzt von Thomas Schlück

Die Kur . . . . . . . . . . . . . . . . . . . . . . 247
Übersetzt von Thomas Schlück

Durch die Blume . . . . . . . . . . . . . . . . 251
Übersetzt von Thomas Schlück

Wer zuletzt lächelt . . . . . . . . . . . . . . . 257
Übersetzt von Thomas Schlück

Die Rettung . . . . . . . . . . . . . . . . . . . 262
Übersetzt von Thomas Schlück